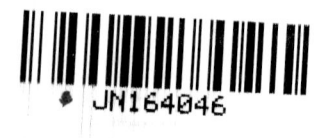

日本における
近代中国学の始まり

―漢学の革新と同時代文化交渉―

陶　徳民

関西大学出版部

【本書は関西大学研究成果出版補助金規程による刊行】

1　出島蘭館と並び立つ唐館の姿

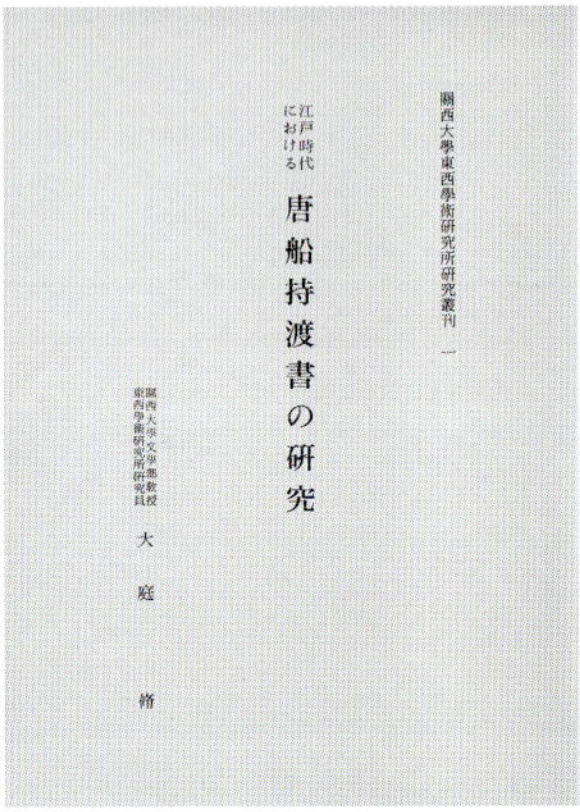

2　長崎経由の輸入漢籍の全貌

3　徂徠像　平長孺題辞（1820 年）

4　日米和親条約調印後の宴会（ペリーの旗艦ポーハタン号にて）

5　銭泳像

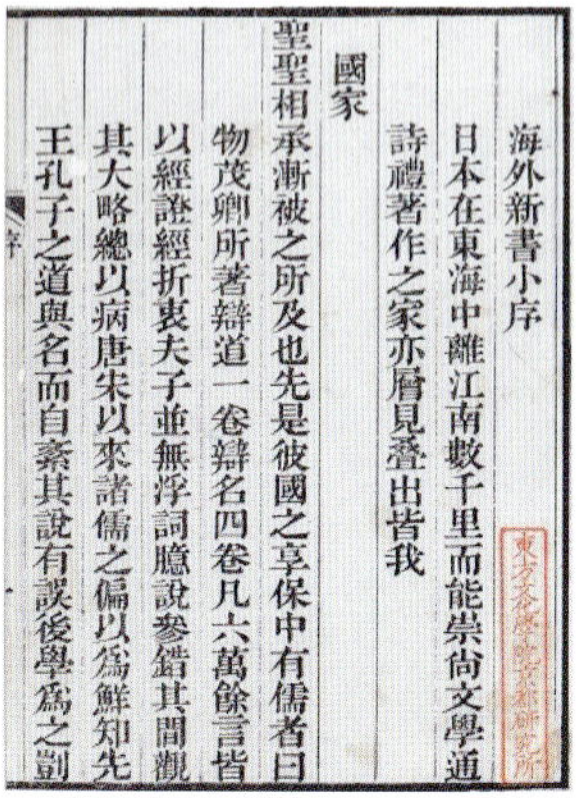
海外新書小序
日本在東海中離江南數千里而能崇尚文學通
詩禮著作之家亦層見疊出昔我
國家
聖聖相承漸被之所及也先是彼國之享保中有儒者曰
物茂卿所著辯道一卷辯名四卷凡六萬餘言皆
以經證經折衷夫子並無浮詞臆說參錯其間觀
其大略總以病唐宋以來諸儒之偏以爲鮮知先
王孔子之道與名而自紊其說有誤後學爲之剴

6　銭泳編『海外新書』

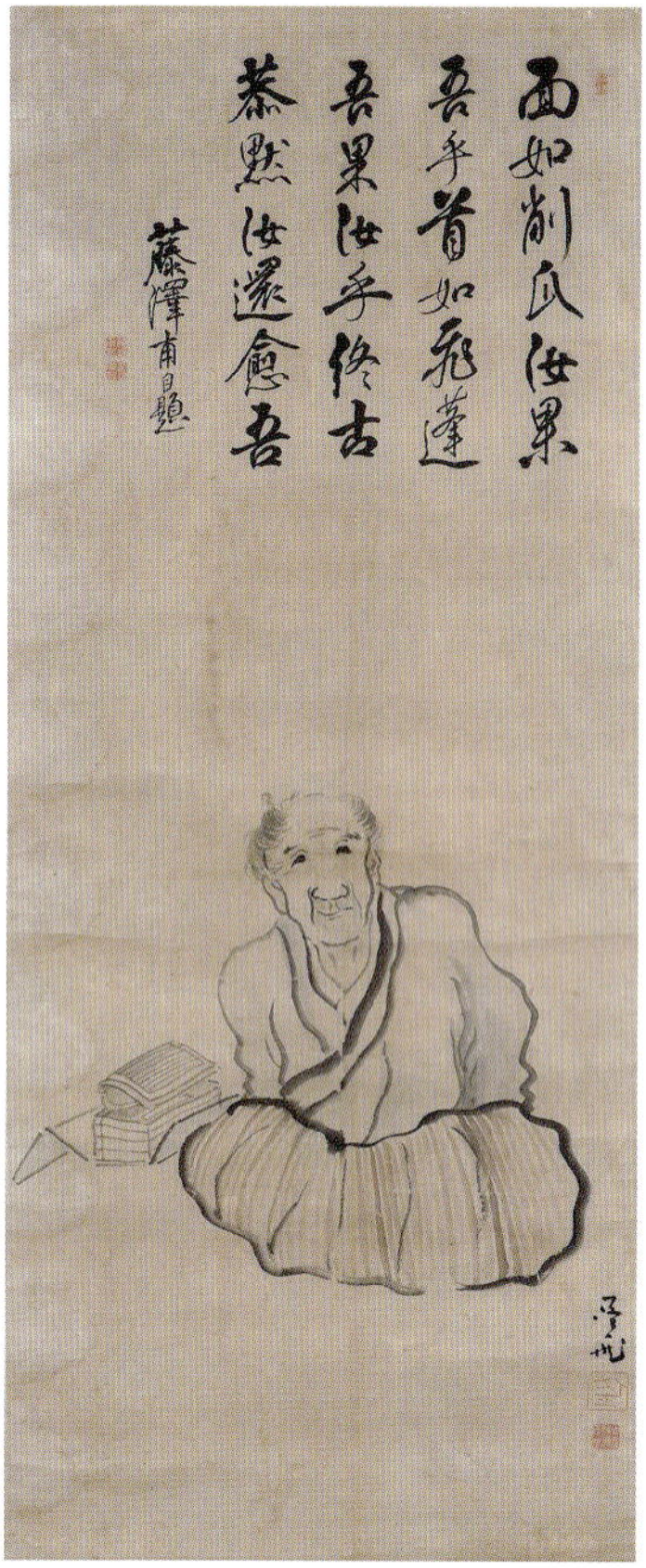

7　東畡肖像　東畡題辞

8　南岳輯『東畡先生文集』

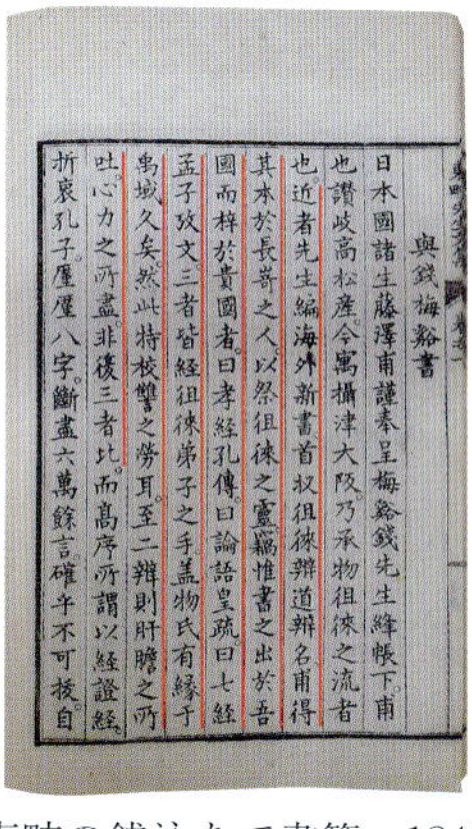
與錢梅谿書
日本國諸生藤澤甫謹奉呈梅谿錢先生絳帳下甫
也讃岐高松產今寓攝津大阪乃承物徂徠之流者
也近者先生編海外新書首收徂徠辨道辨名甫得
其本於長崎之人以祭徂徠之靈竊惟書之出於吾
國而梓於貴國者曰孝經孔傳曰論語皇疏曰七經
孟子攷文三者皆經徂徠弟子之手蓋物氏有緣于
禹域久矣然此特校讐之勞耳至二辨則肝膽之所
吐心力之所盡非彼三者比而高序所謂以經證經
折衷孔子區區八字斷盡六萬餘言確乎不可拔自

9　東畡の銭泳あて書簡　1840年

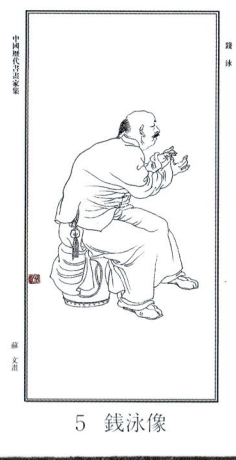

10　将軍綱吉が建てた聖堂（孔子廟）の地に創設された昌平坂学問所（1790 年）

12　余英時（右）、戸川芳郎（中）両先生
と一緒に湯島聖堂を訪問　2007 年

11　沈曾植の写真

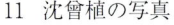

13　清国駐日公使館の人々（右から３人目は張斯桂）　1878 年

14　初代公使何如璋などの名刺

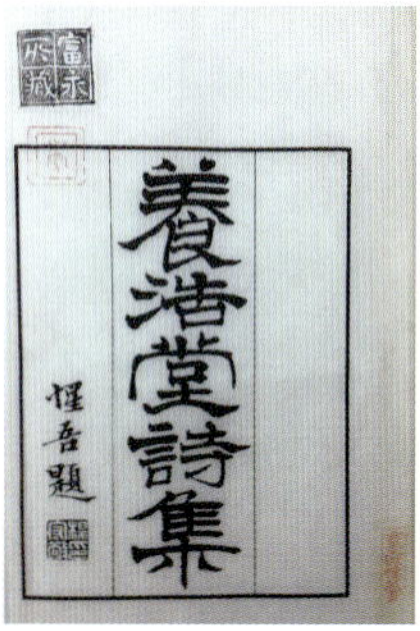

15-2　楊守敬（字惺吾）の題名

15-1　宮島誠一郎『養浩堂詩集』

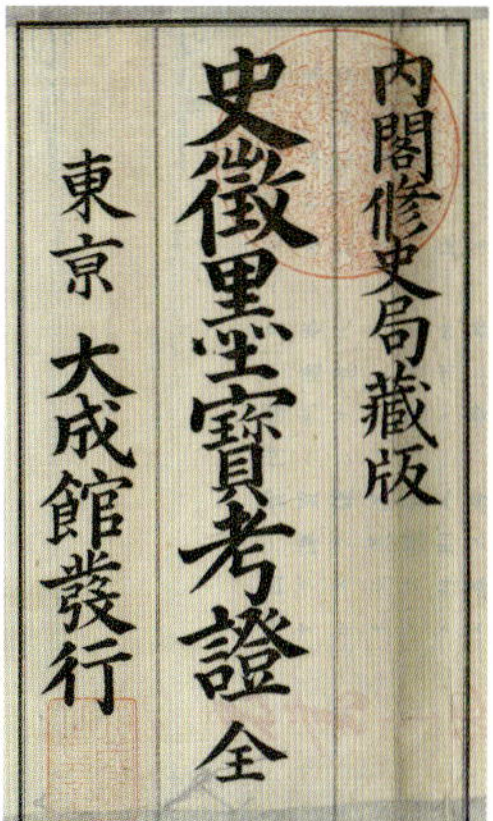

18　内閣修史局による史料蒐集の結晶

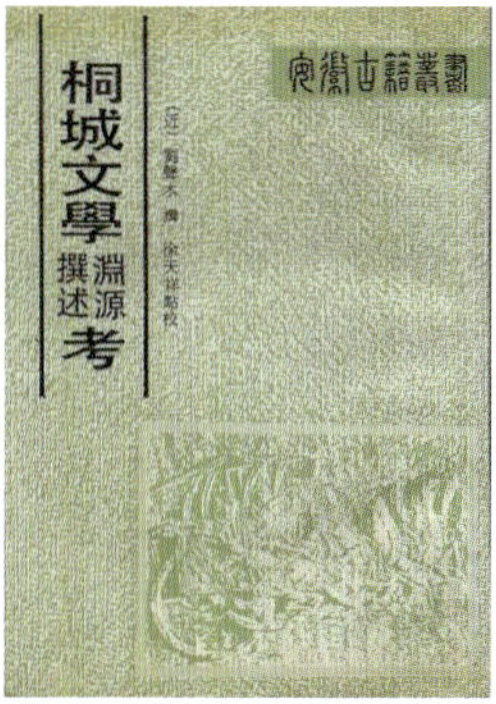

17　劉聲木『桐城文学淵源考・撰述考』

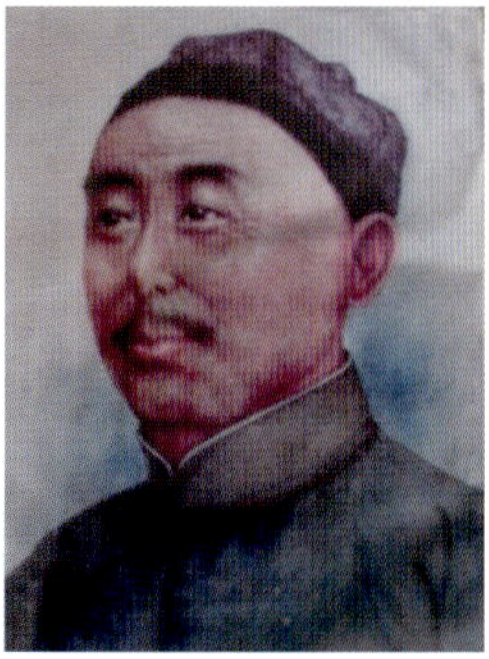

16　黎庶昌肖像

19　星野恒肖像

20　王韜（右）とJ. レッグの一家

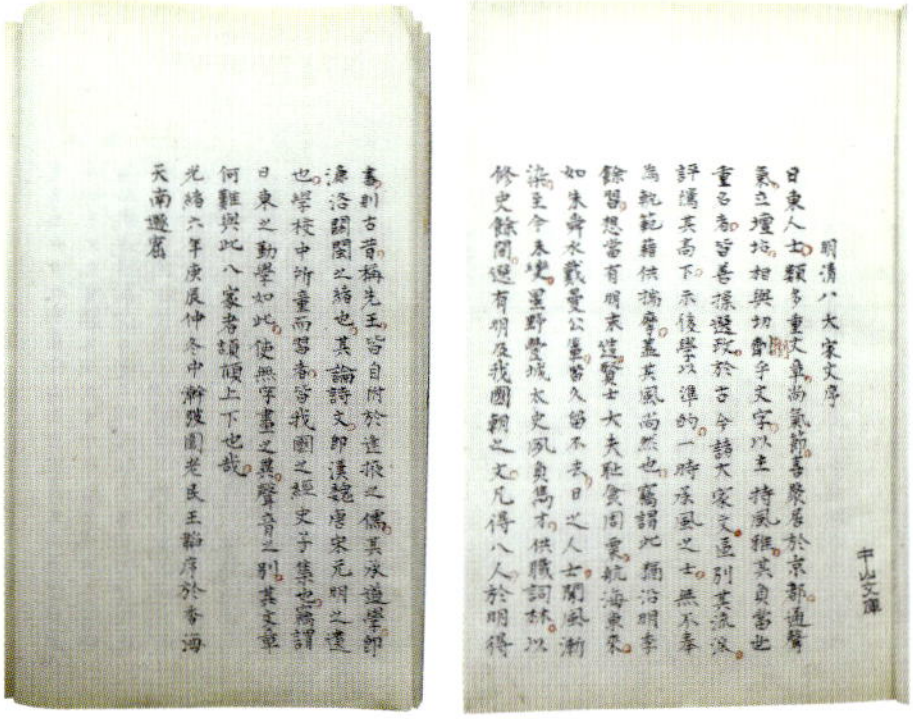

21　王韜「明清八大家文序」（部分）
および評点（下記）

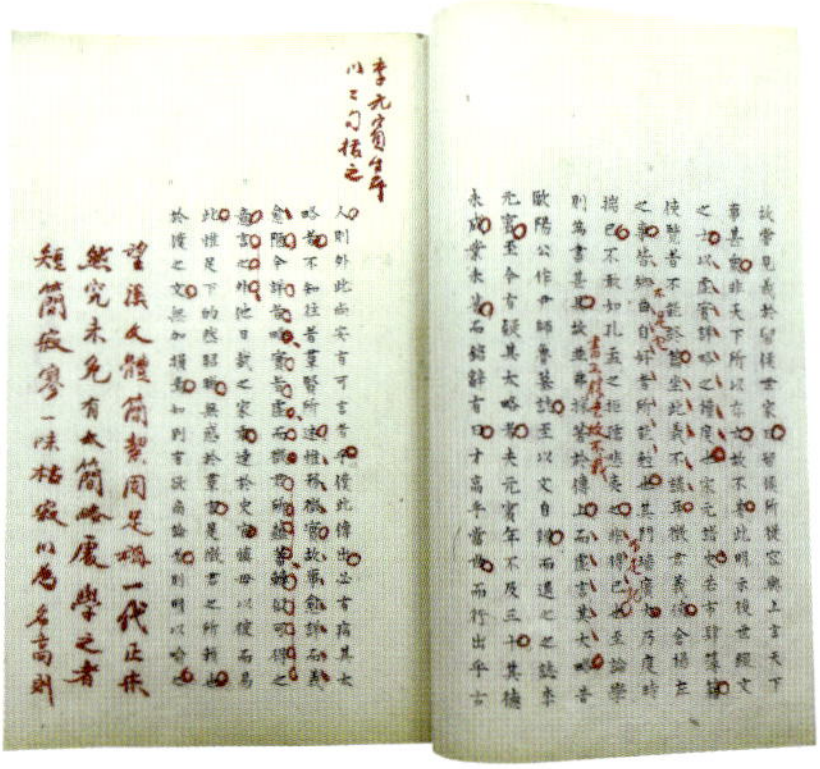

22　方望渓「與孫以寧」に対する評点

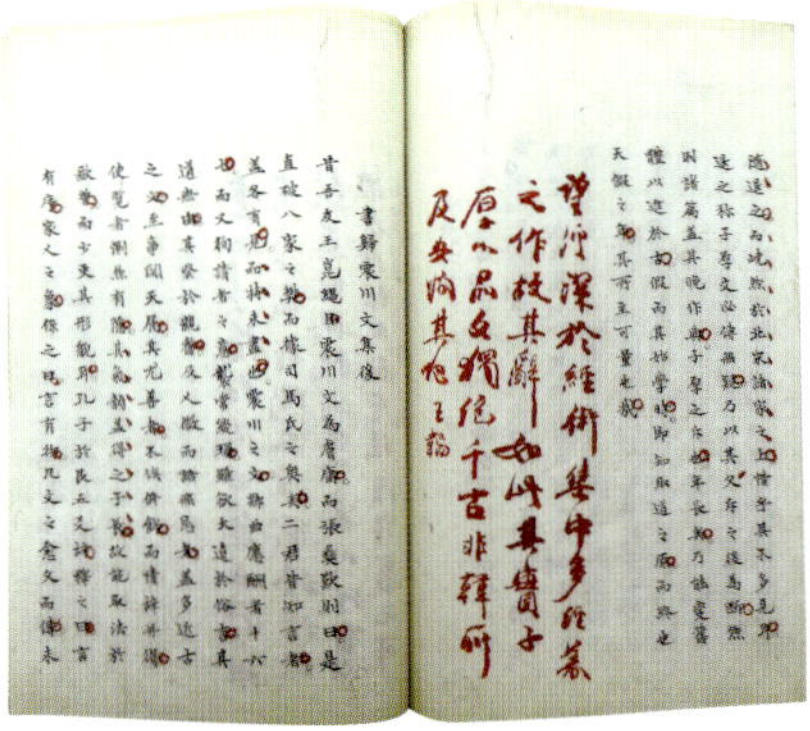

23　方望渓「書柳文後」に対する評点

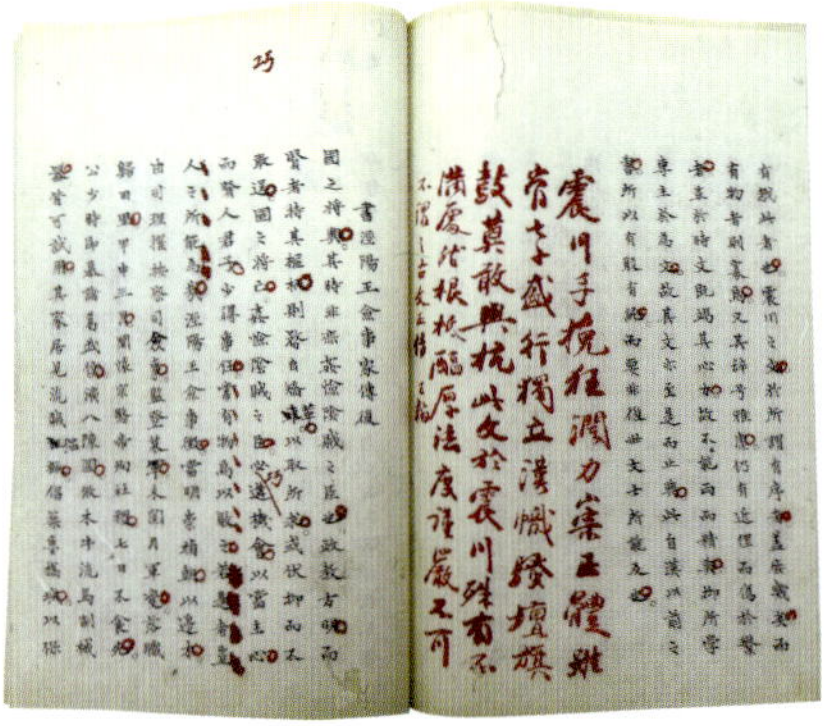

24　方望渓「書帰震川文集後」に対する評点

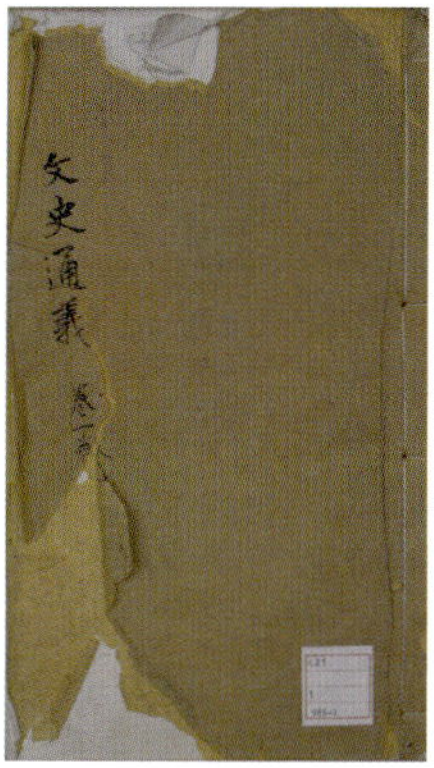

26-1　内藤手澤本『文史通義』

26-2「言公篇」における内藤の書入れ

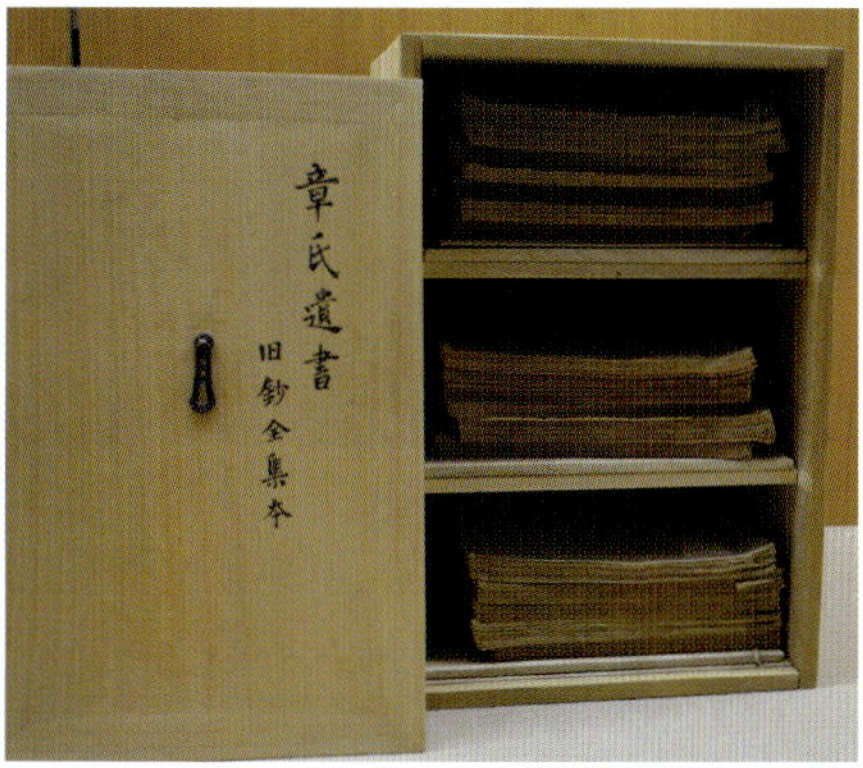

25-1　鈔本『章氏遺書』十八冊

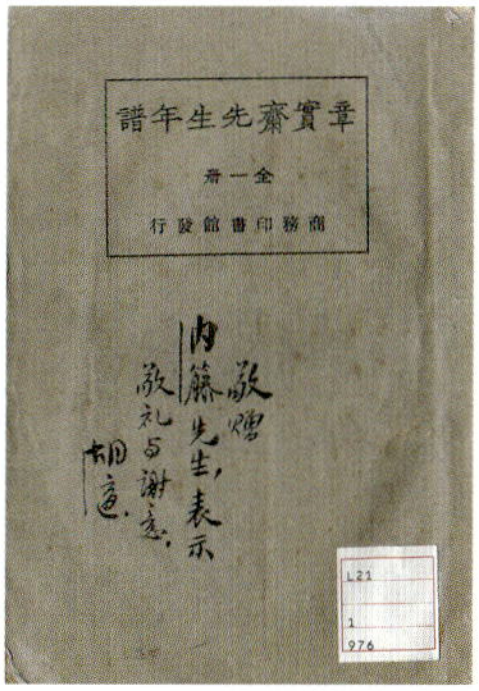

28　内藤に贈呈された胡適『章氏年譜』

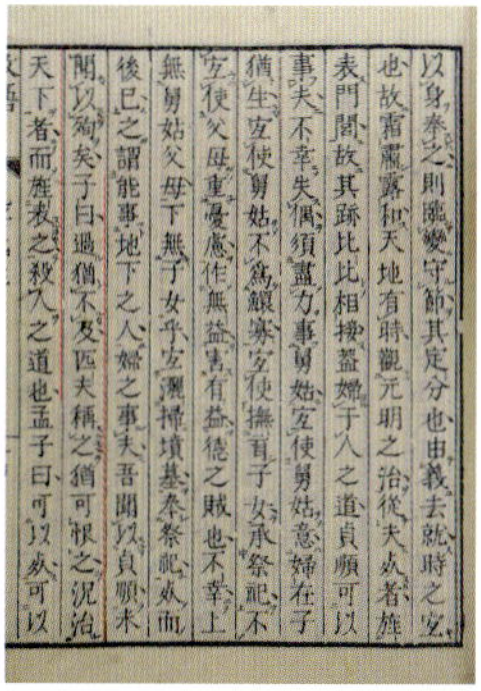
27　三浦梅園『敢語』臣婦篇

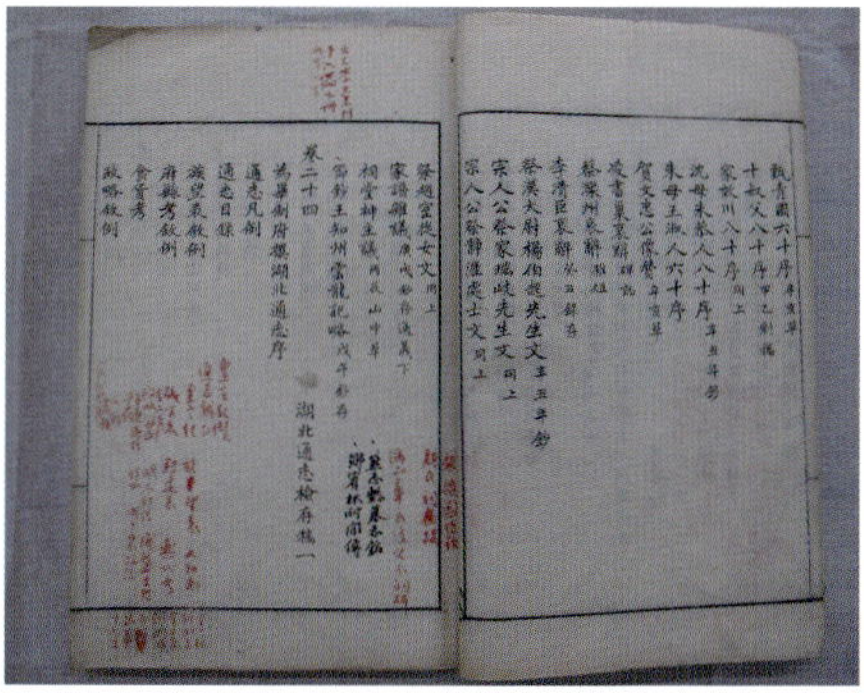
25-2　鈔本の目次における内藤の書入れ

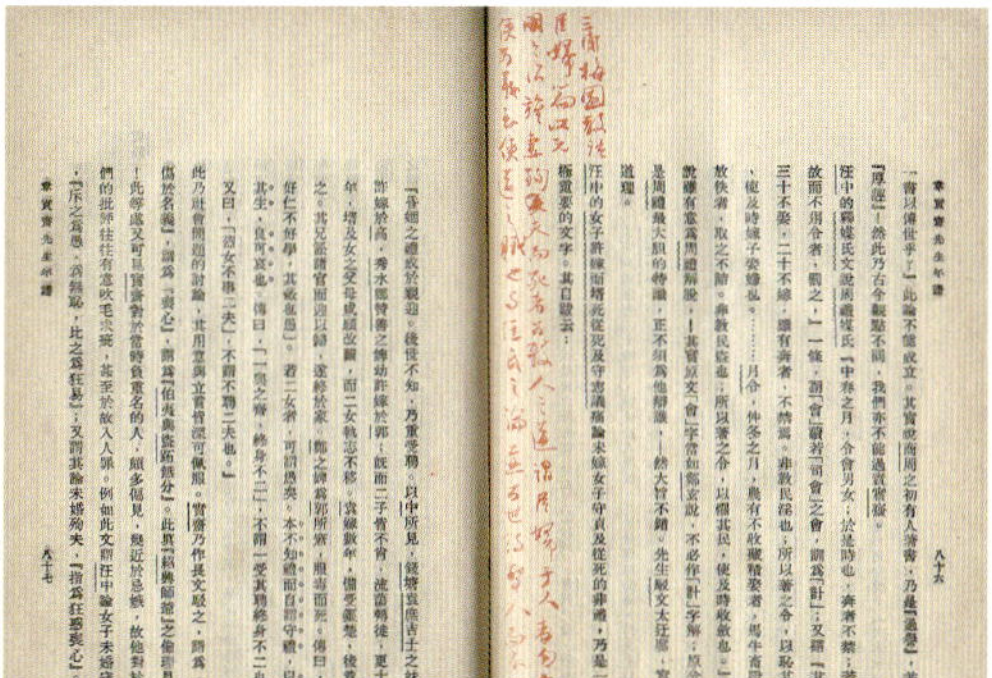
29　胡適『章氏年譜』への内藤の書入れ

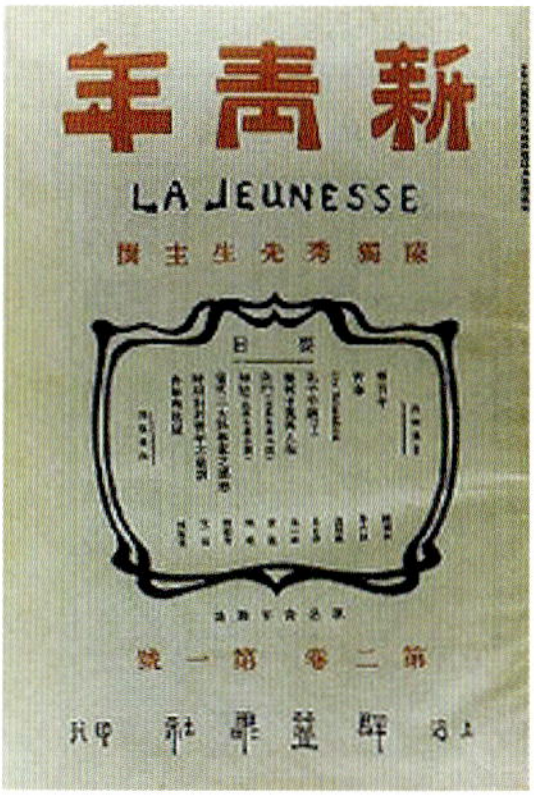

30　雑誌『新青年』

31　雑誌『支那學』

32-1　姚名達補訂・胡適『章氏年譜』における章實斎夫婦遺像

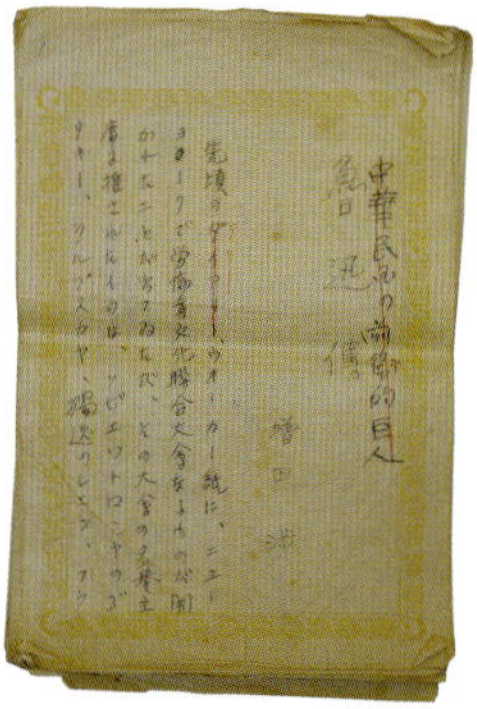

33　増田渉『魯迅傳』初稿

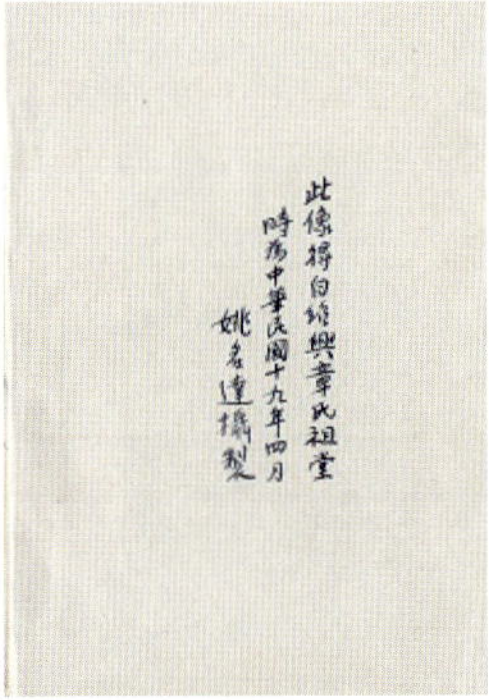

32-2　内藤に贈呈された上記年譜における姚氏の説明

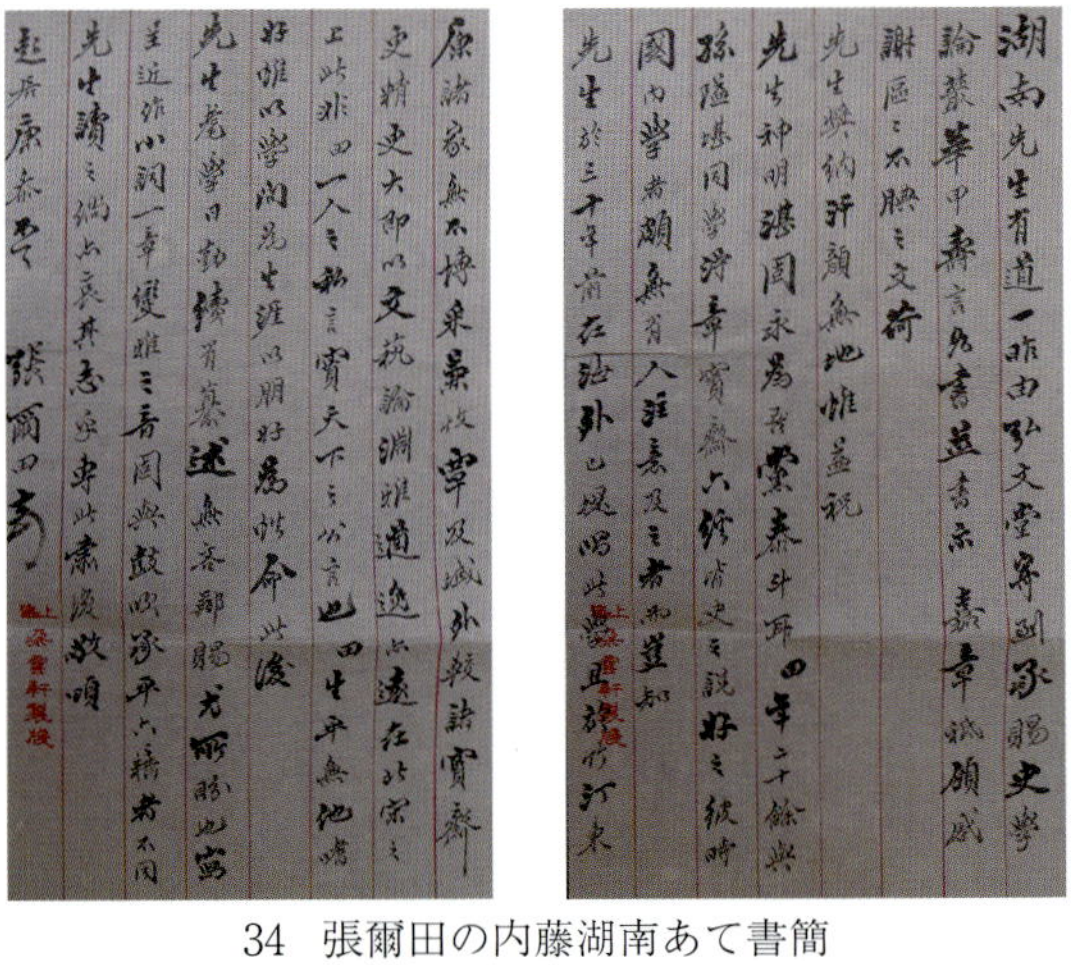

34　張爾田の内藤湖南あて書簡

35　内藤の還暦を祝う傅増湘の書画

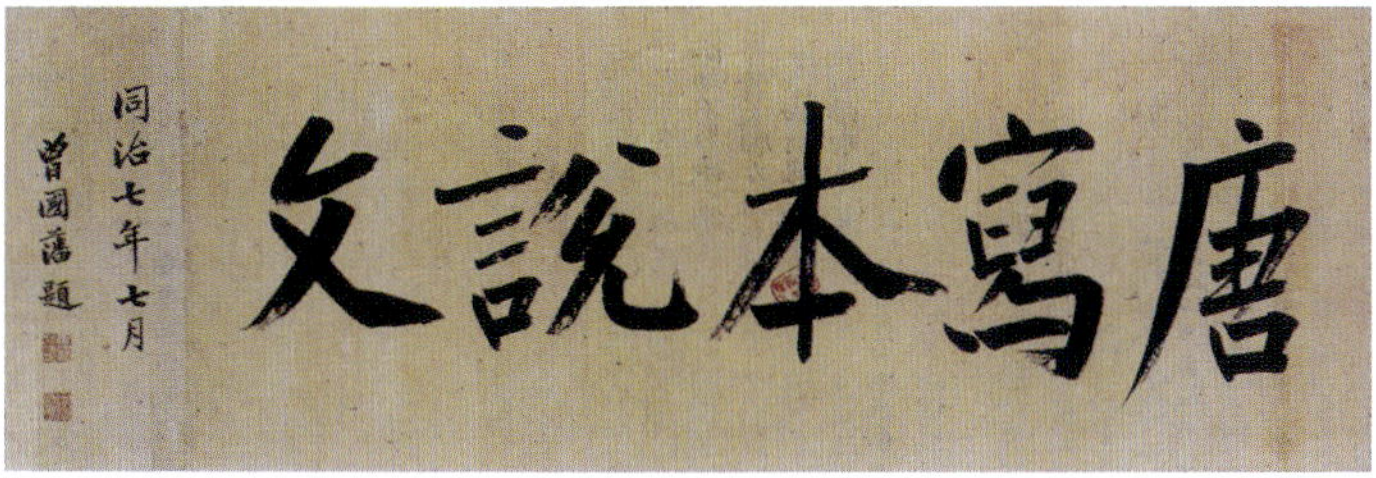

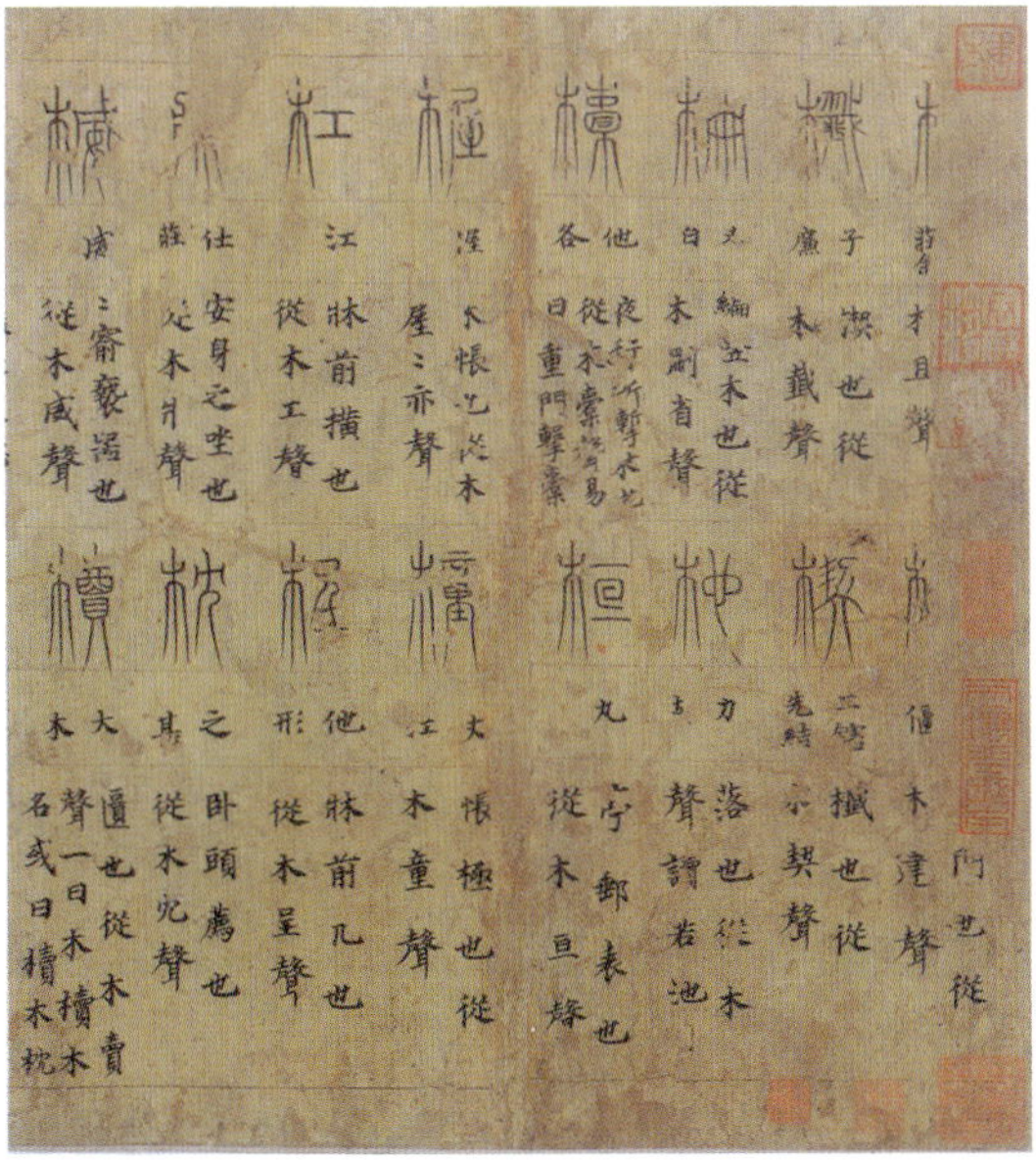
巻首 第一紙

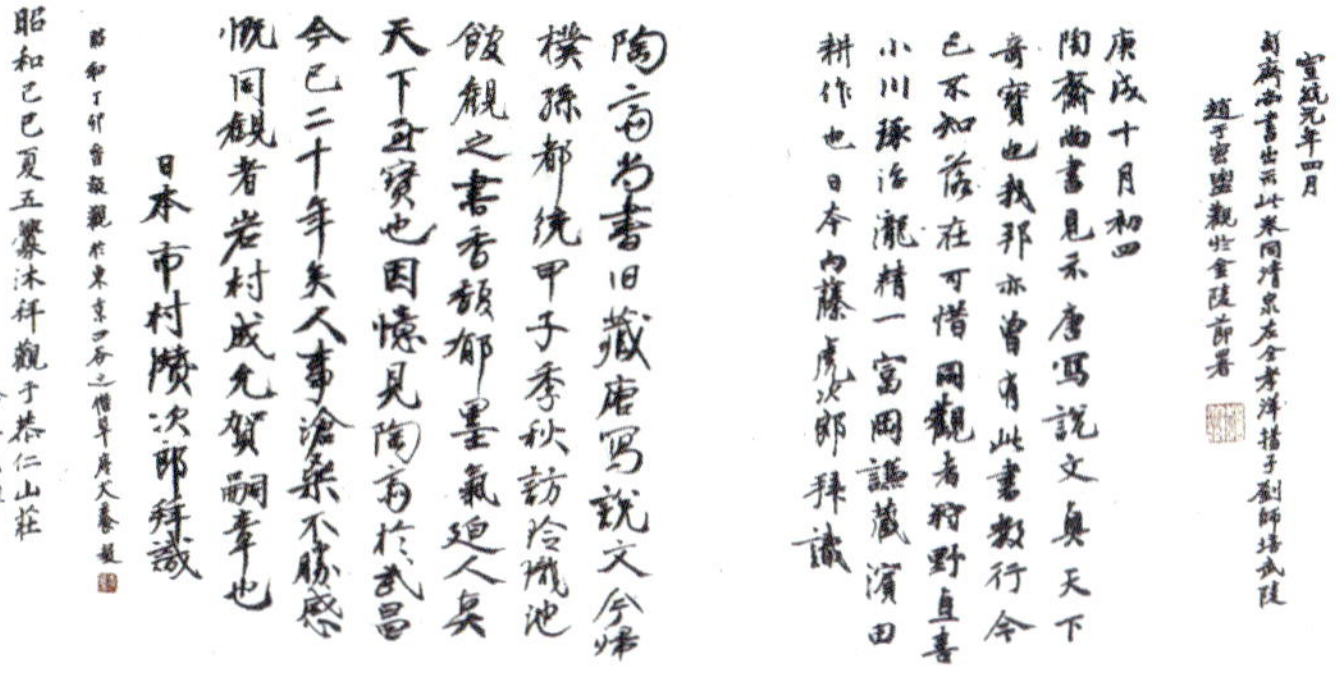

36 說文解字木部残巻における中日文人の筆蹟
（上）曾国藩題辞；（中）巻首第一紙；（下）巻末鑑賞記の一部

37　澁澤榮一の古稀を祝う小山正太郎の画

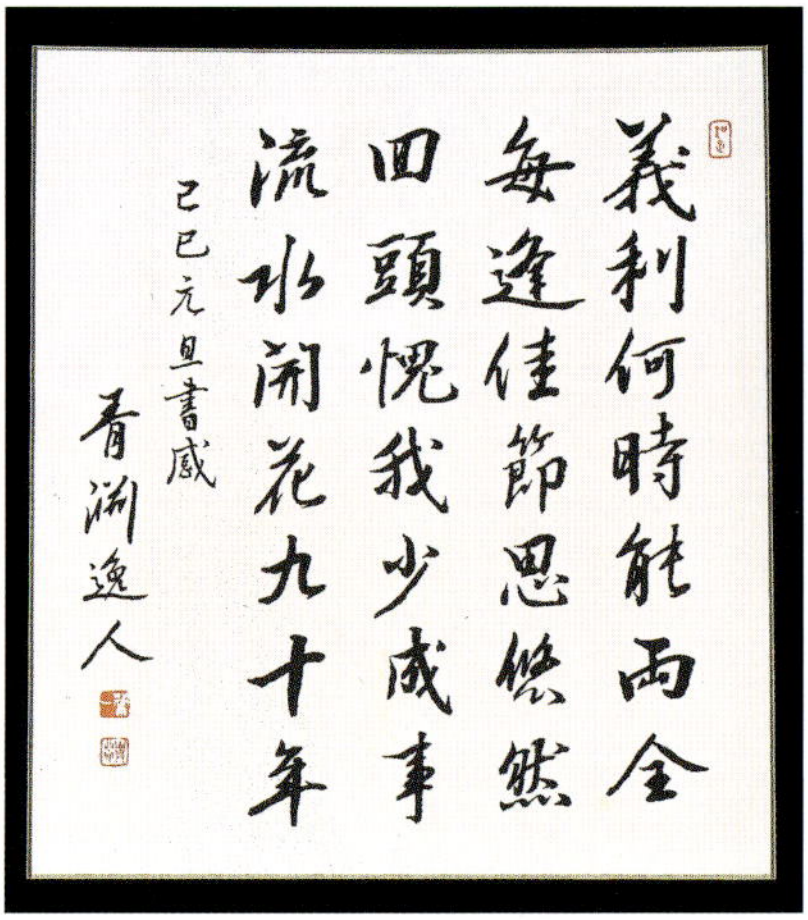

38　澁澤榮一（号青淵）卒寿時の書

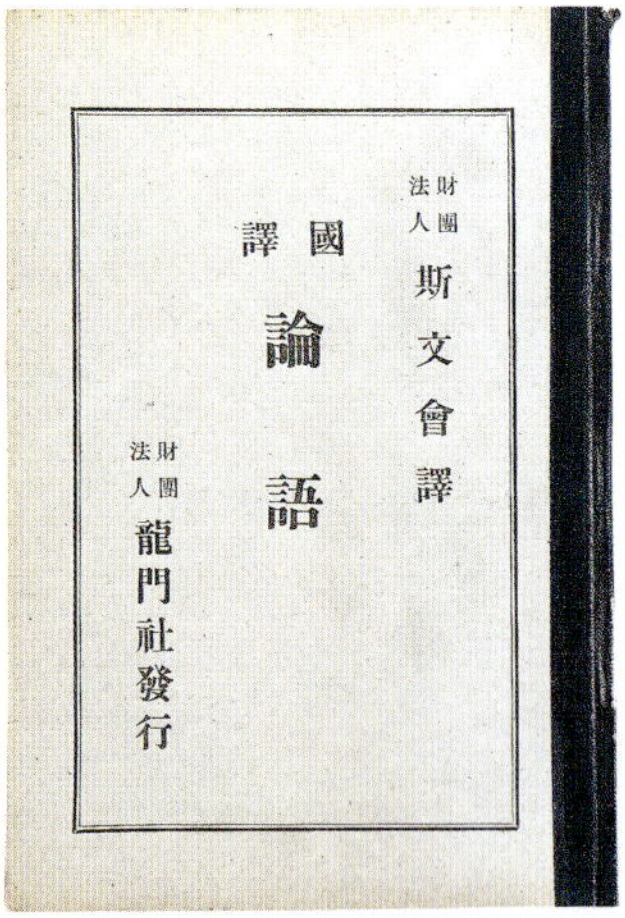

39　斯文會譯『論語』
（龍門社出版）

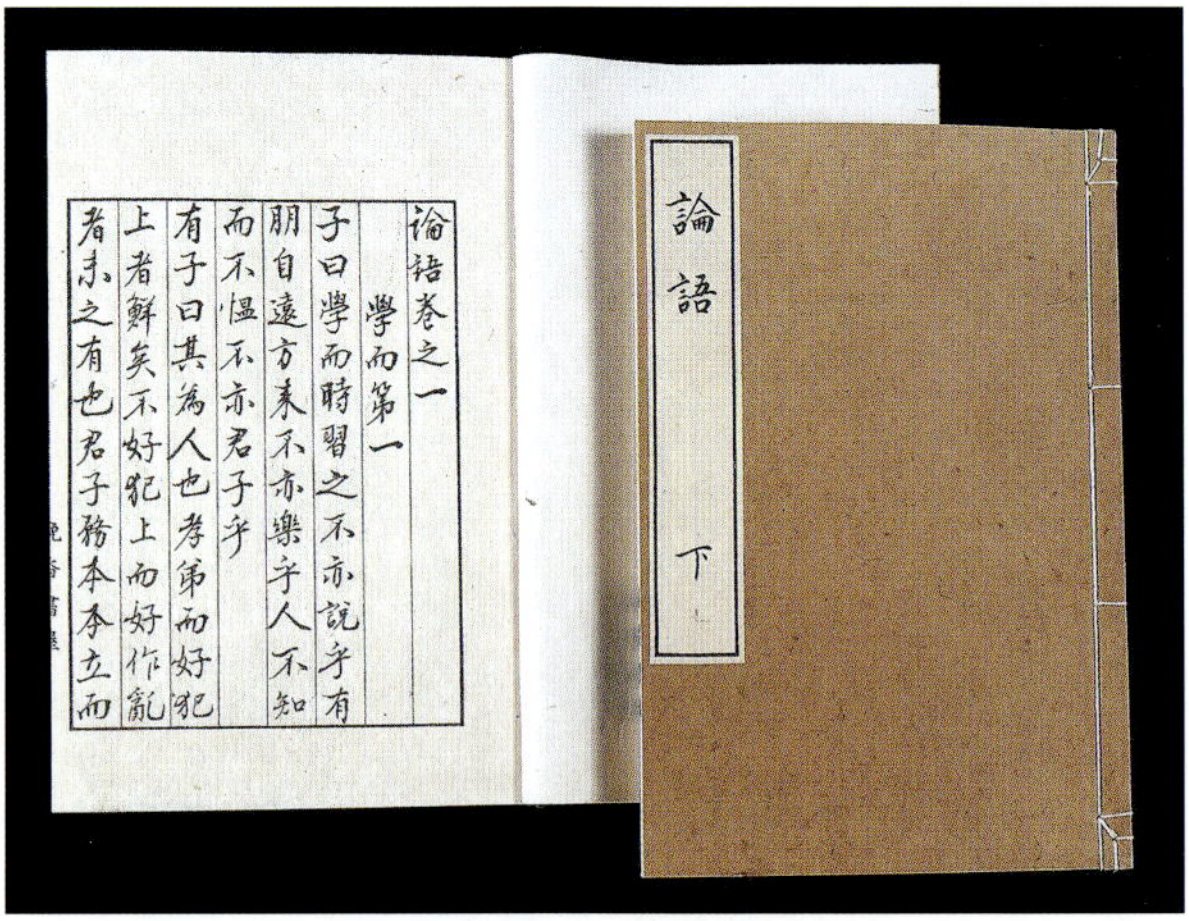

40　榮一自筆による『論語』抄本

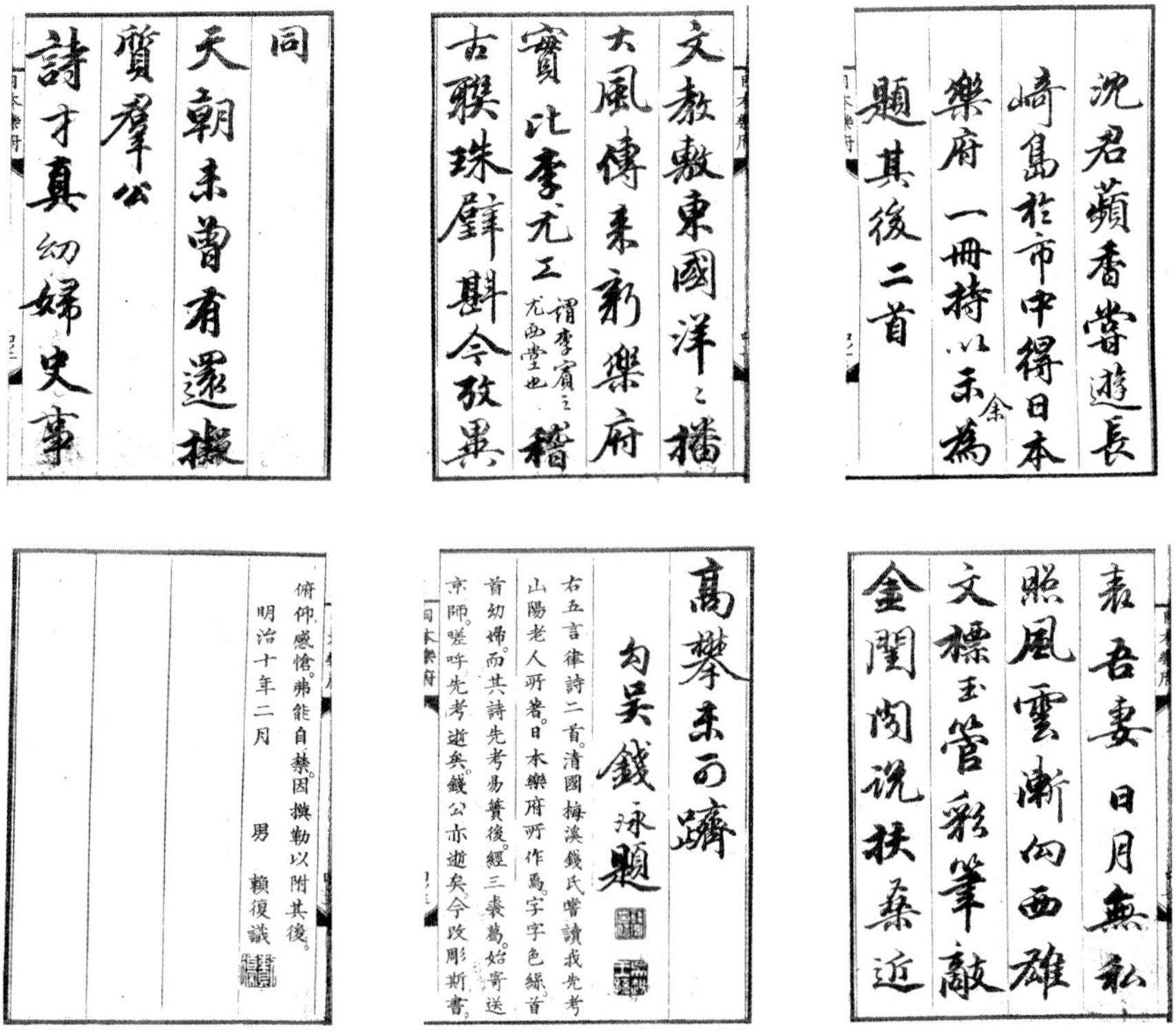
沈君蘋香嘗遊長
崎島於市中得日本
樂府一冊持以示余為
題其後二首

文教敷東國洋之播
大風傳來新樂府
寶比李元王 謂李賓之尤西堂也 稽
古騤珠辟斟今啟異

同
天朝未曾有還撥
質羣公
詩才真幼婦史事

表吾妻日月無私
照風雲向西雄
文標玉管彩筆敵
金閶陶説扶桑近

高攀未可躋
勾吳錢泳題

右五言律詩二首。清國梅溪錢氏嘗讀我先考山陽老人所著。日本樂府所作焉。字字色絲。首首幼婦。而其詩先考易簀後。經三裘葛。始寄送京師。嗟呼先考逝矣。錢公亦逝矣。今攺彫斯書。俯仰感愴。弗能自禁。因攙勒以附其後。
明治十年二月　男　頼復識

41　頼山陽『日本楽府』を讃える銭泳自筆の詩と頼復の記

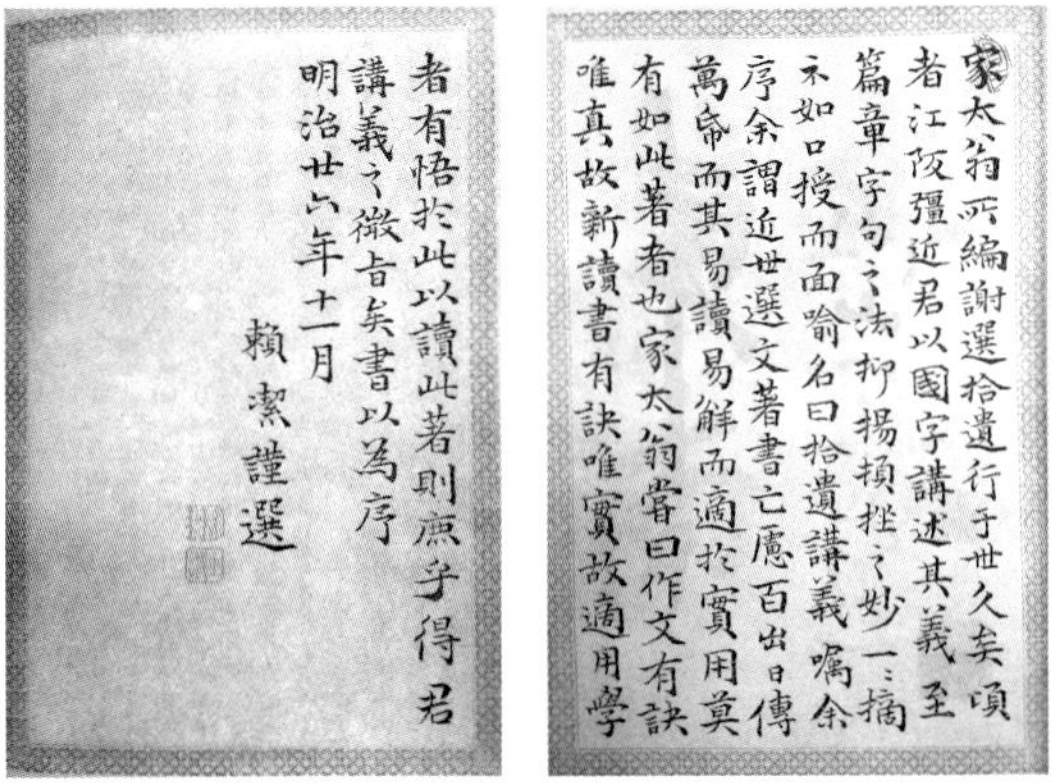
家太翁所編謝選拾遺行于世久矣頃者江阪彊近君以國字講述其義至篇章字句之法抑揚頓挫之妙一一摘示如口授而面諭名曰拾遺講義嘱余序余謂近世選文著書亡慮百出日傳萬帋而其易讀易解而適於實用莫有如此著者也家太翁嘗曰作文有訣唯真故新讀書有訣唯實故適用學者有悟於此以讀此著則庶乎得君講義之微旨矣書以為序
明治廿六年十一月
頼潔謹選

42-2　頼潔の序文

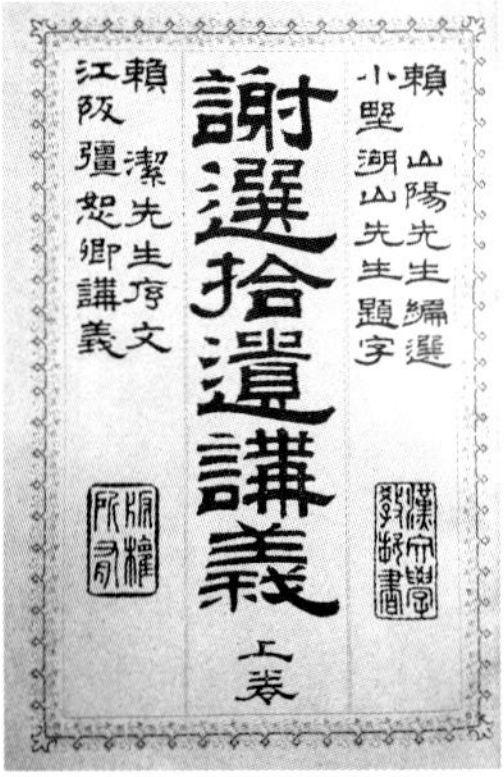
頼山陽先生編選
小野湖山先生題字
謝選拾遺講義
頼潔先生序文
江阪彊近郷講義
上巻

42-1　江阪彊近
『謝選拾遺講義』

43　野口小蘋「紅葉館話別図」

45　上海・楽善堂書薬房

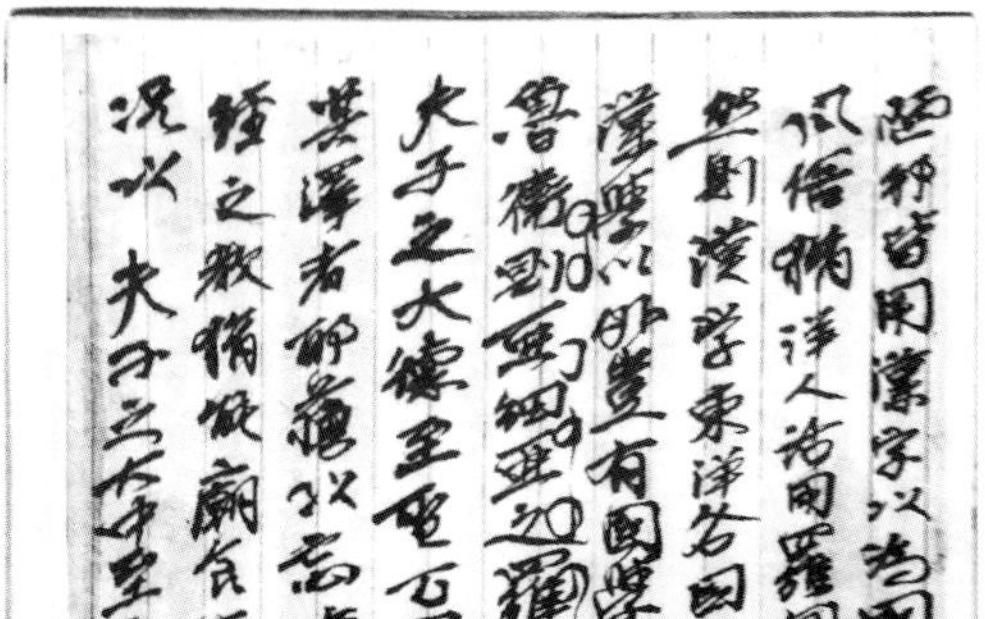

44　岡千仭（号鹿門）と黄遵憲との筆談録

46　東京大学古典講習科の人々（二列右端の名取弘三は渡辺洪基の誤り）

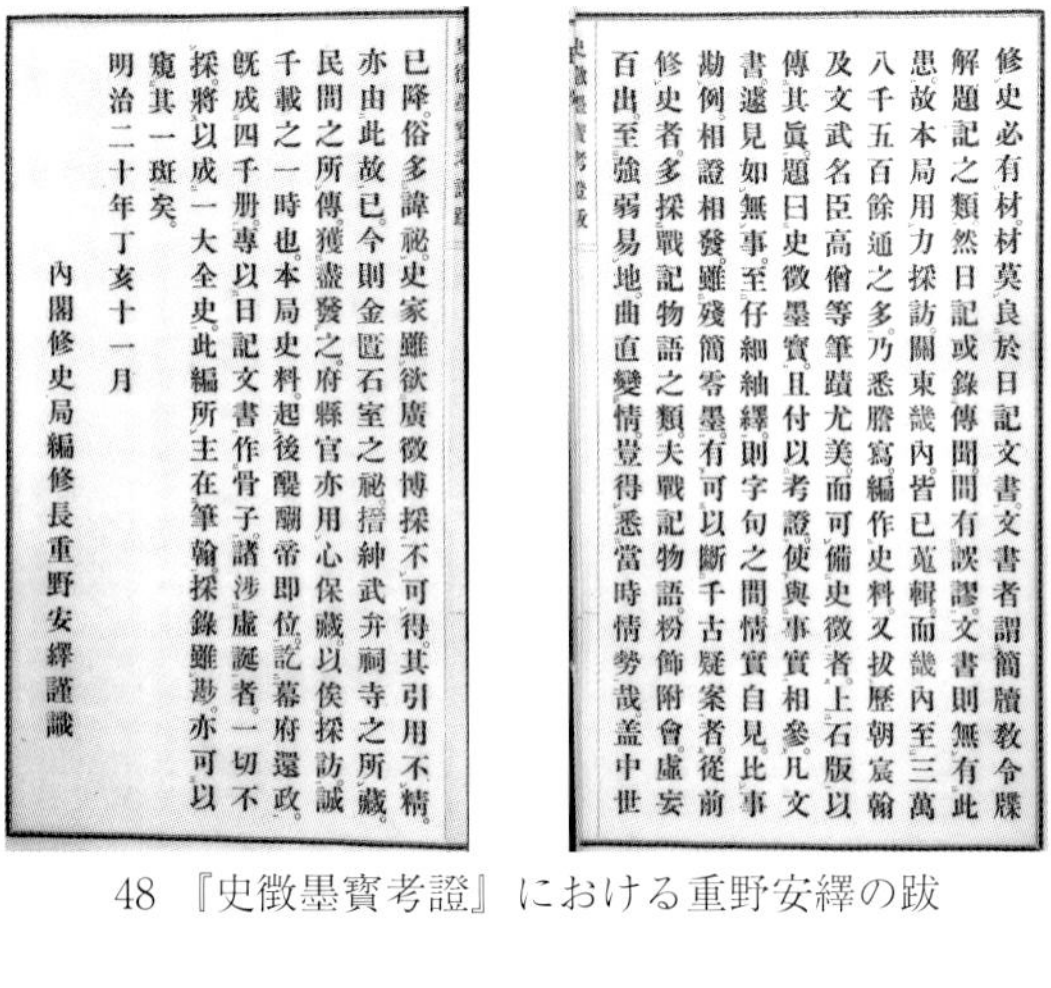

修史必有材材莫良於日記文書文書者謂簡牘教令牒
解題記之類然日記或錄傳聞間有謬誤文書則無有此
患故本局用力採訪關東畿內皆已蒐輯而畿內至三萬
八千五百餘通之多乃悉謄寫編作史料又拔歴朝宸翰
及文武名臣高僧等筆蹟尤美而可備史徵者上石版以
傳其眞題曰史徵墨寶且付以考證使與事實相參凡文
書遽見如無事至仔細紬繹則字句之間情實自見比事
勘例相證相發雖殘簡零墨有可以斷千古疑案者從前
修史者多採戰記物語之類夫戰記物語粉飾附會虛妄
百出至強弱易地曲直變情豈得悉當時情勢哉蓋中世
已降俗多諱祕史家雖欲廣徵博採不可得其引用不精
亦由此故已今則金匱石室之祕搢紳武弁祠寺之所藏
民間之所傳獲盡發之府縣官亦用心保藏以俟採訪誠
千載之一時也本局史料起後醍醐帝即位訖幕府還政
既成四千冊專以日記文書作骨子諸涉虛誕者一切不
採將以成一大全史此編所主在筆翰採錄雖尠亦可以
窺其一斑矣

明治二十年丁亥十一月
內閣修史局編修長重野安繹謹識

48　『史徵墨寶考證』における重野安繹の跋

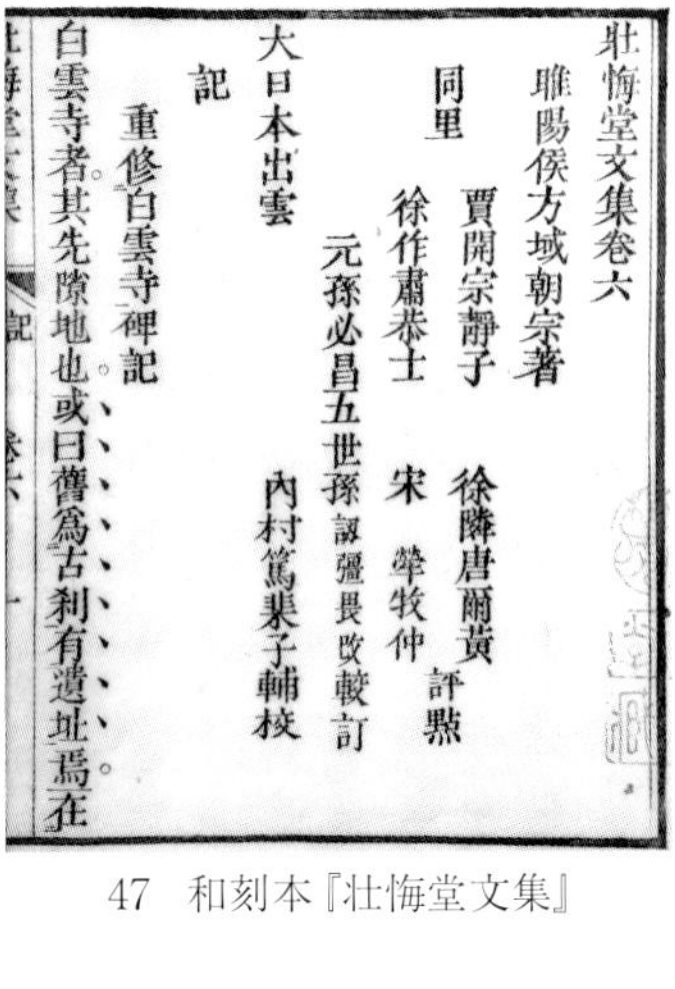

壯悔堂文集卷六
雎陽侯方域朝宗著
同里　賈開宗靜子　徐鄰唐爾黃
徐作肅恭士　宋　犖牧仲　評點
元孫必昌五世孫訥彊長改較訂
大日本出雲　內村篤棐子輔校
記
重修白雲寺碑記
白雲寺者其先隙地也或曰舊為古刹有遺址焉在

47　和刻本『壯悔堂文集』

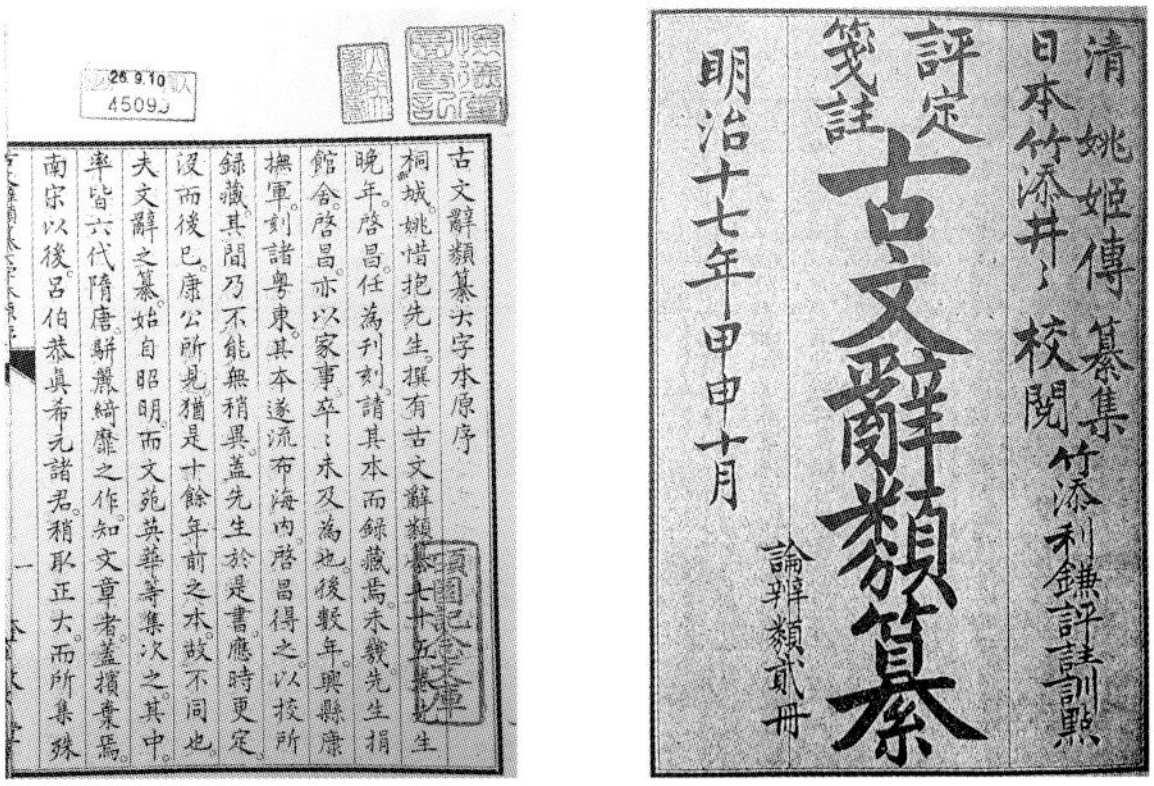

50　和刻本『古文辭類纂』

49　姚姫傳肖像

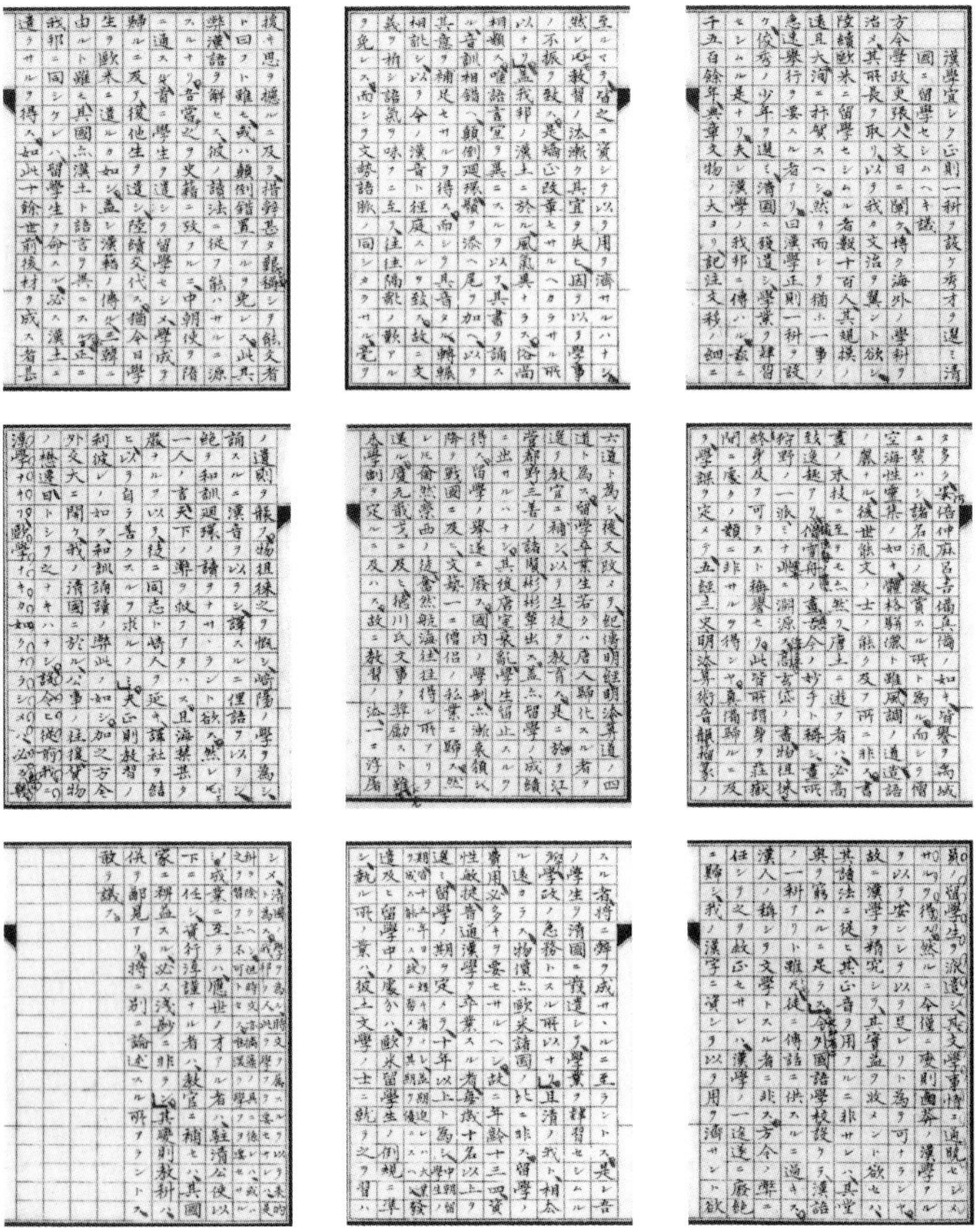

51　重野安繹「漢学振興策」

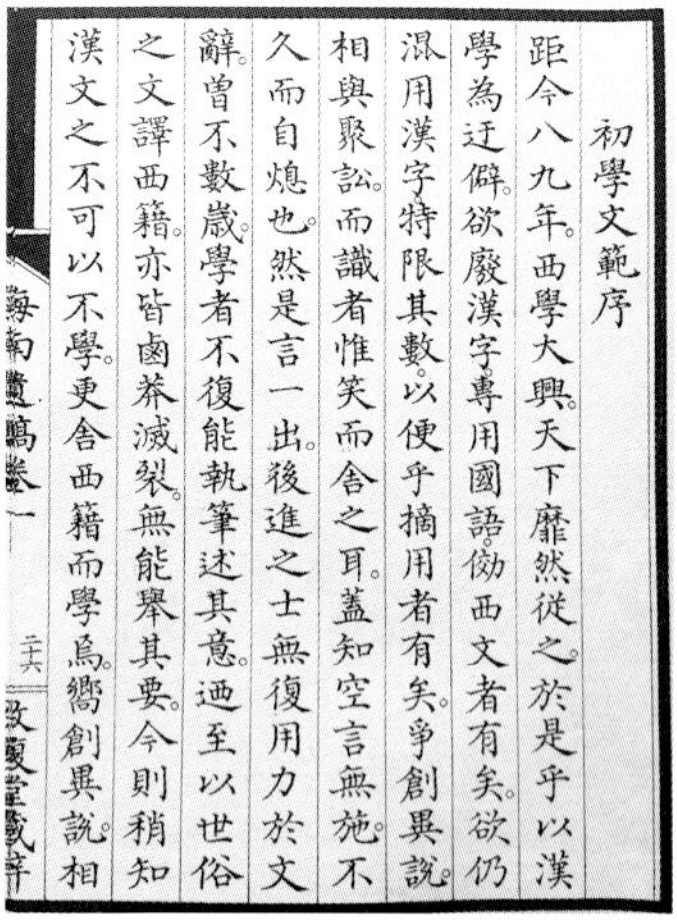
初學文範序
距今八九年西學大興天下靡然從之於是乎以漢學為迂僻欲廢漢字專用國語倣西文者有矣欲仍混用漢字特限其數以便乎摘用者有矣爭創異說相與聚訟而識者惟笑而舍之耳蓋知空言無施不久而自熄也然是言一出後進之士無復用力於文辭曽不數歳學者不復能執筆述其意迺至以世俗之文譯西籍亦皆鹵莽滅裂無能舉其要今則稍知漢文之不可以不學更舎西籍而學焉嚮創異說相

53　藤野海南「初学文範序」

52　藤野海南肖像

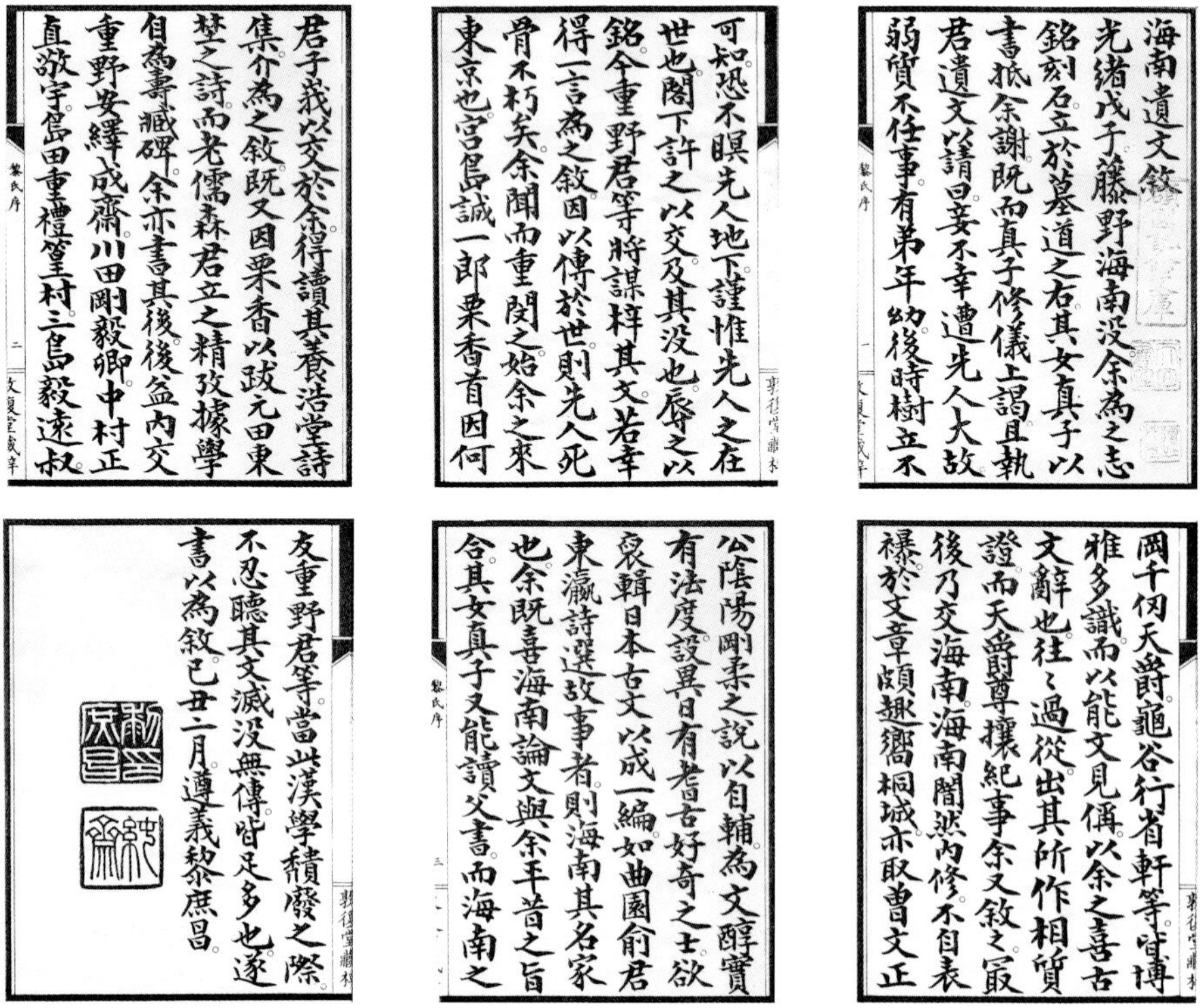
海南遺文敘
光緒戊子藤野海南没余為之志銘刻石立於墓道之右其女真子以書抵余謝既而真子修儀上謁且執君遺文以請曰妾不幸遭先人大故弱質不任事有弟年幼後時樹立不可知恐不瞑先人地下謹惟先人之在世也閣下許之以交及其没也辱之以銘今重野君等將謀梓其文若幸得一言為之敘因以傳於世則先人死骨不朽矣余聞而重閔之始余之來東京也宮島誠一郎栗香首因何君子莪以交於余得讀其養浩堂詩集介為之敘既又因栗香以跋元田東埜之詩而老儒森君立之精攷據學自為壽臧碑余亦書其後後益内交重野安繹成齋川田剛毅卿中村正直敬宇島田重禮篁村三島毅遠叔岡千仞天爵龜谷行省軒等皆博雅多識而以能文見偁以余之喜古文辭也往往過從出其所作相質證而天爵尊攘紀事余又敘之最後乃交海南海南闇然内修不自表襮於文章頗趣嚮桐城亦取曽文正公陰陽剛柔之說以自輔為文醇實有法度設異日有嗜古好奇之士欲裒輯日本古文以成一編如曲園俞君東瀛詩選故事者則海南其名家也余既喜海南論文與余平昔之旨合其女真子又能讀父書而海南之友重野君等當此漢學積廢之際不忍聽其文滅没無傳皆足多也遂書以為敘己丑二月遵義黎庶昌

54　黎庶昌「海南遺文叙」

55　村瀬藍水「芝山話別図」

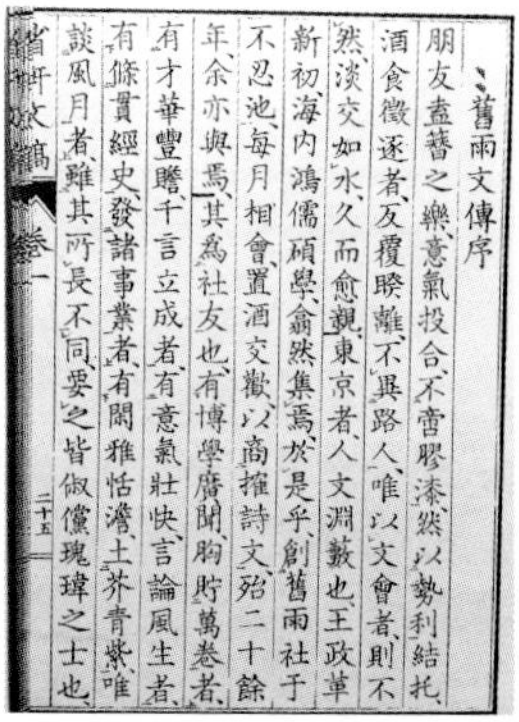
舊雨文傳序
朋友盍簪之樂意氣投合不啻膠漆然以勢利結托
酒食徵逐者反覆睽離不異路人唯以文會者則不
然淡交如水久而愈親東京者人文淵藪也王政革
新初海内鴻儒碩學翕然集焉於是乎創舊雨社于
不忍池毎月相會置酒文讌以商搉詩文殆二十餘
年余亦與焉其為社友也有博學廣聞胸貯萬巻者
有才華豐贍千言立成者有意氣壯快言論風生者
有條貫經史發諸事業者有閒雅恬澹土芥青紫唯
談風月者雖其所長不同要之皆倜儻瑰瑋之士也
省軒文稿　巻一　二十五

56-3　亀谷「舊雨文傳序」

56-2　亀谷省軒肖像

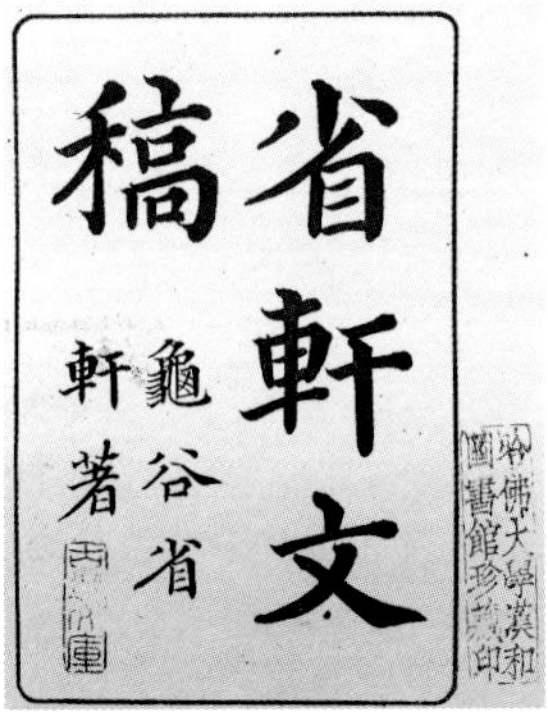

56-1　『省軒文稿』

麗澤文社記　十六年二月
明治戊寅之秋重野成齋與同人謀創立文社凡若
千人予亦與焉毎月一次會於番街之米花堂席上
命題各草一兩篇又有宿題便熟思烹錬文成合綴
作巻互相討論而成齋則毎次評焉揚其美而摘其
疵是非駁正知無不言而於理致之精粗體製之得
失尤致意焉作者得之莫不意満因取於易象名曰
麗澤文社書有之辭尚體要易傳又云修辭立其誠
蓋文章小技也而可以載道焉立意欲正大措詞欲
渾厚非善行偉蹟不敢紀非民隠時艱不敢論大指

58　星野恒「麗澤文社記」

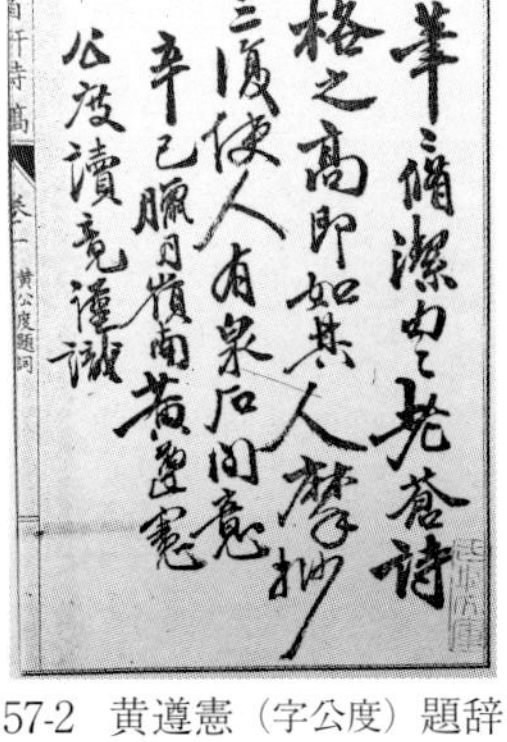
57-2　黄遵憲（字公度）題辞

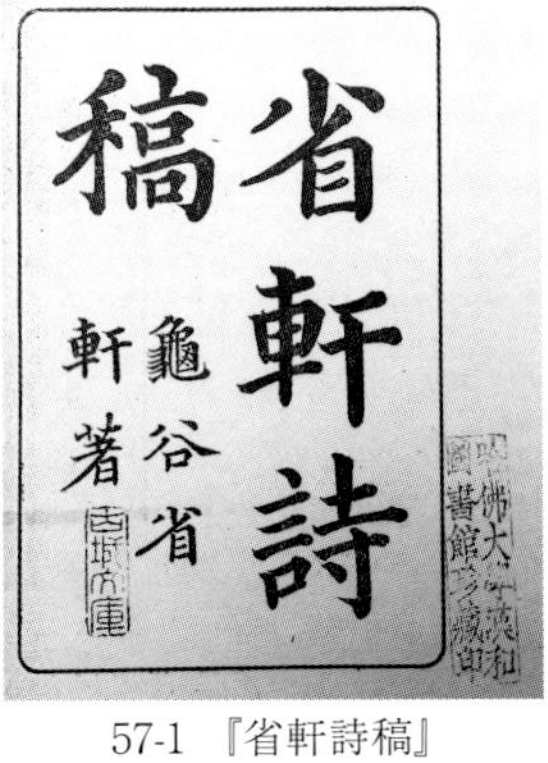

57-1　『省軒詩稿』

60　留学中の大八が描いた蓮池書院

59　曾国藩肖像

61　留学を間近に控えた
宮島大八

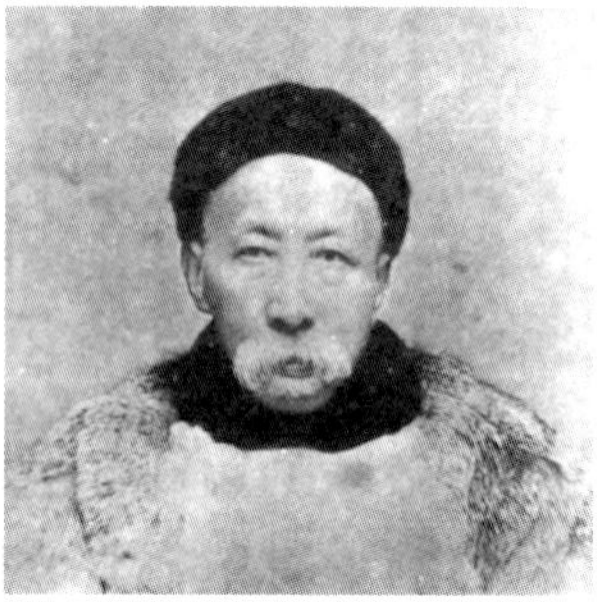

62　張裕釗肖像

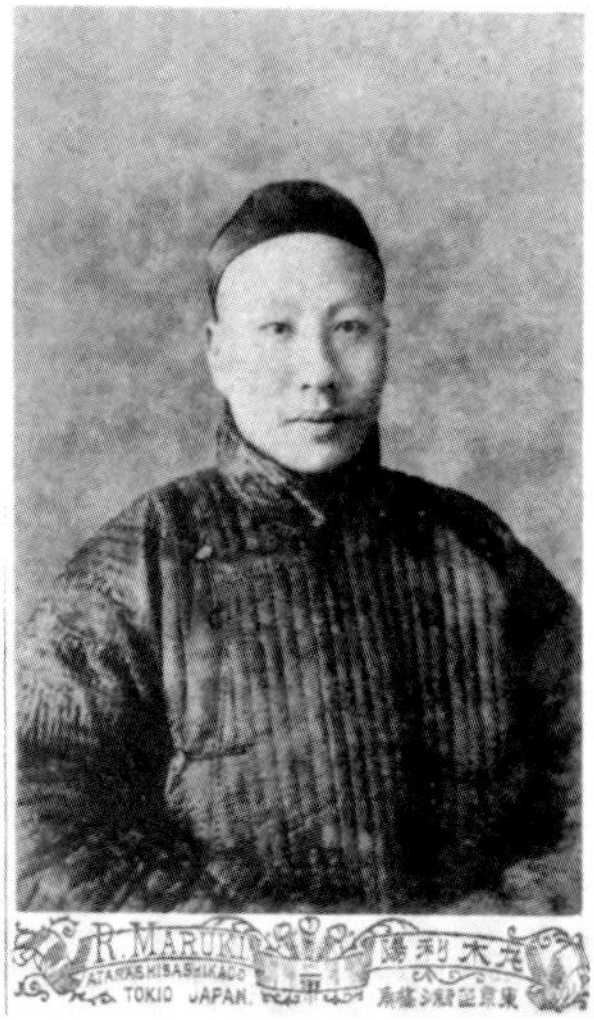

63　張澮肖像

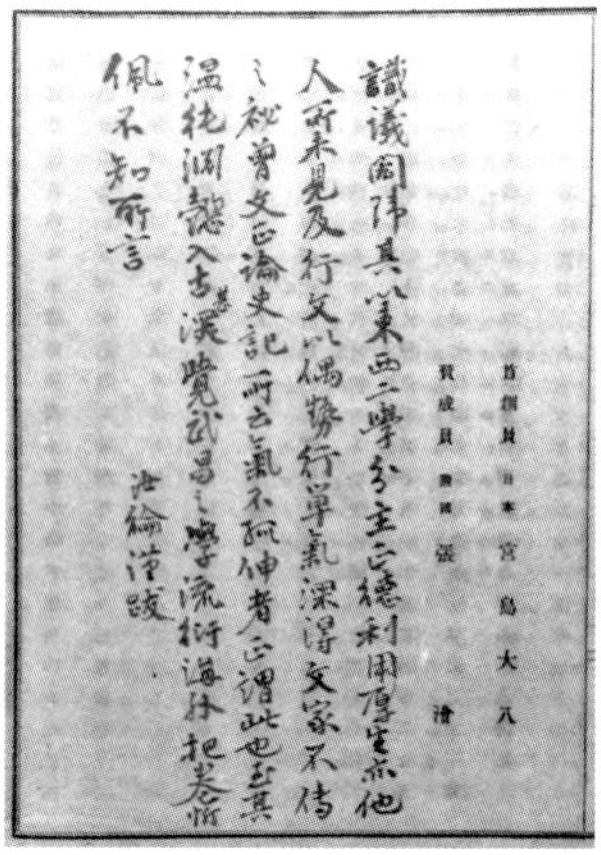

首創員　日本　宮島大八
賛成員　清國　張　澮

識議閎偉其以東西二學參互正德利用厚生亦他人所未見及行文以偶勢行單氣深得文家不傳之秘曾文正論史記所云氣不飙伸者正謂此也其温純淵懿入古深覧武昌之學流衍海外把卷悵佩不知所言

汝綸謹跋

64 「創設善隣書院啓」
副本における呉汝綸の跋

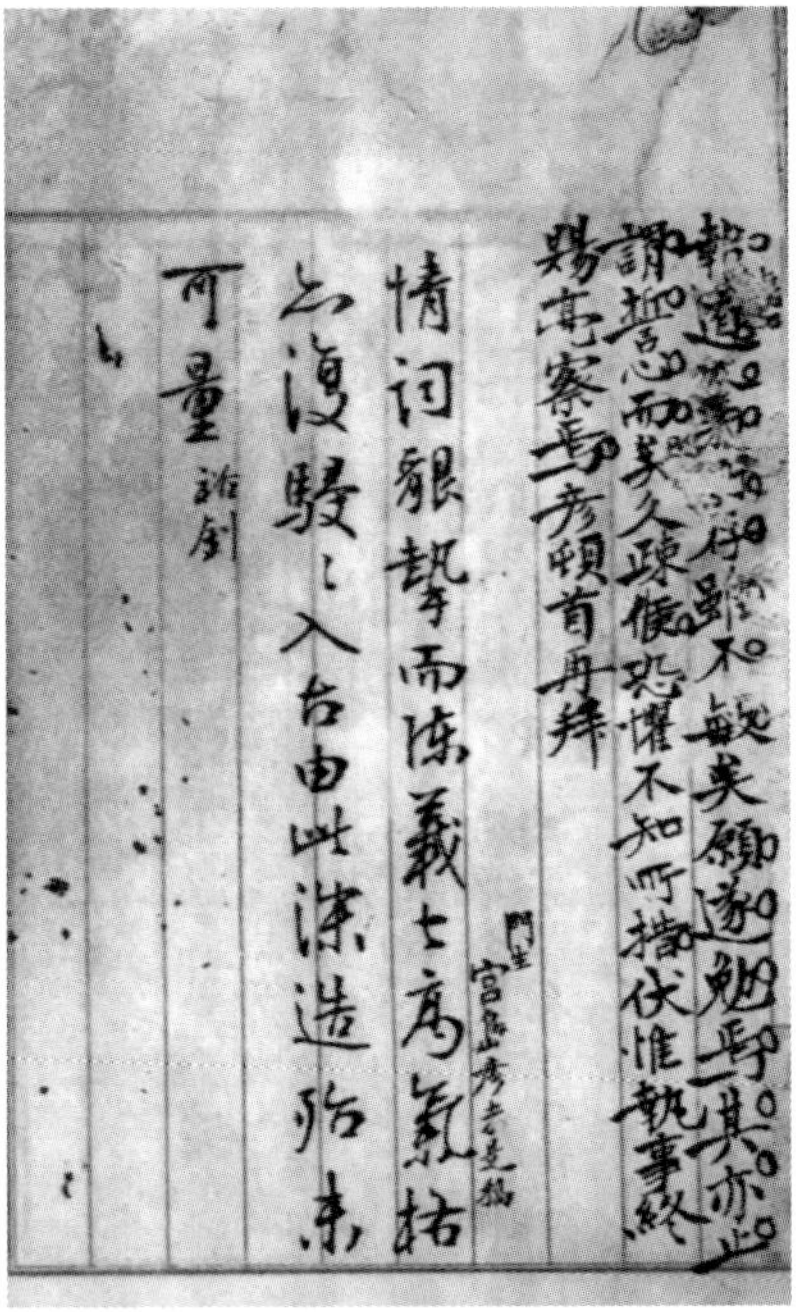

65　大八の作文に対する張裕釗の評語

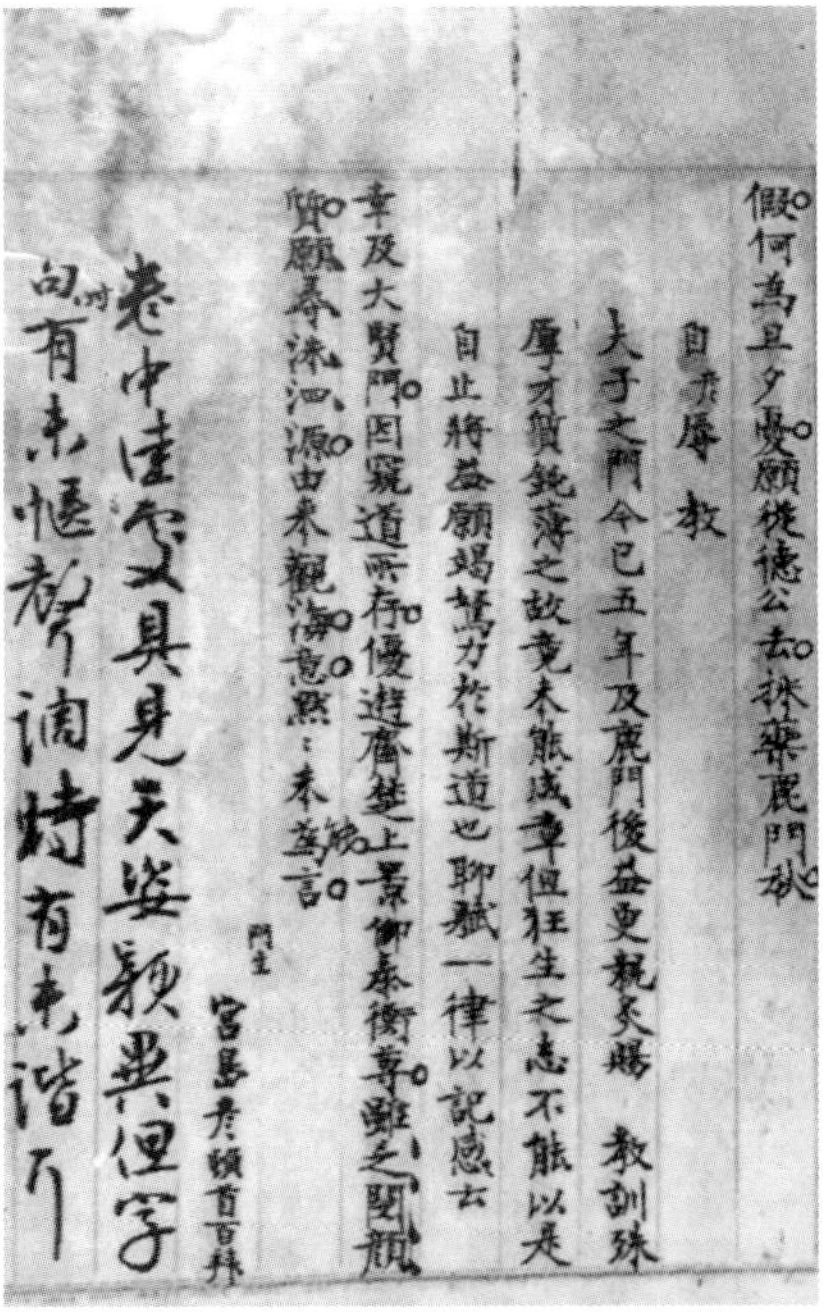

66　大八の作詩に対する張裕釗の評語

67　書斎における晩年の宮島大八

68　W.A.P. マーティンとその中国人学生たち

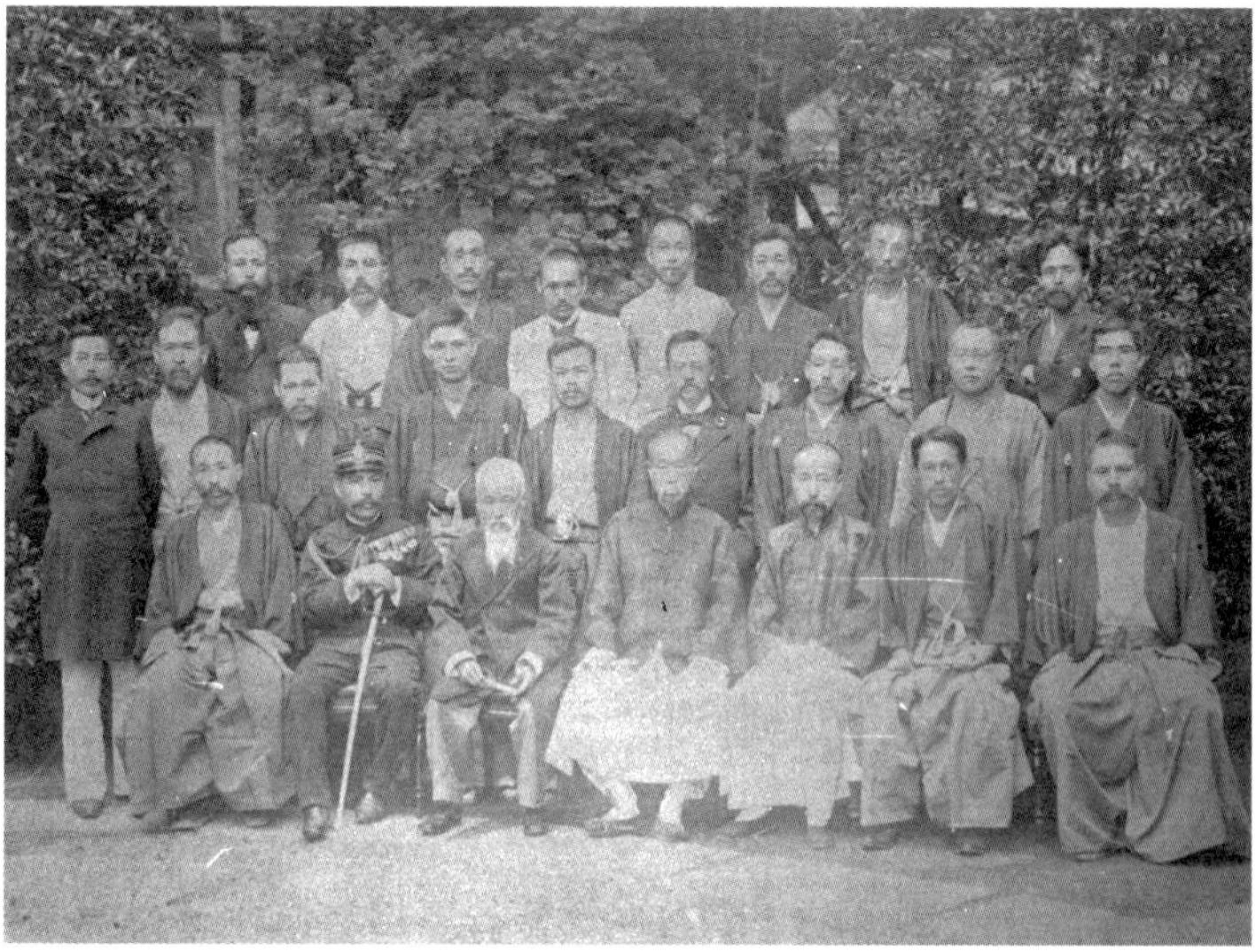

69　呉汝綸（前列中央）と三島中洲（呉の左）・二松学舎諸氏との記念写真
（1902 年 7 月 6 日）

70　万国学士院連合会第三回総会に出席する帝国学士院代表一行と現地日本人会諸氏との記念写真
（座る紳士・左より）菊池大麓、重野安繹　（ウィーンにて　1907 年 6 月 3 日）

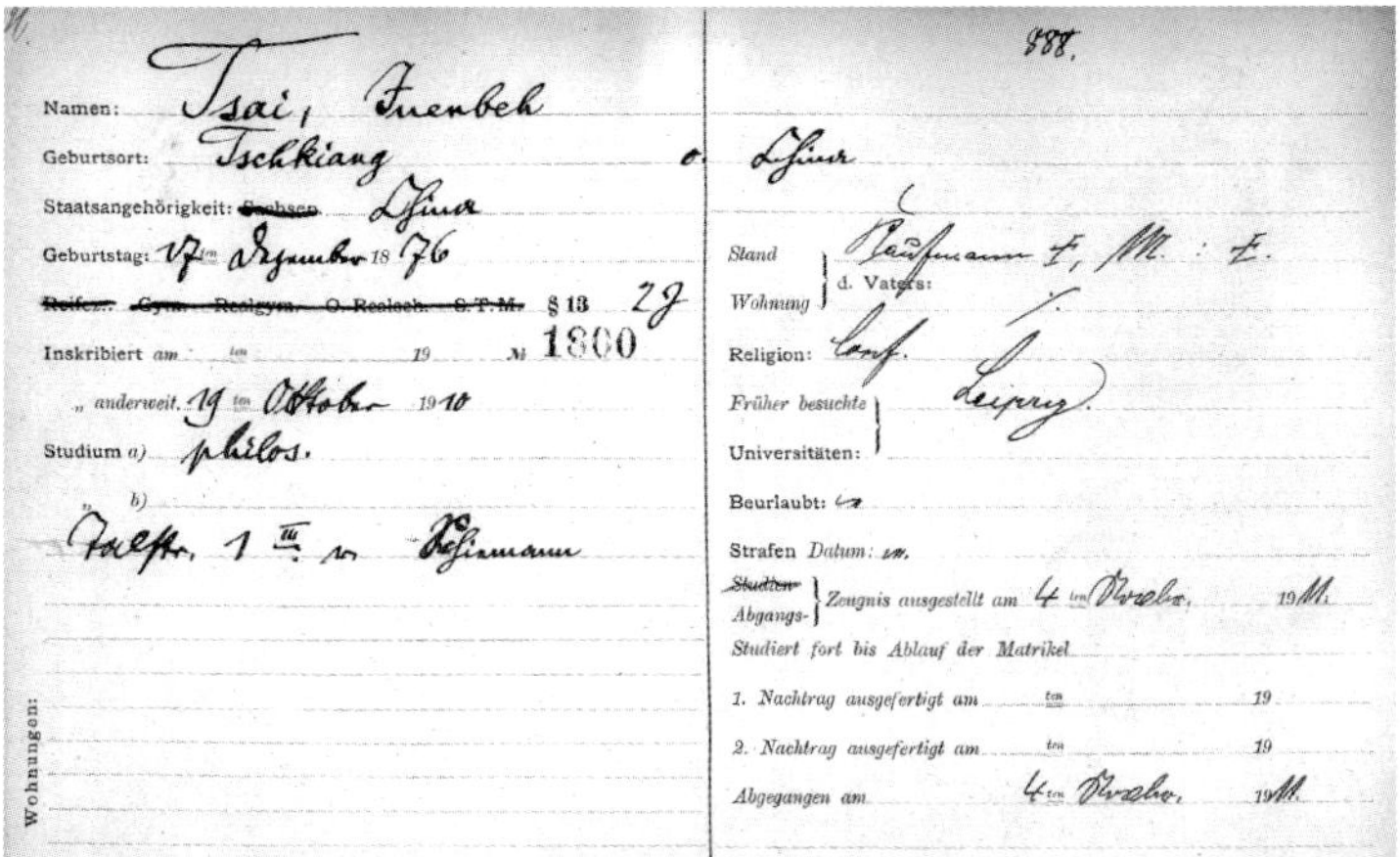

888.

Namen: Tsai, Fuenbeh
Geburtsort: Tschkiang　o. China
Staatsangehörigkeit: ~~Sachsen~~ China
Geburtstag: 17ten Dezember 1876
~~Reifez.: Gym. Realgym. O. Realsch. S.T.M.~~ § 13　2 J
Inskribiert am　ten　19　№ 1800
„ anderweit. 19ten Oktober 1910
Studium a) philos.
„ b)
Volksw. 1 III v. Reichmann

Wohnungen:

Stand
Wohnung } d. Vaters: Kaufmann † , M. : † .
Religion: Conf.
Früher besuchte
Universitäten: } Leipzig
Beurlaubt: -
Strafen Datum: -
~~Studien~~
Abgangs- } Zeugnis ausgestellt am 4ten Dezbr. 1911.
Studiert fort bis Ablauf der Matrikel
1. Nachtrag ausgefertigt am　ten　19
2. Nachtrag ausgefertigt am　ten　19
Abgegangen am 4ten Dezbr. 1911.

71　ライプツィヒ大学留学時、蔡元培の自筆による身分登録
（1911 年、宗教欄への「儒教」記載が注目）

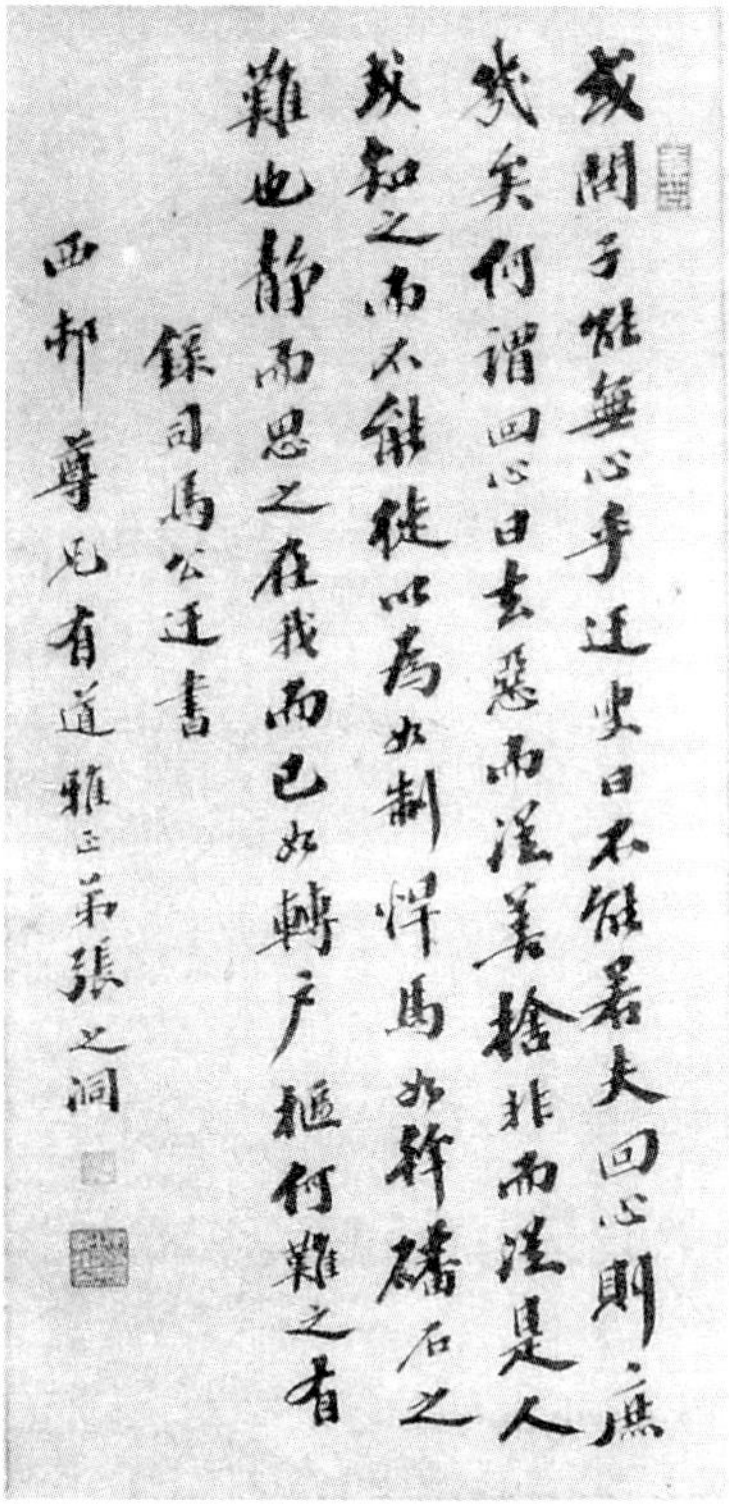

74　張之洞書幅「録司馬公迂書」
（西村天囚に贈った張之洞の書）

72　張之洞肖像

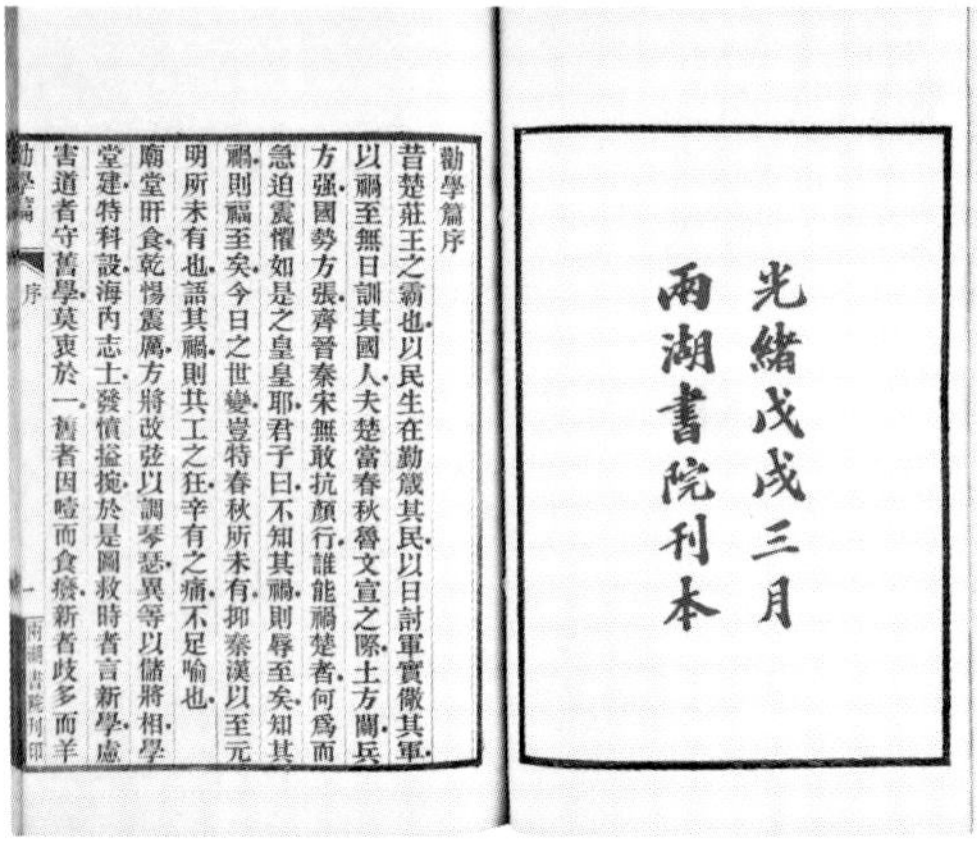

光緒戊戌三月
兩湖書院刊本

勸學篇序
昔楚莊王之霸也・以民生在勤箴其民・以日討軍實儆其軍・
以禍至無日訓其國人・夫楚當春秋魯文宣之際・土方闢・兵
方強・國勢方張・齊晉秦宋無敢抗顏行・誰能禍楚者・何爲而
急迫震懼如是之皇皇耶・君子曰・不知其禍・則辱至矣・知其
禍・則福至矣・今日之世變・豈特春秋所未有・抑秦漢以至元
明所未有也・語其禍・則共工之狂・辛有之痛・不足喩也・
廟堂旰食・乾惕震厲・方將改弦以調琴瑟・異等以儲將相・學
堂建・特科設・海內志士・發憤搤掔・於是圖救時者言新學・慮
害道者守舊學・莫衷於一・舊者因噎而食廢・新者歧多而羊

勸學篇　序　一　兩湖書院刊印

73　張之洞『勸学篇』（1898年）

75　大阪自宅の書斎「讀騷廬」における西村碩園

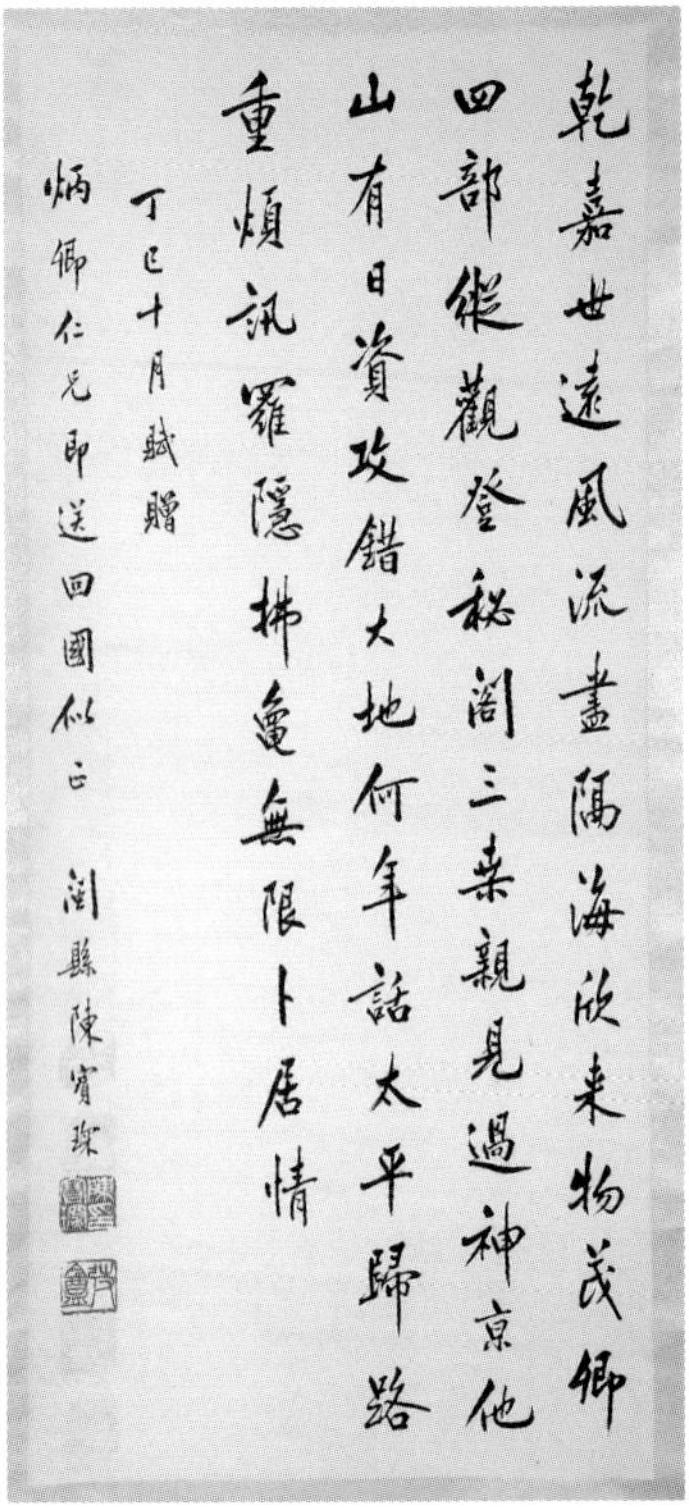

76　溥儀の漢文師匠・陳寶琛が内藤に贈った送別詩幅（1917 年 12 月）

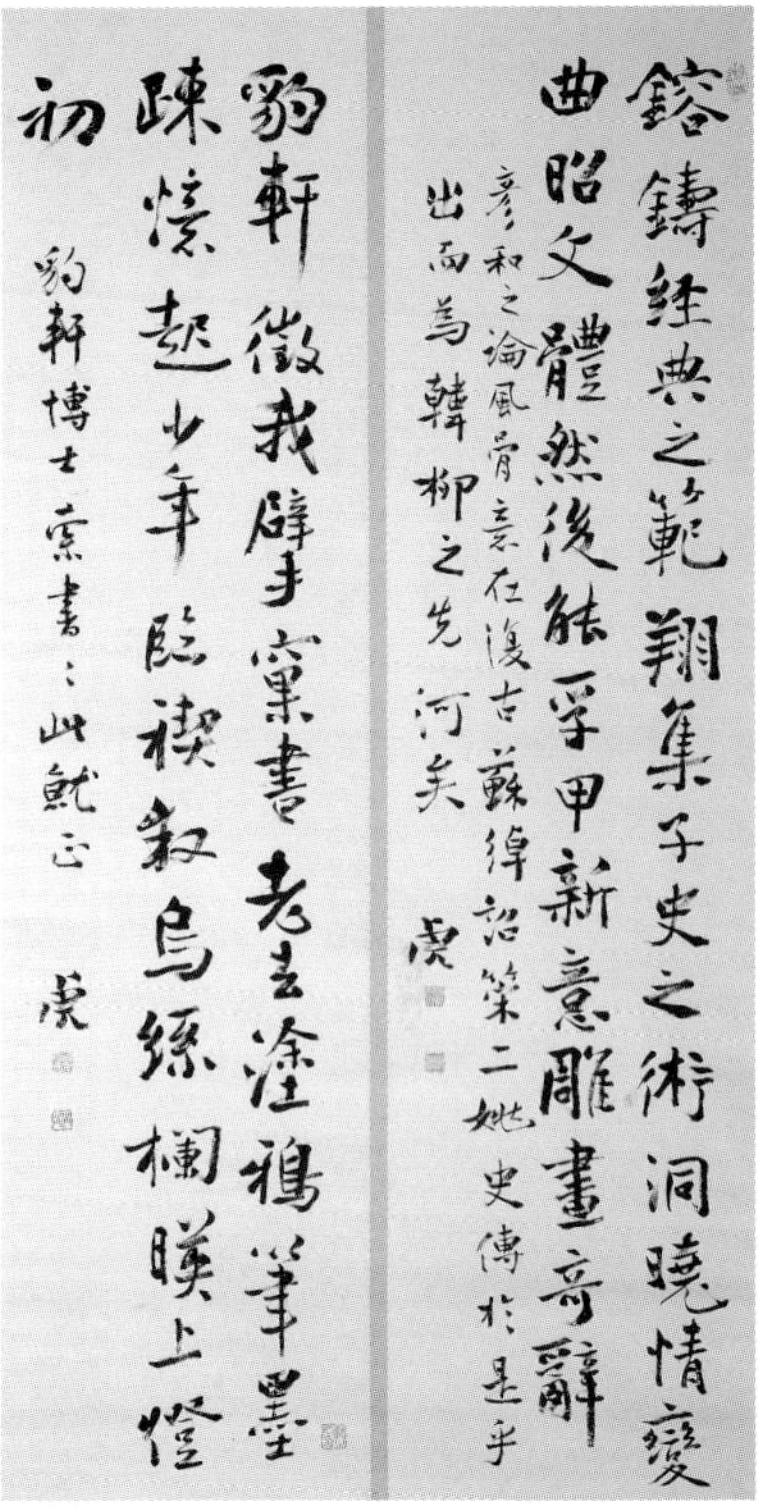

77　内藤湖南双幅「似鈴木豹軒」立軸

78　恭仁山荘の書斎における内藤湖南

79　京都寄寓時代の羅振玉と
王国維（左）

80　羅振玉帰国送別記念写真
（京都円山公園、1919 年 6 月 21 日）
（右より）内藤湖南、富岡鉄斎、羅振玉、犬養毅、長尾雨山

81　明治末期の京都帝国大学文科大学の人々
（前列右より）鈴木虎雄、狩野直喜、（二人おいて）青木正児、（二人おいて）内藤湖南

82　胡適

83　陳独秀

84　魯迅

86　青木正児

85　呉虞

87　倉石武四郎

89　大阪泊園書院（1825-1948）は
関西大学のルーツの一つである

88　上海虹口・内山書店
（魯迅が逝去した 1936 年 10 月 19 日の朝、
前列左より三人目は内山完造）

90　清華大学国文系の劉文典教授一行が大阪懐徳堂に来訪（1936 年）

序説――「土着」の漢学が目指した近代的革新

陶　徳民

近年、日本の漢学と儒教が果たした歴史的役割に対する見直しの気運が次第に醸成されつつあるように見える。管見の限り、子安宣邦『漢字論—不可避の他者』、中村春作『江戸の儒教と近代の「知」』、斎藤希史『漢文脈の近代：清末＝明治の文学圏』および『漢文脈と近代日本』、村田雄二郎、C・ラマール編『漢字圏の近代—ことばと国家』、金文京『漢文と東アジア：訓読の文化圏』、中村春作ほか編『訓読論：東アジア漢文世界と日本語』および『続訓読論：東アジア漢文世界の形成』、陶徳民ほか編『近代東アジアの経済倫理とその実践—渋沢栄一と張謇を中心に』および『東アジアにおける公益思想の変容—近世から近代へ』、鈴木貞美『「日本文学」の成立』、町泉寿郎編『渋沢栄一は漢学とどう関わったか：「論語と算盤」が出会う東アジアの近代』などがその表徴の一部と考えられる。そうした中で、東京大学教養学部国文・漢文学部会が、高校の教科書における「古文」観は、「近代国家によって作られた制度ではないか」という鋭い問題提起をしている。「現実に読み書きされていたのは、圧倒的に漢字、漢文でした。それが古典日本語の世界なのです。近代以前の文化は、漢字・漢文のなかに生きていたと言うことができます。明治時代の後期になると、「文学史」と名付けられた書があいついで刊行され、この時期の現実的実践的問題にこたえるものでした。落合直文の「日本文学の必要」（明治二二年　一八八九）と題する文章に、そのことがよくうかがえます」[1]と。

すなわち、「国民」形成・「国語」創出のために推進された明治後期の文教政策が過去の学問伝統の実態を直視しなかったために、落合などによって作りだされた日本文学史の「常識」が歪みを伴うものであり、そのマイナス影響はいまの高校教育と学界でも尾を引いている。

①「漢文は殆んど我が固有の如し」（日下寛）

落合が東京大学古典講習科在学中の一八八二（明治十五）年春、内閣修史館の同僚の間で『大日本編年史』の編修に相応しい使用言語について議論されていた。薩摩出身の編修責任者重野安繹に近い日下寛（一八五二―一九二六、号は勺水。後に東京大学講師、『文科大学史誌叢書』の編者）が次のような意見を表明した。

> 本邦文字千古未有定論、或和文、或漢文、或雅俗混用。至近日公移廢從來公文、用一種和漢假文、余病其雜、而無統一日。在史館語及國史文体、或欲用和文、其意在藩翰譜体、或欲編和漢文各一部、又或欲折中、可謂公移文以便習俗、諸説紛紜、莫能決意者。六國史以下、歴代正史率用漢文。自朝廷詔敕以迄禮典儀式之類、莫不皆然。沿習之久、漢文殆如我固有。今一其体例、尤為難能。蓋用和文者為正体勿論已、和文漢文並編者亦非無其理。折中公移文更創其体者、亦出於不得已。余未知其果何如、然及今莫為之制、雖百世亦竟如此也已。[2]

日下は従来、和文・漢文・雅俗混用（漢字仮名交じり文）が並行されてきているため、修史の際に和文が「正体」とされることにも、和漢併用することにもそれぞれ一理がある。漢文は歴代の正史、朝廷の詔勅および禮典儀式にことごとく使用されているため、ほとんど我が固有の如し、と述べた。結局、重野の決断により漢文による

『大日本編年史』の編修が開始されたが、事業は内外情勢の変転とナショナリズムの高揚のなかで最終的に中止された。それはともかく、日下が表明した「漢文は殆ど我が固有の如し」という認識は注目すべきものであろう。すなわち漢字・漢文を使う千数百年の長い歴史を有する日本漢学はすでに日本文化の風土に深く根を下ろしているため、「土着」の学問、固有の学問と見做されてしかるべきである。

②「日本的漢学」の創出を目指して（重野安繹）

確かに、明治期の学界と教育界において、漢学の地位と影響力は王政復古に伴う国学の勃興と文明開化の政策による洋学の流行によって著しく低下した。しかし、国学と洋学の長所を積極的に取り入れた重野は、絶えずその学界、政界における広い人脈を生かして漢学の復興を図っていた。重野の私塾「成達書院」の教え子でハイデルベルク大学に留学したことのある法学博士木場貞長（文部省官房長・次官などを歴任、貴族院議員）が、洋学隆盛、漢学衰退の時勢に置かれた「先生は其間に在って、斯界の大御所として重望を一身に負ひ、不遇の漢学者を率ゐて克く孤塁を守り、朝野の間に處して活躍宜を得、斯学の衰運を救はれたるは、偉なりといふベキを覚へます次第」であると述べている[3]。

重野の漢学史観および漢学界に対する嘱望は、「日本的漢学に就いて」という（中村久四郎による筆記）文章の形で東亜学術研究会月刊誌『漢学』第一編第一号に発表された。時期は重野逝去半年前の一九一〇年五月であったため、明治および次の大正時代の漢学界への遺言と見てもよいであろう[4]。その内容の詳細について、町田三郎氏が次のように重野の「漢学と実学」や「和魂漢才」など大所高所からなされた論説をつなげて論じ、しかも重野（号成斎）を日本漢学の革新途上の「過渡期の人」、近代中国学の創出に関する「問題提起者」として位置付けている。

成斎は中国の学術が日本に伝来して以来の文化的影響について次の三点を特徴的なものとして挙げる。

（一）儒教思想が国民道徳を発達させたこと。

（二）仮名の発明を喚起したこと。

（三）日本漢詩文、漢籍国字解の発達が知識の大衆的浸透に好影響を与えたこと。

（中略）以上の記述は、日本漢学を歴史的に回顧し総括するものであるが、元禄享保の間が漢学と国学とのミックスによって学問的な活況を呈し、寛政以後が窮屈な漢学、つまり朱子学一尊体制で学問がさびれたというのであれば、今後の学問のあり方は、「漢学と国学」を兼ね学ぶ態度、さらに現在の時点に即していえば、「偏固の見」を去った視野の開けた学問、「実学」をこそ目ざすべきだということになる。

成斎は過渡期の人であった。漢学に即していえば、義理と文芸に終始した徳川期の学問世界を、実証的な考証の積み重ねこそ近代的科学的学問であると主張し、同時にこうすることによって清朝考証学のレベルに追いつき、それは同時に世界に通じる学問であり、しかもそこに国学の教養を加え、換言すれば「和魂漢才」の八方に目配りした学問を余裕をもって続けるとき、日本独自の「漢学」研究も生まれてこようとした。

（前略）ただ成斎のこうした努力・主張は、明治一代が終り次の世代に移るころ具体的な形をもって学界に出現する。内藤湖南・狩野直喜・服部宇之吉らの登場とその活躍がそうである。ここにおいて新しい「漢学」研究も生み出された。成斎はかれらのための、より正しくは日本的「漢学」研究、近代中国学のいわば地ならしをその生涯を通じて行ったのである。そしてつねに問題提起者であった。過渡の人とはこうした意味である。[5]

以上をまとめて見れば、重野が目指した「日本的漢学」は、日本の主体性、洋学・国学と融合する包容性、社会生活に資する実用性、および実証主義・実践主義を重視する近代的理性などを備える健全で開かれた学問の有り方だと言えるだろう。

③　儒教精神は「既に日本固有のものと同じ」（内藤湖南）

重野の漢学史観における「（一）儒教思想が国民道徳を発達させたこと」という見解について、重野の教育勅語観をめぐる次のエピソードが挙げられる。一八九〇（明治二十三）年「教育勅語」が発布後、その字義や出典などについて度々教示を求められた重野は、『勅語衍義』という注釈書をまとめたが、その序文の中では享保期における『六諭衍義』の和刻・和訳の事例が触れられ、「聴隣翁之教子以為孝。不如吾爺之訓誨尤親切」という隠喩で中国皇帝の教訓書を用いるよりも天皇の教育勅語を拝読した方が親しみやすいという見解が示されている。また帝国大学の勅語捧読会において、「勅語ノ大趣旨ハ忠君愛国及君臣父子夫婦兄弟朋友ノ道ヲ履行スルニ在リテ、即チ五倫五常ノ道ナリ、五倫五常儒教ノ名目ナレハ是ヲ儒教主義ト云フテ不可ナカルベシ」云々と述べた。重野の勅語理解はたちまち『国民之友』誌上の「重野安繹氏誤れり」と題する反論を受け、「蓋し斯道にして儒教なりとせば、斯道は実に我が皇祖皇宗の遺訓にして云ふ勅語に反対するに非ずや。神武天皇の時に於て、果して儒教なる者ありし乎」と糾弾された(6)。このような国粋主義的論調について、後日、小牧昌業撰「東京帝國大學名譽教授従三位勳二等文學博士重野先生碑銘」を謹書した京都帝国大学教授内藤湖南がまるで重野の立場を擁護したかのように、一時的な乱暴な議論として一蹴し、次のように論じている。

日本でも維新の当時、一種の国学者の偏見からして、仏教を廃し、時としては儒教までをも排斥する傾きがあって、一時は神道を以て国教に定めるかも知れぬような状態にまで至ったけれども、此は一時の逆上した世論で、其の後人心が平正に覚醒すると同時に、時代精神からも、又国民性の本義からも、漸々信教の自由を許すようになって来て、それで仏教は徳川時代に較ぶれば非常な迫害は受けたけれども、それさえ次第に勢力を盛り返し、外国から入った所の基督教なども自由に布教を許されることになり、近来は稍時代遅れの感があるけれども、三教合同などと云うような議論もあって、政府でも各種の宗教の同一なる地位を認める傾きになって来た。日本の此の三教合同には、儒教は加わって居らぬけれども、是は儒教の名目が加わらぬからと云っても、儒教が排斥されたと云うのではなく、孔子の教の精神は、日本の国体と旨く融合して、既に日本固有のものと同じ様なことになって居るので、已に教育勅語にも其の精神が顕われて居るから、特別に之を宗教として取扱う必要がないと認められて居るのである。(7)

「土着」化した日本儒教に関する内藤の論断は、決して歴史的事実に合わないものではない。例えば、ペリー来航後の一八五六年に来日し、僻地の下田に配置させられたアメリカのT．ハリス総領事は、一八五八年一月十日(安政四年十一月二十六日)、「江戸の大学」昌平坂学問所(通称昌平黌)の訪問を願い出た。許可は出たものの、式服を着用し孔子像にひざまずいて拝礼することを求められた。これに対しハリスは、自分は偶像に頭を下げない、これまでどの聖堂でもそんなことを要求されたことはないと反論したが、外交担当の井上信濃守の回答は、「ある神様を信ずるか否かは日本人にとってまったく自由であるが、孔子だけはその徳によって日本全国で崇められている。その祠廟に詣でる者は、必ず孔子を礼拝せねばならぬ。孔子は神のごとく崇められているのだ」というものであった。結局、ハリスは大学の見学を辞退してしまった[8]。

そして、ハリス来日前年の一八五五（安政二）年、二十四歳の若さで昌平黌教授となり、重野の知友でもある中村正直（一八三二―一八九一　号は敬宇）が、アロー戦争（一八五六―一八六〇　第二次アヘン戦争ともいう）で英仏連合軍による天津・北京落城の消息に接し、次のような感慨を催した。「今、洋夷周孔ノ邦ヲ擾シテ之ヲ奪イ、則周孔ノ道、其レ或ハ滅ブルヲ疑ウ。周孔ノ道滅ブレハ、天地独リ存を得ンヤ。吾、是ヲ以テ佛氏破劫ノ言ヲ疑イ、殆ト其レ信ニシテ、而シテ或ハ適マ其ノ時ニ会スルヲヤ」と[9]。「周孔の道」が東アジア世界の天地をささえる精神的支柱となっていることに対する彼の信念がいかに強かったかが分かるのである。

近年、中村春作は大正後期の衆議院において「漢学振興に関する決議案」が全会一致で再三採択されたことなどに関する橋川文三の「問い」を事例に、「近代日本においてナショナルなものごとの提起や感情の集約化が行われるとき、なぜしばしば儒教や漢学的世界が呼び戻され再生されるのかという、橋川の「問い」の重みは今も変わらない」と指摘している。その紹介によれば、橋川の問題提起――「なぜ本来歴史も国情も異にする数千年前の古代中国思想が、特殊な日本という政治社会の本体（＝国体）を擁護するものとしてたえず回顧され、引用されたか」――に対する答えの一つは、「儒教が東アジア世界に生まれた普遍的思想であり、同時に日本にもっとも古く根をおろし、それだけにもっともよくなじまれた思考様式である」こととなっているという[10]。

④ 幕末明治期の日本漢詩文に関する評価（宮島誠一郎・王韜）

重野の漢学史観における「(三) 日本漢詩文、漢籍国字解の発達が知識の大衆的浸透に好影響を与えた」という見解について、まず、漢籍国字解すなわち日本語に翻訳された漢籍は、返り点を付けられた漢籍の和刻本とともに儒教と漢学に関する日本人の知識を大いに促進したということが挙げられる。歴史家辻達也によって「江戸時代の小学（寺子屋や手習塾）教科書」と評価された『六諭衍義大意』（将軍吉宗の指示で室鳩巣が抄訳）は、その好個の事例である。ついでに、薩英戦争後の和平交渉に参加した重野が後に『和訳万国公法』（『万国公法』は漢訳洋書）の作成に没頭したことにも触れておきたい。

幕末明治期における日本漢詩文の評価を論じる際、まず、洋学一辺倒の世相とは裏腹に、日清文人の対面交流という江戸時代では想像できない局面が東京の清国公使館の周辺で度々演出されていたことに注目したい。斎藤希史氏が、かつて実藤恵秀『明治日支文化交渉』（一九四三年）で描かれている交流の様相を、次のように近代日本の「漢文脈」のなかで再評価している。

> 明治以前、すなわち開国以前の漢詩文について見るなら、朝鮮通信使と長崎という大きな例外はありつつも、現実には、日本人の漢詩や漢文は、もっぱら日本人が読むものでした。それが、明治になって清国と改めて国交を結んだことで、清国からやってきた官僚や文人とじかに詩文を交わす機会が到来した。わざわざ長崎に出かけて清国の商人と詩を交わしたり、朝鮮通信使を追いかけて何とか一筆書いてもらったりなどの苦労をしなくてもよくなったのです。とくに、宴席などで漢詩を作り合う、いわゆる唱和や応酬は明治期にはさかんに行われ、一大活況を呈したと言ってよいでしょう。また、日本人の漢詩文集に清国の文人が批評を付すことも、本場のお墨付きという側面もあって、大いに流行したのでした。
>
> 向こうからやってくる人がいるということは、こちらから出かける人もいるということです。視察や留学をする先は欧米が主であったことはたしかですが、それにしても、当時は船旅ですから、少なくともヨーロッパ

を往復するときは必ず上海や香港などの沿岸部に立ち寄ります。岩倉使節団のようにアメリカからヨーロッパを経て戻ってくる時も同様です。[11]

右の概観の中で、江戸期「日本人の漢詩や漢文は、もっぱら日本人が読むもの」だったとの判断は、本書第四章「天保期の藤澤東畡から見た銭泳編『海外新書』―荻生徂徠と大塩中斎の評価問題をめぐって―」で取り上げた『海外新書』所収の徂徠『辨名』・『辨道』、頼山陽『日本楽府』に対する銭泳の賛辞および四庫全書に所収の『七經孟子考文補遺』（山井鼎撰・荻生北渓補）などから見れば、事実とずれた部分もあったが、全体としては当時の交流の盛況と漢学者の動機づけを見事に捉えていると言える。岩倉使節団をはじめ多くの遣欧使節団の上海・香港寄港については、松沢弘陽氏が『近代日本の形成と西洋経験』（岩波書店、一九九三年）において詳しく論じたことがある。

さて、明治期の漢詩文について、本書第五章「星野恒選録・王韜評点『明清八家文』について―『方望渓文抄』を中心とする考察―」で紹介した宮島誠一郎と王韜の評価によってその水準がある程度窺えるのである。まず、自著の『養浩堂詩集』を、頼復（頼山陽の次子）、大槻盤渓、宮原易安、菊池渓琴および中村正直などの日本人師友、何如璋、張斯桂・黄遵憲・沈文熒および王韜など清国の外交官や文人それぞれに評点をしてもらった宮島は、日中評者の「欣賞する処に同じ者固より多し、而して彼我の喜ぶ所や悪む所、異なる者も亦た間に有り、且つ相反する者も有る」。しかし、詳しく点検すれば、その相違相反のところは、大抵「格律の不精や音節の不諧」によるものである。「吾邦の人、書画に於いて文に於いて、皆な未だ漢人に多く譲ることあらず、独り詩の音節、言語同じからざるにより、未だ其の奥を窺えず。なお彼の和歌に於いて未だ吾が塗徑を識らざるがごとし」と論じている。[12]

一方、星野恒が率先して選編した『明清八家文』を詳しく評点した王韜は、同書に寄せた序文の中で次のように日本人漢学者の好学、博識、風雅と孔孟尊崇の気風を讃えている。

日東人士。類多重文章。尚氣節。喜聚居於京都。通聲氣。立壇坫。相與切劘乎文字。以主持風雅。其負當世重名者。皆善操選政。於古今諸大家文。區別其流派。評隲其高下。示後學以準的。一時承風之士。無不奉為軌範藉供揣摩。蓋其風尚然也。（中略）我觀在昔日東雖與我瀛海相隔。不通往來。而其實同文之國也。尊崇孔孟。設立學宮。講道德。誦詩書。則古昔稱先王。皆自附於逢掖之儒。其承道學。即濂洛關閩之緒也。其論詩文。即漢魏唐宋元明之遺也。學校中所重而習者。皆我國之經史子集也。竊謂日東之勤學如此。使無字畫之異。聲音之別。其文章何難與此八家者頡頏上下也哉[13]。

その結論はやはり、日中がほぼ同文の国であるため、もし漢字の字画上や発音上の一部相違がなければ、日本人漢学者の文章は明清時代の八大家と相拮抗することも難しくないはずだ、というものである。

⑤「近代中国学」の先駆者、後継者および世代間ギャップについて

上述したように、町田三郎氏は、内藤湖南・狩野直喜・服部宇之吉らの登場をもって日本における「近代中国学」の始まりと見ている。この三人の中で、狩野は清国とフランスに留学し、服部宇之吉はドイツに留学し、北京大学の前身である京師大学堂で教鞭を執った。両者はそれぞれ京都帝大・東京帝大における支那学研究の中心人物であった。一方、大阪朝日新聞記者より京都帝大教員に転身することに成功した内藤は、記者時代の一八九九年以

降、度々中国への視察旅行や訪問研究を行ったが、欧米の学問への目配りを怠らず、清朝の学問伝統を継承する「朴学の士」、「トンコイスト」（敦煌派）と自認していた。京大定年の前に敦煌学関連資料を調査するために約半年間をかけて英・仏・獨をはじめ欧州を遊歴した。[14]

狩野直喜の学生で雑誌『支那学』の創刊者の一人でもあった青木正児がかつて「支那文学研究に於ける邦人の立場」を次のように代弁したことがある。

或る一国の文学を研究する上に、外国人が本国人に対して劣等感を抱かしめられるのは已むを得ぬ所である。外国文学の紹介、啓蒙的老婆心に満足するならば至極平穏無事に済まう。然し多少とも生き甲斐のある善意の野心に燃ゆる時、外国文学研究者は物を想はしめられるであらう。欧洲文学研究者はいざ知らず、明治以來支那文学研究の先輩達は、其の野心を欧洲先進国の文化より教られた新しき研究法及び着眼点を活用することに由つて、支那の学者に対して機先を制し、一日の長を示して来た。[15]

確かに、これは近代の漢学者や支那学者の本音の一部を打ち明けていると考えられる。しかし、数多い研究者のなかに、研究対象国の中国の学者に負けないという希求もあれば、日中の智慧を結集して「欧西と神理相似たる者」を発掘・発見することによって欧米の中国研究に勝ちたいという意欲もあったということを知るべきであろう。

例えば、一八九九年の初の清国行を終えた内藤は、「読書に関する邦人の弊習　附漢学の門径」において次のような抱負を披露した。

東西の学術、方さに我邦に集注す、之を薈萃して之を折衷し、之を融和し而して学術の生面を開き、世界文明の一大転機を形くるは、地位我邦より善きはなし。（中略）漢学の老宿なる者は、大抵徳川氏末世の学風に養成せられ、当時此方の学者、一二有識を除く外、まだ支那近世学風の趨響をも知らず、（中略）学術変遷の序次は、支那学風の固陋を免れざるも、亦欧西と神理相似たる者あり、故に欧西学術変遷の大体に通ずる者、更に漢学を講じて、門逕を誤らざれば、其の同異を対照して、且つ記憶に便に、且つ発明に資すること、決して少小に非ざらんとす。[16]

その後の論説「支那調査の一方面―政治学術の調査―」において、内藤はさらに、「経子二部の学」に限られていた江戸期以降の漢学を革新するために「史学に注意する」ことの重要性を強調し、支那における学術調査の重点は「清朝以来の掌故、実録の類」、「金石の類」、「塞外漢唐金元の諸碑」、「銅器金文」など「材料の蒐集」に置くべしと提唱している。のちに甲骨文や敦煌文書が現れてきたことを知り、羅振玉、狩野などとその研究に取り組むようになった。このような学問姿勢について、吉川幸次郎がかつて、夏目漱石や森鴎外の西洋文明との繋がりを比較しながら、次のように称賛している。内藤、狩野および長尾雨山の「三氏がより多く愛するのは、中国自体の方法であった。そうして中国人としばしば共同で仕事をした。その中国文明に対する関係は、これも彼等と年歯をおなじくする漱石、鴎外の場合よりも、より密接であり直接であったといえる。夏目氏、森氏は、西洋風の学問芸術の紹介者であり、実践者であっても、西洋人と共働することはなかった。三氏はしばしば中国人と共働した」と。[17] そして、晩年恭仁山荘で過している内藤に親炙し、一次資料に基づき内藤の伝記を書いた三田村泰助が、「明治以降、理論的なものの糧はすべて西欧に仰ぐのがわが国の学者・思想家のしきたりであるが、湖南の場合はさらに日本ないし中国にその糧を求めて大をなしたところにそのユニークな性格が見られる」と述べた[18]。本書の第六章「内藤湖南の章實斎顕彰に刺激された中国の学者―胡適・姚名達および張爾田との交流について―」で取り上げた内藤の章實斎発見とそのインパクトはそのような代表的事例と言えよう。

が、ここに留意すべきもう一つの事象があり、それは、一九一一年の共和主義革命や一九四九年の共産主義革命で国号と政体がすっかり変わるほど激動した中国の現実に対する見方が日本の中国研究者の間で分かれていた、ということである。その背景に、政治的・学問的な立場の違いもあれば、世代間ギャップもあった。これについて、すでに増淵龍夫『日本の近代史学史における中国と日本―津田左右吉と内藤湖南』、野村浩一『近代日本の中国認識―アジアへの航跡』および松本三之介『近代日本の中国認識―徳川期儒教から東亜協同体論まで』などで詳しく研究されている。筆者も『明治の漢学者と中国―安繹・天囚・湖南の外交論策』において検討してみた。ここにおいて、小島祐馬の回顧談をふまえた故丸山昇氏の次のような分析を紹介しておきたい。

（狩野や内藤など）彼らの多くが、「ヤング・チャイナ」すなわち辛亥革命以後の中国、特に文学革命以後の新文化に関心や興味を示さなかった理由は複雑でありますが、学問に一種の完成度を持っていた考証学の伝統を受け継いだために、東京の「漢学」に批判的になると同時に、中国の「新文化」の持った傾向と、荒削り・未熟さが受け容れにくかったこと、一時京都に亡命してきていた清朝の遺臣羅振玉・王国維等との親交が、心情的に現代中国に反発させた側面があったこと、「明治人」であった彼らには、「革命」はやはり受け容れがたいものであったこと、「辛亥革命」特に「文学革命」以降の中国に起こった、儒教を始めとする伝統文化への強い批判の流れに対して違和感とある種の喪失感を持ったこと、等があげられるでありましょう[19]。

しかし、「明治人」たる京都支那学の創始者たちの「懐旧的心情」とは違い、本書第二章「民国初期の「文学革命」に対する日本知識人の反応―吉野作造・青木正児・西村碩園の場合―」で取り上げた青木論文「胡適を中心に渦いてゐる文学革命」が象徴するように、「大正人」としての若い世代は、「文学改良」（陳独秀は「文学革命」という激しい表現を使ったが）を鼓吹した胡適、儒教批判を展開した呉虞、および「狂人日記」という白話小説を書いた魯迅などに「ヤング・チャイナ」の魅力を感じ、彼らに熱烈なエールを送った。

青木逝去五年後の一九六九年に『青木正児全集』が出版され始めた。その時に書かれた関西大学教授増田渉（一九二九年東京帝大支那文学科卒業）の回想文に次のような一節がある。「昭和六年、私は上海にいたとき、魯迅からいろいろ彼の経歴をききながら、一つこの人のことを日本にも紹介しようと『魯迅伝』を書いていた。「文学革命」のあたりを書くとき、かつて読んだ青木さんの右の論文を思い出し、参考にしようと、それを魯迅に話したら、魯迅が自分の書棚から、その論文も入っている青木さんの『支那文芸論藪』をとり出して、借してくれたことを覚えている」と。[20] 一九三一年当時の増田は、上海の内山書店付近の魯迅自宅で『中国小説史略』に関する個人授業を約十か月間受けていた。青木の『支那文芸論藪』はそのわずか四年前の一九二七年に、雑誌『支那学』の出版を続けている弘文社から上梓されたものであり、当時の日中文化交流の密度と情報伝達のスピードがこの一件により感じ取ることができよう。

一九三二年二月、増田が帰国する際に、魯迅が「送増田渉君帰国」という漢詩を増田に贈った（本書の表紙およびカバーの裏の写真を参照）。「日本の風光をしのび、私が東へ帰るを見るにつけても自分の若かりし日のことを憶う、といふ意味だが、華年―若かりし日の日本の思い出は彼にはやはりいつまでもなつかしいものであつたやうだ。彼は日本へもう一度行ってみたいといふ意向を当時もっていた。それでいま思ひ出すことは、彼が九州大学の講師として一年くらいなら赴任してもいいと私に云ったことだ」。魯迅の意向に沿おうと、増田は東大の恩師である塩谷温教授や佐藤晴夫に進言したり、東京で中国文学の講習会をつくって滞日中の郭沫若と招致予定の魯迅を講師にすることを考えたりしたが、結局実現できなかった。[21]

増田帰国二年後の一九三四年に、東京帝大支那文学科を卒業した後輩の竹内好が学友の武田泰淳らと中国文学研究会を結成し、在野の立場から「官製」の漢学や支那学を批判する立場を取った。同研究会は太平洋戦争中に解散したが、旧同人の交流が戦後の一九七〇年代、竹内逝去前年の一九七六年の九月まで続いていたという。[22]

⑥ 本書の書名、構成と狙いなどについて

本書の副題は、熟考のすえ、「漢学の革新と同時代文化交渉」としたが、文化交渉、とくに同時代の文化交渉が日本漢学の革新および近代日本の中国研究を促した主な原動力だったという認識を強調したいと思ったからである。文化交渉とは、ヒト・モノ・情報の流動がもたらす刺激と反応、受容と変容の連鎖であり、国同士や地域間で行われる文化交渉の形態は一対一の場合もあれば、一対多、多対多の場合もある。本書でいう文化交渉は、日中間のそれだけでなく、東西間のそれも含まれている。しかも東西間のそれ、すなわち「西力東漸」や「西学東漸」などの成語を用いて形容される「ウェスタン・インパクト」が確かに日本漢学のような伝統的な学問領域にも相当深刻な影響を及ぼしていた。

いうまでもなく、「漢学」の意味は中国と日本において異なっている。中国では、それが漢代の儒教経典の研究に始まる訓詁学の伝統や、その流れを汲む清朝の考証学を指すものである。要するに、それは、仏教の影響により思弁を重んじる「宋学」（宋代と明代の理学・心学）と正反対の学風をいうものである。これに対し、日本漢学は

東アジア世界の先輩国たる中国の古典をもとに中国の思想、制度および漢詩文を研究する学問であり、その影響力が十八世紀（前期における徂徠学の一世風靡および後期の寛政「異学の禁」による朱子学「正学」化）においてピークに達した。それ以降、同時代に継起した国学や洋学によって次第に相対化され、倒幕維新後は王政復古と文明開化の政策により、漢学はついに「万国」中の一つの大国の文化に関する学問と見做され、しかも往々として「時代遅れ」の古い学問と見なされてしまった。例えば、漢学の素養も備えた明治期の洋学者、東京大学工部大学校長、学習院院長などを歴任した大鳥圭介が、『東京学士会院雑誌』で発表した「学問弁」において当時の学問を次の三つに分けて定義を試みたことがある。第一、「本朝学」＝歴史、風土記、文学などを含む。第二、「漢学＝「四書五経ノ素読ヨリ始メ若干ノ歴史ニ移リ経典ノ講義ヲ並セ修メ詩賦文章ヲ心掛クルヲ通則トス」。第三、「西洋学」。そのなかで学問の普遍性を代表するのは「西洋学」であり、他の二つは、それなりの価値はあるものの、歴史的な意味しかもはや認められていない。しかも「漢学」を中国という特定の地域に成立した古典についての歴史的な研究というほどの内容をもつ言葉にすぎないとしている(23)。

このような現象は巨視的に見れば、東アジア世界の秩序と儒教的普遍主義が欧米主導の世界秩序とキリスト教的普遍主義にとって代えられたことにより生じた様々な重要な変化の一つだったと考えられる。先に触れた明治期の日清文人（中国の外交官は大抵、各レベルの科挙試験を勝ち抜いた知識人、文化人）の対面交流の物理的な舞台も、ある意味で近代西洋によって提供されたものと言えよう。そもそも相手国の首都における外国使節常駐は「万国公法」にもとづき、対等条約あるいは不平等条約によって決められた制度であり、汽船による航路開通がもたらした人物往来の利便さは近代的科学技術が作りだしたものであり、いずれも近代の西洋文明を抜きにして語られないものである。

さて、上述において本書の第二、第四、第五、第六章などの内容の一部がすでに触れた。ここでは第一章「明治大正期における桐城派の文章論の影響―藤野海南・重野安繹・西村碩園などに関する考察―」および第三章「近代における「漢文直読」論の由緒と行方―重野安繹・青木正児・倉石武四郎をめぐる思想状況―」のポイントについて少し紹介しよう。

清代の「桐城文派」と宋代の「江西詩派」は、中国文学史上の二つの最大のグループと言われている。梁啓超『清代学術概論』に「桐城派と章学誠」という一節があり、それによれば、両者とも行き過ぎた乾隆時代の考証学に対する反発から生まれたものであり、前者は文章学の形を取り、後者は文史論の形を取ったが、「桐城文派」は曽国藩の推奨により隆盛を極めたという。[24] その影響は、「曾門四弟子」中の二人、駐日公使の黎庶昌、蓮池書院長の張裕釗によって日本に伝わり、重野、星野恒、亀井省軒、西村碩園などが追随したため、中等教育界および京都帝国大学というアカデミズムの世界に波及した。また、劉聲木が『桐城文学淵源考』において藤野海南と宮島大八の両者を桐城派の族譜に収録したのは、彼自身が日本の学者に接触し、日本人の尊君愛国（劉氏自身の目撃と労乃宣の賞賛）の精神、阿片吸食批判（岡千仞）・科挙制度評価（狩野直喜）の態度に好感をもっていたこととは無関係ではない。[25] そして、「桐城文派」の主将たちは主には安徽省の人であり、「文学改良」や「文学革命」を唱えた胡適と陳独秀も安徽省の人であるため、「文章論」をめぐる安徽人同士の論争と拮抗は近代中国文学史の重要な一幕となった。これが、本書の第一部で日本への「桐城派」の影響を論じる第一章のつづきで日本知識人の「文学革命」観を分析する第二章を置いた理由でもある。

第三章で扱う「漢文直読」論は、近代において重野、青木および倉石武四郎などによって提唱されているが、その淵源は近世の荻生徂徠の同じ主張に遡れる。一方、三人の主張は、欧米で行われている外国語・外国文学学習の一般的な順序やルールの実態からも影響を受けていた。ここからも分かるように、「漢文直読」論には、「内発」的な原因もあれば、「外来」の要素もあった。そこで発生した「訓読」伝統との矛盾や葛藤は、先に触れた、頑強な儒教伝統に関する橋川文三氏の「問い」とある程度重なっている部分もあるように思われる。すなわち、自分の重厚な伝統があったのに、いま、欧米主導の世界に伍するために、その伝統を一旦全部取り払って「一」から純粋な西洋モデルやパラダイムに向かって出発しようとしていたために、周囲との摩擦や衝突が生じた。これは、今後深く再考すべき興味深い問題だと思う。

なお、本書の書名「日本における近代中国学」がもつ両義性について断りをしておく必要がある。本書の内容は、「民国初期の文学革命に対する日本知識人の反応」を扱う第二章および「漢文直読」論に関する第三章を除いて、主に近代日本における清代学問の研究に関するものである。その意味において、書名中の「近代中国学」とは「清代中国」に対する近代日本人の学問的研究を指すものとも言える。しかし、書名中の「近代中国学」は主として「近代的中国学」という意味をもっている。欧米主導の近代において、時空間の観念も、研究の方法論も、学問研究の制度や文化交渉の舞台といった物理的装置も西洋発の影響を受けざるをえなかったためである。ただし、「近代」は永遠なものではなく、我々の近代はあくまで十九、二十世紀の「近代」である。五百年、千年以後の人々にとって、彼らの「近代」もあるはずである。その時には、我々の近代は彼らにより、「近世」ないし「中世」と見なされてしまうかもしれない。

最後、本書の巻頭は二十四頁にわたる「口絵集」で飾られているが、それは、次のように考えた結果である。すなわち、近代西洋が東アジアの社会環境と文化装置にもたらした巨大な変化は、漢学の変遷を扱う本書の内容について予備知識を持たない読者の理解を極端に困難にしている。私自身を含めて今日の人々はいかに文化の断層を乗り越えて東西両洋の良き伝統を融合させることができるかという深刻な問題に直面しているように思われる。明治・大正期の時代背景と文壇風景を直観的な絵画や写真を用いて紹介することが、本書に対する若者の理解、ひいては上記の問題の解決の一助になることができるだろう、と。

注

（1）東京大学教養学部国文・漢文学部会編『漢字がつくる日本』（古典日本語の世界1　二〇〇七年）。「日本文学の必要」を執筆した当時の落合は、皇典講究所と第一高等中学校の教師であり、それ以降の活躍により国語・国文学の泰斗として知られている。その時代背景について、一八八六年から一八九〇年まで帝国大学の言語学教師として上田万年、佐々木信綱と芳賀矢一などを教えたことがあるイギリス人B・H・チェンバレンの次のような目撃記から窺えるのである。すなわち明治前期の「何年かの間は、「外国のもの」（foreign）と「良いもの」（good）とは同義語であった。日本人は西洋というガメーリエル（聖パウロの師）の足下にひざまずいて、彼の片言隻語を高価な真珠のように大切にした。このような状態は一八八七年（明治二〇年）、突然に去った。今の国民感情は「日本人のための日本を！日本人の日本にせよ」である、と。チェンバレン著・高梨健吉訳『日本事物誌』（平凡社、一九六九年）第一巻一一三頁、項目「狂信的愛国主義」。この時期の思想風潮について、拙稿「明治国家成立期の水戸イデオロギーに関する考察―「大日本史完成者」栗田寛の勅語講釈を中心に―」（小島毅編『中世日本の王権と禅・宋学』所収、汲古書院近刊）を参照されたい。

（2）星野恒他述・修史館編『湖亭史話』第一冊（星野恒～日下寛　明治十五年一月―五月、六一丁（東京大学史料編纂所蔵）。句読点は陶による。

（3）大久保利謙編集『増訂重野博士史学論文集補巻―重野安繹研究資料集―』（名著普及会、一九八九年）、一一三頁。

（4）佐藤保氏が、同誌第一編にこの論文と三島毅の論文以外に、星野恒「日本に於ける漢学の効果」と服部宇之吉「孔子の集大成」などが数回にわたって連載されたことをふまえて次のように論じている。「集まった顔ぶれから一見漢学の隆盛を思わせるが、実情は世間の洋学重視に対する危機感が彼らを結集させたと見るべきである」、その憂慮が「東亜学術研究会設立主意書」における「研究に必要な設備に於ても亦研究の成果に於ても、亦動もすれば欧米の後塵を拝せんとするものあるが如きは吾人竊に我学界の為めに慨嘆自ら禁ずる能はざるところなり」という文言に現れている、と。（佐藤「日本漢文学研究の現状と課題」より）。

（5） 町田三郎「重野成斎の人と学問」、同『明治の漢学者たち』（研文出版、一九九八年）所収、九八―九九頁。なお、陶徳民「解説　転換期における重野安繹の思想を記録した貴重な文献」（『重野安繹における外交・漢文と国史――大阪大学懐徳堂文庫西村天囚旧蔵写本三種』、関西大学東西学術研究所資料集刊三十七、関西大学出版部、二〇一五年三月所収）を参照されたい。渡辺和靖氏も、「形而上学の放棄」と「折衷的傾向」を明治期漢学の主要特徴としている。（「補論　明治期「漢学」の課題」、同『増補版　明治思想史―儒教的伝統と近代認識論―』（ぺりかん社、一九八六年）所収。

（6） 陶徳民「重野安繹と近代大阪の漢学」、『懐徳』第六三号、一九九五年一月。

（7） 陶徳民「内藤湖南とJ. S. トムソンの辛亥革命観の比較―二〇世紀初期中国における日米競合の一側面―」、『孫文研究』第五〇号、二〇一二年三月。

（8） 青木枝朗訳『ヒュースケン日本日記』（校倉書房、一九七一年）、一六二頁。ヒュースケンはハリスのオランダ語通訳であり、その後、攘夷主義の浪士に襲撃されて死亡した。その日記の信憑性が高いと考えられる。

（9） 中村敬宇「太王翦商論」。高橋昌郎『中村敬宇』（吉川弘文館、一九六六年）、一七頁。なお、陶徳民「明治日本におけるキリスト教と儒教の交渉―中村敬宇の西洋受容の論理と素地」（関西大学『文学論集』第五一巻第一号　二〇〇一年七月）を参照。

（10） 中村春作「「国民」形象化と儒教表像―一九三〇年代における―」、同『江戸の儒教と近代の「知」』（ぺりかん社、二〇〇二年）第五章、一九一―一九二頁。

（11） 斎藤希史『漢文脈と近代日本』（株式会社 KADOKAWA、二〇一四年）、二〇〇―二〇一頁。

（12） 宮島誠一郎「例言六則」、同『養浩堂詩集』（関西大学図書館中村幸彦文庫蔵）。

（13） 口絵21と第五章付属文献二「明清八大家文序」を参照。

（14） 高田時雄「内藤湖南のヨーロッパ調査行」、玄幸子・高田時雄編『内藤湖南　敦煌遺書調査記録続編―英佛調査ノート』（関西大学出版部、二〇一七年三月）所収。

（15） 『文苑腐談』所収、『青木正児全集』第七巻、四五頁

(16)『燕山楚水・禹域論纂』所収、『内藤湖南全集』第二巻、一六八―一六九頁。
(17) 長尾雨山『中国書畫話』(筑摩書房、昭和四十年)、三五八頁。
(18) 三田村泰助『内藤湖南』(中央公論社、一九七二年)、一二七頁。
(19) 丸山昇「日本の中国研究」、桜美林大学・北京大学共編『新しい日中関係への提言―環境・新人文主義・共生』(はる書房、二〇〇四年)、三二三―三二四頁。
(20) 増田渉「青木さんと魯迅」、『青木正児全集月報Ⅱ』所収、春秋社、一九六九年一二月。
(21) 増田渉『魯迅の印象』、一九四八年初版。
(22) 一九七七年三月十日、増田は親友であった竹内好の葬儀の式場で友人代表として弔辞朗読中に意識を失い、病院で急逝された。あまりに突然な出来事だったが、期せずして二人の偉大な中国文学者を同時に失うという大きなショック、当時の学界は蒙った。弔辞中の次の言葉は、人々の心に深く刻まれた。「戦後、僕は関西に住むようになったが、年に一、二度上京した。君は大てい僕の上京の日を見計らって、既に解散した「中国文学研究会」の旧同人を召集して懇親の会合を開いてくれた。その最後は昨年九月の初旬だったと思うが、閉会後に君の家に泊まるよう僕は連絡をうけていて、愛飲しているという焼酎を飲みながら夜更けまで語った」。話は主に『魯迅文集』の翻訳・出版についてであったという。図録『海を越えた友情：増田渉と魯迅』(鹿島町立歴史民俗資料館、一九九〇年)。
(23) 同注(5)、渡辺前掲書、三四五頁。厳紹璗氏も『日本中国学史稿』(學苑出版社、二〇〇九年、六〇六頁)において同様な見解を示し、明治維新後の「日本中国学」は日本近代化の潮流の中で形成された一種の「国別文化研究」であり、「近代主義」と「理性主義」をその指針としているが、これに対して、前近代の漢学者は「漢学」を自身の哲学観念、価値基準と道徳規範などとする強い傾向があった、と論じている。
(24) 梁啓超『清代学術概論』、上海古籍出版社、一九九八年、六七―七〇頁。
(25) 劉聲木『萇楚齋隨筆』(中華書局、一九九八年)所収の「日本岡千仞論吃鴉片煙語」(一四二頁)、「日本尊君愛国」(二九八頁)、「日本狩野(直喜)博士論考試制度」(五八六頁)、「勞乃宣論日本人尊君尊孔」(六五八頁)などを参照。

目次

第一部 —— 文章論、「文学革命」観と漢文直読の問題

第一章　明治大正期における桐城派の文章論の影響

―藤野海南・重野安繹・西村碩園などに関する考察―

明治期の漢学者たちは、徳川時代の漢学伝統を受け継ぎ、宋明時代の学問全般に対する精深な学識をもっていた。日清修好条規の調印と汽船交通の開通に伴い、彼らは駐日外交官をはじめとする中国の文人学者との交流が次第に増えてゆき、清朝の学問にも研究の情熱を傾けるようになった。桐城派の文章論に関する紹介と受容が、その一端を示している。

民国初期の「文学革命」の最中に北京で個人研究室を設けた今関天彭（一八八二―一九七〇）が、「十萬巻の書籍を購ひ、務めて交遊を廣くして各方面の人物を知り」、中国各地の伝統学芸を十年以上精力的に調査した。その結論によれば、桐城派は「清朝一代を通じて最も大きな文章の流れ」として、一九三〇年までなお一定の影響力を保っていたという。

清朝中葉以後の文章界は、学問の發達に伴ひて千差萬別となり、各人各様の特色を發揮したのであるが、派別から見るときには、先づ以て桐城派が大きな流れであつた。桐城派とは、この派の開山たる方望溪や、集成者たる姚姫伝が、安徽省桐城縣の出身であるから、世間で斯く云ふのである。その後に同治中興の業を翼賛した曾国藩がこの派を振興したのに依り、以前に比して輪廓が大きくなり、また門下から張裕釗（濂卿）や呉汝綸

（摯甫）が出でたが、これを以て掉尾の活動として、漸次不振の状態に入った。しかし一時隆盛したものであるから、今日に於ても、その餘流が各地に残つて居て、古文の派別を云ふときには、先づ第一に指を屈せねばならぬ。[1]

しかし、この桐城派が明治大正期の日本漢文学界にどれほど影響を与えたかという問題について、学界の見解は必ずしも一致しているわけではないようである。

例えば、早稲田大学教授牧野謙次郎（一八六二―一九三七）は、その遺著『日本漢学史』（一九三八年）において、張裕釗、呉汝綸と薛福成と並べて「曾門四弟子」（曾国藩門下の学者四人）の一人に数えられた駐日公使黎庶昌の影響により、重野安繹・川田甕江をはじめ、桐城派の文章論を受け入れ、その作風を模倣する漢文家は決して少なくないと述べている。[2] これに対し、千葉大学教授緒方惟成は『日本漢文学史講義』（一九六一年）において、黎庶昌の影響は藤野海南、亀谷省軒などに限られ、重野安繹、川田甕江らが桐城派の文章論に感心してはいたものの、実際にはそれほど影響を受けなかったと論じ、また重野・川田と別な一派をなしていた依田学海（一八三四―一九〇九）は、主に侯方域をはじめとする清初の古文家の文章を模範としていたと述べている。[3]

一九八九年、中国文章論研究の大家佐藤一郎が、その数年前に出版された猪口篤志『日本漢文学史』（一九八四年）が提示する概観に依りながら、己の重厚な蓄積を生かし、「江戸・明治期における桐城派」（以下、「佐藤論文」と略称す）という実証的で卓見に富む論文を発表し、なかには、「江戸期の桐城派」、「清国駐日公使と明治の桐城派」、「重野安繹、藤野海南、宮島大八」などの節も含まれている。[4]

しかし、明治大正期の桐城派を語る上でもう一人忘れてはいけない重要人物がいる。それは、明治期の東京大学古典講習科漢書課出身、大正期の京都大学で桐城派の代表的アンソロジー『古文辞類纂』を教授した西村碩園（一八六五―一九二四）である。アカデミズムの講壇で桐城派の文章論が正式に取り上げられたという事実は、きわめて象徴的な現象だと言わねばならない。

本章は、重野安繹・藤野海南・西村碩園および亀谷省軒・宮島大八の関連論述に基づいて、明治大正期における桐城派の文章論の影響を具体的に追跡し、その桐城派理解の特徴を検討しようとするものである。

（一）唐船持渡書と駐日外交官がもたらす桐城派の影響

佐藤論文が指摘しているように、「桐城派の始祖方苞以下の存在が日本に知られたのは、江戸時代のことである。ただし、方苞・劉大櫆・姚鼐の知名度がそれほど高かったわけではないが、桐城派の源流ともいうべき明の帰有光への言及は主要な学者・文人の間に広く見られる」。また、文中に江戸後期の文章と文話の代表人物として頼山陽（一七八〇―一八三二）と斎藤拙堂（一七九七―一八六五）が挙げられ、しかも後者にも言及した頼山陽の手紙（一八三二（天保）三年二月十三日村瀬藤城宛て、候朝宗『壯悔堂文集』の買入方を依頼する主旨）における次のような興味深い一節も引用されている。

> 時に此節、候朝宗文集新舶來とて見せ來候。是は江戸に一部あるとて、勢儒斎藤拙堂購獲候よし、先年承、羨しく存候處ニて快誦候。清朝古文名家、魏叔子・候朝宗を首と致、方望渓・朱竹垞・汪堯峯など、申様之数家

に不過。亭林・尭峯などは、経学を主とする人、竹坨ハ詩、望渓ハ理学などニて、文を主とするハ魏侯二家ニ候。八家の後、明之方正学・王遵嵒・唐荊川・帰震川など之外ハ、所謂李何王李之類、明末清初ニて、古文辞と、八家との間を行もの多候て、此二家最較著之もの也[5]。

ここには、亡くなる半年前の頼山陽の清朝文壇観と新進気鋭の有名人斎藤拙堂への羨望が示されているが、それはともかく、当時のトップレベルの文人が唐船持渡書、すなわち中国からの舶載書物に如何に強い関心をもって購読・借読しようとしていたかをよく窺うことができる。

大庭脩『江戸時代における唐船持渡書の研究』によれば、桐城派などの著述、例えば『帰震川別集』は一七二一年、『帰震川集』は一七五七年、侯朝宗の『壮悔堂全集』と『壮悔堂集』は一八四一年、『方望渓全集』は一七八三年と一七八六年、『劉海峰全集』は一八五〇年、姚姫伝の『惜抱軒十種全集』は一八四五年、『古文辞類纂』は一八四五年、一八四六年および一八五三年に、日本に舶来されていた[6]。これらの書物が、桐城派への注目を集めたことはいうまでもなかろう。なかでも、早くも舶来した『方望渓全集』の影響がもっとも大きかったようである。例えば、塩谷宕陰の弟子で重野安繹の同僚でもあった史学者星野恒（一八三九—一九一七）が、『唐宋八大家文鈔』に倣って『明清八家文』を編纂したが、八巻からなるこの文集の収録作品はすべて星野によって選定され、うち二巻が方望渓の作品集で、星野がいかに方望渓の文章を推賞していたかが分かる。さらに、一八七九年、星野は訪日中の名士王韜に依頼し、同書に収録した各文章に評語を書いてもらった。帰国後、病気を抱えながら評点の仕事を成し遂げた王韜は、同書を星野に送ったが、残念ながら、この本の刊行はついに実現できなかった[7]。

さて、清国の駐日外交官が渡来する前、明治初期の漢文学界においては、清代の文章学を受け容れる必要性の認識が一種のコンセンサスとなったようで、例えば、川田剛が『清名家集』（一八七六年）所収の侯雪苑・魏勺庭・汪尭峰・朱竹坨など十人の文章をそれぞれ一篇選び、評点をつけて『文海指針』を編んだ。この広く読まれたアンソロジーにおける重野安繹の序文に、次のような一節がある。

学書者。不貴刻帖。而貴墨蹟。相人者不於写影。而於覿面。孔子不夢尭舜禹湯。而夢周公。無他。時世近者。精神易接也。是故学左国史漢。不如学韓柳欧蘇。学韓柳欧蘇。不如学明清諸家。清之与我。其人或可相及。是猶授受乎几席間也。則其声貌可擬。歩驟可循。莫清文若焉[8]。

この中に現れているのは、時世の近いものは、その精神に接しやすいという重要な考え方である。すなわち清朝の文章は同時代の日本文人にとってもっとも理解しやすいものであるため、左伝・国語・史記・漢書あるいは韓愈・柳宗元・欧陽修・蘇東坡など「唐宋八大家」の文章よりも、清代の文章から学ぶことがもっと重要だという認識である。

この認識は、明治十年以降の清国外交官や名士の絶えざる来日およびお互いの対面交流によって一段と深められた。藤野海南は、「清国公使署重陽宴集序」において次のように胸中の喜びを披瀝している。

今也齢迫遅暮。遭遇明時。不揣尋千載之旧蹤。與大邦名賢会晤于一堂。交觴論文。以遂平昔之願矣。寧惟茲。往時使至。不過一再会飲。今則駐節在此。得常常而見。非公会而讌私。是又昔人之所未嘗夢見也。且夫曩昔之宴。雖詩酒罄歓。而款洽諧和。恐不能如今日也[9]。

要するに、清国外交官は進士や挙人という科挙試験で功名を得たものが少なくないため、古典や文章の学に長けていた。これら常駐する文人外交官との頻繁な非公式交流および文章作法をめぐる切磋琢磨は非常に有益なことだと藤野は考えていた。漢学や漢文をめぐる明治前期の日中文人の「空前絶後」ともいえる筆談交流活動について、陳捷・王宝平・劉雨珍・張偉雄諸氏による詳しい研究がある。(10) このような交流活動が、明治漢文界における清代文章学研究を促進する起爆剤となったに違いない。

（二）桐城派の「族譜」に収録された藤野海南と宮島大八について

佐藤論文にも言及されているように、一九二九年に出版された『桐城文学淵源考』において、著者劉声木は張裕釗・呉汝綸に「師事」していた弟子たちのリストに宮島彦の名前を、桐城派の文学に「私淑」している人々のリストに藤野正啓の名前を入れている。

劉声木（一八七六―一九五九）は、清末の山東・湖南など地方の学務官僚を務め、文学史研究者、蔵書家でもあった。若き日より桐城派の著述を広く蒐集し、『桐城文学叢書』を刊行するとともに、『桐城文学淵源考』や『桐城文学撰述考』などを著した。『桐城文学淵源考』は、劉氏が三十余年をかけて千五百余種の桐城派の文集を読んでまとめたものであり、中には千百余名の桐城派文人の行状を抄録しているため、一種の桐城派「族譜」ともいえる。

同書巻十一における藤野関係の記載は、重野安繹編『海南遺稿』と黎庶昌『拙尊園叢稿』にもとづいて次のように述べている。「藤野正啓、字は伯廸、号は海南、日本伊豫松山の人。黎庶昌と友善であり、古文を以て相い切劘し、其の文を為すは醇にして法度あり、桐城に趣嚮し、亦た姚鼐・曾国藩の陰陽剛柔の説を取り、以て自輔す。海南遺集三卷・附録一卷を撰す」と。[11]この叙述は、「文章頗趣響桐城。亦取曾文正陰陽剛之説以自輔。為文醇實有法度。設異日有嗜古好奇之士。欲蒐輯日本古文成一編。如兪曲園編東瀛詩選故事者。則海南其名家也」という黎庶昌の「海南遺文序」を生かしたものであり、将来、兪樾が『東瀛詩選』を編纂したように『日本古文』（すなわち『東瀛文選』）を編纂する好事家がいれば、必ずや漢文の名家藤野海南の作品を収録するに違いないだろうという序[12]の後半部分がカットされたのみである。

黎庶昌（一八三七—一八九八）は「曾門四弟子」の一人として、姚姫伝の『古文辞類纂』を手本にして『続古文辞類纂』も編集したこともあり、前後二度にわたり駐日公使（一八八一—一八八四、一八八七—一八九〇）を務め、数多くの漢学者と知り合った。特に二回目の公使在任中、初回在任中に知り合った亡友藤野海南の遺作に上記の序文を書いた。この序文において、黎庶昌は次のようなことにも触れた。すなわち藤野をはじめ宮島誠一郎、元田永孚、重野安繹、岡千仞、中村敬宇、島田重礼、三島中洲および川田甕江など当時の漢学界の錚々たる人物と交流を持った理由は、これら日本人学者の漢文を高く評価し、また彼らに桐城派の古体散文を推賞したいからであるという。

秋元信英氏によれば、藤野海南（一八二六—一八八八）は、明治二年（一八六九年）大学少博士、五年東京府権典事となって府誌の編纂に従事。九年太政官修史局御用掛に転じ、十年四等編修官になり、修史館第二局乙科に属して、十九年には臨時修史局編修に累進した。新式な論文があるわけではないが、年下の重野安繹の部下になって、漢文による幕末史叙述を推進した。文壇では、明治五年に漢詩文の結社である旧雨社をおこして、重きをなしたという。藤野は、清朝の文章論を学ぶ必要性に関する己の認識転換を次のように語ったことがある。

当是時。世向治平。天下無事。乃與旧友諸子。議創文会。重野士徳。岡千仭。鷲津毅堂。小笠原修之。及坂谷朗盧。横山徳渓。小野湖山。鱸松塘。広瀬林外。萃吾第議之。卜蓮池長舵亭為会席。一月一会。会者漸多。至二三十人。修之以上。昌平旧友。坂谷以下。明治以降之交也。自是専以文辞為楽。不復以世務為念。初予之於文。已不受師授。独於昌平前後二遊日。與朋友講習耳。而前遊独有重野可推。再遊無復出予上者。故傲然自以為是。在大学日。岡松。川田等。不推奨。而予未暁。及創文会。徳渓。林外等。亦不首肯。然猶不自省。坐衆人之上。意気自豪無怍色。已而会屡。閲人之文漸多。聞其論説亦熟。諸子之文。字句雅馴。有根據。論古書句法。若説明清以下近文。予所不知者尤多。不能上下其論也。於是乎自見歉然。而慚愧之心始生矣⑬。

すなわち藤野は、江戸後期の最高学府昌平黌に一回目の遊学をした時、作文力に関しては、ただ重野一人に感心していたが、二回目の遊学時、己の実力に匹敵できるものは一人もいなかったため、相当な自負心を抱いた。しかし維新後、己の文才は段々買われなくなり、呼びかけ人として創立した文会旧雨社でさえ、盟主の地位を維持していくのが難しくなった。その理由は「明清以下の近文」をあまり知らず、新進気鋭の漢学者と議論することができなくなったことにあった。

一方、時勢の変動も漢文のスタイルの変換を促していた。幕末維新期において、「天下故多し。諸子も亦皆年少気鋭にして、相競うて放言高論し、戛々乎として当世の務めを談ず。故に其の作る所は、序記碑誌と雖も、一に議論を以て之を行ふ。初めは体格何如を問わず。老生宿儒、間或は其の候度を指示す。輒ち倦怠思睡し、蘇陳の策論に非ざれば机上に置かず。以て謂へらく、文は気を以て主と為す、何んぞ体に拘わらんやと」[14]。このように議論を重視し、文章を経世の道具とする気風は明治前期、とくに自由民権運動が繰り広げられた時期にもある程度残っていた。たとえば、姚姫伝が編纂した『古文辞類纂』の内容構成は、論弁、序跋、奏議、書説、贈序、詔令、伝状、碑誌、雑記、箴銘、頌讃、辞賦、哀祭など十三種類の文体に分けられ、それらが文学と称される理由について、神、理、気、味、格、律、声、色など八つの要素に基づいていたからだと説明されていた。明治十七年に竹添井々が抄録し、竹添利鎌が評注訓点を行った『古文辞類纂』が東京奎文堂より出版されたが、その抄録の範囲は同書の中の「論弁類」に過ぎず、編者の関心の所在がよく窺えるのである[15]。

しかし、社会は安定と繁栄に向かうにつれて、「質」だけでなく「文」も求められるのである。したがって、激動の幕末期に流行っていた画一的な政論風の文章は明治時代にもはや通用しなくなり、文の体裁や格調を講究して、違う用途の文章を違う体裁や格調で書くべしという認識が、漢学者たちの間に次第に共有されるようになった。藤野海南の桐城派文章論に対する評価は、このような新しい傾向をよく物語っていると言える。

> 曾氏国藩論文。頗主張姚姫伝説。姫伝始発文有陽剛陰柔之二派。多取譬山水人物以為諭。曾氏承之。実以古人之文某為陽剛陰柔。其意益明。然猶有可疑者。韓文属陽。欧文属陰。固当人心矣。太史公之文。気勢雄偉如彼。而以属陰柔。且欧文紆徐低徊。真有陰柔之趣。而如與范司諫高若訥書。意気軒昂。何曽為柔。於是曾氏又因文体分剛柔。以為建白議論宜陽剛。序記題跋宜陰柔。又云噴薄而出為陽剛。呑吐而出為陰柔。観此而後二者之辨始明矣。史公之文雖雄偉。非噴薄而呑吐。伯夷屈原諸伝可以徴。欧文雖紆徐。至論駁則噴薄言之。亦有陽剛之処。曾氏之論可謂備矣。学者以是説存于心。於読古人之文并已属文。必有益焉[16]。

ここでは、「陽剛陰柔」説を言い出した姚姫伝（一七三一―一八一五）よりもその説を発展させた曾国藩（一八一一―一八七三）の論述がより精緻だとされている。なぜなら、姚氏はある古文家の全作品の風格をまるごと「陽剛」と「陰柔」のどちらかと判断したのに対して、曾氏は同一の古文家にもその個々の作品の性格や体裁によって「陽剛」のものもあれば、「陰柔」のものもありうると合理的に見分けていたからである。このように論じた藤野はさらに、この曾氏の説を覚えれば、古人の文章を読むにしても自分が作文するにしてもきっと有益だろうと、積極的に当時の漢文界に勧めている。

黎庶昌は、姚姫伝よりも己の恩師・曾国藩を支持し評価してくれた藤野を海外の知己と見なし、「海南文を論ずること、余の平昔の旨と合う」と激賞した。[17]

さて、『桐城文学淵源考』巻十には、「宮島彦　字（欠字）　日本人、張裕釗に師事すること七年、頴敏好学にして、尤も遠志純行を有す」と記しているが、その記載の根拠が張裕釗『濂亭遺文』、岡千仭の『観光紀遊』および黎汝謙（黎庶昌の従兄弟の子）『夷牢渓廬詩文鈔』などであることも示されている。[18]日本に桐城派の文章論を広げたことについては、黎庶昌が主要な役割を果たしたと言えるが、「曾門四弟子」の一人で、黎庶昌と姻戚関係を結んだ張裕釗も重要な影響を発揮した。

張裕釗（一八二三―一八九四　字は廉卿　号は濂亭）は、曾国藩、李鴻章の知遇を得て、北京付近の蓮池書院を含む多くの書院の院長を務めた。黎庶昌の娘婿でもある張氏の長男張沆が、黎庶昌の初回駐日公使赴任時に随行し、その父親の文集を携えてきた。張裕釗の文集を贈与された日本人学者たちは、張沆の友人になる人が少なくなかった。岡千仭はその中の有名人の一人であった。

岡千仭（一八三三―一九一四　号は鹿門）は名高い漢学者で、社会活動家であり、一八七九年王韜の日本来訪のための資金援助者の一人でもあった。岡は五十歳の時、用意周到な中国旅行計画を実行し、約半年にわたり、上海、余姚、北京、香港など中国の各地を遊歴した。その際、事前に張沆に書いてもらった紹介状を携え、蓮池書院院長の張氏を訪問した。そして、張氏は岡の依頼に応じてその文章に潤色を加え、日本で出版予定の岡の文集のために序文を書いたが、岡の入門願望については婉曲に断った(19)。

ところが、一八八七年になると、張裕釗は宮島大八（一八六七―一九四三　名は彦　字は詠士）という若い日本人の入門を受け入れた。大八の父親である誠一郎（一八三九―一九一一　号は栗香）は、黎庶昌の初回駐日公使としての滞在中に、黎庶昌や張沆らと深交を結んだ。誠一郎は互いの筆談記録を珍蔵すると同時に、息子である大八に自分と黎氏、張氏との付き合いを物語ったという。黎氏が初回公使の任期満了に伴い帰国する直前、誠一郎は息子を中国に送り張裕釗に師事させることを決めた。興亜会に開設された支那語学校と東京外国語学校で中国語を勉強し、豊かな漢文素養を持っていた大八は、父親が大事に保存している張裕釗の文集と墨跡に魅了され、張氏の弟子になる志を固めた。

一八八七年から一八九四年にかけての七年間、宮島大八は中国で最晩年の張裕釗への従学を続けていた。張氏の指導により様々な困難を乗り越えた宮島は、後に日本における中国語教育と書道の分野で指導的役割を発揮し、善隣書院の創設者、『官話急就篇』の編者および「故内閣総理大臣犬養公之碑」の書者として知られるようになった。

大八を受け入れた当初の張裕釗がその経緯と喜びについて、「曾門四弟子」のもう一人である呉汝綸に次のように伝えたことがある。

日本の某官に宮島誠一郎と曰う者有り。頗る詩を為るを好み、前に大小児と相い善くす。渠 黎蒓斎及び吾が中土の出使の者、曁び彼の国の岡千仞諸人の言を聞き、謬りて相い推重す。今乃ち其の子を遣わして海を航りて西来、裕釗の門に従游せしむ。小児に寓書して情辞は肫摯、又た求めて吾が中土諸人の書を得、并せて携うるに譯署の護照あり、之を介紹と為せり。且つ経ちに肄業の諸生と院中に同処せんと欲す。弟 俗間の少見多恠なるを恐る。弟 其の外間に僦居せ令め、仍ち或いは浮言有るを慮る、傅相に寓書せし時を擬り、并せて一微之に及ばん。此の子 性識は乃ち頗る聡穎、年甫は十九にして、甚だ志 学に嚮かう有り。閣下 異日に省門に至らば、尚わくは進みて之を教う可からんや。[20]

文中の「傅相」とは、当時の直隷総督兼北洋通商大臣李鴻章のことであり、大八を蓮池書院の宿舎に入れるか、それとも民間の下宿にしてもらうかという問題に悩まされた張氏は、己の心配と配慮を上司の李氏に報告しようとしていると打ち明けた。

一方、大八は、七年間にわたる留学生活を終えた後、己の恩師のことを次のように誇らしげに述べている。

吾師張廉卿先生ハ湖北省武昌ノ人ニシテ、曾文正公国藩ノ門弟ナリ。年二十五ニシテ其郷ノ挙人トナル。時事ニ感ズルアリ志ヲ仕進ニ絶テリ。其後金陵書院ニ山長タル事十余年。後李鴻章ノ聘ニ応ジ直隷保定府蓮池書院ニ転ゼリ。山長ナル者ハ書院総管ノ称ニシテ、兼テ全省官民ノ師トナル者ナリ。故ニ名望極メテ重キ者ニアラザレバ此職ニ当ルヲ得ザル者ニシテ、儒者ノ甚ダ名誉トスル所ナリ。師ノ保定ニ至ルヤ、尽ク其校則ヲ改メ、別ニ学古堂ヲ設ケ専ラ古学ヲ以テ人才ヲ養成シ、一時俊才直士多ク其門ニ出タリ。[21]

以上のような記述から見れば、張裕釗・宮島大八という師弟の間に次第に厚い愛情が育まれたということが分かる。では、留学期間中の生活はどのような模様であったろうか。一八九一年一月二五日付の父親誠一郎宛の書簡がその一端をよく伝えていると考えられる。

私事近来無病康健修業罷在候間、御安心被下度候。当時は日に古文稽古罷在候。頃は竊かに曾姚二家之古文類纂に倣、古人文章之抜翠致、已に二百余枚写取申候。其文上は六経より下桐城派迄数百篇千二三百枚に相成候見込にて、皆恩賜之薄葉相用申候。此後好便之節、今少々御遣被下度奉願候。(22)

晩年の張裕釗は、愛読書の『古文辞類纂』中のとりわけ気に入った文章を朗読し、また書作として書いていくことを日課としていたという。大八も秘かにこのような師の書作を蒐集すると同時に、師に倣い『古文辞類纂』の抜粋を「二百余枚」書写していた。さらに六経から桐城派までの文章を「数百篇、千二三百枚」を写すという計画を立てた。その旺盛な知的好奇心と一所懸命の勉学ぶりをこれによって知ることができる。(23)

大八は、良師の指導に恵まれていただけでなく、学友たちとの切磋琢磨から裨益を得ていた。師の転職により武漢の江漢書院で従学する時に知り合いになった胡品三との密度の高い交流が特に有益であった。このことは父誠一郎への書簡で次のように伝えられている。

此人方望溪編之古文約選と申書一帙十二本有之候者、私に贈り呉れ申候。此書は私久しく其名を聞、各地書舗にて相尋候得共、遂見当らず遺憾に存居候処、此度ゆくりなく同人贈呉申候。此書は已に絶板に相成て、当時は数十金相重候共容易に得られず、猶数年愛読之書なれ共、今割愛、同好者に送る云々申呉候。大本にて板字も鮮明、且最も方氏之批評論跋等精細に有之、此道には有益之書に御坐候。善き者贈呉喜申候得、亦甚気之毒に存候。此人容貌言語より如何にも儒者風にて、当時試業者流之俗気無之、私に取候ても甚だ益友に候得共、但惜き事には半月之後更に北方へ立越候事に御坐候。此間は善くつき合申、其益を申可受候。父上様御詩も見せ候処、殊に喜読申候。他日は必ず吾国に到り、一教を請申べしと申候[24]。

胡品三は四川省の人であり、すでに張裕釗・呉汝綸と並び称されている王樹枏という進士について桐城派の文章学を習っていたが、蓮池書院の呉汝綸にも師事し古文の研鑽をさらに深めたいと考えた。そして、北上の途中で江漢書院の張裕釗を訪れ、短期研修を行っている。この学力も高く志も高い胡氏との同居生活をしているうちに、大八はその学問経験や中国の学界事情を多く学んだ。そして、胡氏より当時すでに絶版となっていた方望渓の『古文約選』という貴重な書物を贈与されたことに、大八は大変感激し、桐城派文章学への重視と傾倒もより一層深まった。

(三) 桐城派の諸大家に対する亀谷・重野・西村の評価

方望渓・姚姫伝・曾国藩など桐城派の諸大家は、亀谷省軒・重野安繹・西村碩園から高い評価を受けていたが、その評価には共通する部分もあれば、相違する部分もある。それは、各々の評者の経歴、立場、文学的修養および価値観に関わるものである。

亀谷省軒（一八三八―一九一三）、名は行、字は子省。対馬府中藩士。広瀬旭荘、安井息軒に師事。明治元（一八六八）年に岩倉具視に仕え、明治（一八六九）二年に大学教官補、三年に太政官少史より修史庶務を経て記録局長を歴任した。六年に退官し、光風社を設けて詩文の著述に専念し、安井息軒に「後進の領袖」と高く評価された。著作に『育英文範』、『省軒詩稿』、『省軒文稿』などがある。その門人菊池武貞によれば、亀谷は沈梅史・黎庶昌・黄遵憲・王韜などと親交を結び、「古文において桐城の説を喜び、簡潔を主とし、其の詩文、真気盤鬱にして蒼老幽玄を以て勝る、明人の風格あり」という[25]。

亀谷は「曾文正公文鈔を読む」で明清時代の文章家たちを次のように評価している。

李王尚古、袁鐘尚新、明季之交、流於鉤棘、墮於纖佻。清儒尚考證、其文動陷繁冗。於是、桐城方姚諸家、尚典雅簡潔、以拯時弊。方以法度勝、姚以風韻優、世推為古文正宗。然至其末流、淳雅有餘、気勢不足、譬猶清溪蕭索水落石出。余雖淑桐城、亦有慊焉者。夫文有宜簡潔者、有宜贍博者、有宜曲折者、有宜直達者、相題命意、未可執一而論也。曾文正之於文、素推崇桐城、而雄偉博大、別開生面、不啻一洗鉤棘纖佻之弊、駸駸乎與唐宋名匠竝驅。蓋文貴気、気不充則不能博大、文正撥亂反正、浩気充盈、直發諸文、宜哉其文超絶諸家也。然文正学徳崇隆、功烈烜赫、如文抑余事耳[26]。

すなわち桐城派の勃興が李攀龍・王世貞の擬古主義と袁宏道・鐘惺の性霊説、および清朝考証学の繁瑣冗長に対する反動であり、結局、「義法」を重んじる方望渓と「豊韻」を強調する姚姫伝が「古文の正宗」と認められたが、しかし、彼らの後継者が活力を欠いた。その衰勢は曾国藩によって挽回され、桐城派の一大新生面が開かれることになった。「蓋し文は気を貴び、気充たざれば、則ち博大たる能はず」、曾氏の文章のスケールの大きさはその浩気によるものであるが、但し、「立徳・立功・立言」という三つの達成という伝統的成就観から見れば、曾氏において「功」と「徳」が第一義的なものであり、「言」すなわち文章はその次の「余事」に過ぎない、と。

またそこで、藤野の曾氏贔屓に触れているが、それは、「陽剛陰柔」説をめぐる姚姫伝の所論よりも曾国藩の所論のほうがもっと精緻だという理由からであった。しかし、亀谷の曾氏贔屓は、「文運」は「気運」に左右されるという彼独自の文章観によるものである。亀谷自身の「明文論」を読んだ重野安繹は、明太祖朱元璋の『御製集』を例に「文章は気運に属し、工力の及ぶ所にあらず。洵に然り、洵に然り」と絶賛した。[27]

さて、重野自身がどのような桐城派論を展開していたのだろうか。

重野安繹（一八二七―一九一〇　字は士徳　号は成斎）は、薩摩藩鹿児島郡の一郷士の家に生まれ、青少年期より漢詩文で頭角を顕し、十六歳の若さで藩学造士館の句読師助寄となり、二十五歳の時、昌平坂学問所の詩文掛となって諸博士の代わりに生員の習作を批点するようになった。ペリー来航後、同窓の岡千仭などと房州海岸を巡視し、薩英戦争後の講和交渉に参与した。明治期の重野は、修史館の編修官を務め、漢学者の文会旧雨社、麗沢社で活躍し、東京学士会院会員、文学博士、元老院議官そして貴族院勅撰議員などの肩書も持っていた。

実藤恵秀が『明治日支文化交渉』（光風館、一九四三年）における「清国公使館ものがたり」という一節で論じたように、重野は明治中期に清国公使館の人々と頻繁に唱酬する日本人詩文家たちの筆頭であった。重野自身も一八八九年政府に提出した「支那視察案」において「近世ニ至リ、公使往来、情誼密接ス」、「安繹少ヨリ漢学ニ従事シ、彼ノ教学歴史地理等ニ於テ渉猟スル所アリ。彼土人士ト時々往復締交シ、情意頗ル通セリ」[28]と自負しているように、交遊を通じて、彼は黎庶昌の属する桐城古文学派の学風から相当の影響を受けた。一八八八年、黎氏はイギリス駐在後に清国駐日公使を再任して東京に来たが、重野はその祝宴詩集の序に次のように書いている。

> 黎君先駐英都数年。諳熟泰西事情。泰西人士。皆称其賢。轉来我邦。（中略）聞黎君少壮従曾文正公。受其誘掖。公之事業。出於郭汾陽之右。公之学問文章。殆駕王余姚而上之。而其操行謹篤。終始如一。霍博陸之不能及。繹嘗読公書。至鳴原堂集。観公処于兄弟之間。友愛悃摯。無所不至。此蓋公之本領[29]。

ここにおいて、西洋事情にも通じる黎氏本人のことだけでなく、その少壮期より追随していた恩師曾国藩のことを、事業は「安史の乱」の平定で大功を立てた郭子儀（汾陽王に封ぜられた）に、学問文章は明代の王陽明に、道徳操行は漢代の霍光（博陸侯に封ぜられた）などに勝ると絶賛し、しかも曾氏の『鳴原堂集』より窺ったその兄弟間の篤い友誼に感動したと打ち明けている。

重野は明治初年の大阪と明治二十年代前半の東京で私塾「成達書院」を開設したが、塾生たちに、五経の素読や『文章軌範』の授業を行い、読書の際に必ず筆記すること、作文上達のために数十篇の名文を暗記することなどの重要性を絶えず強調した[30]。一八八三年に上京し三島中洲の二松学舎で勉強し、翌年は東京大学古典講習科漢書課に入学した山田準は、「當時先輩から、明治の三大文章家は成斎（重野）先生、甕江（川田）先生と我が中洲先生とであることを教へられた」と述べ、その後彼は一八九九年に熊本の第五高等学校に赴任、二年後、重野の故郷鹿児島の第七高等学校造士館の再興に伴い、同学の教授となった[31]。なお、東京の成達書院時代の門人で、一八九五年以降の二三年間にわたり台湾の漢詩文界で活躍した館森鴻（袖海）が、次のように恩師の文風と文章観を伝えている。

先生は文章に於いて、日本では弘法大師、次に物（荻生）徂徠を推してゐた。文は初め蘇東坡を習ひ、晩年に至って姚姫伝の文章を読んだ。全く姫伝風の文章がある。川田甕江も姫伝を読んだ。頼山陽の時代には『姫伝集』は来ず『帰震川集』が来てゐた。故に山陽の文には震川の文を論じたものはあるが、姫伝を論じたものはない。（中略）晩年は曾国藩の文章を読んで感心した。曾国藩は姚姫伝の文章に私淑してゐたので、随って先生も亦姚姫伝の文章を読み大いに之に感心した。その為に初め欧蘇であった文調は晩年に及んで変化した。[32]

一八九七年八月、重野（翌年、漢学支那語第一講座担任教授として東京帝国大学に復帰）は帝国教育会設立後の一回目の夏季講習会で「漢文講義」を行い、そのなかで「漢文の名家」として次のように桐城派の諸大家を紹介している。

又方望渓（苞）と云ふ人があります、此人の文章が近世の清朝に於て一体を為したる名家でありまして、方望渓の文が竟に姚姫伝に伝はり、此の一派が桐城派と云ふ者になりました（桐城は姚姫伝の居地なり）、そこで今の清人は桐城派の文でなければいかぬと頻に此の体裁を尚びますが、此の方望渓の論文杯を見ると極簡潔を主として餘計な言葉を先づ言はぬ様にすると云ふが此の人の精神で、そこで此の桐城派と云ふ方には短かいのが多い、花を成る可く落して実に許りしやうと云ふから、桐城派の文は枯淡に失すると云ふ評がある位であります、（中略）桐城派の人にして近頃曾国藩と云ふがある、是れは大人物であって、（中略）此人の文集には曾文正公集と云ふがある、其の文集を読んで見ると成程桐城派である、桐城派は前にも申す如く枯淡に流るるの弊があるが、然るに此の曾国藩の文は其弊がない、桐城派にしては花のあるハッキリとした文である。(33)

これによって見れば、方望渓や姚姫伝の「簡潔」を貴ぶという主張に賛成するものの、その文章が「枯淡に失する」という王韜のマイナス評価にも同感していたようである。要するに、重野は、花と実すなわち外見の美と中身の充実を合わせ持つ文章を理想とし、曾国藩はこのような文章を作ることができたのは、彼が「経学も深い人であり、且つ事業家」でもあったからだと考えていた。

重野の桐城派文章観はその「読惜抱軒文」（惜抱軒は姚姫伝の室名）にもっともよく表れている。

桐城諸子之文。亦各有所長。方望渓邃于学。故其文精深渟蓄。如源泉出山。流委曲折。劉海峰壮于気。故其文跌宕漂逸。如奇岩怪石。猙獰逼人。姚姫伝豊于才。故其文遒秀婉約。如野花幽草。香色可人。比之宋文。望渓似南豊。海峰似老泉。姫伝似廬陵。但以揀擇出之。則桐城文派第一主義。此其所以異于宋三家也。姫伝親炙海峰。私淑望渓。其初作兼有海峰之気。及晩年。皮毛擺脱。劉方為圜。理義之精。可逐望渓。其言曰。経義考据文章。三者闕一不可。且曰。斯言之行。当期乎五十年之後。其自信如此。後世学者。以文章正宗帰之。有以也夫。(34)

ここで重野は、桐城派の方望渓（一六六八—一七四九）・劉海峯（一六九八—一七七九）・姚姫伝の学風や文格を、それぞれ「唐宋八大家」の中の（南豊）曾鞏・（老泉）蘇洵・（廬陵）欧陽修という三家のそれらに譬えており、「唐宋八大家」と桐城派の先達三人の学問と文章に対するその理解のほどを示している。さきの館森による恩師回顧談に「文は初め蘇東坡を習ひ、晩年に至って姚姫伝の文章を読んだ」という重野の文章学の来歴が紹介されていたが、青年期に「唐宋八大家」の文章を熟読しその文風に精通していたからこそ、このように桐城派の諸大家の文風とリンクして見事に対比させることができたと思われる。

とくに注目すべきは、彼が「経義考据文章。三者闕一不可」という姚姫伝の学問上の主張に大いに賛意を表していることである。それは、修史館の責任者として提案した漢文による『大日本編年史』編修事業を完遂させるために、経義・考据・文章の三つを学問の過程で統一的に把握し貫徹させていくべしとする姚姫伝の主張が、彼にとってきわめて魅力のある学問方法論と文章作法論であったからに違いない[35]。

新しく創立された史学会の会長として漢・和・洋三方の考証学の伝統を引き継ぎ、近代的実証史学を発展させようと努力した重野は、一八九〇年三月九日東京学士会院で「学問は遂に考証に帰す」と題する講演をした。その趣旨は次のようなものである。

西洋学では、演繹と帰納との二法に分けてあると承はるが、考証は即ち帰納の方でありませう。（中略）因て私は、世の中の学問は遂に帰納法、即ち考証学に帰せねばならぬものと思ひます。既に是迄の経験がそうなって居ります。支那の考証学は、大凡そ二百年前より始まり、日本は百年前、西洋は五十年前より起ったと申すこと、少々の遅速前後はあっても、世界中の学問が遂に一轍に帰したのは、世の開くるに随ひ、何事も精微着実になり、空論臆測では人が承知もせず、又それでは実用にも遠くなるから、事々物々、悉く証拠を取って考へ合はすれば、縦令間違ったことがあっても直に分かる。[36]

この重野の学問・教育の趣旨に対して、黎庶昌は、成斎の意は中（中国）東（日本）西（西洋）三者の長所を調合・融合させて一つになさしめんとするにあり、此を以て書を著し、此を以て教を立て、百変して宗旨を離れず、と称えている。[37]

町田三郎は、「成斎のこうした努力・主張は、明治一代が終り次の世代に移るころ具体的な形をもって学界に出現する。内藤湖南・狩野直喜・服部宇之吉らの登場とその活躍がそうである。ここに新しい「漢学」研究も生み出された。成斎はかれらのための、より正しくは日本的「漢学」研究、近代中国学のいわば地ならしをその生涯を通じて行ったのである。そしてつねに問題提起者であった」と論じているが、確かにその通りである。[38]

重野は、一八九七年に帝国教育会設立後の一回目の夏季講習会で旧制中学校の「国語・漢文」担任教師を相手に「漢文講義」（十二、三回）を行った。もしそのことが桐城派の存在を漢文教育界に周知させたことを意味しているとすれば、西村が一九一六年から一九二一年まで京都大学で『古文辞類纂』を講義したことは、アカデミズムの世界で桐城派の学問伝統の貴重さを宣揚したことを意味していると言えよう。

当時大阪朝日新聞社役員であった西村碩園は、鈴木虎雄の中国留学をきっかけに京都大学文科大学で「支那文学」の講義を受け持った。この件を西村に依頼した狩野直喜によれば、「大正五年の九月から特別講義と、作詩、作文と古文辞類纂と云ふやうなものを三時間ばかり教へて貰ひました」という。この狩野の「追憶談」に、「何年頃だつたか景社と云う文社を起こして亡くなつた籾山衣洲とか、京都の長尾（雨山）君とか、内藤（湖南）君や、私らが参加した。又た京都にも大学卒業の人達が麗澤社と云ふものを立て、それが度々景社と合併して文章を作り合ひました。さう云ふ所から益懇意になりました」という互いの交誼も伝わっている。(39) なお、京都大学講師を務めている間の一九二〇年五月二六日に、西村は文学博士号を授与された。(40)

西村碩園（一八六五―一九二四）は、名は時彦、字は子俊、青年期から天囚の号で有名、碩園はその晩年の号である。少年時代から漢学の素養を身につけ、上京してからは、重野と島田重礼に師事し、東京大学古典講習科漢書科で学んだ。一八九〇年大阪朝日新聞社に入社以降、三〇年にわたって同社（一時期は東京朝日新聞社）の主筆、編集顧問などを務め、同僚の内藤湖南などと数々の時局論・学芸論を書き、朝日新聞の声価を世間に高めた。一八九七年の年末以降、中国に滞在すること三度、張之洞・劉坤一など武漢・南京に駐在する有力な地方総督に改革の助言を与え、李伯元・董康・汪康年・康広仁・辜鴻銘および曾国藩の孫・曾敬彜などの有名な文人と交遊した。(41) 一九〇二年春、「曾門四弟子」の一人で蓮池書院の主講も務めたことのある京師大学堂の総教習呉汝綸（一八四〇―一九〇三）が教育視察のために来日した際に、西村は「教育家の渡清を望む」（六月二十九日付）と題する朝日新聞の社説を発表し、清国の留学生や視察員の頻繁な来日という現状に鑑み、文部省に視察員や教育家を清国に派遣してほしいと論じた。(42) 大正期には近世大阪の書院懐徳堂（一七二四―一八六九）の再建に成功し、武内義雄の北京留学も、実は西村の派遣によるものであり、重建懐徳堂の講師を養成するためであった。晩年、薩摩（鹿児島県）の同郷であり、明治の元勲の一人でもある内大臣松方正義（一八三五―一九二四）の推挙で宮内省御用掛として詔勅作成に当たり、関東大震災後の「国民精神作興の詔書」などを起草した。著述に『日本宋学史』、『懐徳堂考』および小説『屑屋の籠』などがある。

吉川幸次郎によって「清朝風の漢文の名手」と評された西村は、もともと「詞章」を重んじる文筆家であり、早くも一八八三年に友人とともに『邵青門文鈔』を出版した（青門は清朝前期の文章家邵長蘅（一六三七―一七〇四）の号である。古典講習科時代に寄宿舎を共にした岡田正之が、重刊『屑屋の籠』への序文において「君は候朝宗の文章を好み、寝台の上で得意に手を拍ちて膝を叩きて琅琅と壮悔堂集の文を読み聞かされたことが毎度あった」と、若き日の西村の姿を記している。なお、一九〇一年秋に上海留学中の狩野直喜が、同時期に清国留学中の西村の訪問を受けたが、当時の西村については「矢張詞章の方面が非常に好きであって考証と云ふやうなことは嫌ひでありました。さういふ学究的なことは自分はできませんし、また嫌ひであるといふことも言はれた」ということが印象に残った(43)。

しかし、まさにこの時の清国留学、とりわけ甲骨文を初めて世に伝えた劉鉄雲と知り合ったことなどをきっかけに、西村は次第に「考証」のことにも心がけるようになった。一九〇九年に『日本宋学史』を出版したが、武内義雄が同書の「朝日文庫」本（一九五一年）に寄せた解説で、この一冊を「数多い先生の著作中特に精神のこもった傑作」、「要するに本書は我国程朱学の沿革を精密に攻究して流麗な文章に書き表はされたもので、真に義理・考据・詞章の三面を兼ね備へた名著である」と激賞した。

武内はまた、西村の『古文辞類纂』愛好と『古文約選』尊重を次のように紹介したことがある。「先生は桐城派の古文を尊崇した方で、姚鼐（姫伝）氏の古文辞類纂を愛読せられ、その刻本三種を収蔵してその長短を説き聞かされた。さらに先生は古文約選をもって桐城派の始祖方望渓の作として尊重された。（中略）かつて曾文正公は姚氏の古文辞類纂を標準としているが、この書について一言もしていないのは、その祖を忘れたといえようと論ぜられた(44)」。

西村の『古文辞類纂』愛好はその刻本を複数収蔵し比較研究を行なっただけでなく、同書や関連書物を多くの知人に勧めたことからも窺える。鹿児島県出身の優れた国語・漢文教師で福岡県立田川中学校の初代校長でもあった田中常憲（一八七三―一九六〇）が、己の漢文による作文を西村に添削してもらう場合、「いつも原稿紙は眞赤になつて歸つて來ました。この頃のことであります。佩文韻府と淵鑑類函は、是非座右に備へて置かねばならぬ。今廉い掘出物があるから買つて送る。代金は何時でも出來た時に送ればよいとて、わざわざ此の二書を買つて送つて戴きました。大正四年生徒を率ゐて上阪した時は、先生大に喜ばれ、新築書齋が出來たとて、先生自ら案内され、此の新書齋で始めて桐城派の學を紹介され、惜抱軒詩文集貳帙拾六冊を賜ひ、御馳走になつて歸りました」と振り返ったことがある(45)。

ここにいう『佩文韻府』と『淵鑑類函』は康熙帝の勅命により編纂された韻書と類書という古典読解に不可欠な参考書で、『惜抱軒詩文集』は前述の重野も読んだ姚姫伝の詩文集である。西村が大阪の新築書斎で田中常憲一行に桐城派の学問を紹介した一年後、すなわち京大で開講する四か月前に、東京大学古典講習科時代の同窓萩野由之・岡田正之と歓談後、神田の本屋でかねて探していた『古文約選』を思いがけず入手した。その喜びと感想を綴った次の一文は、西村の中国文章論史および桐城文章伝統論に対する深い造詣と見識を示している。

書古文約選後　丙辰五月

右古文約選十冊、前清果親王府選刻、其序例望溪方氏所代作、載在望溪。予嘗讀之、而知其選評亦成于望溪之手、訪購日久而未獲。大正丙辰首夏東遊、與萩野禮卿・岡田君格飲于神田旗亭。歸途共過書肆、偶然獲之、予之喜可知也。文章總集創自摯虞流別、杜預善文、而二書皆亡、惟昭明文選盛行。厥後或以體彙集、或以代總匯拔粹分類、隨時迭興、而評點之學興于宋盛於明。第明代多坊刻帖括之書、至清初講古文義法者、世推桐城為正。桐城以望溪為祖、而斯書為濫觴。劉姚相承之法、蓋在於此。曾文正奉姚氏古文辭類纂為圭臬、而不一言及斯書、殆數典忘祖矣。其取三漢（両漢・蜀漢）八家之文、而斥六代駢儷、沿真氏正宗之法。雖多習見之文、而柳歐以下義枝辭冗者、加鈎劃於旁、則屬其創體。學者尤宜留意講究焉。抑乾嘉諸儒喜六朝薄八家、故前人編選斥駢體者、四庫提要亦有不滿意。而如斯書不著錄、尤非公論也。(46)

『古文約選』（一七三三）は、最高学府の国子監を管理する和碩果親王、愛新覚羅允礼（康熙帝の第十七子）が官学に選抜された八旗子弟のために編集した漢文読本であるが、実際の選編作業および「序例」の起草は方望溪が代行したものである。このことは、西村が前から『方望溪全集』により知ったが、その書物はついに入手できていなかった。したがって、神田の本屋で同書と邂逅したことについて望外の喜びを感じたわけである。

西村によれば、模範となる文章を集成する伝統は、晋の摯虞の『流別集』三〇巻と杜預の『善文』五〇巻に起源するが、この二種はみな散逸してしまい、ただ『昭明文選』が世に盛んに行われ、後世に伝わるようになった。宋明時代に「評点の学」が次第に発達し、清の初期になって「義法」を講ずる文章の学が起こり、そのなかで桐城派のそれが正宗とされ、桐城派の祖とされる方望溪編修の『古文約選』がその種類の著述の濫觴とされている。しかし、方望溪の編修法（漢代と唐宋の文章を収録して、六朝時代の駢儷文を排斥する）は、ある意味で南宋後期の真徳秀編『文章正宗』のそれを受け継いでいる面もあるといえる。ただ抄録している柳宗元・欧陽脩以下の文章について、行の傍らに圏点を付けていることは「体例」上の創造である。劉大櫆も姚姫伝もみな、方望溪の方法を継承しているが、曾国藩は姚姫伝の『古文辞類纂』を「圭臬」すなわち模範・標準としている。その論述で『古文約選』に一言も触れなかったことは、桐城派の祖である方望溪に対する忘却である、と。(47)

ここからも分かるように、西村の桐城派論はその中国歴代の文章論、文集編纂史および桐城派内部の伝承関係に対するトータルな把握を背景としたものであり、説得力のあるものだと考えられる。この意味で、西村の桐城派理解がおそらく近代日本漢文学界の桐城派理解の最高水準に達していたと言えよう。

注

（1）今関天彭『近代支那の学芸』（民友社、一九三一年）、一〇二―一〇三頁。中国文芸研究家・漢詩人としての今関は、千葉県生れ、本名は寿麿。祖父琴美・石川鴻斎・森槐南・国分青涯に師事。『国民新聞』・『国民雑誌』の記者や朝鮮総督府嘱託を経て、一九一八年に北京に今関研究室を設け中国事情の研究に従事、のち南京大学講師を務めた。戦後、東京で漢詩雑誌『雅友』を発行した、著書に『東洋画論集成』、『天彭詩集』などがある。

桐城派の全体像に関する今関の概観は、劉大櫆に関する言及がなく、また劉大櫆を媒介とする桐城派と陽湖派の関係および姚姫伝を媒介とする桐城派と湘郷派の関係への言及もない。復旦大学の劉季高教授（一九一一―二〇〇七）は、一九八三年上海古籍出版社より出版された『方苞集』に書いた「前言」に次のような概観を披露し、中国文学史上における一流派の伝承期間と影響力の長さという現象として、清代の桐城文派に拮抗できるものは宋代の「江西詩派」しかなかったとも指摘している。参考に値するものだと思う。

方苞的文統、一傳爲劉大櫆、再傳至姚鼐而桐城派始形成。在劉大櫆的間接影響下、產生了陽湖派；在姚鼐的間接影響下、產生了湘郷派；其實都是桐城派的支流。（中略）桐城派風靡一時、其餘波直至清末馬其昶以降而未已、雖嚴復、梁啓超亦不免受其熏染。桐城派自方苞至馬其昶、綿歴二百餘年、其傳世之久、除宋之江西詩派外、殆無堪與之頡頏者。

（2）牧野謙次郎『日本漢学史』（世界堂書店、一九三八年）、二一七―二一八頁。

（3）緒方惟成『日本漢文学史講義』（評論社、一九六一年）、一〇一頁。

（4）佐藤一郎「江戸・明治期における桐城派」、慶応大学『藝文研究』五四号、一九八九年。江戸時代における桐城派の影響にまで言及したこの佐藤論文に気付いたのは、本稿の執筆時であり、すでに注（7）「明治漢文界における清代文章学の受容―星野恒編王韜評『明清八大家文』について」（『江戸・明治期の日中文化交流』所収、二〇〇〇年）および「試論桐城派文論在明治漢学界的影響」（張伯偉編『風起雲揚—首届南京大学域外漢籍研究国際学術研討会』所収、中華書局、二〇〇九年）を発表している私にとって一種のショックであり、誠に「相見恨晩」の感がある。しかし、当初の目配り不足による遺憾は、佐藤論文の刺激を受けた本稿の完成によってほぼ解消されたので、佐藤一郎先生に心より感謝したいと思う。

（5）佐藤論文、一七八頁。侯方域（一六一八—一六五四）、明末清初文学家。字朝宗、号雪苑。壮悔堂はその書斎の名称。十巻本の『壮悔堂文集』は順治年間に刊行され始めた。

（6）大庭脩『江戸時代における唐船持渡書の研究』（関西大学東西学術研究所、一九六七年）。『帰震川別集』は七一六頁、『帰震川集』は七一七頁、『壮悔堂全集』は四六二頁、『壮悔堂集』は四六三頁、『方望渓全集』は四一五、六六四頁、『劉海峰全集』は五四九、五五六頁、『惜抱軒十種全集』は四八二、六三三頁、『古文辞類纂』は四八三、四九五頁を参照。

（7）陶徳民「明治漢文界における清代文章学の受容—星野恒編・王韜評『明清八家文』について」、浙江大学日本文化研究中心編『江戸・明治期の日中文化交流』（農山漁村文化協会、二〇〇〇年）所収。

（8）川田甕江評『文海指針』（東京　小薬昌造・日下寛発行、一八七六年）。

（9）藤野海南「清国公使署重陽宴集序」、重野安繹編『海南遺稿』（敦復堂、一八八九年）所収。文中の「往時使至。不過一再会飲」というのは、おそらく江戸期の朝鮮通信使の来日時の様子を指すかもしれず、それでもって今の使節常駐による接触・交流の利便さを強調したと考えられる。

（10）陳捷『明治前期日中学術交流の研究—清国駐日公使館の文化活動』（汲古書院、二〇〇三年）、王宝平『清代中日学術交流の研究』（汲古書院、二〇〇五年）、劉雨珍編『清代首届駐日公使館員筆談資料匯編』（天津人民出版社、二〇一〇年）、張偉雄『文人外交官の明治日本—中国初代駐日公使団の異文化体験—』（柏書房、一九九九年）などを参照。

（11）『朝日日本歴史人物事典』による。

（12）黎庶昌「海南遺文序」、重野安繹編『海南遺稿』（敦復堂、一八八九年）。

（13）「海南手記」、同注（12）、『海南遺稿附録』所収、五〇—五一丁。

（14）三浦叶『明治漢文学史』（汲古書院、一九九八年）、八八頁。

（15）竹添進一郎編『古文辞類纂』（啓文堂、一八八四年）。

(16) 藤野海南「読論文彙纂第五編」、重野安繹編『海南遺稿』所収、巻三、四三丁。

(17) 姚姫伝の学問を継承しながらこれを超越した曾国藩について、黎庶昌は己の編纂した『續古文辞類纂』(楊家駱編『中國文学名著第六集』第三十二冊所収、世界書局)の「叙」において、次のように絶賛を惜しまなかった。

由是古今之文章。謬悠殽亂。莫能折衷一是者。得姚先生而悉歸論定。即其所自造述。亦浸淫近復於古。然百餘年來。流風相師。傳嬗賡續。沿流而莫之止。遂有文敝道喪之患。至湘鄉曾文正公出。擴姚氏而大之。並功德言為一塗。挈攬衆長。轢歸掩方。跨越百氏。將遂席兩漢而還之三代。使司馬遷、班固、韓愈、歐陽修之文。絕而復續。豈非所謂豪傑之士。大雅不羣者哉。蓋自歐陽氏以來。一人而已。余今所論纂。其品藻次第。一以習聞諸曾氏者。述而錄之。曾氏之學。蓋出於桐城。故知其與姚先生之旨合。而非廣己於不可畔岸也。循姚氏之說。屏棄六朝駢儷之習。以求所謂神理氣味格律聲色者。法愈嚴而體愈尊。循曾氏之說。將盡取儒者之多識格物。博辨訓詁。一內諸雄奇萬變之中。以矯桐城末流虛車之飾。其道相資。無可偏廢。(句読点は陶による)

この黎庶昌の曾国藩贔屓について、近代の詞人・学者で、博学多識・蔵書豊富で知られる譚献(一八三二―一九〇一、号は復堂)が一八九二年四月二二日の日記に。「見黎蒓齋《續古文辭類纂》、是揚《經史百家文鈔》之波者也」という冷やかな批評を行っている。(范旭倉・牟暁朋整理『譚獻日記』、中華書局、二〇一三年、三〇二頁。なお、中国近代人物日記叢書の一つである同書のテキストは簡体字となっているが、ここでは繁体字に変換させている)。また、その二年前の一八九〇年に、すでに「吾輩文字不分駢散、不能就当世古文家範圍、亦未必有意決此藩籬也」(同書、一六九頁)と、古文を推賞する桐城派と一線を画した立場をはっきり打ち出している。

譚献の著述を多数蒐集した銭基博(一八八七―一九五七)が、譚献の文章論の性格を次のように位置付けている。

譚氏論文章以有用為體、有餘為詣、有我為歸、不尚桐城方・姚之論、而主張胡承諾・章學誠之書、輔以容甫汪中・定庵龔自珍、於綺麗豐縟之中存簡質清剛之制、取華落實、弗落唐以後窠臼、而先不分駢散為粗跡、為回瀾。(同書、一八五頁)

(18) 黎汝謙について、柴田清継・蒋海波「水越耕南と清国外交官との文藝交流―一八八〇年代を中心として」(『武庫川女子大学紀要. 人文・社会科学編』五八号、二〇一〇年)を参照。

(19) 張裕釗「日本岡鹿門千仞藏名山房文鈔序」、『濂亭文集』第一巻(蘇州:查氏慕見齋、一八八二年)、九頁。

(20) 魚住和晃『張廉卿の書法と碑学』（研文出版、二〇〇二年）、二四三頁。同『宮島詠士　人と芸術』（二玄社、一九九〇年）一一四―一一五頁をも参照。

(21) 宮島彦「在清留学意見」、同注（20）、二五二頁。

(22) 魚住和晃「張濂亭と宮島詠士における信義について」、杉村邦彦・魚住和晃編集『張濂亭・宮島詠士師弟書法展覧図録』（東京、一九八四年）、一四六頁。

(23) 同注（22）、一四六―一四七頁。

(24) 同注（20）、『宮島詠士　人と芸術』、一八六―一八九頁。

(25) 受業菊池武貞「書省軒先生肖像後」、『省軒文稿』（東京・榊原友吉、一九〇二年）巻頭。日本国内に同書を所蔵する図書館が少ない。本稿で使っているのは、ハーバード燕京図書館所蔵の旧「古城文庫」本である。なお、秋元信英「東洋の學藝　明治七年、亀谷行『国史提要』の書誌と史学」（無窮会『東洋文化』一一二号、二〇一五年）を参照されたい。

(26) 亀谷省軒「読曾文正公文鈔」、『省軒文稿』第四巻、十六丁。

(27) 亀谷省軒「明文論」、『省軒文稿』第四巻、七―八丁。

夫文莫善於周秦、六經姑置之、如左國莊列孟荀韓管、各具機軸、發揮其妙、如八家則不過得其一端耳、故卓犖之士、欲直越八家而攀先秦、李王徐袁、無不皆然、而其不能接先秦者、蓋屬氣運、非工力所能及也、然徐袁諸家能闢八家所未闢、唐宋之外更有妙處、今之言古文者、専稱八家未免拘見。

(28) 陶徳民「重野安繹の中国観―明治二二年『支那視察案』を中心に―」、『立教法学』42号、一九九五年。

(29)「枕流館宴集序」、重野安繹著・重野紹一郎編『成斎先生遺稿』（一九二六年）巻一、九丁。

(30) 木場貞長「大阪時代の重野先生」、高於菟三「成達書院の顛末」。大久保利謙編集『増訂重野博士史学論文集補―重野安繹研究資料集―』（名著普及会、一九八九年）、一一一頁、一三八―一四一頁。

(31) 山田準「重野成斎先生に対する追憶記」、同注（30）、一一八―一一九頁。

(32) 館森鴻「重野成斎先生の逸事」、同注（30）、一三三頁。三浦叶『明治の碩学』（汲古書院、二〇〇三年、二四七頁）に所収の「館森袖海翁談　重野成斎先生」は大同小異ではあるが、ニュアンスの違う重要な指摘や関連の事実も含まれている。念のためにここで紹介しておきたいと思う。なお、引用時は文中の旧体字を改めた。

文は初め蘇東坡を習い、晩年に至って姚姫伝の文章を読んだ。全く姫伝風の文章がある。川田甕江も姫伝を読んだ。頼山陽の時代には姫伝集は来ず帰震川集が来ていた。故に山陽の文には震川の文を論じたものはあるが、姫伝を論じたものはない。私共は姫伝は表面は綺麗だが内容は足らぬから実がないと観ている。眼が肥えると震川・姫伝の文は軽く見えてくる。

先生が私に曰われた事がある。それは、谷三山と曰う聾者があって、森田節齋が之を訪ねたところ姫伝の文集を出してみせた。其の時偶然開いた處が「登泰山記」であった。節齋は感服して、三山に此の文集を借りて帰ったが遂に返さなかった。そこで世間では節齋は姫伝だと見ていると言う話が傳っている。姫伝の文は文格が正しい。「登泰山記」を読んで、桐城の文ここに尽きたりと曰うのは間違だ。他になかなかよい文があると語られた。先生は私に震川・姫伝を読めと曰われた。実は私は今になって読んだ事を悔いている。どうも之が筆癖になってついて廻る。そこで私共は先生晩年の文はよくないと見ている。

(33) 陶徳民編著『重野安繹における外交・漢文と国史—大阪大学懐徳堂文庫西村天囚旧蔵写本三種—』(関西大学東西学術研究所資料叢刊三七、関西大学出版部 二〇一五年)、一一四—一一五頁。

(34) 重野安繹「読惜抱軒文」、『成斎文二集』(富山房、一九一一年)、巻三、二六丁。

(35) 考証学に関する重野の議論は、拙稿 “Shigeno Yasutsugu as an Advocate of Practical Sinology in Meiji Japan” (E. Hardacre 他編 *New Directions in the Study of Meiji Japan* (E. J. Brill Publishers, 1997) 所収。拙著『日本漢学思想史論考』(関西大学出版部、一九九九年) にも収録。

(36) 『増訂重野博士史学論文集』(名著普及会、一九八九年) 上巻、三九—四〇頁。

(37) 黎庶昌「成斎文集序」、重野安繹『成斎文初集』(富山房、一八九八年)。

(38) 町田三郎「重野成斎の人と学問」、同『明治の漢学者たち』(研文出版、一九九八年)、九八頁。

(39) 狩野直喜「追憶談」、『懐徳』二号(懐徳堂堂友会『碩園先生追悼録』、一九二五年二月)、五〇頁。

(40) 約二十年前、筆者が京都大学百年史編集史料室に、西村の京大講師歴についた問い合わせたところ、同史料室の助手西山伸氏より次のような返事をいただいた(一九九七年一二月一九日付)。

職名:「文科大学講師」となっています(なお、退職時には「文学部講師」です)

在職期間：講師に嘱託されたのが大正五（一九一六）年九月一日、解職が大正十（一九二一）年八月三一日です。
受持ち科目：「支那文学」担当、となっています。
なお、西村は京大在職中の大正九年五月二六日に文学博士号を取得しています。

(41) 陶徳民「西村天囚と張之洞の『勧学篇』」、『懐徳』第六〇号　一九九一年。大阪大学付属図書館懐徳堂文庫に、『鄙稿（剰稿）』と題する西村の手書き原稿集があり、その序文は次のようになっている。一九〇〇年一月に南京の本願寺で書かれたこの序文は、清国の士大夫と交遊するために、また己の作文を添削してもらうためには己の文集をまとめることが不可欠という考えを伝えている。

予若冠退大學後、奔走風塵、舊稿散佚、十不存一。自主筆報館以來、所作論説皆係國文、不復修古文。間有應酬之作、随作随散、不必存録。今茲庚子春、將再游清國。竊謂求交於學士大夫、不得不以文字為奴。乃撿筐底、得數十篇、或係十五六時文社席上之作、或係十四五年前大學課題之作。而三両年來近業、不過十數篇。是皆不期存而偶存者、鹵莽蕪雜、殆欲焚稿矣。而所以不能棄去、編次成巻者、聊為就大雅請斧削之地耳。庚子一月、時彦識於清國金陵本願寺中。（句読点は陶による）

(42) 陶徳民「西村天囚と劉坤一―清末の教育改革をめぐって―」、関西大学『中国文学会紀要』第十八号、一九九七年。

(43) 狩野直喜『読書纂余』所収の「西村天囚氏の追憶」。町田三郎「天囚西村時彦　覚書」、同注（38）所収、一六二頁。

(44) 武内義雄「学究生活の思い出」、『武内義雄全集』第十巻・雑著編（角川書店、一九七九）、四一七頁。

(45) 田中常憲「噫　天囚西村先生」、『懐徳』二号（懐徳堂堂友会『碩園先生追悼録』中の「追悼本録」）、四〇頁。

(46) 西村碩園「書古文約選後」、同『碩園先生文集』巻一、五〇―五一丁。『碩園先生遺集』（懐徳堂、一九三六年）。同遺集は、文集三巻、詩集三巻および『屈原賦説』上巻十二篇を含んでいる。『屈原賦説』下巻の十篇は未完のため、刊行されなかった。上巻について、大正九年五月に書かれた西村の後記は、次のようになっている。

以上十二篇、時彦在京都大学為学生講述、遂綴成冊。屈賦継風雅於前、啓辞賦於後、為文学之大宗、不可不讀。而古今注釈、亡慮百家、羣言紛淆、疑惑学者。愚因著論、略述大旨、刊誤補義、待諸他日焉。（句読点は陶による）

なお、西村が集めた「楚辞百種」は一コレクションとして高い文献学的価値があり、『碩園先生遺集』が刊行された一九三六年に、北京・清華大学国文系の劉文典教授一行がわざわざ懐徳堂を訪ねてきて、碩園文庫所蔵の「楚辞百種」を調査研究したのである。

(47) 曾国藩が、その編纂した『経史百家雑鈔』(上海中華書局『四部備要』集部所収)の「序例」において、次のように『古文辞類纂』を編纂した時の姚姫伝を批判した。すなわち文章の復古と言いながら儒教の古典である「六経」の文章を全然収録しなかった姚氏のことを、親孝行を言いながら父祖のみに敬意を表示し、高祖・曾祖のことを忘れたと同じ、と。

然溯古文所以立名之始、乃由屏棄六朝駢儷之文、而返之於三代兩漢。今舍經而降以相求、是猶言孝者敬其父祖而忘其高曾、言忠者曰我家臣耳、焉敢知國、將可乎哉。余抄纂此編、每類必以六經冠其端、涓涓之水以海為歸、無所於讓也。姚姫傳氏撰次古文、不載史傳、其說以為史多、不可勝錄也。(中略)余今所論次、采輯史傳稍多、命之経史百家雜鈔。(句読点は陶による)

このように見れば、西村の曾氏批判は、曾氏の姚氏批判と同じく「先祖忘却」という点に集中しているようである。

第二章　民国初期の文学革命に対する日本知識人の反応
―吉野作造・青木正児・西村碩園などの場合―

民国初期の文学革命の性格について、一九三一年の上海、魯迅の自宅でその個人教授を受けたことのある増田渉がその名著『中国文学史研究―「文学革命」と前夜の人々』において次のように説明している。

「文学革命」といっても、この「文学」は、今日のわれわれの概念よりは、はるかに幅ひろく、「文学革命」の意味領域は厚かった。それは中国の伝統的な考え方によるものであって、要約的にいうと、「文学」という概念のなかには、「文章」という意味と、もう一つ「文章（あるいは文学）は道徳を宣揚するもの」という意味が古来こめられていたのである。だからこの場合も、「文学革命」といっても、いっそう倫理的な面にまで及ぶ「思想革命」の性格をもつものとして展開したと考えられる。

「革命」は自らの伝統の中から、そのまま出てくるのではなく、異質の媒介体を必要とするが、「文学革命」の指導者たちは、いずれも外国留学の出身者であった。彼等は外国で、直接に異質の文化や制度にふれ、またそれに刺戟をうけ、自国との対比において、一そうすぐれた価値を見出した。そのような異質の文化や制度の媒介によって、自国の文化伝統の本質をふりかえり、その在り方を批判的に見すえたのだが、その批判は、自国の文化に対して否定的な強い破壊性を志向した。[1]

確かに、民国初期の文学革命は、かつての日本とフランスに留学したことのある雑誌『新青年』の編集者陳独秀（一八七九—一九四二）と、アメリカ留学中の胡適（一八九一—一九六二　字は適之）という二人のイニシアチブによって口火を切られた。しかも、二人はその主な攻撃対象たる「桐城派」の地域的出自と同じ安徽省の出身者でもあった。民国六年（一九一七年）一月に、胡適の『文学改良芻議』は『新青年』第二巻第五号に公表され、その八つの改良主張は次のようになっている。

一、内容のあることをいう。（須言之有物）
二、古人の模倣をやめる。（不孝倣古人）
三、文法にかなう文章を書く。（須講求文法）
四、理由もなく深刻がらない。（不作無病之呻吟）
五、陳腐な常套語はできるだけ避ける。（務去爛調套語）
六、典故は用いない。（不用典）
七、対句を考えない。（不講対仗）
八、俗語俗字を避けない。（不避俗字俗語）[2]

これを受けて、同誌の次号に陳独秀の『文学革命論』が掲載され、その激しい「三大主義」が披露された。

一、「技巧的阿諛的な貴族文学を打倒して、平易で直情的な国民文学を建設する。
二、陳腐で誇張的な古典文学を打倒して、新鮮で誠実な写実文学を建設する。
三、曖昧で難解な山林文学（現実逃避の文学）を打倒して、明瞭で通俗的な社会文学を建設する。(3)

その後、漢字全廃論を唱える北京高等師範学校教授の銭玄同（一八八七―一九三九）などの加担により、「文学革命」の過激さがより一層強められ、改良主義者の胡適にしてみれば、その当初の予想をはるかに超えるものとなった。したがって、一九三〇年代初期にになって、胡適は教え子の魏際昌に「文学革命」の見直しを次のように勧めた。「桐城派はわが安徽省に生まれた。これまで「謬種、妖孽」で呼び慣れているが、違う見方もあるべきだろう。研究してみてほしい」と。(4)

ここにいう「謬種、妖孽」は、一九一八年当時、銭玄同が陳独秀宛の手紙（『新青年』第二巻第六号に掲載）で初めて使用した激しい桐城派批判の言葉で、いわゆる「選学妖孽、桐城謬種」（『昭明文選』を尊び駢文に腐心する妖怪、古文の「義法」に拘泥する桐城派流）の略である。(5) 当時、「選学派」の代表として、黄侃・劉師培などの「国学大師」が北京大学で「詞章学」・「文選学」・「六朝文学」などを教授し、北京大学教授に雇われた桐城派の重鎮姚永樸が『文学研究法』という古文の源流と技法を詳説する専門書を出版していた。そして、一般社会の中で桐城派の声価を高めたのは、何と言っても『天演論』・『国富』・『法意』・『群己権界論』などを翻訳した厳復と、『巴黎茶花女遺事』や『椿姫』などを翻訳した林紓（琴南）という二人の名高い古文調の翻訳者であった。(6)

当時の様々な事情から見れば、「選学派」、またとくに「桐城派」は、学界にも社会にも相当の勢力と影響力を伸ばしており、しかもそのキーパーソンたちは姻戚関係で繋がっていた。(7) このような背景のもとで、胡適、陳独秀、銭玄同らが唱道した文学革命は在来の士大夫社会に対する批判という意味合いを持ち合わせているとも言える。

では、同時代日本の漢学者、支那学者および進歩的知識人がこの中国の文学革命に対してどのような反応を示していたのか。

本章では民本主義者の吉野作造、文学革命礼賛者の青木正児および桐城派文章論の推奨者西村碩園のケースを取り上げ、近代日中文化交渉史および大正思想史の構成上に不可欠な一面を考察してみることにしたい。なお、参考として当時中国滞在中のクリスチャンで慈善教育者の清水安三の関連論述を文末に付録しておく。

（一）「民本主義者」吉野作造の文学革命観

一九一九年六月に、吉野作造（一八七八—一九三三）が『中央公論』に「北京大学に於ける新思潮の勃興」という時論を、雑誌『新人』に「北京大学学生騒擾事件に就て」という社説をそれぞれ発表していた。『中央公論』は当時発行部数として十二万部をこえる総合雑誌で、『新人』は由緒のある本郷教会の機関誌として多くの読者を持っていたので、この二つの政論はのちに触れる青木の文学革命の紹介論文より、社会一般に及ぼす影響がはるかに大きかっただろうと考えられる。

当時の内外情勢は、第一次世界大戦の終結に伴って一大転機を迎えていた。米騒動が起きた一九一八年の年末、吉野はみずから「黎明会」という学者・思想家の団体を結成し、度々の講演会を通じてその民本主義と国際平等主義の主張を民衆に鼓吹した。それと同時に、吉野指導下の東大生も学内で「世界の文化的大勢たる人類解放の新気運に協調」する「現代日本の合理的改造運動」を目指して「新人会」を結成した。[8]一方、一九一九年に朝鮮で民族独立を求める「三・一運動」が起こり、中国でパリ講和会議と山東問題をめぐって国権回復を求める「五・四運動」が繰り広げられていた。北京大学などの学生デモ隊が、「二十一ヵ条」締結の責任者曹汝霖（早大卒、当時交通総長）と「西原借款」の責任者章宗祥（東大卒、当時駐日公使）など親日派の高官を攻撃し、日貨排斥を宣伝したため、日本の国内世論は北京の「学生騒擾事件」への反感や非難で充満していた。このことは、「北京学生団の行動を漫罵する勿かれ」、「狂乱する支那膺懲論」など吉野の執筆による『中央公論』の時論の論題からも窺える。しかし、吉野は学生に過激な言動があったからといって五・四運動の「真価を没却してはならない」、「吾人は、多年我が愛する日本を官僚軍閥の手より解放せんと努力して来た。北京に於ける学生団の運動は、亦この点に於て全然吾人とその志向目標を同じうするもの」であると、日本の国民に中国の民族主義運動への理解を呼びかけた。[9]

その上、吉野は「曹・章一派攻撃事件」よりもっと注目すべき中国の動向は「北京大学における新思潮の勃興」だとして、次のように力説している。

いったい両三年来の北京大学に於ける新思想の勃興は実に著しいものがあった、総長の蔡元培君の采配の下に欧米の新空気が極めて濃厚に漂ふて居た。而して最近は、『新潮』或は、『新青年』と云ふ様な雑誌を発行して、盛に新思想、新文学を鼓吹して居る。而して彼等は之を「文学革命」と云って居る、此の新運動の陣頭に立って花々しい武者振を示した闘将に、陳徳秀君、胡適之君あり、銭玄同君あり、傅斯年君ありて、或は孔孟の教の時世に適せざるを説いたり、或は言文一致の文体を鼓吹し、甚しきは、エスペラントを公用語とすべしと説くものさえあつた。ここに於て、旧派の学者は愕然として驚き、今年の春以来非常に反対者をいじめ上げて居る。而して此の派の云うところは即国粋保存と、礼教維持とである、最近林琴南が蔡総長に猛烈な手紙をやった事や、又張元奇が大学総長を免職するか、しからずんば議会に弾劾案を出すと云って、教育総長を脅した事がやかましい問題になって、所謂新旧思想是非の論が非常に沸騰した。而して、つい先頃新運動の陣頭に立てる前記の四教授が免職せらるるに及んで、学生の憤慨が其の極に達した。しかも此の免職が北京に於ける旧派の政治家のなす所なりと聞いて、彼等は、更に勇を鼓して、思想上の革命を起さずんば已まずとするの決心を示して居る。これを要するに、北京大学教授学生を通じて、一には世界的思想の影響にも依るが、最近著しき進歩を示して居るのは、我々の見逃す事の出来ない現象である。

而して、かくの如き有為なる青年の覚醒の結果は、必ずや各方面に現はれなければならない。政治に、文学に、宗教に、哲学に、支那は之より急に新生面を開くであらう。エスペラント採用の義はあまりに突飛なりとしても、北京大学の発行にかかる諸雑誌が殆ど皆口語体をとり、我々の処へ来る手紙迄が口語体で、且つ横書きで、其上に、。！？など迄つけた念入りなのもある。小説などにも随分思ひ切ったのがあるが、もしそれ孔孟の教に対しては、就中陳徳秀君の如き最も忌憚なき批評を加えて居る、旧派学者の愕然として色を失へるも亦無理はない。[10]

このように、北京大学の動向をめぐる吉野の二論文は当時中国政治の脈動を的確に把握しているだけでなく、日本に文学革命を紹介する最初の文献としても高い価値を持っているように思われる。というのは、「欧米の新空気」の影響、孔孟批判と言文一致を提唱する『新青年』『新潮』などの雑誌、蔡元培・陳独秀・胡適・銭玄同・傅斯年などの活躍および国粋保存と礼教維持を図る林琴南（林紓）など保守派の存在、という文学革命の輪郭を示す主なポイントはその簡潔な叙述で明晰に示されているからである。そして、中国青年の覚醒は必ずや中国学術文化の新生面をもたらすだろうという吉野の予言もその直後の歴史によって証明されることになった。

吉野がこのように文学革命に対して敏速で積極的な反応を示すことができたのは決して偶然なことではない。一九〇六（明治三七）年からの三年間、東京大学卒業生の吉野は、清末の天津で権力者袁世凱の長男のため家庭教師をする傍ら、北洋法政専門学堂の教習を務めていた。その記憶では、当時「公私の学校では孔子の霊を祀って三礼九叩の礼を尽すも、国君の位に対して此れ程の礼を尽した事を見なかった。」したがって、彼は「支那に於て孔孟の教に反対する事は、恰も我国に於て国体の尊厳を非議するにも比すべき」であり、「最近まで文章を高等文官の唯一の資格として居った国」において言文一致やエスペラントを提唱するのが「如何にも突飛」なことであると、文学革命の思想・文芸の両面にわたるラジカルな性格がよく分かっている。にもかかわらず、このような「旧衣を脱ぎ捨て新粧を以て乗り出さんとする」ヤング・チャイナの動きを支持すべきだという彼の信念は動揺しなかった[11]。

吉野の姿勢はその中国革命研究と深く関わっていた。一九一〇年からの三年間、東大助教授としてヨーロッパ留学中の吉野は信仰上の関係からしばしば現地の基督教青年会などに行ったが、そこで評判になっているエール大学出身の中国人クリスチャン王正廷（当時は基督教青年会万国大会の中国代表で、後にパリ講和会議で活躍し、中華民国の外交総長となる）に感心し、その加担する革命運動にも注目するようになった。帰国後の吉野は、東大教授として政治史を教える一方、『中央公論』での政論担当や『支那革命史』作成などの必要もあって一刻も変転する中国の政局から目を離さなかった。「対華二十一か条要求」など日本帝国主義的外交政策に加担することもあったが、大正五年に民本主義の立場を固めた頃には、アジアに向ける視線も徐々に国際平等主義に変わるようになった。特に日本に亡命していた戴季陶などの革命党人および東大学生基督教青年会の中国人学生との接触を通じて、彼は「興国的新精神が支那に於て今や大いに欝勃しつつある」と実感した[12]。

五・四運動の直前、当時オスマン帝国で統一と進歩を目指して活躍していた「青年トルコ党」を例として、吉野は次のように予言していた。

而して之と同じ系統の青年は今日支那に頗る多い。主として其中堅を為す者は外国に留学したるところの青年であるが、之を中心として此類の青年愛国者は全国に瀰漫して居る。彼等の間に別に必ずしも組織的連絡があるのではないけれども、期せずして旧来の弊習に反抗し、一大革命によって祖国を衰亡の禍より救はんと欲して、肉を踊らし血を湧かしつつあるのである。（中略）革命はただ武力の戦争ではない。また実に思想の戦争である。此思想の廃れざる限り、支那は結局において青年支那党の手に帰すべきものである[13]。

したがって、彼は日本の官僚政治家が「いつでも（中国の）官僚を第一に観て、隠れたる国民の力を第二第三に見る」という誤った観方を厳しく批判した。その比喩によれば、中国国民の「新興の精神」はまさに「古い大きな建物は、頽廃の結果としてだんだん崩れる。けれどもこれと同時に、その腐ったものを肥料としてその下に新しい芽が吹き出るものであるけれども、多くの人はこれを見逃して居」るというのである[14]。

要するに、民本主義者の吉野は大所高所に立って、文学革命と「五・四運動」を新しい世界の潮流に順応するものであり、普通選挙、言論自由および政党政治を求める大正日本の政治民主化趨勢と並行する中国政治文化の近代化の一環であると見ていたのである。このような見解は結局、黎明会と北京大学との人的交流に導き、李大釗（北洋法政専門学堂教習時代の吉野の学生）との連絡を通じて、宮崎竜介（宮崎滔天の息子、吉野の弟子）の上海全学連大会での講演や高一涵教授（李氏とともに北京大の教授で『新青年』の編集委員であった）をはじめとする北京大学一行の来日を実現させたのであった。(15)

（二）「道家の徒」青木正児の文学革命観

青木正児（一八八七―一九六四）の「胡適を中心に渦いている文学革命」（一九二〇）年の秋、京都支那学派の同人雑誌『支那学』の創刊号から第三号までに連載）が従来、文学革命を日本に紹介した最初の文章と見なされてきた。たとえば、増田渉が「青木さんと魯迅」という回想文で次のように述べている。

> 雑誌『支那学』に書いた青木さんのこの論文は、中国の「文学革命」の運動を、わが国に紹介した最初期の、殆ど唯一のものではないかと思う。私自身のことをいうならば、私は当時、旧制高校の学生であったが、『支那学』でこの論文をよみ、はじめて中国の「文学革命」について、具体的に知り、胡適や魯迅の名を知ったと思う。この論文と、別に当時橋川時雄さんが訳した胡適の『五十年来中国之文学』一冊によって、私は中国の新しい文学運動に関心をもつようになったといえる。(16)

増田の証言は、青木論文が当時の文学青年に与えた影響を如実に物語っているといえる。しかし、この青木論文は果たして「最初期の、殆ど唯一のもの」であったろうか。

事実、青木自身がすでに一年前の一九一九（大正八）年十一月に創刊されたばかりの大阪『大正日日新聞』に、「覚醒せんとする支那文学」という文学革命紹介の処女作を発表していた。そこにおいて、青木は同年発刊の『北京大学月刊』および『新潮』の口語文採用と新文明謳歌を称えると同時に、中国新文学の未来について楽観的な展望を示している。そして、前述したように、一九一九年六月に発表された北京大学の動向に関する吉野作造の二論文が、おそらく当時日本における文学革命紹介の最初の文献であったろう。

しかし、吉野はクリスチャンで西洋政治史の専門家であったのに対して、青木正児は「道家の徒」で中国文学史のプロであった。同じく文学革命の礼賛者として、青木の所論は関連文献に対する深い玩味と文学運動の内在要因に対する的確な把握にもとづいていたので、政治学の見地からなされた吉野の所論とは当然違った性格を持っていた。したがって、その「胡適を中心に渦いている文学革命」という論文が増田など若き文学青年の心を掴んだことは決して不思議なことではなかった。

たとえば、「文学革命論」における陳独秀の「三大主義」と「文学改良芻議」における胡適の「八不主義」との関係について青木は次のように論じている。

> 結局彼の主張する所も胡君と同様に彫琢粉飾の駢体を斥けて達意白描の散体を取るに在った。其の意味に於て彼は南北朝の四六を捨てゝ、韓柳の復古文を取った、漢賦を排して楚辞に遡った、併し彼は決して之に満足する者で無い。彼が韓愈の文に対して不満な点は其文猶ほ古を師としている事と「文以載道」の謬見に誤られて

いる事とであった。宋明の偽古、清の桐城派などは無論彼の眼鏡に叶はう筈が無い。かくて帰着する所は胡と同じく元明以來の戯曲小説に対して文学的価値の最高位を与ふるに在った。

彼の主張を以て胡に比するに、胡の論は細目を列挙するに止まって大網を統ぶる所が無かった、陳は善く之を統べて要約する所を示した。胡の所謂「不模倣古人」「不用典」「務去爛調套語」は陳の所謂「推倒古典文学」の一部だ。胡の「不避俗字俗語」は陳の「建設国民文学」だ。胡の「不講對仗」は陳の「推倒貴族文学」の一面だ。胡の「不作無病之呻吟」は陳の「推倒山林文学」の類だ。胡説の要目の八箇條の内「須言之有物」「須講求文法」に関しては陳は不賛成を称へている。それは一つは中国の文字は語尾の変化が無いから強て西洋の所謂グラムマアに當嵌めることは牽強の弊に陥るとの理由からと、他は「言之有物」を求むるの弊は「文以載道」の説に陥る、文学美術は其れ自身独立存在の価値が有る、決して載道の手段器械として応用さる、ことが本來の目的で無いと云ふ文学至上論、即ち純文学的立場から之を否認しているのである。且つ彼が写実文学、社会文学を主張した事は胡君が云はんと欲して未だ遑が無かつた文学の内容的革命に触れている。只それをもっと明確に具体的に力説しなかったことは物足らぬ気がするが、恐らく之を的確に論断するだけに文学的智識の準備が出来ていなかったのかも知れぬ。要するに彼の革命は古典主義、理想主義から写実主義に赴かうとする者で、一頃我国でも西洋から輸入されて文壇を賑はしたあの自然主義を謳歌せうとしたものだ。[17]

ここでは、過去の文学諸様式に対する取捨選択によって新しい白話文学を建設しようとする両者の努力を支持する青木の態度はきわめて明確であるが、文法論に関する胡適の西洋かぶれや文章論での胡適の因循守旧の姿勢に批判的な陳独秀の意見に賛同する青木の姿勢もはっきりしている。そして、陳独秀の文学革命主張は日露戦後の日本文壇を賑わした自然主義文学の傾向との類似性も指摘されている。

青木は文学革命の主義主張だけでなく、新しい白話詩・白話小説および新劇などにも具体的な分析を加えている。その中で、「小説における魯迅は未来のある作家だ、狂人日記の如きは一つの迫害狂の恐怖的幻覚を描いて今迄支那小説家の未だ到らなかった境地に足を踏みいれている」と触れている。[18] 十数年後、この予言の的中を大いに喜び、魯迅は「胡適に比すれば文学者として隔段の天分を有し、爾来新小説に於いて文学界を先導した。白話文学運動は非常なる勢を以て青年間に拡がり、古文小説家林紓の反対論も有ったが、大勢に抗すべくもなく、遂に白話は公認の文体となってしまった」と述べた。[19]

青木の文学革命紹介は、しかし、文学面だけに止まらず、思想面にも相当の注意を払った。「胡適を中心に渦いている文学革命」ですでに「以前から陳君（独秀）は思想方面に於いて大革命を企てつつあった。彼は「憲法と孔教」「孔子の道と現代生活」「再び孔教問題を論ず」等の論議を提げて、固陋な頭の持主共を馬蹄に蹴散し、型の古くなった洋服のような例の歴史付きの新人康有為などを盛んに槍玉に揚げて、その名残の夢を驚かしていたのであった」と指摘していた。[20] その一年後、青木はまた「呉虞の儒教破壊論」を日本に紹介し、次のように老荘思想を社会改造の処方箋とする呉虞の立場に賛意を表している。

> 現代支那の新人は誰しも儒教に籠統された旧道徳に反感を持っている、然し彼の如く痛快に非儒の論を絶叫した者は未だ無い。今の旧道徳を破壊せうとする人々を見るに、或は社会主義に走り過激思想に走る者も少なくない、或は支那固有の墨家を押立てやうとする連中も可なりある。此の間に在って独り呉氏は老荘を以て立た

うとしている傾向を有しているやうだ[21]。

この紹介文をきっかけに、青木と呉氏との交際が始まり、一九二四年春、北京訪問中の青木は、「しばしば往来して其の盛んなる非儒の気焔を聞いた」[22]。その後、日本で孔子会から講演を頼まれたことがあって、再三断っても懇請が止まなかったので、青木は「尭舜抹殺論を一席弁じた。それ以来孔子会は再び頼みに来ぬ」ことになった[23]。以上の事実からも分かるように、青木の文学革命礼賛にはその儒教思想への反発と道家思想への傾倒という思想的背景があったのである。

教育勅語（一八九〇年）や戊申詔書（一九〇八年）による国民教化が展開される明治後期に学生時代を送った青木は、儒教風の家庭教育と時代風潮による束縛を強く感じた。漢方医であった父は「支那趣味豊かで、漢学の素養深く」、青木は「幼少の頃から支那の音曲を聞かせたり、『孝経』『論語』『唐詩選』を教えたりされた」が、しかし、何時の間にか父の執拗な躾に反感を覚えるようになった[24]。

> ただ叱る際はいつも孝経か論語の文句で、怪我をすれば「身体髪膚之を父母に受く」と来る、遊びほうけて遅く戻ると、「父母在ませば遠く遊ばず」と叱られる、本で習ふより叱られて覚える方が多い始末。それですっかり孝経と論語とが厭になり、中学に進んでから漢詩を作らされたが、窃かに新体詩に奔り、小説に耽つた。それとは知らずにおやぢは十年一日の如く、孝経で叱るので、遂に吾輩も堪忍袋の緒を切らして、孝経は子のために作られたもので、親のために作られたもので無い、親はたゞ子を愛すればよい、子は又その子を愛する、親が子に孝行せよと責むるは愛の報酬を求むるものであって、絶対的の愛で無いと論じて、ひどく叱られ

たところを姉婿の仲裁で、新旧思想の相違といふことで収まった。その時吾輩は溌剌たる大学生であった。[25]

また、京大で寄宿舎への入舎志願を出したが、人物考査で「入舎目的は夜間図書館へ通う便宜のため」と答えて「共同生活への覚悟」などに触れなかったため、東大漢文科出身の学生監によって不合格と判定された。いうまでもなく、これは青年青木に相当のショックを与えたようである。一九三〇年代の半ばごろ、彼はこの一件を振り返る時、次のように述べている。それは「しかしその学生監が時代遅れであったのでなく、寧ろそれが時代の風潮であったであろうし、今日でもなおこれを夢想して居る識者が相当多いようである。経書は思想を善導するもの、漢詩は士気を鼓舞するもの、大いに儒教を興すべし、詩吟をやるべし。それはもとより結構なことであるが、そういう風に宣伝されると側杖を食って苦笑せねばならぬのは専門の学徒であろう。それは当今の事で、あの頃はその心配はなかった」と。[26] このように道学を嫌い体制との係りを敬遠し、悠悠自適な学究生活が好きな青木は、戦時中京大教授として日本学術振興会の委員となったにもかかわらず、その会議にあまり出なかった。晩年も日本学士院の会議に余り出席せず、お正月に宮中で行われる御講書始の儀で進講することを頼まれたが、これにも応じなかったという。[27]

一方、道家思想への傾倒は学生時代から始まったようだ。五高卒業直前に購入した『陶淵明詩集』や『楚辞灯』、京大入学早々買った『李太白詩集』や『西廂記』などは、その「支那文学専攻の発足」期の読み物であった。その中で「最も愛誦したのは李白の集であった。秋夜灯下に繙いていると、生唾がでて飲みたくなる。飛び出して四合罎を買って来て、番茶茶碗で傾けながら読むと一層面白くなる。杜甫の詩は、へむつかしくて、めそめそしていて嫌ひであった。(中略)酒興を佐けるには何と言っても李白の詩が第一であった」と、青木は告白する。[28] そして、陶淵明の詩への愛着は後年、その言葉を借りて京都の自宅を「守拙蓬廬」と名づけたことによって分かる。[29] また、老荘の自由主義に対する偏愛は、「吾が道家の徒である。聊か荘夫子の後塵を拝してその嘯を継がん」と自認することに至る。[30]

したがって、ある編集部から出された「支那文学の精神」という問題について、青木は次のように答えた。

> 儒家思想は支那文明の表面を流れるものであり、道家思想は其の裏面を流れるものである、と吾輩は想ふ。儒家道徳は文学に対して牽制性を有し、文学は之に対して抗争性を有する。漢の武帝以来支那文化が儒家思想の司配下に置かれた時代が多く、従って文学も其の影響を少からず受けたことはいふ迄も無い。それには好意の指導もあれば、迷惑な要らぬ世話もある。（中略）そこへ行くと道家思想は超然たるもので、放任主義である。故に文学といふ放蕩児も曾てこれに対して抗争する必要が無かったのみならす、儒家道徳の牽制を累はしく思ふ場合は往々此処に避難した。吾輩の如きも「孝経」と「論語」とで圧へ付けられた頭を、「荘子」の一読に因って忽ちむくむと抬げ、遂に昂然としておやぢと衝突するに至ったわけであるが、兎に角胸のすく本である。明人の「詩藪」に曰く。「三代以上の文、荘列最も詩に近し」と、然り、洵に無韻の詩である。支那文学の精神はここに在り、と言ってみたら面白そうだが、そう簡単にも行くまい。[31]

青木はここで「支那文学の精神は道家に在り」という単純化しすぎた断定を避けたようだが、中国文明の底流をなす老荘思想の絶大な影響を重視するその姿勢は歴然しているといえる。

このように、儒家の道徳主義よりも道家の自由主義に共鳴するという思想的立場が青木の文学革命礼賛の一因となっていたが、しかし、それとかかわってもっと重要な原因は、中国文化の融通無碍に対する彼の憧憬と確信にある。先に触れた「覚醒せんとする支那文学」という文学革命紹介の処女作において、青木は中国新文学の将来について次のような予言をしている。

言ふまでもなく支那人は尚古の国民である、かく一方には西洋文明に促されて急進を図るとともに他方には古文明の研鑽も忘れずにいる。そして其処には幽玄なる思想と豊麗なる藻彩がある。想の深遠なるを欲せば老荘あり、文体の自由を求めなば古文あり駢文あり、白話あり、詩形の変化を望まば填詞あり。彼等が是等の基礎の上に新しい文学を築き上げることは実に易々たるのみ。今は新空気の吸収時代である、新学の準備時代である。されば遠からず光彩ある文学を吾人の前に展観する日の来ることは期して持つ可きであらう。[32]

すなわち奥深い老荘思想から文学上の各ジャンルまで新文学建設のための資源や選択肢が多く揃っているので、古文明の研鑽と新空気の吸収を併行すれば、近い将来に光彩ある中国文学がきっと現れてくるだろう、ということである。

このような認識が、一九二二（大正一一）年春、初めての中国遊学で西湖周囲の支那風の西洋建築を観た時、西域文化を取り込んだ唐時代の燦然たる文運を例にして次のように再度表明されている。「支那民族の偉大さは、外来文化を併呑して我を大にする所にあると思う、所謂泰山は土壌を択ばざるものだ。清末における支那の文化が行き詰まっていた事は云うまでもない。今や吾が親愛なる支那青年諸君は方向転換を企てつつある。それはやがてこの尊重すべき大国の文化を老衰病から救い出すべき不老長生の仙術だ」、と。[33]

（三）「桐城派文章論の推奨者」西村碩園の文学革命観

上述で吉野・青木などの文学革命観を検討してみた。この二者の共通点は、いわゆる「ヤング・チャイナ」への同情と期待をもっていたことにある。

しかし、大正期日本の漢学界・支那学界において、これと違う対中国姿勢をもっていた人はけっして少なからず、むしろ多数派であった。例えば、京都支那学の代表人物、狩野直喜「先生の最も好まれる支那は清朝でありまして、ヤング・チャイナはお嫌いでした」（小島祐馬の回想）。その理由について、丸山昇が次のように鋭く分析している。

> 彼らの多くが、「ヤング・チャイナ」すなわち辛亥革命以後の中国、特に文学革命以後の新文化に関心や興味を示さなかった理由は複雑でありますが、学問に一種の完成度を持っていた考証学の伝統を受け継いだために、東京の「漢学」に批判的になると同時に、中国の「新文化」の持った傾向と、荒削り・未熟さが受け容れにくかったこと、一時京都に亡命してきていた清朝の遺臣羅振玉・王国維等との親交が、心情的に現代中国に反発させた側面があったこと、「明治人」であった彼らには、「革命」はやはり受け容れがたいものであったこと、「辛亥革命」特に「文学革命」以降の中国に起こった、儒教を始めとする伝統文化への強い批判の流れに対して違和感とある種の喪失感を持ったこと、等があげられるでありましょう。[34]

青木は「支那かぶれ」において、当時日本における文学革命礼賛者の孤立無援という寂しい状況について次のように触れている。

私は彙文堂の店（京都の本屋）に通ふ中に本当の支那かぶれになつてしまつた。大正八年に大阪に大正日日新聞が出来て、支那の現代文学紹介を友人に勧められ、私も乗り気で二三度そんなことを書いて居る中に其の新聞は潰れてしまつた。翌年吾吾は雑誌「支那学」を刊行したので、私は劈頭第一に文学革命の事を書いて見た。其の前後が私の最も支那現代文学に熱中した時代で、恰度今の中国文学会の諸君と同様の生気とかぶれ方とを以て邁進した。而も其れは伴侶無く、孤影孑然として曠野を行くものであつた。(35)

同じ文章で青木は、当時中国の文学関連雑誌書籍を積極的に仕入れていた彙文堂店主の自負を示す一例として、「大阪の西村天囚先生なども『暫らく君の店に来んと時世に後れる』と戯語された」と彙文堂頗る得意であった」とも書いている。(36)この一言でも分かるように、西村も青木の師・狩野直喜と同じように、文学革命の礼賛者ではなく、それとは一定の距離をとり、静観していたようである。そして、第一章においてすでに紹介しているように、彼は狩野に依頼され京都大学で楚辞や古文辞類纂を講義した一九一六年九月以降の五年間は、ちょうど民国の文学革命期と重なっていた。

西村という人物の面白さは、薩摩・東京の漢学派の流れを汲むと同時に京都の支那学派との交遊も盛んであったこと、また青年期は小説家として言文一致を鼓吹し、壮年期以降は「国民道徳」推進運動に尽力し文部大臣に昌平黌の復活を訴え、文学者・道学者という二つの顔を持ち合わせていたことにあるように思われる。(37)要するに、吉野と青木などより十数歳、二十数歳も年上の西村は、狩野などと同じように「大正人」よりも「明治人」であって、辛亥革命とくに文学革命以降の「ヤング・チャイナ」よりも、明治日本を改革のモデルとし伝統文化を温存した清末の中国に親近感をもっていたのであった。

もっとも、東京大学古典講習科漢書課出身の西村は小説の文体について詳しく、次のように論じたことがある。「小説の文體は散文と韻文との二種あり、散文中に又雅文と平話との二種あり、雅文小説は短篇に多くして章回を成せる者に少し、遠くは五朝小説載する所の説部より、近くは虞初新誌に採集せる清人の游戯文字、又聊斎志異・剪燈新話の如き皆是なり、章回を成せる小説にして雅文を用ひし者なきに非ざれども、純然たる雅文とは云ひ難くして、叙事の文は雅にして、問答の詞は俗話を交へざる者なし、（中略）清國の語言には、文話と俗話とありて、日常の談話にすら、學者文人は文話を用ひ、無學の商人農夫には、焉哉乎也の何が何やら分らぬ言葉多ければ、平話小説に雅文を混ずるも亦怪むに足らず。」「支那小説の研究は度外に付せらるゝを口惜しき、故に此節の文學には、譯語又は造語の生硬なる、何の事やら意味の分らぬ文字多し、支那文學を研究し、支那小説をも讀みたらんには、面白き字面の多き、決して用語の乏しきに窮して生硬解し難き手製の語を陳するが如きことなかるべし、獨り文學の助けのみならず、其國の風俗習慣を知るには小説より善きは莫きが故に、小説家志願の人ならずとも、目を寓せば益多からん、且つ我國文學の淵源は支那に在り、文化稍開けたればとて、之を度外に置くまじき事なりかし」と。[38] そして、明治期の言文一致運動の洗礼を受けた記者としての西村は、「論説記事尽く仮名を附け婦幼子も分り易からしむる事　猶案するに論説は今の儘にして重を之に帰し記事のみは文字を平易にして総仮名とするも可なり　然るときは必ずしも其風格の野鄙に嫌なかるべし」という『大阪公論』に関する改善意見を提出した。[39]

このような経緯から見れば、西村は民国初期の文学革命に対して「同情的な理解」を持っているはずであった。

晩年、長く住んでいた大阪を離れ、内大臣松方正義（一八三五―一九二四）の推挙で宮内省御用掛として詔勅作成に当たるようになった。一九二二年八月に、「清朝風の漢文の名手」である西村は、ついに『斯文』誌上に「修辞学の将来」という巻頭論説を発表し、中国の文学革命について己の態度を表明した。

その目次は次のようになっている。

一　文章の衰／二　支那の白話派／三　胡氏の八事／四　時代文／五　古文辞／六　十八妖魔／七　各功用あり／八　専家宜しく辞を修むべし

すなわち第一節で日本における漢文衰退の現状を述べてから、第二節では胡適の「八不主義」と陳独秀の「三大主義」が紹介される。このような両者の主義主張に対する分析と反論が、第三節から第六節まで行われている。そして、最後の第七、第八節では、修辞学の将来を憂慮する己の主張が正面から開示される、という構成である。その中心的論点は、白話文（日本では口語体という）と文言文（日本では文語体という）は、従来あるものであり、それぞれの「功用あり」、強いてそのうちの一つに統一させるべきではない、ということである。

たとえば、胡・陳二氏の主義主張を紹介した後、西村は次のように述べている。

支那学界斯説出でてより年を経ること久し。其言一見解なしとなさず。宜なり新進作家の翕然として相和するや。然れども白話体は語録及び伝奇小説歌曲の属、前人已に蹊徑を開けり。未だ奇となすに足らず。而るに胡陳二氏の意此に止まらず。一切応用の文を挙げて皆白話を用ひんと欲する者の如きは、是れ辞章の学に大關係

あり。余未だ心服する能はず。今鄙見を陳べて以て批評を加ふるは、亦学者の責なり。(40)

文は一体にあらず、用處如何を顧るのみ。白話文固より用處なくんばあらず。たゞ白話文を以て学を論じ事を叙し及び書牘を作れば、則ち卑弱冗漫にして其用を得ず。若夫れ私人一家の條例を立て、白話を以て一切応用の文を作るは、則ち吾人の問ふ所にあらず。今之を他人に強ひ以て文章の正体となすは則ち不通の論なり。(41)

このような見解にもとづいて、西村は陳独秀の「三大主義」を全面的に否定し、新旧文学の共存と新旧文体の併用を唱えている。

学者は宜しく学者の文を作るべし。新聞記者は宜しく新聞記者の文を作るべし。何ぞ必ずしも一定の文体を用ひ之を他人に強ひんや。所謂国民文学、写実文学、社会文学固より可なり。皆用處あり。世之なかるべからず。而も所謂貴族文学即臺閣文字、古典文学、山林文学亦可なり。亦用處あり。何ぞ必ずしも推倒湮滅するを用ひんや。餅を好む者は人の酒を飲むを悪み、酒を好む者は人の餅を食ふを悪む。嗚呼亦惑はずや。余故に謂へらく文章体口語体宜しく兩存併用し以て其効を全うすべきなり。要は題目に随ひ用處に随ひ其体制を異にするに在るのみ。(42)

桐城派に長處あり短處あり。旧派の方（望渓）、劉（大櫆）、姚（姫伝）を尊んで文章の正宗となすは、猶ほ新派の水滸、西遊を尊んで文学の正宗となすが如し。均しく是れ一家言のみ。道学先生水滸西遊を斥けて煽乱荒誕となすは、猶ほ新派の歸（震川）、方、劉、姚を罵りて妖魔となすが如し。亦是れ一家言のみ。均しく篤論にあらざるなり。文章の道は大なり。文章の体は多し。天下に水滸西遊あるを妨げず、而も亦歸、方、劉、姚の文なかるべからざるなり。[43]

そして、胡適の「八不主義」については、西村がその出典や背景を逐一に明らかにしつつ、次のように反駁している。

其一、須言之有物は、周易家人の象伝、君子以言有物、而行有恒の語に本づき、古今文章の正法たり。又古今文人の常談たり。胡氏を待つて知らざるなり。（後略）

其二、不摹倣古人、（中略）故に曾国藩は前言を剽竊して句摹字擬するを以て古文の禁約となす。則ち古人を摹倣せざるは特に新派を然りとなすのみならざるを知るべし。（中略）姚姫伝の門人管異之に與ふる書に云く、近世人習聞銭受之偏論、軽譏明人之摹倣文、不経摹倣、亦安能脱化、観前人之学前古、摹倣而渾妙者、自可法、摹倣而鈍滞者、自可棄と。自ら是れ正論なり。

其三、須講求文法、是亦古今に通じ雅俗に亘り、必ず闕くべからざる事なり。（後略）

其四、不作無病之呻吟、朱子已に楚辭辯證に於て之を發せり。言能く物あれば則ち此弊なき庶し。

其五、務去爛調套語、是れ韓子の進学解に所謂惟ヽ陳言を之れ務めて去る者、（中略）凡そ此五事皆習聞の説なり。余も亦之に左袒す。

其六、不用典、是れ前人の未だ道破せざる所なり。典雅典要は文の則たり。且つ氏の八事亦出典多し。而るに今典を用ひざれと謂ふは何ぞや。蓋し胡氏意に謂へらく、典を用ふるは則ち旧派の長ずる所、陳腐に陥り易く、熟套を免れず、故に旧習を擺脱し、而る後以て新体の文を作るべしと。
　其七、不講対仗、偶語駢文を忌み以て無用となすは、八家文派と同一の見解にして、胡氏より始まるにあらざるなり。（中略）然れども支那民間に吉語を紅紙に書し、以て門上に帖する者、之を春聯といふ。皆対偶より成る。支那人は貴となく賤となく皆対子を好む。独り貴族的文学を然りとなすのみならざるなり。（中略）余は乃ち謂へらく、斯の一体は必ずしも汲々として之を講せず、然れども亦必ずしも斷々として之を廃せず、散文中一二偶句を挿むも、自然に成る者は何の妨か之あらん。謝賀應酬の文は叙事議論と撰を異にし、情を道ひ意を致すは駢文を妙となす。則ち時に或は之を作るも、亦遊刃の余技なり。矧んや文学を修むる者、斯体を辨せずんば、則ち古書の至味知るべからざるをや。
　其八、不避俗字俗語、是れ古文辞と時代文との岐る丶所以なり、詳論せざるべからざるなり。(44)

なお、西村は「新派」すなわち文学改良派や文学革命派の作文を読んで、指示詞、指示代名詞や時制表現用語などを除けば、内容にかかわる主たる用語はやはり文語であり、知識人でない一般人にとって決して分かりやすいものではないと、次のように指摘している。

　余嘗て新派作る所の白話体の文を読むに、決して平易ならず。又通俗ならず。文中這個那個的了等の俗語を用ふと雖、然れども其中用ふる所の語は、則ち仍ほ是れ文言にして、学問知識ある者にあらずんば、則ち恐らくは解する能はず。往々艱澁難解古書に譲らざる者あり。(45)

李穆堂（西村によれば、いわゆる「桐城の義法」は実際、方望渓が知友李穆堂から受け継いだもので、方氏本人の文章学も李氏から裨益を受けたという―筆者）の秋山論文、禁古文用儒先語録條に云く、彼此字自可用、乃必用這那字、之字自可用、乃必用的字、矣字自可用、乃必用了字、無論倍理與否、其鄙亦甚矣と。此語移して以て支那の白話体と我邦の口語体とを評すべきなり(46)。

西村はさらに、姚姫伝編『古文辞類纂』における「文に古今なし、惟だ其の當のみ」という名言を持ち出して、次のように「雅馴・雅潔」という古文の特色と論じている。

姚姫伝曰く、文無古今、惟其當而已〔古文辞類纂序〕と。姚氏は桐城の古文家たり。而して其言此の如し。知るべし古文の名の妥當ならざるを。今姑く假りて以て漢文の異名となすのみ。姚氏の所謂當とは、書すべくして書し、書せざるべくして書せざるを謂ふなり。〔中略〕雅馴雅潔は是れ古文の本色なり。雅馴なるが故に艱澁ならず。雅潔なるが故に美にして鄙ならず。馴と潔と均しく雅を失はず。即ち是れ古文の古文たる所以なり。雅を失はざらんことを欲す。故に俗語を忌む。俗語を用ふる者の雅ならざるを知るべし。而も馴は或は之あり、簡潔は則ち之を失ふ。是れ兩者の岐るゝ所以なり(47)。

以上の論述では、中国の伝統的文章学に対する西村の深い造詣だけでなく、清末中国での旅行や留学により得た豊富な知識（例えば「対聯」）も十分に示されていると言える。

それればかりでなく、西村は漢文の功用に対す篤い信頼から、旧派の復興および新世代の漢文専門家の養成を切に期待しているようである。

東京の各新聞皆口話体を用ふ。独り時事新報の論文は文言体を用ひ、風尚の外に孤行す。特見ありと謂ふべし。支那總統府及び各省の公文は皆文言を用ふ。北京、上海等の各報、白話報を除くの外、亦仍ほ文言体を用ふ。況んや学者に於てをや。余謂へらく支那の文界新派未だ旧派を推倒する能はずして、旧派必ず復興の日あらん。[48]

漢文衰えたりと雖其の行はるゝこと猶ほ広し。支那学界復古の兆あり。文章の復興期して待つべし。聞く泰西諸国支那学を研究する者頗る多しと。我が支那学者立言著説して以て世に問はんと欲せば、支那人泰西人を以て対手となさゞるべからず。支那人泰西人をして我が書を読ましめんと欲せば、則ち漢文を用ふるに若かず。其の作る所の漢文、古文辞にあらずんば則ち恐らくは広く行はれ遠きに伝はる能はざるなり。願くは各大学支那学を修むる者をして必ず漢文を修めしめんことを。是れ独り専家の益を得るのみならざるなり。漢文を修むれば則ち邦文を作るにも亦自ら暢達雅馴なり。邦文の作家彬々輩出せば則ち時尚亦自ら一変し、口語体をして擅場して其用を誤らしめじ。たゞ漢文行はれず。故に邦文の作家亦出でず。其の挙世滔々として口語体を用ふるは、蓋し已むを得ざるなり。[49]

斯文会の理事でもあった西村のこの「修辞学の将来」という一文は、関東大震災直後に起草された「国民精神作興の詔書」とともに、大正後期における彼の文学的、思想的立場をよく表していた。それはいうまでもなく、伝統を護持し国学と漢学を振興することによって、当時勢いがついていた自由主義や社会主義の思潮に対抗しようとした保守的立場である。一九二二年、松方正義がその米寿祝賀で財界から集められた寄付金の一部を帝国学士院の漢学研究部門に当てたことや、一九二三年、帝国議会の決議で国費によって大東文化学院が設立された（先に触れた小柳司気太はその学長を務めたことがある）などのことがそのような保守派の思潮の力強さを裏付けるよい例証であったと考えられる。[50]

なお、特筆すべきは、大東文化学院の招請により実現された辜鴻銘の来日である。一八九七年の大晦日に、当時武昌所在の湖広総督衙門で張之洞との初対面を果たし、『聯交私議』という建白書を出すのはその数日後、すなわち翌年の年初、張之洞の外交秘書を務めていた著名な学者辜鴻銘を通じてのことであった。いうまでもなく、西村は辜鴻銘の来訪に感激し、その講演録「日本と支那文明」を懐徳堂の会誌に載せたのであった。[51]

西村および狩野直喜・内藤湖南（一九二四年出版の『新支那論』第六章に「支那の文化問題―新人の改革論の無価値―」という一節がある。本書八九頁参照）などによって代表されるこの「反新文化運動」の姿勢と動向は、一九二二年一月に南京で創刊された雑誌『学衡』の同人たちと呼応しているともに言える。[52]「学衡派」の代表人物は、アメリカ留学中すでに胡適と「文学改良」問題をめぐって論争を展開した梅光迪（一八九〇―一九四五）、梅氏と同じくハーバード大学に留学し、清華大学国学院の初代主任となった呉宓（一八九四―一九七八）などであり、新文化運動の推進者たちが鼓吹した価値観と文学観を猛烈に批判した。中国の文化・文章の伝統を固く守りつつ、その新生面・新機軸を編み出そうとしたその姿勢や立場と、西村・狩野・内藤の「反新文化運動」の姿勢や立場との異同に関する考察は、今後の研究課題としたい。

付録文献　在中国「慈善教育者」清水安三の文学革命観

吉野の「文学革命」観が、一九一九年六月に発表した北京大学の動向をめぐる前記二論文によく現れているのに対して、基督教牧師清水安三（一八九一―一九八八）の「文学革命」観は、その『支那新人と黎明運動』（一九二四年）という著書にはっきり示されていると言える。同書に寄せた吉野作造の序文は、清水のことを次のように賞賛している。

清水君は支那の事物に対して極めて公平な見識をもって居る。今日は親友の交りをして居るが、予が氏を知るに至ったのは、実は大正九年の春同氏が某新聞に寄せた論文に感激してわれから教えを乞ふたのに始まる。爾来同氏はいろいろの雑誌新聞に意見を公にされて居るが、一つとして吾人を啓発せぬものはない。最も正しい見解の把持者として今日の支那通中、蓋し君の右に出るものはあるまいと信ずる。

清水君の論説する所は、悉く種を第一の源泉から汲んで居る。書いたものに依て其人の思想を説くのでない。直接に氏の書中に描かれた人々と永年親しく交き合って居るのである。斯くの如きは清水君でなくてはできぬ芸当だ。何となれば支那の新人と接触してよくその腹心を披かしむるまでに信頼を博するは、殊に今日に於て我が同胞に殆ど不可能だからである。清水君はこの不可能を能くなしえた唯一の人である。(53)

確かに、清水の中国経験の一部には伝奇的色彩があった。一九一六年同志社大学神学部を卒業する直前、唐招提寺で鑑真像を見て中国に渡る決意をしたという。翌年の中国渡航以降、北京はそのミッションの中心舞台となったが、一九一九年に飢饉の救済活動を行い、一九二一年に貧しい子供のために崇貞平民工読学校（一九三八年に「崇貞学園」と改名）を設立し、後にキリスト教の社会事業施設である天橋愛隣館も運営した。中国滞在二八年の間に「中国人の足を洗う」を信条としていたという[54]。

清水はその『朝陽門外』（一九三九年）において、己の中国語学習が武内義雄を始めとする北京の大日本支那語同学会への入会から始まったということを回想し、次のように語っている。

> 同学会の空気は今思ひ出しても息づまる程、勉強熱に燃えてゐた。そこへ入れてもらつたのであるから、わたくしも勉強せざるをえなかったが、漢学の素養に乏しいわたくしが、何れの時代の研究に手をつけても鋤鍬持たずに畑を耕す程に至難であつた。
>
> そこで止むなく手をつけたのが、現代支那思潮の研究であつた。そして陳独秀を研究し、胡適の書くものを読み、周作人の随筆に親しみ、魯迅の小説を読み耽り、さては銭玄同の文字革命などを調べた。そして一冊を書き上げたのが『支那新人と黎明運動』である。それには康有爲や孫文の思想までも取扱つた。別に誇るわけではないが、魯迅の小説を初めて日本文に訳したのもわたくしであつた。尤もその訳は、だいぶ魯迅自らにやつて貰ったけれども（後略[55]）

魯迅の小説を魯迅本人の助けを仰いで訳したということどもは、おそらく「支那の新人と接触してよくその腹心を披かしむるまでに信頼を博する」という吉野の評価の根拠となっていただろう。しかし、最近の研究によれば、それに清水の記憶ミスによる曖昧な部分もあったという[56]。

では、『支那新人と黎明運動』に表れた清水の文学革命観の特色はどこにあったのだろうか。

第一に、言文一致という近代世界の大勢から中国の白話文運動の必然性を看取したこと。

> 然るに過去の権威は毀れ、理想は反つて未來に輝くことになり、交通は開けて国土が短縮せられ、科挙の制度が廃れて、階級生活が打破されたのであるから、古文貴族文学は存在の理由がすつかり取除かれて仕舞ふたのである。この上何を好んで難学難解の古文を使用するの必要があらう。搗てて加えて各国皆言文一致の趨勢にある。日本は最近五六十年來、イクリアは六百年來、イギリスは五百年來、ドイツはルーテル以來、フランスは十五世紀の文学以來、言文一致の傾向にある。この世界的大勢が支那を動かして遂に白話提唱を断行せしめたのである[57]。
>
> この古文に反對して産れたものが、例の文學革命である。嚴復、林紓は西洋思想、文學を承け容れたのであるが、その表現繙譯の工具は古文であつた。故にその努力、苦辛程の収穫、効果を納め得なかつた。一言を繙譯する爲に、數十日腦味噌を絞つたそうであるにも拘らず、到底難澁難解たるを免れず、充分なる原意を表現することが能きなかつた。

それを見て、胡適は西洋文章言語と同種同様なる表現法を、支那文にも用ゐやうと考案したすなはちそれが白話の提唱となり、進んで國語文學の創唱ともなつたのである。思想文學を西洋に求めるのみならず、その「表現の工具」をも西洋風に爲す、これが文學革命の動機であり、精神でありはすまいか。嚴（復）林（紓）に依つて妙な具合に文章丈けが、復古してゐたのが、文章も思想文學に並行せしむることになつたわけである。民國八年北大學生羅家倫・傅斯年等は雑誌「新潮」を出版して其横文字名稱を The Renaissance と呼んだものであるから、支那に文藝復興、黎明啓蒙時代が來つたとなした、そうして新しき支那若き支那が到來したとまで誰いふとなく謂ふた。そうしてこの文藝復興の何よりもの「しるし」として人々は文學革命を稱したのである。[58]

第二に、社会運動の力学という視点から次のように文学革命の成功過程を分析し、「旗振り役」の胡適とともに、陳独秀・銭玄同・古文家軍閥家・学生運動・著書雑誌新聞などが果たした役割を素直に認めたこと。

〔陳独秀と胡適の役割について〕

胡適が具体化して、管々しう述べてゐるに反して陳独秀は主義を大摺みに放言力説してゐるところに力強い所以がある。胡適が七面倒臭い口上を、廻りくどくつべこべ言つてゐる間に真赤な「文学革命」旗を掲げて仕舞ふたものであるから溜らぬ。（中略）想ふにどちらかと謂ふと兎角、自重し過ぎる胡適と、どちらかと謂ふと遮二無二突進する陳独秀と二個の人物があつて始めて文学革命運動を成功せしめ得たのではあるまいか。然るに世人の多くは「文学革命」の名誉を胡適独りに贈つて、陳独秀の功労を見落し勝ちである。未だ名の無い胡適を掘出し、その寄書を没書せず「君の爲に百萬の味方に優る声援を契ふた」陳独秀の功労燦として何人も之を蔽ふことは出來まい[59]。

〔銭玄同について〕

民国六年の雑誌「新青年」幾多の「文学改良雛議」に対する意見討論が載せられたその裡銭玄同の議論が最も多く胡適の主張を補正するものであつた。（中略）「北大国文学教授銭玄同にして始めて、漢字廃止を称ふる資格あり」と胡適が言つてゐるやうに、銭玄同の賛成助言は陳独秀の声援とは、また違つた意味に於て、絶大なる助太刀であつたのである。（中略）世は往々にして極端なる過激なるものが現はるゝ時には、それ程には過激ではないが、かなり進歩的なるものが、容易に認められ容れらるゝものである。漢字廃止論が現れ出でたるが爲にそれ程に一足飛びに非らざる白話文提唱が中庸を得たものとして世に容れられた。されば漢字革命と古文保守の両端に介在して、よく文学革命は国中を風靡することを得た。この意味に於て、銭玄同等の漢字革命もまた文学革命の大なる幇助者たりしを免れぬ[60]。

〔古文家・軍閥家について〕

林紓の外に白話を攻撃したるものが北京に二種あつた。一つは「公言報」である。あることないこと頗る澤山書き並べて陳独秀、胡適の人身攻撃をやつたものである。他の一つは安福俱楽部で徐樹錚一派の軍閥は、古文家に使嗾せられて、「北大」を威嚇したのである。校長蔡元培は遂に北京を逃出さねばならなくなつた。文学革命を成功せしめ、胡適をして名を爲さしめた原因の一つとして、古文家軍閥家の功を書き落してはならぬ。

彼等が迫害して呉れたればこそ文学革命は白熱化したのである。頑強なる保守者があつたればこそ激烈なる進取者も現れたのである。古文家の大立物を向ふに廻し得たればこそ、胡適は白話派の第一者としてしかく有名になつたのである。世の中は何が仕合せになるか解つたものではない[61]。

〔学生運動について〕

爾來白話は学生運動の「工具」となり五四運動の宣伝文に用ゐられ、排日運動の通電文となつて、全国に伝播さるゝに至つた。されば文学革命が学生運動を捲起したると同時に、学生運動は文学革命を最も盛んに宣伝した。さうすることに依つて、白話と文化、白話と愛国が緒合して国民の耳と目とに入つたのである。古文家が白話派は「中国文化の破壊者」「古道徳者の反逆者」と叫んでからこの方、白話派は常に国粋論者から敵硯されてゐたのである、国粋論者といふものは、何れの国に在つても愛国者と決まつてゐる。従つて国粋論者と相場が定つてゐるのである。然るに民国八年五月以來学生達は白話を用語として文化運動排日運動を捲き起したのであるから、白話は一躍新文化新愛国運動の工具となつて仕舞ふた、それが爲に白話に対する妄論妄評は全く一掃されて国民によい感じを与へた。さながら白話の中に愛国が住んで居り、売国奴を蹴飛ばす力があるかのやうに、また白話から黎明の光があかねさすかのやうに考へられた[62]。

〔著書・雑誌・新聞について〕

文学革命を成功せしめた原因として著書、雑誌、新聞の貢献を忘れることが能きぬ。「新青年」は民国七年から廃刊まで白話文のみを載せ、陳独秀、銭玄洞、沈尹黙、李大釗、劉復、胡適の六名が交々編纂に当り、所謂白話運動の草分けを承つた。七年の冬陳独秀は毎週評論を、十二年響導を発刊し白話のみを用ゐた。同時に北大学生羅家倫、汪敬熙、傅斯年は月刊雑誌新潮を創刊した。民国八年学生運動が白話を其「工具」となしたる爲、全国の進歩的新聞、新思想の雑誌が一斉に白語を使用するに至つた。軍閥政党の機関紙すらも白話欄を設けねばならなくなつた。一九一九年に発刊されたる白話新聞雑誌は四百種の多きに達したそうである。星期評論、努力、少年中国、解放與改造、新人、学校学芸などの雑誌、晨報副雋、民国日報、覚悟、時事報、学燈等の新聞附録はその重なるものであつた。古くからある東方雑誌、学生雑誌、婦女雑誌の如きも漸次白話化して、今では殆んど白話を用ゐてる。滑稽なるは林琴南の小説の載る「小説世界」までも過半は白話文である。(63)

以上に示されている清水の「文学革命」論は、確かに「清水君の論説する所は、悉く種を第一の源泉から汲んで居る」という吉野の評価どおり、現地の一目撃者による生の記録として貴重なものである。現地の体験や伝聞も含めたその記録のオリジナリティは、ある意味で、主として同時代中国の文献に頼っていた吉野・青木・西村などの所論の及ばないところもあったと言えるかもしれない。

注

（1）増田渉『中国文学史研究―「文学革命」と前夜の人々』（岩波書店、一九六七年）、五頁。
本稿では、文学革命の時期については「一九一七年至一九二一年」という周策縦氏の説を取り、その定義については「士大夫の文学である「古文」からの解放、すなわち儒教倫理という精神と、文語というその文体からの解放、を求める」という小野忍氏の説を取る。Chow Tse-tsung, *The May Fourth Movement : Intellectual in Modern China* (Harvard University

Press, 1960)、pp.1-15. 小野忍『中国の現代文学』（東京大学出版会、一九七二年）、二六〇頁。なお、Lin Yu-sheng, *The Crisis of Chinese Consciousness : Radical Antitraditionalism in the May Fourth Era*（The University of Wisconsin Press, 1979）、Vera Schwarcz, *The Chinese Enlightenment : Intellectuals and the Legacy of the May Fourth Movement of 1919*（University of California Press, 1986）、村田雄二郎「「文白」の彼方に—近代中国の国語問題—」（『思想』第八五三号、一九九五年七月）などを参照。

（2）増田渉『中国文学史研究—「文学革命」と前夜の人々』、六—七頁。

（3）増田渉『中国文学史研究—「文学革命」と前夜の人々』、一二頁。

（4）一九八八年、河北大学教授で屈原学会副会長でもある満八〇歳の魏際昌が、五十数年前の北京大学学位論文を『桐城古文学派小史』という書名をつけて公刊できた時に、この胡適先生の示唆的言葉を「後記」で打ち明けた。佐藤一郎氏が「江戸・明治期における桐城派」（慶応大学『藝文研究』五四号、一九八九年）の「追記」にいち早くこの最新の学界動向を紹介している。

最近、魏際昌『桐城古文学派小史』（河北教育出版社　一九八八年四月）が刊行された。その后記に、「這是筆者三十年代的旧作、学習于北京大学研究院時的畢業論文、導師胡適教授。胡先生説「桐城派出在我們安徽、過去吁它、謬種、妖孽、是不是可以有不同的看法呢？希望能够研究一下。」言猶在耳、算来已経五十多年了。

（5）羅成琰ほか著『二十世紀中国文学的古今之争』（百花洲文芸出版社、二〇〇八年）、五六頁。

（6）同注（5）、五三—五四頁。

（7）本書第一章の冒頭に触れた今関天彭は、当時の清史舘に奉職していた柯劭忞（鳳孫）、馬其昶（通伯）および姚永樸という桐城派の大家たちに注目した。その調査によれば、柯劭忞「翁の師は山東聊城の望族たる楊紹和で、この人は桐城派の名士梅曾亮の弟子に當り、また翁の夫人は、桐城派の殿将たる呉汝綸の長女である。そこで翁が現代の桐城派に於て占むべき椅子が判るのである。翁の文章は世間から注目されて居らぬが、その筆に成つた新元史二百五十七巻の文章が、雄渾にして大きな所のある點から見ても、その筆力が十分窺ひ見られるのである。（中略）ともあれ、翁は北支學界に於ける大立物で、南支の沈子培翁に對して立つ人」であり、その『新元史』は徐世昌大統領の投じた私財で出版され、しかも大統領令によって従来の正史に加えられたため、いまや「二十四史が二十五史となった譯である」。また一方、馬其昶

「翁の學術文章は、桐城舊來の義法を、こくめいに遵守して、一歩もその埒外に出でぬ。それであるから翁の筆になる清史の儒林傳や文苑傳の序を一讀するに、桐城式儒者の立場から立論して、德行の士に重きを置き、漢學の研究家を貶する樣子がある。この點に就いては、清史發刊の日に論爭がある事と思はれる。」なお、「桐城出身の文章家には姚永樸・姚永節の兄弟がある。この兄弟は姚瑩の孫に當るから、（姚）姫傳先生には玄孫の行に當るのである。兄永樸は字を仲實と曰ひ、曾て北京大學の教授として、文章の義法を講じた事があり、その講義は文章研究法と題して坊間に行はれて居る。（中略）そんな關係で、妹は馬氏（馬其昶）の夫人となつて居る。」さらに、「この兄弟の外に桐城出身が今一人ある、卽ち吳汝綸の子闓生、字は辟疆で、現に總督府秘書課長の職に在り、文章家として相當の名を馳せて居る」という。同氏の『近代支那の学芸』（民友社、一九三一年）、一〇二―一〇八頁。

（8）小山仁示「黎明会の活動」、橋川文三ら『近代日本思想史の基礎知識』（有斐閣、一九七一年）、二四六―二四七頁。

（9）吉野作造「北京学生団の行動を漫罵する勿れ」（『中央公論』大正八年六月号）、吉野作造『中国・朝鮮論』（松尾尊兊編、平凡社、一九七〇年）所収、二〇七頁。「北京大学学生騒擾事件に就て」（『新人』大正八年六月号、二〇巻六号）、『中国・朝鮮論』所収、二一〇―二一二頁。

（10）吉野作造「北京大学に於ける新思潮の勃興」（『中央公論』大正八年六月号）、九四―九五頁。

（11）吉野作造「支那問題に就て」（大正八年四月三〇日、黎明会第四回講演会）、『中国・朝鮮論』所収、一九九―二〇一頁。

（12）吉野作造『中国革命小史』、『中国革命史論』（吉野作造博士民主主義論集七、新紀元社、一九四七年）、二〇一―二〇二頁。

（13）同注（11）、二〇一頁。

（14）吉野作造『中国・朝鮮論』、二〇一頁。

（15）松尾尊兊「解説」、『中国・朝鮮論』所収、三七三―三七四頁。

（16）増田渉「青木さんと魯迅」、『青木正児全集月報Ⅱ』所収、春秋社、一九六九年一二月。同回想文は、青木の「文学革命」紹介に関する魯迅の熟知ぶりや上海における増田自身の「魯迅伝」執筆について次のように語っている。「昭和六年、私は上海にいたとぎ、魯迅からいろいろ彼の経歴をききながら、一つこの人のことを日本にも紹介しようと『魯迅伝』を書いていた。「文学革命」のあたりを書くとき、かつて読んだ青木さんの右の論文を思い出し・参考にしようと、それを魯迅に話したら、魯迅が自分の書棚から、その論文も入っている青木さんの『支那文芸論藪』をとり出して、借してくれたことを覚えている」と。

(17) 青木正児「胡適を中心に渦いている文学革命」、『支那学』第一巻第二号（一九二〇年一〇月）、三三―三五頁。

(18) 同右、『支那学』第一巻第三号（一九二〇年一一月）、五八―五九頁。

(19) 青木正児『支那文学思想史』（岩波書店、一九四三年）、二〇〇頁。

(20) 同注（18）、『支那学』第一巻第三号、三二頁。

(21) 青木正児「呉虞の儒教破壊論」、『支那文芸論藪』（弘文堂、一九二六年）、四一〇―四一一頁。坂出祥伸氏が『東西シノロジー事情』（東方書店、一九九四年、五三頁）において、『支那学』における青木の呉虞紹介と『斯文』における小柳司気太の呉虞非難とを対比させ、儒教批判に対する両者の正反対な姿勢を次のように指摘している。

「大正九年（一九二〇年）九月、小島祐馬・青木正児・本田成之らの主催する支那学社によって雑誌『支那学』が創刊された。かれらはみな、京都大学支那哲学・支那文学・東洋史を卒業後、せいぜい七、八年を経た新進の研究者であった。『支那学』には、中国の思想界を動揺させつつあった新文化運動がたえず紹介された。胡適の哲学史研究、呉虞の儒教破壊論を、かれらは歓声をもって迎えていた。青木正児の「胡適を中心に渦巻いている文化革命」（創刊号）、迷陽山人（青木正児）の「呉虞の儒教破壊論」（第二巻第三号）をはじめ、呉虞の学術論文も掲載されている。かれらの中国認識を、『斯文』の次の文章と対比する時、両者の間にどれほど大きなズレがあったか分るだろう。

「又、呉虞などは、儒教は前世時代の遺物であって支那の国を疲弊させたのは是であるとか、途方もないことを述べております」。

『支那学』の人々は、どのような態度で新しい中国思想研究を築こうとしていたか。かれらは、旧漢学派の儒教およびその経典に対する信仰的態度を拒否し、儒教を客観的な対象として社会史的に分析する。そこから経典の本文批評を重要視する態度が生まれる。また、明治三〇年代から台頭してきた「支那哲学史」、すなわち西洋哲学史を模倣したり、共通点・類似点を探して事足れりとする態度（これも実は、旧漢学の中味を西洋哲学の用語で飾っただけの護教主義が大部分を占めていた）にも批判的であった。安岡正篤著『支那思想及び人物講話』に対する迷陽（青木正児）の批判は、右に説明した態度を最も明確に示している。」

(22) 同右、四一一頁。
(23) 青木正児「支那学者の囈語」、『江南春』所収、『青木正児全集』(春秋社、一九七〇年)、四三頁。
(24) 佐々木愿三「仙台時代の青木先生」、『青木正児全集月報Ⅳ』所収、春秋社、一九七〇年六月。
(25) 同注(23)、四四頁。
(26) 青木正児「支那かぶれ」、同注(23)、四〇頁。
(27) 青木艶子(青木夫人)「思い出のままを」、『青木正児全集月報Ⅴ』所収、春秋社、一九七〇年一一月。
(28) 青木正児「贅言」、『中華飲酒詩選』附録、『青木正児全集』第九巻(春秋社、一九七〇年)、四一七―四一八頁。
(29) 小川環樹「解説」、『江南春』(平凡社、一九七二年)、二九一頁。
(30) 同注(24)佐々木愿三「仙台時代の青木先生」。
(31) 同注(23)、四五頁。
(32) 青木正児「覚醒せんとする支那文学」、『支那文芸論藪』、三四四頁。
(33) 青木正児「杭州花信」、同注(23)、七―八頁。
(34) 丸山昇「日本の中国研究」、桜美林大学・北京大学共編『新しい日中関係への提言―環境・新人文主義・共生』(はる書房、二〇〇四年)、三二三―三二四頁。
(35) 同注(26)、四三頁。
(36) 同注(26)、四二頁。
(37) 一八九九年、薩藩政治家の樺山資紀が文部大臣に在任中、西村は「上文部大臣請復興昌平学書」という建白書を提出し、「漢土之学与我皇祖皇宗之道相符融而化成、(中略)明治維新取長補短之説起、以為非泰西之学則不可啓発知能、一世靡然趨之、以漢学為空疏迂闊而不講焉、(中略)赴於厭旧競新、僻於棄我従彼、而功利之説日熾而道徳之学月晦」と、その西学一辺倒への反対・漢学復興の志向や、功利主義反対・「道徳之学」重視の立場を表明した(梅溪昇「懐徳堂と西村時彦(天囚)」、『季刊日本思想史』二十号所収)。
(38) 西村天囚「横臥縦談」、大阪朝日新聞、一九〇二年八月二十五日、六面。
(39) 西村天囚「大阪公論改良私見」、後醍院良正『西村天囚伝』上巻(非売品)、一〇八頁。

(40) 西村時彦「修辞学の将来」、『斯文』第四編第四号（一九二二年八月）、三頁。
(41) 同注（40）、七―八頁。
(42) 同注（40）、一三頁。
(43) 同注（40）、一二頁。
(44) 同注（40）、三―六頁。
(45) 同注（40）、三―六頁。
(46) 同注（40）、三―六頁。
(47) 同注（40）、三―六頁。
(48) 同注（40）、八頁。
(49) 同注（40）、一四頁。
(50) 一九二二年三月に、松方正義は米寿を迎えたが、その少し前、山県有朋・大隈重信などの元老が相次いで亡くなったこともあって、財界の渋沢栄一・岩崎久弥・三井八郎右衛門などが発起人となって、松方侯爵米寿祝賀会の名義で奨学金事業を始めた。それで集めた大金を帝国学士院に寄贈することになったが、財政・経済の研究が主な助成対象であった、しかし、松方の意思によって、さらに二つの項目が追加され、一つは農学の研究で、もう一つは漢学の研究である。漢学奨励の理由としては、松方の次のような言葉が引用されている。

侯常ニ人ニ語テ曰ク、我カ日本国民道徳ノ根底ハ多ク漢学ニ待チ、人倫ノ五常忠孝信義ノ道、皆之ヨリ出ツ。故ニ、我カ国民ノ精神修養ニ於テ、漢学ノ欠クヘカラサルハ敢テ多言ヲ要セス。然ルニ、近時世人ハ動モスレハ漢学不必要論ヲ唱ヘ、或ハ漢字全廃説ヲ叫フ者アリ、而シテ青年者流ハ専ラ泰西文明ノ皮想ニ躯ラレテ、古来我国固有ノ道徳ヲ顧ミス、多年馴致セラレタル良習美風ヲ放榔シ、彼カ短ヲ採リテ我カ長ヲ失フノ傾向ヲ来シ、日ニ月ニ世道人心ノ頽廃ヲ見ルニ至レルハ、即チ其心胆ヲ錬磨スルノ根源ヲ漢学ニ求ムルヲ知ラサルニ由ル、拘ニ歎スヘキノ至ナラスヤ。余カ幼少ヨリ今日ニ至ル迄、幸ニシテ大過ナキヲ得タルモ、畢竟スルニ漢学ノ教ニ負フ　所アルカ故ナリ。曩ニ余カ孫児ノ一人、英国剣橋（ケンブリッジ）大学ニ入学スルニ当リ、其入学試験ニ於テ羅典（ラテン）希臘（ギリシア）語を課セスシテ、日本人ナルカ故ニ漢学を課セラレタリ。即チ士風ノ教養ニ向テ、英国人カ如何ニ漢学ヲ重ンスルカヲ知ルヲ得ヘシ。我国民豈忸怩タラサルナキヲ得ンヤト。

(51) 陶徳民「西村天囚と張之洞の『勧学篇』」、『懐徳』第六〇号、一九九一年一二月。

(52) 沈松僑著、葉慶炳・蒋孝璃編『学衡派与五四時期的反新文化運動』（国立台湾大学出版委員会　一九八四年）、鄭師渠『在欧化与国粋之间—学衡派文化思想研究』（北京師範大学出版社、二〇〇一年）、および前掲羅成琰ほか著『二十世紀中国文学的古今之争』などを参照。

(53) 吉野作造「序」、清水安三『支那新人と黎明運動』（大阪屋号書店、一九二四年）。

(54) 笠原芳光「清水安三」、『朝日現代人物事典』項目。

(55) 清水安三『朝陽門外』（東京：朝日新聞、一九三九年）、一〇〇—一〇一頁

(56) 太田哲男『清水安三と中国』（花伝社、二〇一一年）、八二—八三頁。

(57) 同注（53）、七八—七九頁。

(58) 同注（53）、一四—一五頁。

(59) 同注（53）、八八—八九頁。

(60) 同注（53）、八九、九一頁。

(61) 同注（53）、一〇二—一〇三頁。

(62) 同注（53）、一〇三—一〇四頁。

(63) 同注（53）、一〇五—一〇六頁。

第三章　近代における「漢文直読」論の由緒と行方
―重野安繹・青木正児・倉石武四郎をめぐる思想状況―

今日、中国学の世界で、「漢文直読」という学問上・教育上の主張がかつて政治的に危険視されていたことを知っている人は、おそらくそう多くないだろう。しかし、それは厳然たる事実であり、しかもリベラルな思想が流行っていると言われる大正時代のことであった。これについては、雑誌『支那学』における青木正児（一八八七―一九六四）「本邦支那学革新の第一歩」という論文（『支那文芸論藪』収載時は「漢文直読論」と改題）に触れて、倉石武四郎（一八九七―一九七五）が一度ならずわれわれに教えてくれたのであった。

一九四一年、倉石は『支那語教育の理論と実際』において次のように述べている。「本邦支那学革新の第一歩」が『支那学』第五号に発表された「当時は、さういふ問題がだんだんと取りあげられ、東京のある学会で、教育学のある教授が漢文の直読を論ぜられたことがある。それは漢音で直読せよといふ微温的のものであったが、その会で、ある先輩から「君は発言しない様に」といふ注意を受けた。わたくしが伝統に対する危険人物であるといふ印象が、わたくしの身の危険を庇護しようといふ好意となって現れたのであるから、わたくしは静かに人々の言葉を聴くにとどめた。今から想へば隔世の感といふべきであるが、実は二十年にも満たぬ近い頃の事実である」と[1]。

一九六九年、倉石はまた次のように回顧している。若き日の自分が「青木さんの創刊号から三号までの「胡適を中心に渦いてゐる文学革命」、つづいて五号には「本邦支那学革新の第一歩」、まるでむさぼるようによみ、またくりかえした。本来なら「本邦支那学革新の第一歩」は創刊号にのせるはずであったが、―京都でさえ―それは考慮を要するということで、五号まで据えおきになったと、あとで、たしか小島（祐馬）さんからうかがった。わたくしも、おなじ趣旨のことを東京で、心ひそかにかんがえていたが、東京では、なおさら危険思想とみられ、公的場所では発言せぬようにと注意された先生もあった、という環境で、『支那学』をよんだのであるから、京都にあこがれたのも当然である。まして、その論文には、わたくしなど全然知らなかった江戸時代の文献が数多く引用され、なによりも青木さんの文章に傾倒してしまった」と。[2]

では、近代における「漢文直読」論はどのような契機で形成され、どのような論調にまで発展し、また明治前期に一旦唱えられたことのあるこの主張が大正後期に再提起されてくるとなぜ政治的に危険視されてしまったのだろうか。本章では、上記の青木・倉石両者のほか、その先駆者ともいうべき重野安繹（一八二七―一九一〇）などの所論も取り上げ、これらの問題の一端を解明したいと思う。[3]

（一）重野における「正則漢学」の構想

近代における「漢文直読」論、言い換えれば「訓読排斥」論の形成要因について、主に江戸中期以降の徂徠学の影響、明治以降の日中直接交渉という時代の要請および近代西洋の学問方法という新しい参照系の出現などが挙げられる。なかでも、明治の開国・開化政策で実現した西洋受容と日清国交という画期的変化が重要なファクターとなっていたことは言うまでもなかろう。たとえば、一八七九年、重野は東京学士会院でおこなった「漢学宜しく正則一科を設け少年秀才を選み清国に留学せしむべき論説」という講演の中で次のように論じている。

凡学芸は、言語文字を学ぶを首とす。一国の学を専修する者にして、其国の言語文字に通ぜざるの理あらんや。我邦の漢学者は、其理義を講ずるを主として、文字言語を次にし、言語は全く講習せざるに至る。故に論説常に高尚に失して実用に乏し。実用とは何ぞや、意を達し言を弁ずる是なり。今其文字十分に意思を攄ぶるに能わず、且遅緩にして事に応ぜず、漢人と対晤するに一語を交え一事を処する能わず、抗顔に漢学者と称する者、此の如くにして可ならんや。縦令ひ経義に通達し、文章に工巧なるも、所謂脚下の暗き学問なり。況や其経義文章も、正則より入らざれば、其堂奥に詣る能わず。予の正則一科を設けんと欲するものは此が為めなり。

方今外交大に開け、就中清国は切近の地に位し、同文同俗の国柄なれば、公事の往復より貨物の懋遷等に至まで、日増に繁多に赴くは必然の事なり。設令ひ従前我に漢学なき事欧学なきが如くならしめば、必ず急に幾員の留学生を派遣し、其文学事情に通暁せしめざるを得ず。然るに今僅に変則鹵莽の漢学あるを以て、恃みて自ら足れりと為し、而して其恃む所のものは、却て目前の用をなさず。（後略）

言語の及ばざる所は文字之を通じ、文字の至らざる所は言語之を達す。二者常に相資けて用をなす。今我と支那と隣国相接すれば、軍国の重事往歳台湾役の如きもの、後来必ず無きを保せざるべし。其曲直を争い、和戦を決する等の時に当り、幸に同文同俗の国たるを以て、古を援き今を証し、或は経典を引拠となし、縦横論弁し、言文並用いてこそ、漢学の実効を奏すべし。是豈今の漢学者の能する所ならんや。又豈長崎訳官の能する

所ならんや。若し正則に従事し、経史の法より、今日の俗語まで通達諳熟せば、施す所にして不可なからん。(4)

すなわち近隣の清国と外交関係を結んだ以上、平時の貿易往来にも有事の際の和戦交渉にも意思疎通と対面論弁の必要があり、従来の長崎唐通事と漢学者の技量では最早対処できない、したがって少年留学生の清国派遣によって高度な会話力と読解力を持つ「専門漢学者」を育成することが急務だ、ということである。(5) ここに特に注目すべきは、言語文字の講習から入手する外国学の理念、「経史」だけでなく「俗語」にも精通するという「言文並用」の能力、および漢文教育に関連して用いられた「正則」と「変則」の概念などに対する強調である。

いわゆる正則英語、変則英語、正則教授法、変則教授法といった概念は明治初期の英学ブームのなかで生まれたものである。重野の講演に先んじること九年、一八七〇年に制定された「大学南校規則」にすでに「諸生徒ヲ正則変則ノ二類ニ分ケ、正則ハ教師ニ従ヒ韻学会話ヨリ始メ、変則生ハ訓読解意ヲ主トシ、教官ノ教授ヲ受クベキ事」と記している。また同校の出身者も「正則は外国教師の受持で、正確な発音や読方を教へ、変則は邦人教師が発音には重きを置かず、外国文の意味を十分に説明する教へ方であった」と証言している。(6)

そして、重野の講演に後れること七年、文科大学の講師を務めていたイギリス人チェンバレン（一八五〇―一九三五）も一八八六年『東洋学芸雑誌』第六一号に「支那語読法ノ改良ヲ望ム」を発表し、「疑ハシキハ日本人ノ此支那語ヲ誦読スル伝法ナリ、前ヲ後ニ変ヘ、下ヲ上ニ溯ラシ、本文ニ見ヘザル語尾ヲ附シ、虚辞ヲ黙シ、若クハ再用スル等ハ、漢文ヲ誦読スルコトニヤアラン。寧ロ漢文ヲ破砕シテ、其片塊ヲ以テ随意ニ別類ノ一科奇物ヲ増加セリト云フヲ免カレンヤ」、「畢竟日本語ハ日本ノ言序アリ、英語ハ英ノ語次ノ存スルコトハ皆々承知セリ、唯支那語ニノミ治外法権ヲ許ルサズシテ権内ニ置クハ何ソヤ」、「漢文習学ノ目的ハ漢籍ノ主意ヲ会得セントスルニモセヨ、自身漢文ヲ作為セント欲スルニモセヨ、孰レノ方向ヨリ推考スルモ同一ニ落テ良結果ヲ願求セハ、従来ノ雑種読法ヲ廃脱シテ、支那文章ヲ支那語則法ニ従テ読ズンバ有べカラザルヤ著ルシ」と論じている。[7] とすれば、「正則」と「変則」の概念を用いて漢文教育の革新を提唱する重野の議論もこうした新しい時代の流れに乗っていることは明らかである。

しかし、明治漢学の大家である重野はただ単に時流の追随者だけでなく、その時流と通底で合致している江戸漢学の良き伝統の発見者でもあった。このことは、同講演における徂徠学への再評価を通じて窺うことができるのである。[8]

荻生徂徠は『訳文筌蹄』の凡例において、己の読書要領および教育法について次のように宣言している。

余嘗為蒙生定学問之法。先為崎陽之学。教以俗語。通以華音。訳以此方語。絶不作和訓廻環之読。始以零細者。二字三字為句。後使読成書者。崎陽之学既成。乃始得為中華人。而後読経子史集四部書。勢如破竹。是最上乗也。

徂徠の提唱する「崎陽の学」が江戸中期において多大な反響を呼び起こしたが、後に寛政「異学の禁」の影響もあって下火になった。[9] 重野は同講演で、「音読の便と訳読の不便とは、物茂卿詳晰に之を弁じ」たとして、この徂徠の主張を再提起し、「古今の卓識」と称えている。

徳川氏文事を奨励すと雖ども、未だ学制を定るに及ばず。故に教習の法、一に浮図氏の遺則を襲う。物茂卿之を慨し、読法を一変し、誦するに漢音を以てし、訳するに俚語を以てし、絶て和訓廻環の読を為さゞらんと欲す。実に古今の卓識にして、阿（直岐）・王（仁）以来の陋習を看破せしものと謂うべし。然れども、一人の言、天下の弊を救う能わず。僅に同志と訳社を結び、崎陽の人を延き、以て自から善くするを求めしのみなりき。茂卿の持論は、其訳社記及訳文筌蹄凡例其他文中に散見せり。就て見るべし。[10]

では、重野は徂徠への再評価を通じてどのような理想的漢学の世界を目指しているのだろうか。

（長期派遣留学の少年）生徒業成り帰朝するに及び、官校に入り正則を以て中学以上の生徒に教授し、漢文を和解して変則以下の読誦に便せば、数十年の後は海内の漢籍終に原本和解の二種に止り、所謂髭を添え尾を加うるの書は刊行を絶つに至るべし。然る後に欧米各国の書籍と同一に帰し、和に非ず漢に非ざるの読法廃し、随て専門と通常との区別も画然一定せん。唯其れ専門通常の区別一定せず、故に漢学を主張する者は、全国皆漢学者ならしめんと欲し、漢学を排斥する者は、併て漢書・漢字を廃せんと欲するに至る。是各其一偏の見に陥ると雖ども、抑亦教習其法を得ざる致す所なり。[11]

これによって見れば、重野は清国長期留学で中国人並みの読解力を身につけた新しいタイプの漢学者層を頼りに従来の漢学を抜本的に改造しようとしたことがよく分かる。まず、漢文教育の内容と対象を正則・変則の二種類に分ける。[12] それに対応して、漢籍の出版も原本・和解の二種類に限定する。これによって従来の「和に非ず漢に非ざる」訓読慣習を排斥し、教育と出版のスタイルを全部欧米各国に伍するようにさせようというのである。

考えてみれば、洋学一辺倒の時流のなかで敢えて漢学の再生を唱え、少年留学生の清国派遣の必要性を鼓吹したことは相当の勇気を要することであったろう。しかし、多元主義の文明観の持主として漢学の起死回生を図ろうとした重野にしてみれば、これは己の当然の責務であった[13]。同講演の冒頭において、重野は己の演題に対する「漢学無用」論者からの非難を想定し、あらかじめ「漢学の実用は、我邦に於て終に尽期なく、是より後尤も着切の用具となる事必然たり」と声明し、また講演最後の締め括りとして「抑我国体は、他善を取り衆美を聚むるを以て成り立しものにて、国初已来漢学に資して教科政法を建て、近年又洋学を採用して諸事業を更張せり。凡国の隆美は諸学の興盛に由り、諸学の興盛は専門家の衆多なるに由る。専門家は水源樹根の如し。宜く濬治培養して、流委の竭くる勿く、枝葉の益蕃きを求むべし。予切に恐る、世人或は漢学を以て既に陳ずるの芻狗となし、其専門家を養成する所以の術を思はざらんを。故に敢て縷々絮言するもの此の如し」と強調した[14]。一八七九年という時点で帝国学士院の前身である東京学士会院でこうした珍しい漢学者の意見が堂々と表明できたこと自体が、明治前期の思想界における自由闊達で包容力のある気風をよく物語っていると言えよう。

（二）青木・倉石における「訓読排斥」の論調

上述のように、荻生徂徠『訳文筌蹄』で宣言された「崎陽の学」は明治漢学の大家・重野の共鳴を博した。それは重野より六十歳年下の青木、七十歳年下の倉石においてもまったく同様であったことは、同宣言に対するこの両者の訳述と評価から窺うことができる。

（青木）二百余年前、正徳の昔に於て荻生徂徠は夙に道破した、―漢学の教授法はまず支那語から取か丶らねばならぬ。教うるに俗語を以てし、誦するに支那音を以てし、訳するに日本の俗語を以てし、決して和訓廻環の読方をしてはならぬ。まず零細な二字三字の短句から始めて、後には纏まった書物を読ませる、斯くて支那語が熟達して支那人と同様になってから、而る後段々と経子史集四部の書を読ませると云う風にすれば勢破竹の如しだ、是が最良の策だ。[15]

（倉石）徂徠は、単に唐音を操るといふ様なことに満足せず、漢文を学ぶには先づ支那語からとりかかり、支那の俗語をば支那音で暗誦させ、これを日本の俗語で訳し、決して和訓の顛倒読みをしてはならない、始めは零細な二字三字の句から始めて、遂に纏った書物を読ます、支那語が支那人ほど熟達してから、古い書物を読ませれば、破竹の勢いで進歩すると説いた。これは、今日の様に外国語に対する理念が発達した時代から見れば、何の不思議もないことであるが、その当時、つとに、かかる意見を吐いたのは、たしかに一世に抜んでた見識に相違ない[16]。

これによって見れば、徂徠の宣言に対する青木・倉石の理解はおそらく重野のそれより一層切実なものとなったように思われる。なぜならば、彼らの理解は己の外国語学習と中国体験によって深められたからである。たとえば、倉石は少年時代から馴染んでいる「訓読」方法の非に対する反省の過程を次のように語ったことがある。

元来、わたくしの家は漢学者の家すぢであって、祖先の残した漢籍が土蔵の中に、貯へられてゐたのを、少年時代から見なれてゐたのが、支那学に踏みこむ因縁となったらしく、東京における修学中にも、漢学塾に数年お世話になり、旧教育においては、相当な訓練も施され、その特長についても、むしろ十二分に理解もし、同情も持ったものである。

かかる環境において、何がわたくしを動かしたかと云へば、つまり時代の影響である。高等学校在学中に受けた西洋語学の訓練、ことに英語の教育において、英国人教師から音声学の初歩を学び、ある教授からイギリスの詩のリズムを教へられて、新しい世界が眼前に展開された様に感じた。そこへ、支那に旅行する準備として、個人的に勉強した支那語が、油をさして、漢籍の読みかたに対する疑念が、日に増し燃えさかって来た。徳川時代ならば生涯できない様な経験が、大正時代のわたくしを刺戟したのである。(17)

すなわち音声重視の英語学習から英詩文の鑑賞へ入っていくという第一高等学校での受業体験が悟りの切掛けとなって、このような手順こそが有効な学問方法だという信念を倉石は持ち始めたのであった。

後に、この信念は国内外の学問常識に対する把握で次第に強められていく。「支那の言語や文字を研究するのに、漢文と支那語の様な区別を設けてゐるのは、世界中、日本だけで、支那はもとより、ヨーロッパやアメリカで支那学を研究するにも、そんな意味のない区別など夢にも考へてゐない。西洋人が支那のことを研究するには、何よりも先き、支那の現代の言葉を学び、現代人の書く文章を読み、それから次第に順序を遂うて、古い言葉で書いた書物を読んで、支那民族の文化の淵源を理解する。アメリカの大学で支那のことを研究する学生は、最初の年に現代語学現代文学を学び、次の年に歴史の書物を読み、三年になって経書を習ふさうである。これは、ちゃうど、日本人が、欧州の文化を研究する方法も同様であり、もっと手近かに考へれば、日本人が日本のことを研究する方法だって、つまり、この順序を踏んでゐるので、小学校で現代の日本語を学び、今の文章を読み、次第に、古い書物を研究して行くのである。支那のことだけが例外でなければならないと云ふ筈はない。[18]」

では、このような世界共通の学問方法から見た場合、「訓読」の弊害はどこにあっただろうか。

青木は「本邦支那学革新の第一歩」において次のように指摘している。

（一）訓読は読書に手間取って、支那人同様に早く読むことが出来ない。是に関して音読は幾ら早く読めても小僧が経を読むようで意義が解らないでは無益の沙汰だと云ってゐる人もあるが、それは音読の罪で無く、罪は読者にある。吾人は今日欧文を学んだ経験や支那俗文学を読んだ実験から、此くの如き議論の最早問題にならぬ事を知っている。

（二）訓読は支那固有の文法を了解するに害がある。何となれば訓読の結果日本文法に囚われ、是を以て彼を束縛せんと欲する弊に陥ることが往々ある。（中略）〔広池千九郎氏『支那文典』と児島献吉郎氏『漢文典』における〕誤は訓読が累を為した最も哀れむ可き犠牲だ。此の外是に類するもっと噴飯に堪えぬ誤謬は吾人が折々学生などの口から実見する所である。

（三）訓読は意味の了解を不正確にする。訓読が隔靴掻痒の感があるのは云う迄も無いが、甚しきに至っては実際了解出来てゐない事を自分には解ったような幻覚を起す場合がある。何故ならば所謂訓なるものは多く古語で、中には現代一般には通用し難いものも少なからざるに関らず、それが日本語である為に解っているような気がする。（中略）此様な例は今一々枚挙の遑が無い程ざらにある。そんな解りにくい古言で一度訳して、更に現代語に重訳するような面倒な手数を掛けてゐる隙に、音読から直ちに現代語に訳するが賢い方法では無いか。[19]

青木の指摘は実に、「事倍功半」（倍の努力をして半分の効果しかない）、「以己度人」（自分の考えで他人を推し量る）、「中途半端」ないし「似是而非」（正しいようだが、実際は間違っている）など訓読のもたらした種々の漢文理解上の問題点に鋭く切り込んでいる。これらの問題の一端を解消するために、青木は同論文の末尾で「支那学専門家」たちに対して次のような苦言を呈している。「現今支那学専門家の大多数が、無意識の間に直下黙読を行いつゝ、あるは吾々の経験から推測出来る。併しともすれば、視線が転倒したがる。更に一歩を進めて之を音読に及ぼし、目も口も頭も転倒しないように習慣を付けたら、読書力が大いに増進するに違い無い」と。[20] この苦言には、おそらく青木自身の苦い体験と省悟も一部含まれているだろう。[21]

一方、倉石は『支那語教育の理論と実際』において意識的に様々な比喩で訓読の無理と訓読偏愛者の心理を描こうとしている。

> 日本の支那学者は、今日にいたるまで、支那の書物を読むのに、わざわざ発表の順序を顛倒して、日本語の約束になほして見ないと気が済まず、さういふ順序に考へなほさないと、頭へ入らない習慣にとらはれてゐる。そのうへ、訓読といふ方法が不完全なために、概念と概念とを巧に操ってゐる大切な文字、「即」とか「乃」とか、「也」とか「矣」とか云ふ気分を示す言葉を、ほとんど見のがしてしまふのが常であって、支那語の運動神経を切断し、手と足と、時には首と胴とを入れかへて、国語らしいものに作りかへてしまふ。同じく外国の書物でも、西洋の書物を読む場合には、西洋人の考へる通りに頭へ入れていって、少しも不思議と思はない

のに、支那の書物を読む時だけ、そんな手数をかけねばならない理由があらうか。

かりに、さういふ手数をかけることによって、何か役に立つことがあるならば、これも考へ様があるが、実は、この方法のおかげで、支那の書物を読む力がつかず、学問を理解するたよりが出来ないことになってゐる。ことに支那の人が、力を入れて書いたり、または軽く触れたりした、一番微妙であり、何より大切な呼吸に関する点が、ことごとく抜けてしまひ、いはば魂の抜けがらみたいな書物を見てゐるだけのことである。[22]

いうまでもなく、ここに使われている運動神経の切断、五体や胴体の入れ替え、魂の抜け殻云々は、いずれも訓読のもたらした支那語の要領や支那書の文脈への誤解を際立たせた見事な表現である。しかし、倉石の鋭さはなによりもまず先にも触れた「漢文訓読塩鮭論」に余すところなく現れていると言える。それは、すなわち次のような一節である。

論語でも孟子でも、訓読をしないと気分が出ないといふ人もあるが、これは孔子や孟子に日本人になってもらはないと気が済まないのと同様で、漢籍が国書であり、漢文が国語であった時代の遺風である。支那の書物が、好い国語に翻訳されることは、もっとも望ましいことであるが、翻訳された結果は、多かれ少なかれその書物の持ち味を棄てることは免れない、立体的なものが平面化することが想像される。持ち味を棄て、平面化したものに慣れると、その方が好くなるのは、恐るべき麻痺であって、いはば信州に育ったものが、生きのよい魚よりも、塩鮭をうまいと思ふ様なものである。[23]

では、「画地為牢」（限られた小さい枠の中で活動する）や「坐井観天」（井戸の中から天をのぞく）を特徴とする塩鮭語学の虜にならないために、どうすればよいだろうか。倉石は研究者たちに対して次のような耳の痛い忠告を行っている。

外国語で書かれた文献を取りあつかふ場合、思想や史実を捕へるにもっとも大切な道具は、語学である。勿論、訓読も一種の語学には相違ないが、前にも云ふ塩鮭語学であって、本当の生きた持ち味が出ないのみか、国語の挟雑によって不純なる概念を多く導かれる。思想を研究するものにおいて、かかる不純物質の混入によって蒙る損失が、いかに致命的であるかは言ふまでもなく、史実が、研究法の不完全によって、黒白を顚倒してゐることも珍しいことではない。魚を取るものは、かならず網の修理につとめると云ふ。穴だらけの網で、思想や歴史をあさっても、結局、呑舟の魚をのがして、雑魚すくひに終ってしまひはせぬであらうか。(24)

このように、青木と倉石の「訓読排斥」論は辛辣な批判に満ちているだけでなく、青木の場合は当時まだ活躍中の支那学者の先輩（たとえば三島中洲の弟子児島献吉郎（一八六四―一九三一）は青木論文の掲載五ヶ月後に支那文学の研究実績で文学博士号を授与され、後に新設の京城帝国大学に赴任）も容赦なく槍玉に挙げている。その論調が一部の人々に「過激」の印象を与えてしまったかもしれないが、その主張自体はあくまでも学問上、教育上の主張であった。

（三）青木論文の掲載延期と論題改題の背景

「訓読排斥」論の辛辣さについて言えば、青木と倉石の先駆者である重野も決してこの両者に劣っていないことは、次のような一節から窺えるのである。

蓋我邦の漢土に於る、風気異ならず、俗尚相類す。唯語言宜を異にするを以て、其書を誦する、音訓相錯へ、顛倒廻環、髭を添え尾を加え、以て其意を補足せざるを得ず。而して其音たる、転輾相訛し、以て今の漢音と径庭するを致す。故に文義を析し、語気を味うに至て、往々隔靴の歎あるを免れず。而して文勢語脈の同じからざる、毫を援き思を攄るに及んで、措辞甚だ艱し。称して能文者と曰うと雖も、或は顛倒錯置あるを免れず。此其弊、漢語を解せず、彼の読法に従う能わざるに源するなり。[25]

ここでは、重野は訓読方法の時代遅れを鋭く指摘しているだけでなく、名指しこそしていないが、いわゆる「能文者」による漢文作品中の言葉の「顛倒錯置」という問題を槍玉に挙げている。しかも、その続きで漢学者たちに対して「故に漢学を精究して其実益を収めんと欲せば、其読法に従い其正音を用うるに非ざれば、其堂奥を究むるに足らず」との忠言を呈している。[26]

では、なぜ明治前期に重野によって一旦唱えられたことのあるこの漢文直読・訓読排斥の主張が、大正後期の青木・倉石によって再提起されると政治的に危険視されてしまったのだろうか。これは、第一次大戦後の日中思想界の全体状況と日本の漢学・支那学の学界事情という両面から解明する必要があるように思われる。

まず、当時日本の社会と思想界の全体状況について言えば、一九一八年夏の「米騒動」と前後して、労働運動、農民運動、婦人運動、被差別部落の解放運動、民本主義運動、社会主義運動、共産主義運動など反権力的、反体制的な社会運動が多様な形態で展開した。これらの動向について、政府当局と体制派が様々な対策を取っているが、一九二三年関東大震災の直後に発布された大正天皇による「国民精神作興ニ関スル詔書」がそのような対策の集中的体現と言える。同詔書は、「輓近学術益々開ケ、人智日ニ進ム、然レトモ浮華放縦ノ習漸ク萌シ、軽佻詭激ノ風モ亦生ス。今ニ及ヒテ時弊ヲ革メスムハ、或ハ前緒ヲ失墜セムコトヲ恐ル」という文言があり、民衆に向かって明治天皇の『教育勅語』の精神を堅持し、「反権力的、反体制的な社会運動に同調しないようにと教えていた」[27]。

一方、一九一九年「五・四運動」前後の中国思想界の動向およびその日本への影響について、京都帝国大学の東洋史教授内藤湖南（一八六六―一九三四）が『新支那論』（一九二四年）において次のように警鐘を鳴らしている。

支那は近頃所謂新人によって、新文化運動が行はれ、或は旧道徳の破壊論となり、或は文学革命となって現はれて来て居る。旧道徳の破壊論は主として儒教を破壊するにあるのであるが、その論者の中でも、或る者は全て西洋から新らしく来た個人主義とか、社会主義とか、共産主義とかを採用せんとし、或る者は旧い墨子、老子などの主義を採用せんとして居るが、此等の多くの人々の議論は歴史の価値を認めることを忘れて居る。（中略）支那人は勿論、支那の新人に近頃屢々かぶれるところの日本人なども、支那人の論理に甚だしい缺陥のあることに注意して、真に儒教の価値を根本から論断するでなければ、其の軽率な結論はややもすれば日本の現代思想にも悪影響を来たさんとする。[28]

確かに、青木は京大で狩野直喜という良師に恵まれ、入門早々、支那文学を専攻する以上、それに「かぶれなければいかん」と諭された。かれこれ十数年の模索を経て、ついに一九二〇年九月に小島祐馬・本田成之などと同人雑誌『支那学』を創刊し、「文学革命」紹介の第一人者として儒教批判・道家賞賛の立場を取った。このような立場の形成は、第二章で分析したように、儒教風の家庭教育と厳格主義の寄宿舎管理に対する青木自身の反発や、胡適・陳独秀・魯迅・呉虞など「支那新人」の反伝統主義の影響によるものであった[29]。その意味で、青木の「支那かぶれ」は、狩野の「支那かぶれ」とは意趣の違うものであった。そもそも当時の中国には、雑誌『新青年』の同人たちに代表される進歩的（ないしは急進主義的）文化人もいれば、雑誌『学衡』の同人たち（および辛亥革命後、京都に避難していた王国維・羅振玉など）に代表される保守的文化人もいたからである。

さて、もともと『支那学』創刊号に掲載予定の「本邦支那学革新の第一歩」はなぜ第五号（一九二一年一月）に延期されたのだろうか。また同論文が一九二六年『支那文芸論藪』に収載された時はなぜ「漢文直読論」と改題されたのだろうか。

一九七〇年四月、小川環樹が同論文を収載する『青木正児全集』第二巻の編集者として書いた「自由不羈の精神」と題する編集後記において、次のように述べている。

> 「論藪」の最も末に置かれた三〇「漢文直読論」は、簡明直截であるが、この問題の要点を言いつくしてある。この説は四十年前において矯激の論と聞えたに違いない。そして今日に至ってもなお我が国のシナ学者の全面的支持は得られないままである。それはもはや議論の余地は無いと想われるのだが、実行がむつかしくていろいろな障害の存することだけは認めなければなるまい。青木博士自身がこの一篇のもとの表題が「本邦支那学

革新の第一歩」であったのを、「論藪」に収められるに当って改題された理由も、私には想像できるような気がする。[30]

「四十年前」の一九二〇年代において「本邦支那学革新の第一歩」が「矯激の論」と目されていたはずという小川の論断は、おそらく間違ってはいないだろう。また『支那文芸論藪』に収載された時の論題改題も斯界の空気を感じた青木の配慮の結果であったろう。これらについては、大正後期の斯文会をめぐる様々の動向を見ると、一目瞭然である。[31]

一九一八年一月　上田萬年、雑誌で中学校漢文科廃止を提唱
　　六月　漢文会金子堅太郎会長、在京漢文科教育大会の決議に基き、中学校での漢文科は第一年より課するを適当とする意見書を文相に提出
一九一九年三月　斯文会研究部が「中学校に於ける漢文科について」意見書提出、直訳漢文論を廃し、原形教授の必要を主張
　　九月　斯文学会・研経会・東亜学術研究会・漢文学会など漢学4団体が合同して斯文会を創立
　　九月　斯文会、孔子祭典会を合併し、斯文会祭典部を設立
　　一〇月　斯文会長小松原英太郎、漢学振興に関する建議書を文相に提出
一九二〇年四月　斯文会祭典部第一回釈奠を湯島聖堂にて挙行
　　九月　小島祐馬・青木正児ら、支那学社を設立し、『支那学』を創刊

文部省、「漢字整理案」を発表

一九二一年一月　松平康国・牧野謙次郎などが漢学振興会を創立（後に東洋文化協会と改称）

三月　漢学振興に関する建議案が衆議院にて全会一致で可決

斯文会、諸名家の中等教育における漢文科に対する意見を編し、『中等教育と漢文』を特集

一九二二年三月　東洋文化研究所創立の議案が衆議院にて全会一致で可決

四月　春山作樹、「中等教育と漢文科」を発表

五月　全国中学校長会議に漢文廃止問題提出

七月　上田萬年、臨時国語調査会長となる

一〇月　斯文会、孔子二千四百年追遠記念祭を湯島聖廟にて挙行

一九二三年二月　大東文化協会結成

三月　衆議院に「漢学振興に関する建議案」提出

五月　文部省臨時国語調査総会、常用漢字一、九六三字を決定

全国中学校長会議が文部省諮問に対し「漢文科ノ名称ヲ廃シ国語科ニ併セ、且ツ第三学年ヨリ之ヲ課ス」と答申する

八月　塩谷温、「現代教育と漢文」を発表

一九二四年一月　大東文化学院開校

以上によって当時の教育界における国語派・漢文派の攻防と争点が分かるが、ある意味で、これを「中学校漢文

科廃止問題」をめぐる明治三十年代の「国・漢」お家騒動の再燃とも見て取れる。[32]青木が決して国語派の立場に立って漢文派に挑んだわけではないことは、その論文中における荻生徂徠と雨森芳洲への再三の言及からも知ることができる。しかし、彼の所論は「曲高和寡」（曲の格調が高すぎると唱和できる人が少ない）で、児島献吉郎などへの名指し批判もあり、しかも訓読に拘る保守退嬰的漢学者を皮肉るのに、ロシアの革命派作家M・ゴーリキーの「海燕の歌」の詩句でもって「ヤング・チャイナ」の進取の気象を賛美することも惜しまなかったので、当然「矯激の論」と聞こえたであろう。[33]

青木論文が掲載されてわずか二ヶ月後の一九二一年三月、斯文会は渋沢栄一、阪谷芳郎、高田早苗、杉浦重剛、幸田露伴をはじめとする諸名家、総勢三一名の中等教育における漢文科に対する意見文を集めて特集を発刊する。その中で、五年前帝国学士院恩賜賞を受けた漢学者林泰輔（一八五四―一九二二）が次のような時局観を示している。「近時欧洲大戦により世界の動揺するに伴うて、又々その伝染病に冒され思想界の安定を失ひ、社会主義とい ひ、無政府主義といひ、マルサスといひ、クロポトキンといひ、其の説の我が国体に合するや否やも深く考慮せずして妄に之を唱道し、殆ど混乱状態に陥らんとする傾向あり、殊に今回は世界的風波の動揺に捲き込まれんとする有様になれば、明治初年の状態と比して一層危険の感なきに非ず。（中略）決して袖手傍観すべきに非ず、これ我が斯文会がこの狂瀾怒涛の中に於て努力を惜まざる所以なり」と。[34]

一方、国家主義を信奉する憲法学者上杉慎吉（一八七八―一九二九）が「近時中学校に於ける漢文科を廃止せんとする議論が屢新聞雑誌に見えるが、これ最も憂ふべきものである。自分はこれが廃止に対しては大反対である。その理由は専ら国民精神の退廃を憂ふるもので、今日漢文を廃止するやうなことになれば、何を以て綱常を維持し国民精神の堅実を期することが出来よう。滔滔として浮薄の思想風俗に赴くのみで誠に深憂に堪へない次第である。」という意見を発表した[35]。

そして、とくに注目すべきは、東京帝国大学教授塩谷温（一八七八―一九六二）の「漢文原形教授の価値」という論文である。同論文は、「一、訓読は千有余年の歴史を有すること」、「二、剛健にして雄大な精神を養ふこと」、「三、頭脳を鍛錬すること」、「四、国語の知識を精確にすること」、「五、漢文は現在隣邦支那に行はれつつあること」という五節を設け、第一節において「学者或は訓読を排し、直に音読を主張し、猶英仏独語を授くるごとしすべしといふものあれども、是れ全く訓読の歴史を無視し、漢文を外国語視する謬見なり。（専門家が支那語と同じく取り扱ふは自ら別論なり）。（中略）要之訓読法による漢文は即ち日本の漢文にして、国文として取り扱ふべきものなり」と述べる[36]。塩谷の論述は、必ずしも青木論文に対する直接的反論とは限らない。しかし、たとえ彼が青木論文を読む機会はなかったとしても、自分の弟子倉石の言動からも従来の漢学伝統に反旗を翻す傾向には気づいていたに違いない。

このように高揚しつつある漢学・支那学界の論調を背景に、青木論文は「伝統無視」の標本として「衆矢の的」になりやすい面は確かにあっただろう。そして、六年後の論題改題が東北帝国大学で教鞭を取り始めてからなされた（ちなみに青木に揶揄された児島献吉郎もほぼ同じ時期に京城帝国大学に奉職になった）ことを勘案すると、従来の持論を曲げたくはないが、在野の文人ではなくなった立場上、「本邦支那学革新の第一歩」という世人の注意を喚起するようなタイトルの代わりに「漢文直読論」という穏便なタイトルを付け直したほうが好都合だという思いが青木にあったのではないかと考えられる。

（四）「発言自粛」を促された倉石の行方

しかし、青木も決して完全に孤立無援の窮地に陥っていたわけではなかった。その論文が発表された後、斯文会研究部会の会場で彼のため（？！）に援護射撃を行う人物がついに現れた。春山作樹（一八七六―一九三五）という東京帝国大学の日本教育史担当教授だった。伝えるところによると、「その言動のユニークさも有名であり、赤門名物教授の一人にあげられていた。吉野作造らとも親交があり、大正デモクラットでもあった」そうである[37]。

同研究部会における春山の「中等教育と漢文科」と題する発表は、翌一九二二年四月『斯文』第四編第二号に載せられたが、文章のあとに「右は本会研究部会に於て演述せられたるもの、素より博士独自の意見にして必ずしも悉く本会の趣旨と一致するものにあらず。読者諒焉。」という編集者の断り書きが記されていた。斯文会の趣旨とは、同会研究部が一九一九年三月に提出した「中学校に於ける漢文科について」という意見書に書かれた「直訳漢文論を廃し、原形教授の必要」があるという主張である。

では、斯文会の趣旨とずれる春山の所論はどのようなものであったろうか。それはある意味で、上記の塩谷「漢文原形教授の価値」中の主要な三論点に対する反論や修正の形を取って展開した論述であった。それは、「一、支那が古来日本に及ぼしたる影響の偉大なりしに因り、日本の文学言語文物制度を理解する意味に於て漢文の素養を必要とすること」「二、漢文を学ぶによりて頭脳の訓練を得ること」、「三、儒教を以て思想界の混乱を救はんが為に、漢文を奨励すべきこと」という三項が設けられたことからも分かる。塩谷の三論点について、春山は第二、第三点を否定してしまったが、第一点は条件付で賛意を表した。その上で、次のように締めくくっている。

最後に教授法に一言せん。原形保存に於ては語の配列緩急抑揚を忘るべからず。然るに日本の漢文はただ手と目とのみに限られて、口と耳との二大要素を逸し、到底感情を喚起すること能はず。即ち原形保存の意義は殆んど没却せらる。故に真の原形保存を以て之を救ふを要す。真の保存とは音読を用ふることこれなり。古は寺院にて音訓両読を併用し音読の試業の際に大学の音博士を聘したることありしが、後に漸く儒者は訓読を主とするに至りて、音読は寺院にのみ保存せられたり。降て雨森芳洲、荻生徂徠、江村北海等の主張せし所も音読に外ならず。（中略）使用すべき音に就いては国語国文との関係を主とすべきが故に、旧来の漢音呉音を以てすべし。現代官話を用ふるときは、単に発音の困難のみならず、既に古語の記されたる時代と発音を殊にするの患あり。之を要するに漢文を教授するには、従来の音を以て直読することとし、直読によりて理解する習慣を養成すべし。果して然らば原文の妙味もはじめて会得せらるべく、原形保存の意義はかくして完しと謂ふべし。[38]

春山の主張は教育学の見地から発された部分があったとはいえ、青木の音読主張に同調し[39]、塩谷の「漢文原形教授」主張に抜本的な修正を加えた。

この春山の鋭い批判に対して、塩谷は翌年「現代教育と漢文」（「国民精神の不在」、「古典教育の必要」、「漢文は我が国の古典」、「漢文の学習は決して困難に非ず」、「大に朗読の風を盛んにすべし」、「宜しく小学生に漢文の素読を課すべし」、「中学校長会議の答申を難ず」という七節から構成）において、次のように反発している。

漢文の我が国に伝来してより殆ど二千年に近く、文明の淵源となり、徳教の根本となりて、我が国民道徳を涵養し、我が国体の精華を発揮したうことは、国史の成績に徴して明白なり。且つその原文のままに伝へて訓点を施し、送り仮名を加へ、自由自在に邦訓を以て読破せるが故に、之を我が国の古典とするに何人も異議あるなし。（中略）然るに我が国の教育家中には、動もすれば漢文の原形を難じて、漢文書き下し即ち訳文を課すべしと主張するものあり。之には多くの国語学者の賛成あれども、かくては漢文の古典たる価値を没却すべし。又一方に支那語学者は、訓読を排斥して直音読を主張すれども、是れ畢竟訓読の歴史的発達を無視し、且つ漢文を外国語視する謬見に出づ。共にその一を知りて、その二を知らざるものといふべし。（中略）日本語を以て之を読まんと試みたる処に、国家主義的日本精神の発揚を認むべし。若し然らずして、大和詞を捨て、訓読に由らず、一意音読をのみ学ばんか、或は隋唐の正朔を奉じ、甚しきは清人の如く、己の国語をすら滅却するに至るなきを保せざるなり。[40]

塩谷はここで、漢文を『教育勅語』の精神を発揮させることができる言語文化的担い手と高く位置づけると同時に、その「漢文原形教授」主張に異議を唱える「教育家」、特に「支那語学者」を反伝統主義者や中華崇拝主義者と極めつけている。ここまでくると、その議論は政治色が一層強められ、高飛車的なものになってきたことは明らかである。従来、徂徠に貼られていた「中華崇拝主義者」というレッテルは、いまや青木・倉石にも貼られかねない状況となった。

さて、春山の発表が行われたその斯文会研究部会の会場に、当時東京帝国大学を卒業（塩谷教授のもとで東洋古代天文学に関する卒業論文を完成すると同時に、一ヶ月間中国沿海部を旅行したという意気軒昂の青年[41]）後特選給費生として文学部副手を兼任している倉石もいたはずである。[42] それは、本文の冒頭にも触れた『支那語教育の理論と実際』の次の一節によって分かるのである。「東京のある学会で、教育学のある教授が漢文の直読を論ぜられたことがある。それは漢音で直読せよといふ微温的のものであったが、その会で、ある先輩から「君は発言しない様に」といふ注意を受けた。わたくしが伝統に対する危険人物であるといふ印象が、わたくしの身の危険を庇護しようといふ好意となって現れたのである」と。

では、倉石の「発言自粛」を促した「先輩」は誰であったろうか。仮説として、塩谷周辺の東大関係者の可能性は大きいだろう。なぜならば、旧来の漢学に対する倉石の「叛骨精神」は、その東大在学中（一九一八年四月―一九二一年三月）にすでに現れていたからである。戦後初期の倉石の回想によれば、当時研究室の主任教授服部宇之吉（一八六七―一九三九）との間に次のような遣り取りがあったという[43]。

> わたくしが東京大学の学生であった時のこと、当時の研究室の主任教授にむかって、なぜ漢文教育が旧来の姿で保存されねばならぬかを質問したことがある。ふだんは明敏な頭脳をもって聞こえた先生であるが、その質問に対しては不幸にしてわたくしの疑いを解くだけのお答えはなかった。わたくしは血気ざかりのことで相当不満を覚えた。実は先生としてもいろいろの問題をおもちになったのであろう。中国が共産主義になることをその頃から見抜いて親しい人だけひそかに豫言されたことも伝えられる先生に、漢文教育の将来について見通しの利かない筈はない。あるいは学生卒業後の生活に不安のないように伝統教育の存続を希望されたのかも知れない。ともかく生存理由の明らかでないままに漢文教育に踏み込んだものは決してわたくしだけでなかったと思う[44]。

服部は当時相当高名な教授であった。それだけに、この遣り取りが若き日の倉石の記憶に鮮やかに刻印されたのだろうが、類似した模索や挫折もきっとあっただろう。いずれにせよ、当時の東大支那学科や漢学界は、人数から言えば狭い世界で、倉石の学問と思想の傾向について周囲の人々が十分察知していたはずである。だからこそ、当日の斯文会研究部会の会場で彼が春山の発表に対してコメントをしようとした時、ある「先輩」によって「好意」的に止められたのであった。

結局、この「発言自粛」を要請されたこともあって、倉石は青木もいる、比較的に自由な雰囲気に包まれている京都に憧れを抱くようになり、上京時の狩野直喜を訪ねて京大大学院行きを請うたのであった。このように、倉石の移籍は戦前の漢学・支那学界の象徴的事件の一つとして、東京の保守的漢学に飽き足らないという意思表示となった(45)。

一九三九年四月、倉石は京大教授となった時に、塩谷温がちょうど東大を定年退官した。一九四〇年から倉石は東大教授も兼任し、翌年に名著『支那語教育の理論と実際』を世に出した。その中で、前述のように訓読の無理を説く一方で、次のように訓読偏愛者の保守的様子を描いたのである。

> 支那学者の多数は、徳川時代の遺産をそのまま坐食してゐるもので、徳川時代に訓読しておいた書物でないと、大抵は読まうとしない。たとえ訓読しておいた書物でなくとも、訓読の適用範囲に限られる以上、結局、徳川時代より一歩も出てゐないと云へる。」「徳川の遺産として、漢籍を国書のやうに考へ、孔孟を日本人のやうに思ひこませられた結果、今でも、徳川時代をうけて、支那学者が日本の文教を掌るべきもののやうに考へる人もある。日本精神といへば漢文でなければならない様に考へる人たちも、同じ系統に属する。

かうして、現代支那から遊離した支那学が、古代支那のみを取りあげて、日本の文教を掌握する様な夢を見てゐる限り、現代日本からも遊離して、洋服を着て靴をはいてゐるかも知れないが、頭には徳川時代のちょんまげが乗ってゐる。[46]

そして、十年後の一九五一年に岩波書店の雑誌『思想』編集部が「戦後教育の反省」という特集を組んだ際、倉石は「戦前教育の一典型」を寄稿し、戦前の「ひびだらけ」の漢文教育が「勅語や時局をかすがいにして余命を保った」ということの一例を取り上げた。すなわち一九四一年『支那語教育の理論と実際』の刊行直後に、東京大学の山上御殿で催されたある老先生の喜寿祝賀会に参加した倉石は、テーブルの向かい側から飛んできた「君のように漢文教育を否定してしまったら、勅語をどうするつもりなのか」という某先生の「高飛車」な糾弾を受けた。これに対する倉石の答えは、「わたくしも別に漢文教育を全面的に否定したのではない。ただ中国を研究したり中国を知ろうとしたりするには従来の漢文教育やその焼き直しではだめだから、どうしても外国語としての中国語教育を振興するほかはないと主張したまで」である、ということであった。[47]

(五) おわりに

上述したように、近代における「漢文直読」論すなわち「訓読排斥」論は、江戸中期以降の徂徠学の影響、明治以降の日中直接交渉の必要および近代西洋の学問方法による刺激のもとで形成された、学問上、教育上の主張であった。そして、明治前期に重野が唱えたことのあるこの主張が大正後期に青木と倉石によって再提起された時に政治的に危険視された主な原因は、内外の思想環境に生じた劇的変化にあったと考えられる。

第一に、「江戸儒学において一新紀元を開拓した徂徠ほどの大儒」も残念ながら、明治中期以降のナショナリズムの風潮の中で「反国体的という疑惑を蒙った」歴史人物となってしまった。(48) 吉川幸次郎がかつて指摘したように、「明治時代、ないしは大正から昭和の初期にわたっての徂徠の不評は、彼が価値の基準のすべてを中国におき、日本をもって非文化の地域としたことにあるであろう。非国民というのが、彼への刻印であったようである。」(49) それゆえ、青木のように「華音直読」という徂徠の主張を堂々と提唱したのは、大正後期においてけっして好ましいことではなく、自らの孤立を招きかねない冒険的挑戦であったろう。

第二に、第一次世界大戦後の日本も中国も無政府主義や共産主義といった西洋舶来の急進思想の影響を受けた。いわゆる「森戸事件」（一九二〇年一月、森戸辰男東大教授が「クロポトキンの社会思想の研究」という論文を発表したため「危険思想の宣伝」として起訴された事件）がその表徴の一つであった。そして、山東権益の帰属問題をめぐる日中の軋轢が一九一九年の五四運動を引き起こし、「対華二十一か条要求」問題で悪化していた日中関係をいっそう緊張させた。まさにこのような様々な意味で敏感な時期、上記の森戸事件の起きた同じ月に、「本邦支那学革新の第一歩」と題する青木論文が公表された。中国の新文学や新思想に「かぶれた」青木および倉石の「漢文直読」の主張は、小川環樹の推測した通り、当然「矯激の論」と聞えたし、また敬遠されたのであったろう。

第三に、もし上記の二点において青木と倉石の主張がいわゆる政治的正当性を欠いたものであったとすれば、その「孤高の論」は漢学者・支那学者の仲間からの支持を集めにくいものでもあった。まず、漢文の訓読に馴れている漢学界・支那学界はそう簡単に従来の慣習を捨てて「革新の第一歩」を踏み出せないのが実情のようであった。

それに、彼らにとってなによりも重要なのは、現に直面している失業や地位失墜の危機からの脱出であった。というのは、前述のように、当時上田萬年をはじめとする国語ナショナリストたちが明治後期に一旦挫折した「中学校漢文科廃止」の主張を再提唱し、その意見は全国中学校長会議などですでにコンセンサスを得ていた。多数の漢文教師が廃業に追い込まれるかもしれないという緊迫した情況のなかで、斯文会の執行部が政財界の大物を含む諸名家の意見を求め『中等教育と漢文』（一九二二年三月）を特集し、「発刊の辞」において「抑も漢文は修身・国語・国史と斉しく国民精神を陶冶する主要学科にして、その存廃は実に国運消長の関する所なり。大戦後国民思想動揺の際、博く高明なる大方諸賢の教正を仰ぐ」と必死に強調している。[50]まさにこのような自己防衛で精一杯な時期に己の陣営から青木と倉石による異端の説が出てしまったのであり、仲間の人々にとって、これは到底受け入れられるものではなかった。結局、青木は「伴侶無く、孤影孑然として曠野を行く」という孤立状態を味わうことになり[51]、倉石は東京帝国大学を離れ、憧れの京都帝国大学に移籍することになった。そして、小川環樹が一九七〇年になってなお断言した通り、青木の「漢文直読」の主張は「今日に至ってもなお我が国のシナ学者の全面的支持は得られないままである。それ（学問上の主張としての正当性）はもはや議論の余地は無いと想われるのだが、実行がむつかしくていろいろな障害の存することだけは認めなければなるまい。」（もちろん、小川の所論は日中国交回復の直前という時点で行われたもので、改革開放以降の日中間の大規模な留学による相手言語の習得状況の改善を想定できなかった一面もある）。

考えてみれば、青木の「漢文直読」と倉石の「支那語教育」の主張は、いうまでもなく外国語の学習と外国文献の研究の常道に合致する正論であったし、両者が孤立無援の境地で二百年前の徂徠の宣言を旗印に己の主張を勇敢に唱道し実践したことも大いに敬意を表すべき行為である。しかし、音読が常道だからといって従来の訓読方法を一概に排斥すべきかというと、それはまた偏って反対の極端になってしまうのである。歴史的に形成された訓読の伝統もまさに存続させるべきものである。その最大の理由は、訓読は現在の日本でも古典読解の有効な手段の一つとして機能しつづけているからである。

そして、多元文化の共存こそが地域文化ないし世界文化全体の発展の常道という認識から考えても、「漢文文化圏」（金文京『漢文と東アジア―訓読の文化圏』、岩波書店、二〇一〇年八月）の読解メソッドの一種、ないしは「方言」の一種とでも捉えられる訓読の伝統は当然受け継がれるべきものである。また、ラテン文を外国語視しない欧州諸国の知識人層と同様に、東アジア地域の知識人層は漢文を外国語視しないという感覚をもっている。仏教や儒教の文化伝統を共有し、漢文による知的生産や交流の長い歴史を持ったなかで生まれたこのような感覚は、決して可笑しいものではなかった。それは、近代国民国家の観念に囚われる人々にとってこそ理解に苦しむ現象だが、国境が数値的に線引きされておらず、地域文化への共有意識もまだナショナリズムによって曲げられていなかった前近代の知識界においてはむしろ自然で当然なことであった。歴史の古層に起源し現在にも一定の影響を及ぼしているこれらの感覚や常識が東アジアの文化遺伝子として、これからはもっと重視され研究されるべきだと思われる。

結論として、音読と訓読の並行、音読を主とし訓読を補助手段とするのがこれからの日本における漢文教育のあるべき姿なのではないだろうか。

注

（1）倉石武四郎『支那語教育の理論と実際』（岩波書店、一九四一年）、一九〇―一九一頁。ここにいう「教育学のある教授」とは春山作樹のことであり、詳しくは後述で紹介する。

（2）倉石武四郎「青木さんのおもいで」、『青木正児全集　月報Ⅰ』（一九六九年一一月）。この小島の掲載延期説に不確かな部分もあるかもしれない。同論文を改題して『支那文芸論藪』に収録した際に書かれた青木の「自序」（一九二六年三月）によれば、それは一九二〇年の「十月作」だそうである（『青木正児全集』第二巻六頁）。雑誌『支那学』の創刊号は前月の九月にすでに出ているため、翌月に出来る同論文を前月の創刊号に載せようとしたはずがないだろう。しかし、同誌の編集陣が当該論文は物議を醸しやすいと想定して、掲載の時期について検討したことは確かであろう。本稿ではとりあえず小島説を前提にする。

（3）青木正児を明治以降の最初の「訓読」反対論者と誤認する見方もあるが、実は、重野の方こそが先駆者だった。たとえば、門脇廣文が（「学界展望（文学）」、『日本中国学会報』第五七集、三三七頁、二〇〇五年）において、「一九九七年に松浦友久氏は「「訓読古典学」と「音韻古典学」—その意義と相補性について—」（『新しい漢文教育』第二十五号、全国漢文教育学会）という文章を書いた。青木正児が「漢文直読の勧め」を書いて、明治以降、最初に「訓読」に反対したのが一九二一年であり、松浦氏の提案はそれから七十六年も経っている。さらに、青木正児のあと倉石武四郎が「漢文訓読塩鮭論」を展開したのが一九四一年で、それらでもすでに五十六年の年月が流れている。にもかかわらず、一九九七年の時点でなおも「漢文訓読法」か「中国語直読法」かということを問題にしなければならなかったのである。現在から十年も前のことではない。いかにこの問題が根の深いものであったかを物語っている」と、問題の流れと現在の状況を手際よく掴んでいるが、しかし、重野については触れていない。重野の略歴と思想について、陶徳民「重野安繹の中国観—明治二二年の支那視察案をめぐって—」（『立教法学』四二号、一九九五年）参照。

（4）『増訂重野博士史学論文集』下巻（名著普及会、一九八九年）、三四九—三五〇頁。

（5）重野の主張は決して孤立的なものではない。彼も参加した興亜会の役員草野時福が『朝野新聞』に「支那語学の要用なるを論ず」を発表し、「若シ支那ノ我国ニ一大関係アルヲ審ニセバ、今日支那語学ノ要用ナル由縁ヲ通解スルニ難タカラザルベシ。彼レヲ知リ彼レニ交ラント欲シ、却テ彼レガ国語ヲ学バザルハ、是レ楫無クシテ舟ヲ行リ路無クシテ車ヲ押スガ如シ。（中略）世人ニシテ若シ亜細亜連衡ノ要用ナルヲ感ゼバ、宜シク支那ノ国勢ヲ知ラザル可カラズ、支那ノ国勢ヲ知ラント欲セバ、先ヅ支那語学ノ門ヨリ入ラザル可カラズ。支那ノ語学ハ豈ニ一日モ之ヲ等閑ニ附ス可キモノナランヤ」

と論じた。芝原拓自他編『対外観』（岩波書店、一九八八年）、二七三頁。

（6）『日本の英学一〇〇年・明治篇』（研究社出版、一九六八年）、三四七頁。

（7）六角恒広『近代日本の中国語教育』（播磨書房、一九六一年）、二一九―二二二頁。

（8）De-min, Tao, “Shigeno Yasutsugu as an Advocate of Practical Sinology in Meiji Japan”（E. Hardacre 他編 *New Directions in the Study of Meiji Japan*（E. J. Brill Publishers, 1997）所収。陶徳民『日本漢学思想史論考』（関西大学出版部、一九九九年）にも収録。

（9）陶徳民「「清板二弁」を祝う泊園の賀宴―幕末における徂徠学の動向―」（『関西大学東西学術研究所創立五十周年記念論文集』所収、二〇〇一年）参照。

（10）同注（4）、三四八頁。

（11）同注（4）、三五一頁。

（12）もっとも、重野は周囲の動向を知らないわけではなかった。同講演で、彼は「聞く駐清公使館に少壮の人数輩ありて、彼国の読法及官話の学習せりと。又文部省語学校には、現に漢語の一科を設けたり。此等みな其端緒を聞きしものなれば、仰望らくは、之を拡充して全国の漢学規則を創定し、先哲の論意を践行し、以て中朝文学の盛時に復せん事を。其変則教科は、併て鄙見あり。将に別に論述する所あらんとす」と述べている。要するに、彼はこれらの臨時応急措置を遥かに超えた、「専門漢学者」を養成するための全国範囲の学科制度というスケールの大きいものを構想していたのである。

（13）陶徳民「明治漢学者の多元主義的文明観―中村敬宇・重野安繹の場合―」（藤田正勝他編『東アジアと哲学　』所収、ナカニシヤ出版、二〇〇三年）参照。

（14）同注（4）、三四五頁、三五二頁。

（15）青木「漢文直読論」、『青木正児全集』第二巻（春秋社、一九七〇年）、三三四頁。

（16）同注（1）、七二頁。

（17）同注（1）、一八九頁。

（18）同注（1）、八八―八九頁。

（19）同注（15）、三三八―三四〇頁。

(20) 同注(15)、三四一頁。
(21) 青木は、一九二〇年代の二回目の中国旅行に触れて次のように述べたことがある。「一人旅でしたけれども、上海の近くを回るときには支那人の通訳を頼んで連れて行きました。友だちの家の番頭のようなものですが、この人について回ってもらったんです。話ができるので、わりあい楽でした。私は語学が不得意で、しゃべることができぬから非常に不便なんですが」と。一九六四年七月十四日に開催された座談会「学問の思い出―青木正兒博士―」(東方学会『東方学回想』Ⅲ(刀水書房、二〇〇〇年)、一七〇頁)。
(22) 同注(1)、三八―三九頁。
(23) 同注(1)、四四―四五頁。
(24) 同注(1)、四八頁。
(25) 「漢学宜しく正則一科を設け秀才を選み清国に留学せしむべき議」、『増訂重野博士史学論文集』下巻(名著普及会、一九八九年)、三五三頁。
(26) 同注(25)、三五四頁。
(27) 副田義也『教育勅語の社会史―ナショナリズムの創出と挫折』(有信堂、一九九七年)、二五七―二六四頁。
(28) 内藤湖南『新支那論』第六章「支那の文化問題―新人の改革論の無価値―」、『内藤湖南全集』第五巻、五四〇―五四一頁。
(29) 青木は前記一九六四年の座談会で内藤との関係について聞かれたとき、「内藤先生とは、関係というほどのものはありません。ただ、卒業してから、書画が好きなので、そういう話を聞きに行ったり、また人が支那の絵を持ってきて内藤先生に見てもらってくれというので、その仲介をして先生のところへ持っていったりしました。大体、書画の話でしたな。ただ、内藤先生の絵に対する考え方と私の考えと非常に違うものだから、あまり深く立ち入って先生の説を伺ったりはしなかった」と述べ、両者は気が合わないところもあったことを認めた(東方学会『東方学回想』Ⅲ、一七二頁)。
(30) 小川環樹「自由不羈の精神」、『青木正児全集』第二巻、六〇五頁。吉川幸次郎は、青木「博士の性格は、往々にして狷介と評せられ、不羈とも見えた。狷介は学問においては読書の経験による実証の尊重となり、不羈は、安易な伝統的見解に甘んぜず、自らの熟慮による批判、すなわち独創となった。博士のきらうものは、従来の漢学者風の非実証的な見解、非論理的な表現であった。もっとも憎むのは、道学と、道学的文学観であった」と好意的に評したことがある（吉川「青木正児博士業績大要」、東方学会『東方学回想』Ⅲ、一八一頁）。一方、青木自身は、明治末期の京大で狩野先生についた学生に、自分のような高等学校出身者よりも「国漢の免許を持っている」高等師範出身者が多かったことに触れて、「高等学校から行ったものは横着というか、高等師範のように卑屈でない。高等師範は大体卑屈です。師範学校から高等師範に行ったものは、もうひとつ卑屈です。卑屈な教育だけ受けてきている。先生のところへ行っても先生の気にいらぬことは言わぬ」と述べたことがあり、その性格の一面が窺えるのである（東方学会『東方学回想』Ⅲ、一七八頁）。

(31)　斯文会編『日本漢学年表』（大修館書店、一九七七年）。

(32)　長志珠絵『近代日本と国語ナショナリズム』（吉川弘文館、一九九八年）第三章第三節「漢文科廃止問題」を参照。

(33)　同注（15）、三三四頁。『訳文筌蹄』における徂徠の宣言について「それは今日から見れば珍とするに足らぬ当然の論だ、併しかの時代に在っては実に天馬空を行くものであった。さうだ、今では平凡な説だ、併し爾来二百年、未だ其の実現を見ないは何と云ふ奇怪だらう。人は支那を保守的の国だと評価する、そして我国は如何だ。いや決して我国全部とは云はぬ、所謂漢学に育てられた人々の頭は如何だ。波に残された磯辺の章魚坊主のような惨めさは、笑止と云はうより寧ろ滑稽ではあるまいか。僕は曩に文学革命を序し、長広舌を振って支那国民の保守的で無い一面を紹介した。そして振顧みて我が章魚坊主を見る時に、其処に腹の底を探られるやうなアイロニーが成立つ。馬鹿な！汝時は沖の鴎に問へと云ふのか」と。この一節のもたらした意外な反応について、青木は次のような重要な証言を残している。「「漢文直読論」を書いて、内藤先生から叱られたんです。（文章の）「あとの方はいいが、初めのところがいかぬじゃないか」。何かと思えば、「いまの漢学者はおくれている。あんな読み方をしておっては、波におくれたタコ坊主みたいなものだ」と書いてある。ひどくおこられました。別に先生のことを書いたわけではないが。「あんなことを書いたらいかぬ」と言ってね。何故あんなにおこられたかと、思って」と（東方学会『東方学回想』Ⅲ、一六九頁）。

(34)　林泰輔「国語漢文二科の提携に就て」、『漢文と中等教育』（斯文会、一九二一年三月）、五六頁。

(35)　上杉慎吉「漢文と国民精神」、同注（34）、四五頁。

(36)　塩谷温「漢文原形教授の価値」、同注（34）、六〇―六一頁。

(37)　『朝日人物事典』（朝日新聞社、一九九〇年）、一三三一頁。

(38) 春山作樹「中等教育と漢文科」、『斯文』第四編第二号（一九二二年四月）、五八―五九頁。

(39) 青木は「漢文直読論」において、「吾々は古来伝え来った漢音若くは呉音によって支那古文を読むとも差支は無い筈だ。只支那音に比して遜色あるは、四声の別が明らかに発音出来ない点だ。（中略）此欠点を除いては在来の漢音呉音による音読法も、かつがつ支那音読に近き効果を収めることが出来るかも知れぬ。且つ国語との連絡を取る為には漢音を主として呉音を併用すれば却て利益があろう」と指摘した。同注（15）、三四一頁。

(40) 塩谷温「現代教育と漢文」、『斯文』第五編第四号（一九二三年八月）、三四―三五頁。

(41) 「旧教育から受けた漢籍の理解が伴って、わたくしは、西洋文学に転向することができずに、結局、支那文学を専攻した。さうして三年間、古い訓練と新しい欲望とに挟まれて、表面は、忠実なる学生として大学を卒業したが、卒業とともに、支那に短い旅行を試みて、その紀行をある雑誌に発表したついでに、改革の志を述べたのは、今にして思へば幼稚なものであるにせよ、わたくしに取っては一つの記念である」と。同注（1）、一九〇頁。

(42) 戸川芳郎「はじめに」、倉石武四郎講義『本邦における支那学の発達』（汲古書院、二〇〇七年、Ⅲ―Ⅳ）参照。

(43) 倉石の回想によれば、春山発言は「筋としては少しおかしいのですけれども、主旨は棒読みにしろということなのです。中国語でなくても、漢字ででもいいから直読せよ、ということです。しかしこれではだめだと思いました。あとで市村〔瓚次郎〕先生にお目にかかったとき、「この間の春山さんの話どうだった」といわれた。あれじゃだめだと思いますと答えたのですが、その場では「意見をいわないようにといわれていたものですから」といいましたら、すると先生「なんだ箝口令でもはめられているのか」といってわらわれた。意見をいわないようにというのは塩谷先生が心配されたのです。私の考えかたは先生方よく知っていられたものですから」と。（東方学会『東方学回想』Ⅳ、一七二頁）

(44) 倉石「戦前教育の一典型」、『思想』三二二号（岩波書店、一九五一年四月）、三五五―三五六頁。倉石は、東大学生の時に「服部先生の講義はずっと聞きました。理路整然たる講義でした」。「絶大な権威をもっていた人です。私なんか東京を去ってから、東京へは行かないことにしていたのですけど、『雪橋詩話』の楊雪橋が日本に見えたときに、東京にいかれるというので、一応そのお供をせざるをえなくなってしまったのです。それは私が東京を去ってから初めての上京でした。そのとき、東京側の歓迎は服部先生の指図でやることになりました。そこで皆さんが集ってこられますと、服部先生は、一人一人にむかってあなたはそこへ、あなたはここへと名指しで坐わせられるんです、そのとき久しぶりでそういう光景を見ました。京都でそんなことはしない。全然空気が違いました」と回顧したことがある（東方学会『東方学回想』Ⅳ、一七四頁）。

(45) 戸川が指摘したように、倉石の移籍は狩野の「支那かぶれ」の姿勢に深く共鳴したことの顕われでもあった。それは、すなわち「停滞中国を近代化の欠如態として軽侮するのではなく、それ自体のもつ意味を評価しようと企てたその中国理解の方法」に対する共感であった。同注（42）、Ⅳ頁。

(46) 同注（1）、四一頁、四四頁、五〇頁。塩谷の学風と思想について、その弟子たちが次のような印象をもっていた。『元曲選』訳注作業は、「先生のやり方は幸田露伴・平岡竜のような漢文訓読方式で進めてゆき、白話の部分にも訓読をつけられたのです」、「それから詩吟の方は、（中略）昌平黌に伝わった儒者流吟と申しますか独特なもので、現在の詩吟とは違います」、「先生は歴史の中の王朝の交代のときの、去り行く王朝に殉じた人たちに対して非常に情熱的であって、例えば白虎隊とか、それから楠公とか。天津租界におられた清朝末裔の溥儀さんへも礼を尽された。時代の変革期に遭遇してしまった公達といいますか、そういう方々に対する気持ちは特別なものであられた。（学生の）徳川（慶光）さんに対しても「私のうちは幕臣であります」と言われ、幕臣の子孫が将軍の子孫に対するというようになさいました。それでもう一つ、先生の貰い方に対する礼儀作法の形というものがありまして、あるとき、今の常陸宮殿下がまだほんの小学生ぐらいのころに、村井長正君の手引きでお目にかかるチャンスがあった。私がお供をして、殿下のお部屋へ入っていったわけです。そうすると、先生は床に膝をつけて、膝行されるんですね。そして、殿下の手をとって、頂かれるんです。殿下はそういう作法におなれにならないから、立ったままニヤニヤ笑っていらっしゃるんです。私もそういう古典的な作法に対してはなれないものですから、座りもならず立ちもならずというふうであったことがございます」と。一九八五年一二月一二日に開催された座談会「先学を語る—塩谷温博士」（東方学会『東方学回想』Ⅱ、一四四頁、一五五頁、一五二頁）。

(47) 同注（44）、三五七頁、三五三頁。

(48) 丸山真男「荻生徂徠の贈位問題」、『近代日本の国家と思想』三省堂、一九七九年、一〇九頁、一三四頁。同論文は、徂徠が大正天皇と昭和天皇の即位大礼時の「特旨贈位」に漏れた経緯を考察し、一九一五年一一月新聞紙上における政治家犬養毅と大学教授三上参次の公開論戦を詳細に紹介した。

(49) 吉川幸次郎「民族主義者としての徂徠」、同『仁斎・徂徠・宣長』（岩波書店、一九七五年）所収、二〇二頁。

（50）同注（34）、『漢文と中等教育』。特集の最後にある「中学校教授要目修正案」では、「漢文講読」科目は「国文講読」科目と同じように講読材料の選択標準を「我ガ国体ノ精華及民族ノ美風ヲ記シ、国民性ヲ発揮セシムルニ足ルモノ。健全ナル東洋思想ヲ述べ、道徳的観念ヲ涵養スルニ足ルモノ。忠良賢哲ノ言行ヲ叙シ、修養ニ資スベキモノ」とし、両者の違いがただ前者は「東洋文化ノ淵源ト現代支那ノ情勢トヲ理解セシムルニ足ルモノ。文学的趣味ニ富ミ心情ヲ高雅ナラシムルニ足ルモノ。剛健質実ノ気象ヲ鍛錬シ、文章ノ模範トスルニ足ルモノ。円満ナル常識ヲ養成スルニ足ルモノ等タルモノ」であるのに対し、後者は「東洋文化ノ淵源ト現代文化ノ趨向ヲ明ニスルニ足ルモノ。文学的趣味ニ富ミ心情ヲ高雅ナラシムルニ足ルモノ。又ハ日常ノ生活ニ裨益シ、常識ヲ養成スルニ足ルモノ等タルモノ」であるとされている。

（51）青木正児「志那かぶれ」、『青木正児全集』第七巻、春秋社、一九七〇年、四三頁。

第二部　文章選録と人物評価をめぐる切磋琢磨

第四章　天保期の藤澤東畡から見た銭泳編『海外新書』
―荻生徂徠と大塩中斎の評価問題をめぐって―

天保十一年四月一日（一八四〇年五月二日）、大坂の泊園塾で一つの特別行事が行われた。五日前に泊園に到来したばかりの「清板二辨」という貴重書（一八三六年清朝の銭泳と鄭照が『海外新書』の第一輯として編集出版した荻生徂徠の『辨道』『辨名』）を祝うためであった。最初の徂徠への奉告祭は厳かな雰囲気のなかで進められていたが、その次の賀宴は塾主藤澤東畡をはじめ社中一同の歓喜雀躍により、一種の楽しい「混乱」状態に陥った。

東畡の「清板二辨記」によれば、

天保庚子三月念六日。崎港高島氏書至。寄以清人銭泳所編海外新書。曰商舶始載是一部来。（中略）独斯新梓。六十六州未有一人蔵之。而吾先収其上第。可藉為社中重。乃匣襲以伝焉。披之則徂徠先生辨道辨名也。蓋銭欲広梓海外之書。而二辨先成。総百四十八紙。脱搨未装。分為五畳。道在其一。名居其四。有小序。有小伝。皆銭之筆。其序曰。以経証経。折衷孔子。其伝称日本国徂徠先生。信服尊崇。篤且至矣。社中諸生大喜。遂薦之先生之霊。日用四月朔。偶中先生晩謁大府之日。若有使之者然。是日。壁挂先生肖像。像前設案。案上陳畳紙。更進拝之。既而開宴。曰。千古一時。今日不飲。何日当飲。觴頻飛。樽屢倒。呼愉叫快。喧々嗷々(1)。

すなわち「乾杯、乾杯」と觴を挙げて歓声が連発されるなかで、樽が何回も倒れてしまったという泊園史上稀有な光景であった。

この一件について、藤塚鄰がかつて次のように紹介している。

（清朝には徂徠の）論語徴の外に、輸入されたものは、大学解・中庸解・辨道・辨名・蘐園随筆・徂徠集など少なくないが、之等の書も相当に紹介され利用されて居る。殊に辨道・辨名の二書は、道光十六年に銭泳が編次し、自序と、「日本国徂徠先生小伝」とを附し、海外新書と銘を打って出版されてある。藤澤東畡は早くも之を手に入れ、狂喜して門人を集め、壁間に徂徠の肖像を挂け、像前の案上に此の書を陳して徂徠の霊を祭り、終はって盛大な賀宴を開き、其の顛末を書して栄観録と名づけ、又原徳斎は、其の著先哲像伝中の徂徠の條に、銭泳の序と徂徠の小伝とを転載して読者の眼を鮮かならしめて居る。此の如きは、日清文化交渉史の上に、一異彩を放つものとして記憶さるべきであらう。(2)

『海外新書』巻之一は「海外新書小序」、『欽定四庫全書簡明目録』經部六・孝経類目、「孝経開宗名義章」（「古文孝経和歌」で一条兼良十三回忌追善和歌中の十一首の仮名散らし書きの模刻）、『孝経』（孝経大義本、林羅山五十年忌の際に大学頭林鳳岡が跋文を付している）「日本國徂徠先生小傳」および『辨道』などを、巻之二から巻之五までの四巻は『辨名』を収録している。東畡の入手した未装本（『東畡先生文集』所収の「清板二辨記」による。以下「未装本」と略記）と京都大学人文科学研究所蔵刊本（以下「刊本」と略記）を比較研究した水田紀久氏によれば、両者の違いは、前者は「百四十八紙」、後者は「一五〇《ママ》丁」、しかも定本となった後者の「海外新書小序」は前者のそれに修正を加えたものであるとのことである。後述するように、叢書の性格を有する『海外新書』は第二輯以降の内容構成もある程度企画されたが、結局続刊はされなかった。にもかかわらず、この第一輯の日本舶来の意義は「本邦典籍の逆輸入であり、しかもその所収内容は、東畡がいみじくも言及しているように、本邦伝来書や本邦人校勘書でなく、正真正銘、邦人の述作になる儒書という点にある」という[3]。

確かに、日本人儒者の論著が儒教の祖国で珍重されたことは民族的自尊心の高揚に資する逸話である。しかし、その当時の日清両国の国内事情や銭泳・東畡の思想傾向という複雑な背景を考えないと、この一件の真の意味を完全には理解できないだろう。筆者もすでに一五年前にこの一件について考察したことがあるが、ここでは、『東畡先生文集』および銭泳『履園叢話』などの文献に対する精査を通じて、この一件の意味合いをさらに掘り下げて考えてみたいと思う[4]。

（一）　徂徠学者東畡にとっての「清板ニ辨」の意味

藤澤東畡（一七九四―一八六四）は讃岐高松藩の人で、豪農出身である。名は甫、字は元発、昌蔵と称し、泊園・東畡などはその号である。少年時代から郷里の徂徠学者中山城山に師事し、二十五歳から三年間ほど長崎遊学をした。以降、郷里そして大坂で泊園塾を開設し、優れた学問で五十歳時に苗字帯刀を許され、五八歳時に中士に列し、在坂のまま高松藩の藩儒を務めた。尼崎藩主の賓師でもあった。著述に『泊園家言』（南岳編纂）、文集、詩集などがある。

『海外新書』の未装本（以下東畡の言葉になる「清板二辨」を称す）を入手した一八四〇年、東畡は四七歳であった。すでに尼崎藩主の賓師に招かれていたかどうか不明であるが、本籍の高松藩から苗字帯刀を許されたのは三年後のことであった。

① 寛政「異学の禁」以降の徂徠学者の不遇に対する東畡の不満

そもそも東畡の生まれた寛政期から、徂徠学は「異学の禁」によりかつて学界で有した大きい影響を失い、衰運を辿り始めた。このような冷たい現実は東畡の著述にしばしば反映されている。

たとえば、「清板二辨」入手の五年前、師事した城山先生が亡くなった時、東畡は「先師中山城山先生行状」においいて次のように述べている。

> 先師諱鷹。字伯鷹。称塵。中山其姓。城山其号。東讃香川郡横堰里人。父祖農而兼医。先師少従東園藤川先生。受方技。先生旁誨以蘐園復古之業。蓋東園学之于甘谷菅先生。甘谷実物門之徒。先師謂闕里真面目在焉。好之愈厚。資之愈深。有所大得。譲世産於弟元義。別自成家。医而兼儒。後遂至本支易業矣。（中略）蘐園之業。与時不相容。或勧改之。先師曰。身猶可屈。道不可屈。其志確乎。(5)

すなわち城山先生は家産を弟に譲ってまで学問の研鑽に打ち込み、荻生徂徠―菅甘谷―藤川東園という伝統をよく受け継いだ。しかし、その学問が徂徠学であったために、「時と相容れず」、改めた方がよいと人から勧められた。しかし、城山先生は不屈な姿勢で自分の択んだ道を貫いた。

いうまでもなく、最愛の先生が清貧な一生を過さざるをえなかったという現実について、東畡は敬意を払うと同時に、不満を強く感じた。彼は古学中興の大任を担当することで励ましてくれたある老先生への返事のなかで城山先生のことに触れながら次のように述べている。

独近世修蘐園之学者。不可以致誉也。不可以干禄也。復古之衰極矣。然抛誉与禄而修之者。真嗜之也。真嗜之者。海内幾何。(6)

つまり「異学の禁」以降、徂徠学を修めるものは名声も得られず、俸禄にもなれない。今や、名誉と利益を考えずにもっぱら徂徠学の趣旨に共鳴しこれを修めるものはごく僅かだ、という。

一方、時勢の影響で弟子のなかに朱子学に改宗したものも出た。妹尾君恭という才学ある弟子が泊園を出てから、東畡の孟子観を容赦なく批判し、しかもわざわざ人に頼んでその批判的小冊子を寄せてきた。このことは東畡に相当のショックを与えたようである。

妹尾氏への手紙のなかで、東畡は次のように答えた。

或伝君恭近変旧見。而未忘古学二字。然今之所辨。斤斤回護程朱諸公之言。似専奉宋学者。抑君恭再変歟。苟有所見。変可也。不変可也。再変。三変。亦各従其所好。不必呶呶争異同。独至追時取勢。自欺革面者。非甫之所知也。未審君恭以為然乎否。(7)

すなわち本当に独自の学問的見解を持っていればどんな立場を取っても構わないが、ただ単に時勢に迎合するために古学を捨てて宋学に転向するのは卑劣としか言えない行為である、と。

しかし、上述したような逆境のなかで東畡は徂徠学に対する深い信念を一刻も動揺させたことがなく、まさに「闕里文章衆説遷。吾曹所守有師伝。如今豈為非誉動。一片丹心七十年。」という最晩年に書かれた漢詩の通りである。[8]その態度には、荻生徂徠—菅甘谷—藤川東園—中山城山という優れた学統を守っている自負もあり、徂徠の学説の正しさに対する信念もあった。後者に関しては、その「徂徠物先生賛」にもっとも鮮明に顕れ、一種の徂徠信仰となっているとも言える。

聖人之道。降為儒乎。先生出而道始道矣。儒者之教。変為禅乎。先生出而教始教矣。宇猶宙也。万里邈兮。先生合而罩之。宙猶宇也。千歳邈兮。先生貫而操之。嚮焉者。背焉者。皆浴厥膏。誉焉者。毀焉者。孰窺厥奥。[9]

ここでは、徂徠は道学と儒教の守護神で空間と時間の主宰者であり、その恩恵は彼の賛成者と反対者のいずれにも及び、その奥深さは彼の賛美者も批判者も分からないと謳われている。これによって、東畡においては徂徠学の持っている正当性とその直面している危機的現状との間に大きなギャップが存在していたことが分かるのである。

しかし、「清板二辨」を入手するほぼ半年前、徂徠の高弟服部南郭の玄孫、服部元済がその父祖に続いて正式に尼崎藩の藩儒に招かれた。[10]東畡は表敬訪問をしようとしたところ、服部氏が先に東畡の自宅を訪ねて来た。その直後に書いた「贈服叔知序」は、おそらく当時の東畡の思想状況を理解する上で一番重要な文献になるだろう。そこでは、東畡は服部氏の就職について喜びを示すと同時に、衰運にある徂徠学の現状にも触れている。

余夙与聞蘐園復古之業。蓋徠翁乗奎運而起。一掃末学空言之習。以掲三代之旧。経術辞藻。啓牖後生。其績卓絶乎古今矣。爾来百有余年。風移気換。而其学陵遅。或有沼余流者。王公棄而不延焉。人士避而不近焉。是以往往見利革面。方今之世。三公不易。窮而不濫者。僅僅不堪僂指。余常慨于此。[11]

これによって見れば、徂徠死後の百年の間、学界気風の変化が相当激しく、「古今に卓越する」徂徠学の流れを汲むものが、今や「王公」（公卿や藩主など貴人）の「賓師」に雇われにくくなっているばかりか、一般の士人に付き合ってさえもらえないという難しい状況に置かれているようである。このような状況を作り出した「寛政異学の禁」について、東畡は次のような異議を申し立てている。

或曰。大府学規主宋説。蘐園之教違之矣。吁奚必然。但其不従宋説。則蘐園之所以為復古也。而来翁屡受大府命。以校文。以談政。執謁殿上。拝金帛賜。其所著有官刻而行者。来翁豈違大府乎哉。且所謂学規始羅山林子乎。余嘗聞之。列祖之挙林子。非必取宋説矣。嘉不靡時風而従其所好也。由此観之。今之殉于古学。而不凋歳寒者。適足当此焉耳。[12]

すなわち徳川幕府が朱子学（宋学）を官学として採用し、徂徠学（古学）がこれに反しているというのは誤解であって、そうだとすれば、八代将軍吉宗は荻生徂徠に対して校書の任務を課したり、政策諮問を行ったり、また謁見や褒賞を与えたり、官板でその校正した書物を刊行したりしたわけはなかっただろう。しかも聞くところでは、林羅山が江戸初期に登用されたのは、その学問が朱子学であったためではなく、その時勢に迎合しないという独立不羈の学風を賞賛したためであった。そうだとすれば、時流に乗らない今日の徂徠学者こそ、当時の林羅山の学風と精神の継承者である、と。

「贈服叔知序」では、東畡は尼崎藩を例に次のような政治的理想を披瀝している。

藩侯不易得之君。叔知不易得之士。而二者相得。復古之学。庶幾其興乎。雖然道者聖人之道。吾不敢私于蘐園。豈敢阿于服家乎。（中略）而皇邦建櫜以来。純徳不已。世仁浹洽。四海之内。二百六十有余藩。各土其土而民其民。皥皥乎三代之英。被之以三代之学。可直道而行也。吾大八洲。観光于異域者。不在玆乎。是余所望也。(13)

つまり尼崎藩主は得難い主君、服部氏は得難い学者で、二人のコンビにより徂徠学は中興するだろう。日本は建国以来政治が清明で、今の列藩体制は「三代の学」を直に実践することができる最良の体制であり、儒教の本家である中国（「異域」）のそれよりも優れている。これによっても分かるように、全国の二百六十余りの藩がみな尼崎藩のように徂徠学を採用し、夏・商・周三代という古代中国の黄金時代を再現させるというのが東畡の政治理想であった。

②「清板二辨」入手の経緯と東畡の奉告祭の意義

東畡の「清板二辨」入手は前述のように、「崎港高島氏」すなわち当時は長崎会所調役頭取を務めていた高島秋帆（一七九八―一八六六）の好意と配慮によるものであり、これを受けた東畡は深い感動を覚えた。なぜならば、秋帆との親交はほぼ二十年前の東畡の長崎遊学時代に始まったものであり、秋帆からのこの贈り物を長い友情の賜と有り難く考えていたからである。後に、阿波在住の高橋赤水（一七六九―一八四八）という二十五歳も年上の老先生から「清板二辨」のことについて問い合わせの手紙が来た時、東畡は返事のなかで入手当時の自分の心境を次のように打ち明けている。

先師則讃逸士中山城山也。先生亦必有所記。嗚呼城山没于五年前。不及聞清版之至。甫殊憾之。今誦先生之書。加聞先師之言。注想不堪。得不傾倒以罄乎。蓋甫少育於城山帳下。与聞蘐園復古之業。信而守之。性愚才鈍。不能進焉。物先生以崎陽之学為最上乗。其語粘著膓間。憤激不已。遂西游于崎。学所謂唐音者。時既過。舌既強。不得有成。徒費周歳之日。時主其市老高島氏。即貽我清版二辨者也。今而顧之。縁西游而得斯本。縁斯本而得同嗜之人。往昔之費。不啻償之已。(14)

すなわち、五年前に亡くなった城山先生が「清板二辨」を知るに及ばなかったことについて非常に遺憾に思っている。城山先生の弟子として徂徠学を勉強していた自分は、徂徠の提唱する「崎陽之学」を実践するために、郷里の讃岐から長崎遊学に出かけ、高島秋帆の自宅に寄寓しながら秋帆の家庭教師を務めた。しかし、当時の年齢がすでに二十代の半ばに入っていたため、多くの時間と金銭を費やしたにもかかわらず、唐音・唐話に関する語学学習に顕著な効果をあげられなかった。その損失は、しかし、いま秋帆との縁で「清板二辨」という奇書を得たことや「清板二辨」の縁で赤水という同志を得たことで補われた、という。

同じ手紙で東畡は次のような「内緒話」もしている。

窃意物先生卓絶之識。直得闕里端門。古今儒林。未見其比也。是特難与外人言矣。若其居此邦。言西土之学。而使西人斂衿欽之。則　皇朝文明之祥。苟読書者。不可不抃舞相慶也。何必問学術之同否。[15]

つまり徂徠の学識は孔子から直接得ているので、「古今の儒林」に卓越し、比べられる人物はいまだ一人もいない。日本人として中国の学問を論じ、中国人に感服させたということは、まさに日本文明の好運で、学術学派の異同にかかわらず読書人さえであればみなこれを祝うべきであろう。

そして、「清板二辨記」においては、徂徠と遣唐使時代の秀才たちとの比較が行われている。

抑自晁備諸公。而耀文於異域尚矣。然猶我求于彼。先生則至使彼求於我。是実　皇邦栄観。豈吾輩所得私乎。[16]

すなわち阿部仲麻呂（漢名は晁衡）や吉備真備などは優れた文才をもって中国で評価されてはいるが、あくまで中国に学問を求めていた「学生」であって、徂徠の学問が現在の中国人学者によって求められていることとは全然違う事柄である。徂徠こそが日本の「栄観」を作り出した未曾有の人物である。

この「清板二辨記」よりもっとリアルに東畡の期待を伝えているのは、上述の天保十一年四月一日の奉告祭で用いられた次のような「告徂徠物夫子霊文」である。

二書者精神之所存。今而至於此。夫子有知之否。其小伝称日本国徂徠先生。是豈徒然乎哉。其小序曰。以経証経。折衷孔子。是豈徒然乎哉。銭亦彼中一老成。門下之士必済済。継而和之。推而拡之。庶幾遍于禹服之地。夫子之学。得之於彼之古。没後百有余年。又伝之於彼之今。天乎。神乎。世遇乎。尚饗。(17)

ここでは次のような予測が示されている。すなわち徂徠精神の結晶である「二辨」が今の中国で重視されているのは決して偶然なことではない。これを「海外新書」として世に送り出した銭泳は「老成」なる学者であるため、その門下生もきっと多数いるはずである。銭泳やその門下生の努力で、徂徠学の影響はいずれ中国全土に行き渡るだろう。

事実上、この祭文を用いた奉告祭および賀宴が四月一日に行われたことは偶然でありながら（五日前に「清板二辨」を入手したばかりなので、太陰暦に従い朔・望を重視する当時の習慣では、これよりもっと早い日取りは不可能であった）、たいへん有意義なことになったのであった。冒頭でも触れたように、東畡は「清板二辨記」で次のように記している。

日用四月朔。偶中先生晩謁大府之日。若有使之者然。(18)

つまり百十三年前の享保十二年（一七二七年）四月一日、徂徠は江戸城で将軍吉宗に拝謁した。陪臣徂徠に対するこのような異例な「御目見」機会の供与は、種々の「隠密御用」、とりわけその『政談』作成の労をねぎらうためであった。当日の徂徠宅も賀客が雑踏していたという。(19)この徂徠学派の栄光の日をよく覚えている東畡は、己の行事も期せずして同じ日に行われたことをいささか不思議なようにも感じた。したがって、「雪中得炭」とでも形容できる「清板二辨」の落手がもたらした感激も格別に大きかったので、それが彼らをあれほどの狂喜状態に陥れたのであったろう。

（二）　銭泳の人生観・学問観と日本文化愛好

銭泳（一七五九―一八四四）は、江蘇省金匱（今の無錫）の人、字は立群、号は臺僊、梅谿（梅溪）、梅花渓居士など。文化文政年間、とくに天保期以降の日本文人の中で比較的に知られていた清朝の人物である。水田紀久氏の研究で明らかになったように、『海外新書』が刊行された二年前の天保五年（一八三四）、大阪の篠崎小竹（一七八一―一八五一）が、長崎の水野媚川より銭泳の詩集を贈られて、著者がなお健在であることを知り、その博学文雅の風を慕った次の七律一首を書いた。

寄清人錢梅溪

梅溪避世臥衡門。齒德人瞻兼達尊。曾伴尚書遊樂圃。更尋太史醉隨園。

筆傳家祖射潮力。詩返湘靈鼓瑟魂。為啥吟情同臭味。跂身西望立黃昏。

畢秋帆尚書　袁隨園太史　皆其所周旋　余家世稱梅花書屋　結故及之(20)

最後の注記にもあるように、詩中の「尚書」は畢沅（字は秋帆）を、「太史」は袁枚（号は隨園）を指し、いずれも銭泳が交遊したことのある名高い文人官僚であった。銭泳は自ら梅花谿居士と号し、また己の詩集に『梅花渓詩草』というタイトルを付けていたため、小竹は特別な親近感をもった。なぜならば、大坂生まれの小竹は九歳で篠崎三島の私塾梅花社に入り、のちに養子として塾を継いで多くの門弟を育てたからである。従って、書家でもあり詩人でもある銭泳に、この詩作で衷情を伝えようとしていたのである。

① 銭泳の人生観と学問観

『梅花渓詩草』に自伝的な性格を有する詩作がいくつかあるが、その一つは銭泳の一生を簡潔に描いている。

五齡初就塾。有姊授我詩。朗朗引上口。垂帷侶嚴師。吾父顧而喜。乃自教誨之。
如種松與竹。青雲以相期。十二學為文。十三能賦棊。十七始負米。自此常奔馳。
一藝干諸侯。彷彿生狂癡。鹿鹿塵網中。歸來鬢如絲。今我買田宅。乃在虞山陲。
我又課子孫。猶能日孜孜。所冀耕且讀。賢愚非所知[21]。

すなわち少年時代の銭泳はもっぱら姉と父に詩文を教えられたが、十七歳の時、郷里から呉門（今の蘇州）に出かけて、八十歳の金祖静（別号は安安、貴州按察使を務めたことのある名高い書家）に師事した。宿題の作詩中に「寄人籬下非長策　喜帯新霜入画堂」（人に頼ることは長く続かないはずで、喜んで新風を書画界に吹き込もう）という句があることで金氏の激賞を博し、「将来必ずや能く自立する者」と見込まれた。また、金氏の「一官騙得頭全白」という、科挙制度などを利用して「富貴功名、聲色貨利」を漁ることに明け暮れし、一生を無駄にしてしまうことを痛烈に批判した名句に刺激され、清廉潔白で社会に有益な人間になることを目指した[22]。このような人生観は銭泳に、近世中国で読書人の正道とされる「読書做官」（読書為政）、すなわち科挙受験を通した出世街道を歩むことを断念させる決定的な意味をもった。

晩年の銭泳も、しばしば次のような「読書明理」説を語り、若者に対して利益よりも道理を重んじ、地位名声よりも人道実践を重んじるべきことを勧め、恥を知らず礼儀を顧みない獣にならないようにと警鐘を鳴らしていた。

吾人讀書第一要明理致用。第二為科第文章。此理既明雖不得科第可也。此理不明雖得科第不可也。若至食而不化、又復昏憒糊塗既無聰明灑脱之心。必有僻謬拘迂之見。即讀破萬巻亦何益哉。夫明理致用者。猶人之食用也。科第文章者。猶人之衣飾也。要美華食用要富足。從此立德立功以到希賢希聖地步。方可謂之讀書令人衣服飾纏備。便已目中無食用粗完。自謂天下莫若。至於不仁不知。無禮無義。名節廉恥罔有顧忌。而惟利是圖惟利是視。猶得謂之人乎。猶得謂之讀書人乎。則亦禽獸而已矣[23]。

壮年期の銭泳は二十年以上にわたり「楚・豫・浙・閩・齊・魯・燕・趙」（湖北・河南・浙江・福建・山東・河北・山西）など地方の名所旧跡を訪ね、歴代の金石や古帖を模写し、貴族、高官や富豪をパトロンとして、時には私財を投じてそれらを復刻し、晩年も断続的にそのような事業を続けていた。そうしたなかで知り合いになった有名な文人学者は、前述の畢秋帆と袁隨園のほか、翁文綱、孫星衍、章学誠、洪亮吉、包世臣などもいた。馬成芬氏の研究と統計によれば、乾隆五三年（一七八八）から道光八年（一八二八）までの四一年間、銭泳は計二五種類の集帖を模刻した。そのうち、日本に輸入されたのは、『経訓堂帖』十二巻、『詒晋斎帖』四巻、『詒晋斎帖巾箱帖』四巻、『攀雲閣帖十六巻』、『松雪斎帖』六巻、および『問経堂帖』四巻などの六種であり、そのうち嘉慶二〇年（一八一五）に刊行された『問経堂帖』は、幕末期に千八百八十三部も輸入され、集帖の輸入部数の最高値を記録しただけでなく、総数として江戸時代の長崎を経由して輸入された中国集帖の全体のほぼ半数を占め、隷書重視の風潮を促したという[24]。

晩年の銭泳は、己の主要な集帖づくりの経緯について次のように振り返ったことがある。

余生平無所嗜好、最喜閱古法帖、而又喜看古人墨蹟、見又佳札、輒為雙鉤入石、以存古人面目、亦如戴安道總角刻碑、似有來因也。乾隆五十三、四年間、始出門負米、初為畢秋帆尚書刻經訓堂帖十二卷、又自臨漢碑數種、刻攀雲閣帖二冊、便為海內風行。

（嘉慶）二十年乙亥、自刻寫經堂帖、起于鐘・王、終於松雪、凡八卷。是年秋八月、為韓城師禹門太守刻秦郵帖四卷、皆取蘇東坡・黃山谷・米元章・秦少游諸公書、而殿以松雪・華亭二家。時太守正攝篆秦郵。是年、蕭山施秋水少府曾以余所臨漢魏隸書大小數十種刻成四卷、曰問經堂帖[25]。

この中で、尚書畢秋帆・海州太守韓城師・蕭山少府施秋水などの役人にそれぞれ依頼されて作った經訓堂帖・秦郵帖・問經堂帖もあれば、自刻の攀雲閣帖・寫經堂帖もあった。いうまでもなく、このように古法帖・古墓石に熱中し、その復原と再現に全力投球したという書道振興の実践を通じて、銭泳は同時代の「漢学」と考証学に強く共感を覚え、次のように戴東原（戴震）や毛西河（毛奇齢）などの朱子批判、宋学批判を支持した。

六經孔孟之言、以覈四子書注皆不合、其言心・言理・言性・言道、皆與六經孔孟之言大異。六經言理在於物、而宋儒謂理具於心、謂性即理。六經言道即陰陽、而宋儒言陰陽非道。有理以生陰陽、乃謂之道。戴東原先生作原善三篇及孟子字義疏證諸書、專辯宋儒之失、亦不得已也。

蕭山毛西河善詆宋儒、人所共知。同時常熟又有劉光被者、亦最喜議論宋儒。嘗曰「朱晦庵性不近詩而強注詩、此毛詩集傳所以無用也。」又曰「一部春秋本明白顯暢、為胡安國弄得七曲八曲。」其言類如此。西河同鄉有韓太青者、著有說經二十卷、為西河作解紛。皆平允之論。[26]

このような学問観を有する銭泳が、古文辞学者荻生徂徠の『辨道』『辨名』を高く評価し、『海外新書』第一輯の収載書物に選んだことはいわば至極当然の判断だったと言えよう。

② 銭泳の日本文化愛好の由来と対日交流

注目すべきは、『問経堂帖』が刊行された翌年、すなわち一八一六年の夏、連雲港付近の鷹遊島に漂着した一隻の琉球船が東海海域の外国に対する銭泳の興味を引いたという事実である。すなわちその船主で「巡見官」でもある毛朝玉との筆談により、その高い漢文力に印象付けられただけでなく、古代中国の史籍に周辺国に関する不実の記載があり、また周辺国になおも生きている古代中国の言葉が六朝時代の詩人謝霊運の文言に対する近世中国人の理解に資することなどに気付いた。例えば、謝氏が「游赤石進帆海詩」において海蜇を「海月」と称することは、これを「水母」と呼ぶ近世中国人にとっては不可解であるが、「海月」と呼ぶ琉球人にとっては理解しやすいものである[27]。

そして、一八三三年に長崎旅行を果たした友人の沈蘋香が持ち帰った頼山陽（一七八〇―一八三二）の『日本楽府』（一八二九年刊　篠崎小竹序）を読んだ銭泳は、山陽の作詩の才能が「明史楽府」を詠じた明代の李東陽（一四四七―一五一六　字は賓之）および明末清初の尤侗（号は西堂）のそれよりも高いと賞賛した。そもそも、山陽の『日本楽府』は東陽の『擬古楽府』を手本として書かれた、安土桃山時代の日本史事を歌謡風に詠じた書物であるが、しかしなぜ、銭泳は次のように「青は藍より出でて藍より青し」という結論を下したのだろうか。

文教敷東國。洋洋播大風。傳來新樂府。實比李尤工。謂李賓之・尤西堂也。倶有明史樂府。
稽古聯珠璧。斟今考異同。天朝未曾有。還擬質羣公。

詩才真幼婦。史事表吾妻。吾妻。日本地名。有吾妻鏡一書。即日本之鑑也。其書又名東鑑。
日月無私照。風雲漸向西。雄文標玉管。彩筆敵金閨。聞說扶桑近。高攀未可躋[28]。

この五言律詩二首をよく読んでみれば、その言葉づかいに日本贔屓の傾向が強く印象づけられるに違いない。いわば、中国の文教が東国（日本）に伝播し、洋々たる景観を成している。古今の故事を検証・斟酌し、それらを歌謡風に詠じる。絶妙な辞藻をもって『吾妻鏡』における史実を表現する。このようなことは「天朝」たる中国にもない、日本という国は近いとされているが、その文化のレベルに近づけることは容易いことでない、と。いうまでもなく、中国文化に関するプライドも詩中に表現されているが、全体としては、「知日派」の立場から周辺国のことについて無知無学で唯我独尊と思い込んでいる「羣公」、すなわち学位や地位の高い人々に対して山陽の『日本楽府』という傑作への注目を喚起しようとした銭泳の意気込みを感じ取ることができる。

日本の漢詩文だけでなく、日本仏教の面白さに、銭泳も魅かれていたようである。もちろん、これは彼自身が年を取るにつれて、仏教への信仰がますます篤くなったこととも関係している。

嘉慶三年（一七九八）、五十歳になった銭泳は「唐六如居士像」を摹写したが、六如は明代の唐寅（一四七〇―一五二三　字は伯虎）という有名な画家、文学者の号であった。もともと、六如は夢・幻・泡・影・露・電という無常観を表す『金剛経』由来の語句であり、唐寅は三十歳の時に科挙に関わる試験問題漏洩事件に巻き込まれ投獄されたことや、四十五歳の時にその雇い主である明宗室寧王の下から、その謀反を察知し、精神障害を偽装して離脱したことなどにより、晩年には「六如居士」と自称した。銭泳は、おそらく右の「唐六如居士像」の摹写を通じて己の精神的拠り所を考えはじめたので、仏教や老荘思想で人生を見直す議論が次第に多くなった。例えば、次のように人生を劇場と見なし、読書を無益とし、伝統的な学芸を伝える人が必ず出てくるはずなので、もっと自愛し眼前の生活を楽しむべしとの論調さえも出た。

處世若戲場　下場便自休　何必太認眞　畢竟生愆尤　人生能幾時　老少去兩頭
促促數年中　傀儡為之儔　謾言拾青紫　轉瞬登公侯　何曾樂我樂　枉自憂人憂
南柯既成夢　邯鄲同一漚　我自看戲來　今已四十秋　渾如作蝴蝶　翻來笑莊周[29]

平生好讀書　讀書亦何益　萬卷費搜羅　矻矻忘朝夕　年來漸頽唐　喜著尋山屐
此事幾欲廢　棄去殊可惜　況有金石林　兼多漢唐碣　不患無人傳　且進杯中物[30]

一八三四年前後、日本の僧侶たちと知りあう機会に恵まれ、その刺激を受けた銭泳は、交流を深めるためにその書画を求めたり、その依頼を受けて新築小庵のためにお祝いの銘文を送ったりした。たとえば、「寄贈日本僧蝶園上人即索其畫」と題する五言律詩一首は次のようになっている。

已悟三乘教。能通六法禪。為求齊已畫。一紙寄樓船。
草草憑鴻達。栩栩入夢懸。洪濤遙萬里。快讀待明年。[31]

この詩中に触れている「齊已」は、唐代の釈齊已（八六〇―九四〇）という湖南出身の高僧で詩人でもあり、各地の名山大川を遊歴し、著した『白蓮集』は四庫全書に収録された。おそらく前述の沈蘋香が持ち帰った蝶園上人の画作を見て感心した銭泳は、上人宛ての手紙を日本行きの貿易船の船主に依頼し、上人を釈齊已と譬えてその画作を求めたのであろう。しかし、交易が限定され交通も不便な当時において海を渡る文通の一往復の時間が長く、「明年」返事を拝見することを楽しみにしているという心境を吐露したのである。

そして、日本文化の特質対する銭泳の理解が、草庵を新築したに海雲寺住職「黄泉上人」に寄せた次のような「雖小菴銘」に現れている。

日本海雲山住持黄泉上人築雖小菴以自娯。

梅花溪居士聞之。為合掌而說偈言。

物以微而顯。事以小而大。芥子與須彌。捻在心中會。

悠悠海上雲。青青屋外山。我聞迺如是。有人常閉關[32]。

「雖小菴」（「小と雖も」）という命名は黄泉上人の謙虚と智慧によるものであり、銭泳がその意図を理解し、「小にして大」、すなわち小庵の主人の心が三千大千世界に繋がっていると道破した。これは、小さな空間を利用して様々な場面を演出するという日本文化の一つの特質をよく捉えていると言える。

一八三五年、銭泳は日本にむかって二つの重要な発信を行った。その一つは、前出の頼山陽『日本楽府』を褒めた五言律詩二首を揮毫して、その墨書を京都の山陽自宅に送ったことである。しかし、それは山陽没後三年目のことになった。事実、その詩を書いた一八三三年の前年に山陽はすでに亡くなっていた。山陽の二男、昌平黌で勉学し、維新後は大学少博士となった頼復（一八二三―一八八九　通称又次郎）が、銭泳の墨書に感激して一八七八年に『日本楽府』を改版刊行した時に、これを同書の最後に飾り、次の識語を記した。

右五言律詩二首。清國梅溪銭氏嘗讀我先考山陽老人所著日本樂府所作焉。字字色絲。首首幼婦。而其詩先考易簀後。經三裘葛。始寄送京師。嗟呼先考逝矣。銭公亦逝矣。今改彫斯書。

俯仰感愴。弗能自禁。因模勒以附其後。

明治十年二月　男　頼復識(33)

もう一つの発信の内容は、大阪の陽明学者で「洗心洞」塾主の大塩中斎のために次のような「洗心洞銘」を書いたことである。

道光十有五年十一月為日本國中齋先生銘

論學論道　釋空釋虛　洞明若水　洗心自如　我　朝崇儒
超出前古　德邁堯舜　功同文武　漸被所及　厥惟東國　千百
年來　履和食德　薦生源君　辭職家居　寫心所得　述而自娛
以此折衷　以此著錄　先儒而在　定當刮目　草木有根　江河有源
聖人復起　不易吾言(34)

大塩中斎（一七九三―一八三七）、名は後素、通称平八郎。大阪町奉行与力だった祖父の嗣となり、一四歳より町奉行所に出仕し、また陽明学を独学で習得し、三十代の前半に自宅に私塾「洗心洞」を開いた。三八歳の時、与力の役職を辞任し、塾の運営と弟子の育成に専念し、一八三三年に『儒門空虚聚語』と『洗心洞劄記』を刊行した。したがって、銭泳の銘文中の「論學論道　釋空釋虛」や「辭職家居　寫心所得　述而自娛」などの記述は、大塩「劄記自述」における「余辭職家居。靜閑無事。復取嘗所讀之古本大学以講究之。粗窺得其誠致知本色之一斑焉」の文脈と文言を継承した形跡があり、しかも『儒門空虚聚語』と『洗心洞箚記』の二著を続刊予定の『海外新書』第二輯以降に収録したいと、次節で紹介する「海外新書小序」で公言している。このことから考えて、大塩中斎の学問と著述に対する銭泳の評価も高かったはずである。

（三） 銭泳宛ての密書に現れた東畡の複雑な心境

① 「海外新書小序」諸本の違いと銭泳の立場

冒頭で触れているように、『海外新書』は、東畡の入手した未装本と京大人文研所蔵の刊本があるが、前者は現存しないため、実見できない。一方、「海外新書小序」については、『東畡先生文集』における誇り高いセクション『栄観録』に東畡による抄本があり、人文研所蔵の刊本にもある。この両者に関する比較は、水田紀久氏が行ったことがある。最近、上海古籍出版社が影印刊行した『清代詩文集彙編』所収の『履園文集』（中国人民大学・北京大学共同編纂、以下、「影印本」と略記）に所収の同文を寓目できたので、ここで紹介しておきたい。

海外新書小序

日本在東海中。離江南數千里、而能崇尚文學、通詩禮、著作之家、亦層見疊出、如藤原肅、號惺窩。林忠、號羅山、朱之瑜、號舜水、山崎嘉、號闇齋、伊藤維楨、號仁齋、貝原篤信、

號益軒、高元岱、號天漪、森尚謙、號儼塾、源君美、號白石、太宰
纯、號春臺、服元喬、號南郭、宇鼎、號明霞、皆其選也、先是彼
國之享保中、有儒者曰物茂卿、所著有辨道一卷、辨名四
卷、凡六萬餘言、皆以經證經、折衷孔子、並無浮詞汎說、參
錯其間、觀其大畧、首尾完善。海外人有如此清才、亦罕見
者、泳鄉居多暇、無所用心、爲之鈔錄成編、命之曰海外新
書、其餘尚有大東世語、資治論、先哲叢譚、樂府、文話、劄記
諸作、尚當選而續之也、謹案
欽定四庫全書提要、有日本西條掌書記山井鼎、所著之
七經孟子攷文二百六卷、已載入經部、仰見我
皇朝尊經稽古、
振興文學、雖外域邊徼之書、亦所
收錄、可謂
大公無私
德同天地者矣、秀水鄭君曉山、博雅士也、與余同志、先將
茂卿之書寫付梓人。以傳好事云。
道光十六年春正月。梅華谿居士錢泳書。時年七十有八(35)。

三者を比べた結果、もっとも目立った違いはスタイルにある。刊本小序は「国家」「聖」・「欽定」・「皇朝」・「大公無私」・「徳同天地」などの箇所を一律に「擡頭」方式で行頭に持ち上げ、これに対して、影印本小序では「皇朝」・「振興」・「大公無私」・「徳同天地」などの箇所を改行で処置している。一方、東畡の抄録による未装本小序は、「尊貴者」に対する敬意表示をしていない。これも、徂徠譲りのプロト・ナショナリズムの精神と言えるが、その詳細は本章の注（12）で紹介した徂徠訓点『六諭衍義』に関する拙考を参照されたい。要するに、将軍吉宗に訓点を依頼された徂徠は、薩摩藩が進呈した琉球版『六諭衍義』中の「擡頭」書式を全部「抹殺」し、一方、訓点版の経緯を述べる序文で幕府や将軍に言及する箇所で「擡頭」書式を使っている。

また、影印本小序のテキストは、未装本小序とほぼ同文であり、最後の落款一行が欠けているだけである。この両者に、藤原惺窩から宇野明霞までの十二名の代表的儒者の名前が羅列されているのに対し、刊本小序はこれらを省略している。反面、続刊する『海外新書』第二輯以下の収録予定書物のリストについては、左記のような刊本小序のリストがやや長く、しかも書名の全称及び巻数の情報も含まれている。

「刊本」小序	「未装本」・「影印本」小序
大東世語五巻	大東世語
護法資治論五巻	資治論
先哲叢譚前後編十六巻	先哲叢譚
日本樂府二巻	樂府
拙堂文話八巻	文話

劄記　　洗心洞劄記二巻

儒門空虚聚語二巻

離屋集初篇二巻

銭泳は、刊本小序のリストの直後に、「皆余近年従海舶商人所得、實中華小少見之書、尚當選而續之也」と、これらの書物の入手経緯、希少価値および今後の刊行構想を述べている。その日本文化に対する愛好と推賞の傾向は、頼山陽『日本楽府』を称賛する五言律詩二首の論調と完全に一致している。しかし、刊本小序を仔細に検討すれば、「仰見皇朝尊経稽古。振興文学。雖外域辺徼之書。亦所収録。可謂大公無私。徳同天地者矣。」という文末の表現を維持していることに加えて、冒頭の「日本在東海中。離江南數千里。而能崇尚文學通　詩禮著作之家亦層見疊出」のあとに、未装本・影印本にある儒者の人名リストを省略し、代わりに「皆我　國家　聖聖相承。漸被之所及也」という清朝歴代の皇帝に対する賛美の言葉が加えられている。(36) これは、日本という外国の書物を出版する際の、清朝当局の気持ちに対する配慮であったことは明らかである。言い換えれば、日本における儒教文化の普及および山井鼎・荻生観『七経孟子考文補遺』の四庫全書収録は、あくまで清王朝のお蔭であり、その包容性豊かな文化政策の賜物である、と。このように宣言して、銭泳は初めて知日派としての自分の立場と出版事業を正当化することができたわけである。

② 銭泳宛ての密書に現れた東畡の一喜一憂

事実、奉告祭の一か月半後、東畡は「庚子夏五月望」という日付で「与銭梅谿書」を作成し、次のように銭泳に対する深謝を述べている。

日本国書生藤澤甫。謹奉呈梅谿銭先生絳帳下。甫也讃岐高松産。今寓摂津大坂。乃承物徂徠之流者也。近者先生編海外新書。首収徂徠辨道辨名。甫得其本於長崎之人。以祭徂徠之霊。（中略）而高序所謂以経証経折衷孔子。僅僅八字。断尽六万余言。確乎不可抜。自非心契相符者。必不至此矣。凡豪傑之士。懐独得之見者。唯患知己難得已。而身後百歳。海外万里。豈偶然乎哉。是本之行。殆使吾輩鋭気十倍。実先生之賜也。敬謝敬謝。[37]

すなわち「海外新書小序」において僅か「以経証経　折衷孔子」という八文字で六万余言の『辨道』・『辨名』の特質を見事に概括できた銭先生は、誠に徂徠先生の無二の「知己」である。二書を収録したこの『海外新書』は、「讃岐高松」生まれ、「摂津大坂」在住、徂徠学の流れを汲む自分を鼓舞する大変貴重なものとなっている、と。

そのうえ、東畡は次のような比較を通じて「二辨」の特殊な価値を論じている。

窃惟書之出於吾国而梓於貴国者。曰孝経孔伝。曰論語皇疏。曰七経孟子考文。三者皆経徂徠弟子之手。蓋物氏有縁于禹域久矣。然此特校讐之労耳。至二辨則肝胆之所吐。心力之所尽。非復三者比。[38]

つまり太宰春台の『古文孝経孔氏伝』、根本遜志の『皇侃論語義疏』および山井鼎・荻生観『七経孟子考文補遺』も中国で刊行されているが、その三者はいずれも徂徠学派の人々による儒典校勘の成績であり、これに対して、「二辨」は徂徠の「肝胆の吐く所、心力の尽す所」でその独創的学識の結晶であるため、その貴重さは右の三者の価値を遥かに超えているという。

書簡の最後において、東畡は『海外新書』収録の銭泳「徂徠小伝」中の記載ミス、「二弁」と本邦刊本との異同などを「別啓」で指摘することの必要性を説明すると同時に、己の訂正作業と訂正に対する銭泳の理解を求めた。

記五六年前読一伝奇。中載先生嘗叙行呉鏡江・席也樵両遺稿。方鐫板之時。二鬼来。各自改正数字。蓋作者所苦。精誠之至。死猶護其業。此挙也。徂徠可不感泣于九原乎。小伝誤実者。正文訛字者。一二有之。不顧僭踰。別幅掲上。亦聊代鬼。昭察。不宣。庚子夏五月望。[39]

すなわち、以前読んだ清朝の「伝奇」の中に、銭先生に関する一事が載っていたことを覚えている。銭先生が呉鏡江、席也樵という二人の遺稿に序を書いて印刷に付そうとした時、その死んだ二人の鬼が訪れて、それぞれ遺稿中の誤字をいくつか改正した。自分の著作に精根を傾けるのが当然なことであるため、徂徠に関する銭先生の記述上の誤りもぜひ徂徠の鬼に代わって訂正させていただきたい、ということである。

「別啓」を見てみると、銭泳は「清板二辨」所収の『辨道』『辨名』と日本の通行本とのテキスト上の異同や、銭泳が『先哲叢談』を参考に書いた「日本国徂徠先生小伝」中の事実誤認の箇所などを、確かにいちいち列挙し、それらを容赦なく指摘している。しかし、東畡はこの「別啓」中に己の優しい人間性も示している。すなわち銭先生に対する「私淑」の衷情を打ち明けると同時に、銭先生の健康長寿を祝福しているのである。

甫之於先生。誦辭藻。観墨蹟。私淑非一日矣。以序尾所署算之。先生今年八十有二。齢与徳崇。身与志壮。伏願滋加保攝。著作如皐。以誘後人。千万至祝[40]。

これによって見れば、東畡はかねてから関係の書物や法帖を通じて高名な銭泳を知っていたようである。しかも、銭泳の徂徠理解に資する徂徠の著作『学則』二本と徂徠の肖像一幅を贈り物として用意している。立派な徂徠肖像を銭泳に贈るために、書簡作成の四日前の五月十一日に、当時大阪の有名な画家西竹坡に次のような書簡を出し、ぜひその技量を清朝人に見せつけるよう協力を求めた。

与銭梅谿書。略脱稿。発期在近。窃以梅谿欽護老而梓其書。無乃想其丰采乎。因欲併往肖像。而写手非俗工所能焉。則不能不煩椽筆。未知肯之否。絹州氏既為捐箋。且鐫章。酔墨菴主豈可立視乎。必也使海外知日本不乏唐人。幸勿惜腕力。五月十一日[41]。

では、鎖国下において銭泳と交友関係を結ぼうとした東畡は、どのようにすればその用意周到な書簡と贈物を銭泳に届けることができるのだろうか。その可能性を探るために、親友の高島秋帆に次のように秘密裏に依頼したのである。

爾来濶焉。裘葛幾換。今春清板二辨之賜。如従天降。敝社二三子即以祭徠翁之霊。驩呼之声。今猶不已。不遑陳謝也已。銭梅谿実徠翁之知己。僕因裁一書。欲以結交。其書併往。窃以隔海之事。有官禁存。不可容私。是以不敢緘之。只公之処置之仰。若藉鼎力。他日得一言之報。不唯僕等荷終身之恩。将鼓海内文明之運。幸垂炤。不一。[42]

ここで注目すべきは二つの点である。一つは、賀宴が開催されてから一ヶ月半後も、泊園塾内の「驩呼の聲　今猶お已まず」、東畡と社中の楽しい興奮状態がまだ続いている、ということである。いま一つは、書簡送付が成功すれば、それは自分に対する終身の恩義になるだけでなく、徂徠学を中心とする日本文明の振興にもつながるのだ、という強調的説明と懇切な依頼である。

しかし、無視できないのは、「別啓」中に東畡の最大な心配事も素直に表明されている、ということである。それは、次のような一節で言及されたことである。

小序所謂劄記。未審何劄記也。或大鹽後素所著洗心洞劄記乎。果然。則非可選之書矣。丁酉春。後素以逆被誅。以此續之。恐有累全書。古云。伸於知己。甫敢冒嚴威者。實爲徂徠伸也。寛恕是恃[43]。

前記したように、東畡が見た未装本小序には、「洗心洞劄記二巻」を「劄記」と略記されていたため、その著者が誰であったのか不明である。もしこれは本当に「大鹽後素」すなわち大塩中斎が撰した『洗心洞劄記』だとすれば、続刊される『海外新書』への収録を断念すべきで、なぜなら、三年前の「丁酉」年（天保八年・一八三七）の春、大塩は反乱を起こして死刑となってからである。「大塩平八郎の乱」として知られるこの歴史事件の経緯は、大塩は当時の大飢饉について大阪東町奉行にしばしば対策を建言するも却下されたため、自己の蔵書の売却で得た六百両のお金をもって市中賑恤にあて、また近在農民に挙兵の檄文を撒き蜂起をリードし、最後は潜伏先で捕吏に迫られ自焼自尽したという[44]。大塩の乱の様子と結末を大阪市内という近距離で目撃し聞知した東畡は、敢えて自分より三十五歳も年上の銭先生に右の忠告をした。自分も徂徠の「知己」であるため、徂徠学派の祖の代表作と反逆罪を犯した陽明学者大塩の代表作が同じ『海外新書』に収録されることになると、叢書の全体にダメージを与えるだけでなく、徂徠の名声をも汚す恐れがあるに違いない、という理由からであった。

念のために整理しておくと、東畡の心配は、次のような時間の推移と世相の変転の中からきたものであり、決して「杞憂」ではなかった。

一八三三（天保四）年　大塩中斎『洗心洞劄記』『儒門空虚聚語』刊行
一八三五（天保六）年　銭泳「洗心洞銘」作成
一八三六（天保七）年　大塩中斎『古本大学刮目』刊行
　　　　　　　　　　　銭泳『海外新書』第一輯刊行（「二辨」収載）、「小序」において続刊の叢書に『洗心洞劄記』『儒門空虚聚語』を収録予定と宣言
一八三七（天保八）年　大塩平八郎の乱
一八四〇（天保十一）年　東畡『海外新書』入手・銭泳に書簡送付

ちなみに、銭泳に褒められた大塩平八郎について、乱の五年前に亡くなった関西文壇の重鎮頼山陽は「小陽明」とその学識ぶりを称賛する一方で、「君に祈る。刀を善い、時に之を蔵せよ」とその直情的な性格を忠告したという。一方、もう一人の重鎮であった篠崎小竹は平八郎の学問を「天満風のわがまま学問」と冷評したが、乱の後、

板行された大塩の檄文を持っていたことが奉行所に知れ、厳しい取調べをうけた。[45] 前述したように、山陽が『日本楽府』の著者として銭泳に絶賛されたのは一八三三年のことであり。小竹は『梅花渓詩草』を入手し銭泳に私淑の気持ちを込めて作詩したのは一八三四年の事であった。東畡はこのような時代の雰囲気のなかでその「清板二辨」論および「海外新書」論を展開し、銭泳宛ての書簡の中で謝辞と諫言をともに述べたのであった。

（四）おわりに

興味深いことに、阿片戦争の前夜に刊行された銭泳編『海外新書』は、半世紀後の日清戦争の前夜に、同じ江南地方の文人によって思い起され、それを復刻再版する計画が立てられた。最近整理出版された『譚獻日記』がこの一件を記している。

譚献（一八三二―一九〇一）、号は復堂、浙江仁和（杭州市）の人。近代の詞人、学者で、博学多識と蔵書豊富で知られていた。『海外新書』の校訂を依頼したのは沈穀成（一八三〇―一九〇二）であり、その名は善登、浙江桐郷の人。一八六八（同治七）年の進士、易学に長じる。日記中の関連記述は次のようである。

> 沈穀成將重刻日本物茂卿「清板二辨」、寄予讀定。錢泳初刻稱名不雅、予欲改『物氏遺書』。是編辨道為綱、辨名竟同自註、不獨欲短程朱、直巳譏彈思孟。大旨以孔子不制作、為非聖人、孟子道性善、不如告子杞柳為杯棬之說。大本偏激至此。而所稱幸讀王・李之書、殆指東國先哲、非陽明、中孚也。安天下之道指禮樂言、卓矣。

又言禮樂主於得悟、則未識踐履之本末、未足以繼顏習齋之書。閱竟、擬書後以詒穀成。非亡端與海外人空言送難、惟以宋代儒術固流弊滋多、針砭者不中腧穴、則變本而加厲、承學者不可不別白也。[46]

庚寅年（一八九〇年）の夏に書かれたこの譚獻の日記によれば、錢泳が出版した「清板二辨」（物茂卿こと荻生徂徠の『辨道』・『辨名』を所収）を、沈穀成が復刻して再版する計画を立てたということが分る。最終的には未完のままになったようだが、原書の校訂を依頼された譚獻の「清板二辨」評価が面白い。文中のポイントは次のようである。

第一に、譚献は、原書の書名「海外新書」を雅ならずという理由で、新版の際に「物氏遺書」と改めたいと考えていた。

第二に、『辨道』・『辨名』は程子・朱子だけでなく、子思・孟子をも批判している。孔子は「制作」しなかったため聖人とは言えない、孟子の性善論は告子の「性無善無不善論」に如かず、とするその所論は「偏激」である、「天下を安ずる」の道は「礼楽」を指すというのが卓論である。但し、その礼楽論は省悟を重んじ実践の本末を識らないため、顔習斎（顔元、一六三五—一七〇四）の所論を継承できるほどのものではない。

第三に、宋代の儒術は流弊が多かったため、海外の有識者の批難を招く結果となったが、しかし、批難する者は宋代儒術の流弊を的確に捉えながらもピンポイント的な批判をすることができなかった場合、却ってその流弊を広げる恐れがある。この点を後世の学者は知らなければならない。

しかし、譚献は、荻生徂徠のいう「王・李」が王世貞・李攀龍のことであったことを知らず、その二人を「王陽明・李中孚」ではないはずで、「東国の先哲」だろうと誤認している。

この「清板二辨」復刻計画について、今後機会があれば、さらなる検討を行いたいと考える。

注

（1）藤澤東畡「清板二辨記」（同『栄観録』所収）、藤澤南岳輯『東畡先生文集』（泊園書院蔵梓）巻一、十二―十三丁。

（2）藤塚鄰「物徂徠の論語徴と清朝の経師」（『支那学研究』第四編、一九三五年）なお、朱謙之も『日本的古学及陽明学』（上海人民出版社、一九六二年）において同様の論述をしている。

（3）水田紀久「『海外新書』浅説」、中村幸彦博士還暦記念論文集編『近世文学　作家と作品』（中央公論社）一九七三年）、五二九頁。

（4）陶徳民「「清板二辨」を祝う泊園の賀宴―幕末における徂徠学の動向―」関西大学『東西学術研究所創立五十周年記念論文集』所収（二〇〇一年一〇月）。

（5）藤澤東畡「先師中山城山先生行状」、『東畡先生文集』巻五、一―二丁。

（6）藤澤東畡「復高橋赤水先生」、『東畡先生文集』巻十、三〇丁。

（7）藤澤東畡「与妹尾君恭」、『東畡先生文集』巻十、三三丁。

（8）石浜純太郎「藤澤東畡」、同『浪華儒林伝』（全国書房、一九四二年）、四〇頁。

（9）藤澤東畡「徂徠先生賛」、『東畡先生文集』巻九、一丁。

（10）笠井助治氏によれば、元済は亡くなった父の代わりに天保三年から六代藩主の講師として勤めはじめた。いうまでもなく、主には尼崎藩江戸邸で仕事をしていた。同『近世藩校における学統学派の研究』上巻（吉川弘文館、一九六九年）、九九五頁。

（11）藤澤東畡「贈服叔知序」、『東畡先生文集』巻三、十一丁。

（12）同注（9）、十三丁。筆者は「荻生徂徠の『楽書』校閲とその所産」（大阪大学文学会『待兼山論叢』第二一号史学篇、一九八七年一二月。）という日本語の処女論文で、明代の朱載堉『楽律全書』に対する徂徠の考証とその結果を考察し、しかも一九八八年秋にケンブリッジ大学訪問の際に中国科学史の権威であるジョセフ・ニーダム先生（一九〇〇―一九九五）本人に贈呈した。なお、英語の処女論文 “Traditional Chinese Social Ethics in Japan, 1721-1943” *The Gest Library Journal*

（Princeton University）四巻二号　一九九一年（呂万和先生による中国語訳は「明清『聖諭』対日本的影響」と題し、北京大学日本研究センター『日本学』第五輯、一九九五年六月）は、荻生徂徠の『六諭衍義』訓点を論じた。いずれの仕事も八代将軍吉宗とその幕閣の直接指示によって行われたものであった。この二本の論文は、拙著『日本漢学思想史論考―徂徠・仲基および近代―』（関西大学東西学術研究所研究叢刊十一、関西大学出版部、一九九九年）に収録されている。

(13) 同注（9）、十二―十三丁。

(14) 同注（6）、二九―三〇丁。

(15) 同注（6）、三〇丁。

(16) 同注（1）、十二丁。

(17) 藤澤東畡「告徂徠物夫子霊文」、『東畡先生文集』巻九、九丁

(18) 同注（1）、十二丁。

(19) 平石直昭『荻生徂徠年譜考』（平凡社、一九八四年）、一六一頁。

(20) 同注（3）、五一一―五一二頁。大阪府立図書館所蔵篠崎自筆『小竹斎甲午稿』による。

(21) 銭泳『梅花渓續草』巻一（中国人民大学・北京大学共同編纂『清代詩文集彙編』四五六所収、上海古籍出版社、二〇一〇年）、六四〇頁。

(22) 銭泳「紀存」、「援墨入儒」。銭泳撰・張偉點校『履園叢話』中華書局、二〇一二年）、二二四頁、一八〇頁。

(23) 同注（21）、『清代詩文集彙編』四五六所収『履園文集』、七〇五頁。

(24) 馬成芬氏「江戸時代における『問経堂法帖』の受容」、『文化交渉　東アジア文化研究科院生論集』第四号、二〇一五年二月）。

(25) 銭泳「家刻」、同注（22）、『履園叢話』九所収、二五八頁。なお、銭泳は「過明琵園拜畢秋帆尚書墓下」（『梅花渓續草』巻二、同注（21）、『清代詩文集彙編』四五六所収、六五九頁）という五言律詩四首からなる詩作において、次のように畢沅に対する哀悼の意を表している。

　昔年從幕府。長日侍旌麾。衡鑒當朝重。文章四海知。

名高原易妬。主聖本無疑。指點墳前碣。真為墮淚碑。

(26) 銭泳「宋儒」、同注(22)、『履園叢話』三所収、八四頁。

(27) 海州の役所にいた友人の王仲瞿と一緒にその経緯を記した漢詩は、『梅花溪詩草』巻四（同注(21)、『清代詩文集彙編』四五六所収、六三二―六三三頁）に載っている。

嘉慶丙子閏六月初五日。有流求國巡見官毛朝玉。自八重山失風。漂蕩五千餘里之至海州之鷹遊島。剌史韓城師禹門先生。以柔遠之禮慰至城中。朝玉方袍大袖。冠黃冠。著草履。所攜童子一人。馬二匹。竝從者二十餘人。皆無恙。時余與王仲瞿孝廉 曇 俱在州廨。親見其事。因問其國中官制及君臣之禮者。久之。顧朝玉不通華語。相與筆談。竟日作聯句詩。以驢其歸國云。

無端相失八重山　梅溪　喜見蒼顏九品官
入夜魚龍驚赤土　仲瞿　滿船風雨冷黃冠
狂流幸免歸崇敬　梅溪　神火能危管幼安
賴是　天朝三十六　仲瞿　操舟人在且盤桓　梅溪

其二

髑髏疑悞未曾諳　彼國無髑髏臺事。是古史傳訛　梅溪　孔望山前欲問郯
歸國有期留小駟　仲瞿　破帆無恙載童男
謝公詠月參詩注　中國之海蜇名水母者。毛朝玉云敝國俗名海月。
此謝靈運所謂挂席拾海月者。始得其解。梅溪
沈括工書著筆談　朝玉工書法。
落漈漂流成故事　仲瞿　送君安穩到東南　梅溪

(28) 銭泳「沈君蘋香嘗遊長崎島。于市中得日本樂府一冊。持以示余。為題其後」、『梅花溪續草』巻四（同注(21)）、『清代詩文集彙編』四五六所収）、六七六頁。

(29) 同注(21)、銭泳『梅花溪續草』巻一、六四一頁。

(30) 同注(21)、銭泳『梅花溪續草』巻三、六七六頁。

(31) 同注(21)、銭泳『梅花溪續草』巻三、七二七頁。

(32) 同注(23)、『清代詩文集彙編』四五六所収『履園文集』、七二七頁。

(33) 頼山陽著『日本楽府』(頼又二郎発行　明治十一年)。国立国会図書館所蔵本。

(34) 同注(23)、『清代詩文集彙編』四五六所収『履園文集』、七二七頁。

(35) 同注(23)、『清代詩文集彙編』四五六所収『履園文集』、六九二頁。

(36) 銭泳「海外新書小序」(藤澤東畡『栄観録』所収)、『東畡先生文集』巻一、十四丁。

(37) 藤澤東畡「与銭梅谿書」(同『栄観録』所収)、『東畡先生文集』巻一、十六―十七丁。

(38) 同右、十六丁。

(39) 同注(37)、十七丁。

(40) 藤澤東畡「与銭梅谿書　別啓」(同『栄観録』所収)、『東畡先生文集』巻一、二一丁。

(41) 藤澤東畡「与西竹坡」(『東畡先生文集』巻十、二七丁。)

(42) 藤澤東畡「与高島秋帆書」、『東畡先生文集』巻十、三三丁。

(43) 同注(40)。

(44) 『朝日日本歴史人物事典』参照。

(45) 岡本良一『大塩平八郎』(創元社、一九七五年)、一六一頁。

(46) 范旭倉・牟曉朋整理『譚獻日記』(中華書局、二〇一三年)、一七〇頁。

第五章　星野恒選編・王韜評点『明清八家文』について

――『方望渓文抄』を中心とする考察――

第一章にも触れたように、明治前期に盛んに行われた日中文人交流のなかで、星野恒選編・王韜評点『明清八家文』という出版計画が生まれた。

星野恒（一八三九―一九一七、号は豊城）は越後の儒者で、「文久の三博士」の一人、塩谷宕陰の高弟であったが、明治維新後は政府直属の修史館に入り、重野安繹・久米邦武の同僚となって、一八八八年には三人とも東京大学臨時編年史編纂掛（一八九三年四月は史料編纂掛に改組）の教授となり、近代的史学の発展に大きく寄与した。著書に『豊城存稿』・『史学叢説』などがある。星野の選編した『明清八家文』は明代の宋潜渓・王陽明・唐荊川・帰震川および清代の侯朝宗・魏叔子・汪尭峰・方望渓、計八人の文章を収録するものである。

王韜（一八二八―一八九七）は、中国江蘇省蘇州の人で、字は仲弢、号は紫詮。西洋事情に詳しい晩清の改革派知識人として、また香港『循環日報』の社長として有名であった。その一八七九年（五月初めから同年八月末まで約四カ月間）の日本訪問は、『普仏戦紀』に現れた豊かな学識と国際感覚に傾倒した重野安繹・岡千仭・亀谷省軒・栗本鋤雲・寺田士孤などの招待によるものであった。日記の形で訪日の見聞と経験を記録した王韜の『扶桑游記』によれば、彼は一度ならず星野と会う機会をもち、とくに日光山遊覧の途中で疲れ果てた時、車の手配などで星野の世話になったようである。(1)

星野は己の選編した『明清八家文』に対する評点を来日中の王韜に頼んだが、王は病気のため、香港帰還後、翌年の秋になってはじめてその仕事に着手した。その姿勢は真剣そのもので、朱筆による評点はほぼ『明清八家文』全書の各篇にわたっている。「光緒六年庚辰仲冬」すなわち一八八〇年の年末か一八八一年の年初に書かれた「明清八大家文序」（序の全文は本章の「付録一」に掲載）の冒頭で、王は「日東人士。類多重文章。尚気節。（中略）其負当世重名者。皆善操選政。於古今諸大家文。区別其流派。評隲其高下。示後学以準的」と、星野の『明清八大家文』選編について、日本の士人は文章学を重んじ、特に名家は、文集や選集の編纂を通じて後学に指針を示していると高く評価している。また序の末尾において「窃謂日東之勤学如此。使無字畫之異。声音之別。其文章何難与此八家者頡頏上下也哉」と、もし発音や字形の差異がなければ、この「八家」に匹敵できる文章家が生まれることも難しくないはずだと讃えている。

残念ながら、この計画は結局、未完のままに終わった。しかし、東京都立図書館中山（久四郎）文庫所蔵の同書の原稿を通じて、この共同作業に現れた両者の文人趣味と思想傾向、特に王韜の桐城派理解がある程度確認できるのである。しかも、この東京発の出版計画は挫折したものの、五年後の一八八六年には、近藤元粋（一八五〇―一九二二）の選評による『明清八家文讀本』全二十五巻が大阪で岡田茂兵衛によって出版された。近藤は、伊豫（愛媛）に生まれた詩文家であり、別号蛍雪軒主人。生涯にわたって、『陶淵明集』・『李太白詩醇』・『杜甫詩集』・『白楽天詩集』・『蘇東坡詩集』・『陸放翁詩集』・『王陽明詩集』・『螢雪存稿』など多くの詩文集を選評、出版した。

二〇〇八年出版された王文濡編『明清八大家文鈔』に、趙伯陶氏の執筆した巻頭論文があり、それによれば、八大家文集の編纂に関する明代以降の主要な試みは、以下の通りである。(2)

① 明初の朱右編『八先生文選』（韓愈、柳宗元、歐陽修、王安石、蘇旬、蘇軾、蘇轍、曾鞏を収録）

② 同右、朱右編『唐宋六家文衡』（蘇旬、蘇軾、蘇轍の「三蘇」を一家とするので、実際の内容は右の『八先生文選』と同じく八人を収録）

③ 明中晩期の唐順之編『文編』（内容は周代から宋代まで、唐代・宋代に関しては、朱右と同じ八人を収録）

④ 明中晩期の茅坤編『唐宋八大家文鈔』全百六十四巻。『四庫全書總目』がこれを「一二百年來、家弦戸誦」と評価しているように、同書は「八大家」という呼び名を普及させた名編となり、後の編者はよく便乗して好んでこの呼び名を使うようになった。

⑤ 清道光二十五年（一八四五）、李祖陶『金元明八大家文選』五十三巻は金代の元好問、元代の姚燧、呉澄と虞集、および明代の宋濂、王守仁、歸有光、唐順之、あわせて八人を収録。

⑥ 民国四年（一九一五）、王文濡編『明清八大家文鈔』（上海文明書局）は、明代の歸有光、清代の方苞（望渓）、姚鼐（姫伝）、劉大櫆（海峰）、曾国藩、梅曾亮、張裕釗（廉卿・濂亭）および呉汝綸の八人を収録。

⑦ 民国五年（一九一六）、胡君復『當代八大家文鈔』（中国図書公司）、王闓運、康有為、嚴復、林紓、張謇、章炳麟、梁啟超および馬其昶、あわせて八人を収録。

⑧ 民国二〇年（一九三一）、徐世昌編『明清八大家文鈔』二十巻。右の王文濡による同名編著と違うところは、八大家中の劉大櫆の代わりに賀濤（一八四九―一九一二）という、張裕釗や呉汝綸の知遇を得た桐城派の後継者を入れた点である。

⑨ 二〇〇一年、錢仲聯主編『明清八大家文選叢書』（蘇州大学出版社）、明代の劉基、歸有光と王世貞、清代の顧炎武、姚鼐、張惠言、龔自珍および曾国藩、あわせて八人を収録。

以上の経緯から見れば、中国での「明清八大家文」編纂は、一九一五年出版された王文濡編『明清八大家文鈔』を嚆矢としている。比べると、一八七九年の王韜来日を機に企画された星野の『明清八家文』出版および一八八六年に実際出版された近藤選評『明清八家文讀本』は、いずれも王氏の所編より約三十年以上早かったことになる。

実際、王韜は『明清八家文』のみならず、宮島誠一郎著『養浩堂詩集』や佐田白茅編『明治詩文』などについても評点を行った。そのうちの『明治詩文』については、夏暁虹氏が「黄遵憲與王韜遺留日本文字輯述」において詳細な検討を行っている。ここでは、まず劉雨珍氏の『清代首届駐日公使館員筆談資料匯編』に所収の関係記録により、宮島誠一郎『養浩堂詩集』の評点に関わった王韜の様子を考察し、それから星野選編『明清八大家文』中の『方望渓文抄』対する王韜の評点について詳述することとしたい。

（一）宮島誠一郎『養浩堂詩集』の評点に関わった王韜

宮島誠一郎（一八三八―一九一一）、元米沢藩士、名は吉久、号は栗香、養香堂など。明治政府の役人としてアジア主義団体「興亜会」設立に関わった。桐城派の張濂卿に追随し、長年の中国留学を果たした宮島大八（詠士）がその子息であったが、誠一郎本人も駐日公使館員や来日文人と積極的に交流を重ねた。その交流活動の最大の収穫が、一八八二年に出版された『養浩堂詩集』である。

当時の日本漢詩文界は、刊行の時、自著に対する師友の評語を悉く収録することが一般的だったが、宮島の『養浩堂詩集』には、日本人師友の評語をすべて省き、何如璋・張斯桂・黄遵憲（字は公度）・沈文熒・王韜の五人の評語のみを収載した[3]。

一八七九年（明治十二年）七月一日　宮島が来日中の王韜に次のような依頼書簡を送っている。

謹啟王紫詮先生：

久仰高才、梅霖放晴、暑候已至、想貴履安綏、可賀可賀！仆竊聞貴邦方今碩學鉅儒、名聲藉甚、在北京則俞曲園、在江南則先生其人。及讀尊著書『普法戰記』、深嘆其文才富贍、學識宏博、果知其名不誣、旬是一代名士。仆久希一瞻道範、何料乘差東來、心為之恍然。重野成齋、余積年學友、頃聞先生寓居彼宅、余適浴伊香保溫泉、數旬不在家、為欠倒迎、請恕！余幼時有文字之癖、但家貧不能買書、且僻鄉乏師友、僅學小詩而已、到大文章、則未能窺其門。及漸壯、國家多故、東西奔走、投筆十有餘年、遂不成一技。方今遭聖代、會中東兩國同盟、星使來歡、余與何、張二公、黃、沈二君、辱交最厚、今又遇先生、可謂奇矣。昨托沈君以拙著詩稿、特恐才識短淺、來方家之笑、幸希提撕評閲、能有教則永以拜君之賜。筆不盡意、臨風結想、神馳文安、即頌日祺。

己卯七月一日[4]

ここからも分かるように、宮島も中国江南地方の「碩学、鉅儒」たる王韜（号は紫詮）に傾倒し、重野安繹（字は成齋）の自宅に滞在している王氏を訪ねたいが、温泉療養中のため実現できないことを残念に思い、しかも留守中に王氏が先に自宅を訪れていたことを申し訳なく感じている。そして、駐日公使館の「何、張二公」すなわち何如璋公使と張斯桂副使、および「黃、沈二君」すなわち参賛の黄遵憲と随員の沈文熒、この四人と親交を結んでいる。書簡の主旨はいうまでもなく、「拙著詩稿」すなわち自著の『養浩堂詩集』に対する評閲を乞うことにあった。

そして、一か月半後の八月十六日に行われた筆談において、宮島は沈文熒（字は梅史）の王韜への詩稿転送に感謝すると同時に、王韜の学問および仕官志向について尋ねた。兪曲園は経学、王韜は史学に長じており、王は役人にはなりたくない、民間の文士として貫きたいようだと、沈が答えていた。

宮島：過日轉送拙詩王紫詮、謝謝！聞紫詮遊日光、何日歸京？
梅史：大稿已送去矣、屬其速評、未識紫詮有暇否？
宮島：此卷頃經魯西翁批點、請精細刪定。
梅史：後日應奉上。
宮島：余讀紫詮文章三卷、所謂經世之文、唯其人則磊落如一書生。
梅史：頗切時事。
宮島：貴政府何不官此人？
梅史：其人不喜冠裳、厭在仕官、故自己不樂就也。
宮島：貴邦如此文士所未多有乎？
梅史：如紫詮與仆等、亦常有之、但敝邦人不自標舉、故名皆不著。
宮島：敝邦在官之人、亦多不自標舉
宮島：兪曲園、王紫詮、學問孰勝？
梅史：兪者經學勝、王者史學、各有所長。(5)

なお、同八月二十五日の宮島誠一郎・沈文熒の筆談において、自分の詩稿を「日東一代詩宗」と過大評価してくれた王韜の評語に不安を感じたと述べる宮島に対して、沈氏は「德川以來」の第一人者とは言えるだろうと褒めた。

宮島：先夕中村樓之會多失敬、請恕。曾所托紫詮拙稿、已經評定、今攜來奉呈、尚望一覽。
梅史：中村樓客多如山陰道上、應接不暇。爾日仆亦失敬於公也。
宮島：王紫詮評詩雲：日東一代詩宗。此語恐過譽、不敢當、慚甚。
梅史：『懷風藻』內有氣息深厚者、若德川以來兒一人而已。此事須有性情學問、如杜工部輩、具名臣手段、仁人誌趣、故其詩自異。下谷先生但以詩求詩、便失之矣。
宮島：卓見頗快鄙懷[6]。

さらに、王韜が香港帰着後の十一月二十一日に行われた筆談において、宮島は、なおも沈氏に王韜の学問と事業について訊ねている。結局、経書の研鑽が不足で、「西法」すなわち西洋の学問に惑わされ、事業について志は大きいが、才能不足というマイナス評価を、沈氏が遠慮なく下している。ただし、その正直な心と風格については褒めている[7]。

宮島：王紫詮學問、事業如何？
梅史：此人一名士、惜其經書欠用功、而為西法所惑。至事業則志大才疏、然心坦直可喜[8]。

ところで、宮島には一八八一年年二月十五日に公使何如璋（號子峨）との次の筆談記録も残っている。

子峨：月來殊多俗冗、閣下疊次枉顧、未獲暢領大教、存心歉然。尊著必傳之作、唯仆於此事不精、勉強應命、殊未能道著是處。他日發刊、可別屬大才人序之、疊賜佳物、受之殊愧。愧客中無佳品相報、慚悚慚悚。

宮島：得閣下尊選、一一精當、他無圈出者、一切除去、總從君選。一友告我曰：毎篇諸評、唯存黄、沈二氏及王紫詮、其他諸評咸删卻可也。其言似可用。敝邦刊詩者多、而獲貴邦翰林學士之選定者、蓋未曾有矣。所以仆頗有得色也。

子峨：尊集刻就、請寄我數部。他日仆歸、由閣下素好交使館、轉寄必可收到。(9)

何公使が、君の詩集は必ずや後世に伝わるべき傑作であり、出版後に数冊を送ってくれるようにと褒めるのに対し、宮島は、翰林出身の何公使がおこなった選定と評語に感謝すると同時に、出版の時に黄、沈二氏および王韜の評語だけを残し、他の諸評をすべて省略すべしとのある友人のアドバイスに従うという意思を打ち明けた。

その結果、一八八二年に萬世文庫より出版された『養浩堂詩集』には、先の五人のみ、しかも黄遵憲、沈文熒と王韜の評語がより多く入ることとなった。

（二）星野恒選編『方望溪文抄』に対する王韜の評点

先に触れたように、星野選編『明清八大家文』に対する王韜の評点は、結局、その帰国の翌年、すなわち一八八〇年の年末になってようやく完成された。その序によれば、彼が当時星野から受け取った同書は十冊からなっていたという。しかし、東京都立図書館中山（久四郎）文庫に現存しているのは八冊しかないようである。ここでは、本書の主題とかかわる第七冊『方望溪文抄・乾』と第八冊『方望溪文抄・坤』に焦点を絞って考察を行いたいと考える。桐城派の開祖方望溪の文章が全書の四分の一を占めるという選編時の特別扱いは、桐城派の文章論に対するその重視と偏愛をよく物語っているからである。

第一章にも紹介したように、大庭脩『江戸時代における唐船持渡書の研究』によれば、『明清八大家文』収録著述の日本輸入の時期は、『帰震川別集』は一七二一年、『帰震川集』は一七五七年、侯朝宗の『壮悔堂集』は一八四一年、『方望溪全集』は一七八三年と一七八六年、『劉海峰全集』は一八五〇年、姚姫伝の『惜抱軒十種全集』は一八四五年、『古文辞類纂』は一八四五年、一八四六年および一八五三年、となっている。とすれば、星野の選編した『方望溪文抄』および近藤の選評した『明清八家文讀本』は、いずれも『方望溪全集』が輸入されて百年後のこととなる。ほかの私的輸入ルートもあるはずなので、両者の選編はいったいどの版本にもとづいて行われていたのか、特定しにくい。現存するものとして、目録上から見れば、東京国立博物館所蔵の一八一三年出版『抗希堂十六種　方望溪先生全集』（別名方望溪全集・蘇州修綆山房・嘉慶十八年）中の『望溪先生文偶抄』（王兆符・程崟輯）と『望溪先生文外集』（曾孫方傳貴輯）、京都大学附属図書館所蔵の方傳貴輯『方望溪先生文外

集　不分巻』（「嘉慶癸酉新鐫　抗希堂蔵版」と記しているので、おそらく東博所蔵本中の『望溪先生文外集』の単独出版に該当するだろう）、および立命館大学図書館所蔵の戴鈞衡輯『方望溪先生文集』（一八五一年）などがある。

第一章の注（1）に紹介した劉季高教授が、『方望溪全集』については清代中期以降、抗希堂、山淵閣、直介堂などによる出版諸本があったが、桐城出身の戴鈞衡が編集した上海涵芬楼景印咸豊元年（一八五一）刊本がもっとも「完備」であると、『方苞集』（上海古籍出版社、一九八三年。すなわち咸豊元年刊本の修正本）の「前言」で論じている。星野の選編した『方望溪文抄』の底本を特定できないため、便宜上、この『方苞集』をもって、星野の選編『方望溪文抄』と対照研究を行いたいと思う。

対照して見れば、『方望溪文抄』乾・坤二冊は、『方苞集』の巻一「読経二十七首」中の二首、巻二「読子史二十八首」中の三首、巻三「論説十四首」中の七首、巻四「序二十三首」中の五首、巻五「書後題跋二十六首」中の七首、巻六「書三十二首」中の四首、巻七「贈送序二十首」中の八首、巻八「伝十五首」中の三首、巻九「紀事九首」中の二首、巻十「墓誌銘三十首」中の七首、巻十一「墓誌銘二十首」中の一首、巻十三「墓表二十首」中の一首、巻十四「記二十二首」中の五首、巻十六「哀辞十二首」中の五首などを選んで収録している（本章の「付録二『方望溪文抄』と『方苞集』との対照および王韜の評点」を参照）。未収の体裁は「頌銘」と「家訓」の二種類だけであった。注目すべきは、星野の『文抄』は上記の『方望溪先生全集』目次の順序にことごとく従っているわけではない、ということである。すなわち、『全集』目次の前半部分の配列はある程度、経史子集という従来の四部分類法を考慮して行っているが、これに対して『文抄』ではその巻三「論説十四首」中の七首（原人上・原人下・原過・周公論・漢高祖論・漢文帝論・于忠粛論）が巻首に置かれているのである。このような人性論や人倫道徳にかかわる諸編を最重要視する姿勢は星野の見識の現れと言える。

さて、方望渓の文章に対する王韜の評語は、およそ時局論、歴史論、道徳論、文章論などの四種類に分類できる。例えば、王韜は一方では、乾（2）「原人下」に対する評語において、人心の廃れを「火器」による殺戮に看取し、「不数百年、此世界将壊、人類将滅矣」と未来を悲観しているが、他方では、乾（10）「読管子」の評語で、管子の「治国強兵」術を賞賛し、「今人能行管子一書　可以治天下而有余」と断言している。そして、乾（28）「重建陽明祠堂記」に対する評語では、方望渓に同調し、王陽明を「有明一代偉人　道学・節行・勲業・文章竝堪千古」と称えている。また、坤（28）「書孝婦魏氏詩後」については、「如魏氏者世所罕覯　巾幗中宜奉為法矣」と、伝統的道徳観の堅持を主張している。

以上は時局論、史論、道徳論の例であるが、以下では王韜の文章論を検討してみよう。

（a）坤（21）「書孟子荀卿伝後」に関する評語：「史記為千古奇章　其所見亦為千古特識　允推為文章之祖。」

（b）坤（23）「書柳文後」に関する評語：「望渓深於経術　集中多経解之作　故其辞如此其実［柳］子厚小品文独絶千古　非韓［愈］所及　安問其他。」

（c）坤（24）「書帰震川文集後」に関する評語：「震川手挽狂瀾　力崇正体　雖当七子盛行　独立漢幟　騒壇旗鼓　莫敢与抗　此文於震川殊有不満処　然根柢醇厚、法度謹厳　不可不謂之古文正傳」。

（d）乾（11）「與孫以寧書」に関する評語：「望渓文体簡潔　固足称一代正宗　然究未免有太簡略之処　学之者短簡寂廖　一味枯寂　以為名高　則失之矣」。

この四例の中では、（a）のように『史記』の評価で方望渓に同調する場合もあるが、（b）（c）のように柳宗元や帰有光の評価で方望渓に反論する場合もある。そして、（d）では方望渓の「文体簡潔」を認めると同時に、その文章が「簡略」に過ぎるところがあり、それを真似る後世の文人は「一味枯寂」の境地に陥る危険性もあると指摘している。このように司馬遷・柳宗元・帰有光などの叙事に長じる作家に対して高い評価を与え、韓愈の載道文学および方望渓の経術偏重の傾向についてはさほど賞賛しないところに、王韜の文章論および文章史観の一端が窺えるのであろう。

王韜はかつて「老民少承庭訓、（中略）老民於詩文無所師承、喜即為之下筆、輒不能自休。（中略）往々歌哭無端、悲愉易状、天下傷心人別有懐抱也」と述べたことがある。[10] すなわち桐城派や陽湖派といった特定の流派の先生に師事したことがなく、ただ父による教育（「庭訓」）と自分の努力だけによって一家の学を成した詩文の風格はすこぶる自由なもので、いわゆる「喜笑怒罵、皆成文章」、ということである。『明清八家文』に対する王韜の批評を見れば、たしかにそのような印象を強く受ける。しかし、桐城派の影響が絶大な晩清時代に生きていた王韜は、文章論と文章史観の面ではその影響をある程度受けたかもしれないと考えられる。たとえば、当時広く読まれていた『古文辞類纂』を編集し、有力な古文派としての桐城派を確立した姚姫伝は、すでに方望渓のそれと違う文章論を展開し、上記の司馬遷・柳宗元・帰有光という流れで文章史の重要な一側面を捉えていたのである。[11] 王韜はそのような捉らえ方で編集された『古文辞類纂』を読んだ可能性が十分あると思われるが、だとすれば、彼の文章史観の姚姫伝のそれとの一致はある程度その影響によるものであることは決して不思議なことではない。

注

（1）王韜『扶桑游記』（『走向世界叢書』、岳麓書社、一九八五年）、四〇七、四八〇、四八四頁。

（2）王文濡編・趙伯陶ほか整理『明清八大家文鈔』、上海古籍出版社、二〇〇八年。

（3）夏暁虹「黄遵憲與王韜遺留日本文字輯述」、葛兆光編『清華漢学研究』（清華大学出版社、一九九四年）、一九七頁。

（4）劉雨珍編『清代首届駐日公使館員筆談資料匯編』（天津人民出版社、二〇一〇年）、四八八頁。原本中の「愈」は「俞」の筆誤で、愈曲園すなわち俞曲園だと、編者の劉氏が指摘している。本書では、便宜上、正しいほうの「俞」に改めている。

（5）同注（4）、四九二頁。

（6）同注（4）、四九六頁。

（7）青年王韜のキリスト教入信とその晩年の儒教回帰については、陶徳民「晩清時代におけるキリスト教の受容―王韜における儒教とキリスト教の相克」（『中国学の十字路―加地伸行博士古稀記念論集』所収、研文出版、二〇〇六年）を参照されたい。

（8）同注（4）、五一三頁。

（9）同注（4）、五六九頁。

（10）王韜「弢園老民自伝」、『弢園文新編』（三聯書店、一九九八年）所収、三七一―三七二頁。

（11）胡士明・李祚唐「前言」、姚姫伝『古文辞類纂』（上海古籍出版社、一九九八年）所収、三頁。

〈付録文献一〉宮島栗香『養浩堂詩集』に関する王韜の跋文

光緒五年己卯夏六月下旬、余遊日光山回、甫解装、即謀歸櫂、顧諸同人委校詩文、堆案如山積。而余亦以感受山中寒氣、宿疾陡發、因是暫緩西行、杜門謝客、藥爐茗碗、日事靜攝。稍閑、仍力疾從事於鉛槧。宮島栗香先生養浩堂詩、前後共四冊、綜而讀之、始知其全。大抵先生之詩、上祖風騷、中泝漢魏、下採唐宋元明諸家、莫不討流窮源、而吸其神髓。於古樂府、尤能心領而意會。故其所作、、言簡意賅、節短韻長、駸駸乎有古音焉。日東詩人、可推巨擘。

惟予謂日詩門徑、至今日而大開。自明之季朱舜水東來、詩教始盛。然爾後所刻諸名家詩、惟五七絶可誦、律詩已病其未諧、古風則絶無能手。即偶有奮然而為之者、終不免秦武王舉鼎絶臏之患。逮乎近代、作者始知其弊、於是專肆力於三唐兩宋、遂足與中土爭長。余始見龜谷省軒七古、戛然異人、為之贊嘆不置。今睹栗香先生作、益知此事自有健者。然則詩教之興、於今為烈、不益信乎。余日與東國諸君子交接時、得讀其詩文、而竊幸人才之薈萃於斯也。余何人、而得躬逢其盛耶?因跋栗香詩而附及之。

吳郡王韜

〈付録文献二〉王韜「明清八大家文序」

日東人士。類多重文章。尚氣節。喜聚居於京都。通聲氣。立壇坫。相與切劘乎文字。以主持風雅。其負當世重名者。皆善操選政。於古今諸大家文。區別其流派。評隲其高下。示後學以準的。一時承風之士。無不奉為軌範藉供揣摩。蓋其風尚然也。竊謂此猶沿明季餘習。想當有明末造。賢士大夫耻食周粟。航海東來。如朱舜水戴曼公輩。皆久留不去。日之人士。聞風漸染。至今未變。星野豐城太史夙負雋才。供職詞林。以修史餘閒。選有明及我國朝之文。凡得八人。於明得

宋潛溪王陽明唐荊川歸震川。於我朝得侯朝宗魏叔子汪堯峰方望溪。而名之曰明清八大家。蓋以繼茅鹿門唐宋八大家而作也。採輯既成。持以請定於余。凡十巨冊。置諸案頭。時余方有日光山之行、豐城亦偕遊焉。途中憑眺興懷。時或賡韻閒吟。輒抒幽抱

於詩歌。而未暇商搉為文也。游山甫畢。而余病。病少瘳。遂南歸。此十巨冊者。緘閉行篋中。未遑一閲也。今年入秋以來。時時病咳。每至徹夜不寐。一燈耿壁。萬籟俱寂。乃於藥爐火邊。稍稍繙閲之。余生平讀書。但觀大略。不求甚解。一書閲未數葉。旋即棄去。堆積几案。不自收拾。今應豐城所請。不得不把卷終閲。為之尋繹。漫加評泊。琢抉微奥。初以為苦。繼以甘之。丹黄在手。塗抹隨心。固居然讀書之一藥也。余惟此八家之文。流派既殊。蹊徑自異。根底六經。埽除羣説。白雲卷舒。青嶂透迤。此潛溪之文也。氣象光昌。才華博大。清輝流照。皎日當空。此陽明之文也。一空摹仿。絕去機鋒。遺貌取神。循塗順軌。此荊川之文也。氣息醇厚。法度謹嚴。香象渡河。飛鴻過塞。此震川之文也。揚葩吐藻。濯魄流芬。天馬行空。神龍見首。此朝宗之文也。一唱三歎。一波三折。旨寓環中。韻流絃外。此叔子之文也。引經據典。祖宋宗唐。雲錦燦爛。彝鼎陸離。此堯峰之文也。周規折矩。正笏垂紳。六轡在手。一塵不驚。此望溪之文也。此八家之文。於古文中。皆得為正宗。明初承元之弊。而潛溪起而振之。以弁冕乎一代。或有譏其平弱者。後世頗多微詞。然嗣起諸家。殫經畢力。務求新異。卒莫能出其上。陽明經濟學問。為有明三百年中第一偉人。文特其餘事爾。然已不可及已。荊川震川當橫流之際。摹擬剽竊。文體大壞。而能力矯之。不為所惑。古文正傳。賴以不墜。其功亦偉矣哉。我　朝開國之初。承明之弊。文統蓋幾乎絶矣。其時起而振之者。實惟朝宗叔子堯峰為三大家。鼎足而立。雄視東南。然三子之文。其趣不同。朝宗才人之文也。叔子策士之文也。堯峰則儒者之文也。後數十年而有望溪。堯峰邃於經術。與望溪同。特望溪取法昌黎。其源稍異爾。而其簡潔有法。精神獨運。實可與堯峰後先競美。袁隨園亦以望溪之文為一代正宗。而又譏其才力之薄。似非通論也。豐城謂余云。一俟論定之後。即當速付手民。以詔學者。豐城冀望學者之精進於文也如此。我觀在昔日東雖與我瀛海相隔。不通往來。而其實同文之國也。尊崇孔孟。設立學宮。講道德。誦詩書。則古昔稱先王。皆自附於逢掖之儒。其承道學。即濂洛關閩之緒也。其論詩文。即漢魏唐宋元明之遺也。學校中所重而習者。皆我國之經史子集也。竊謂日東之勤學如此。使無字畫之異。聲音之別。其文章何難與此八家者頡頏上下也哉。

光緒六年庚辰仲冬中澣　弢園老民王韜序於香海

天南遯窟

〈付録文献三〉『方望渓文抄』と『方苞集』との対照および王韜の評点

便宜上、『方望渓文抄』所収文章の『方苞集』中の所在を以下のように示すことによって、星野の取捨選択が示したその問題関心の一端を明らかにしたいと思う。それと同時に、所収文章における王韜の朱筆による評点を逐一掲載することによって、王韜の桐城派理解と歴史観・人生観を具体的に見ることにしたい。その評点の箇所についての指示詞として、「文頭」（大抵、星野が「採録」したその文章に対する王韜の追認か否認）と「天」（大抵、文中の語句に対する訂正、コメントおよび異本との相違に関する指摘）は、書頁上端の空白部分を指し、「文末」（文章全体に対する感想や連想）は文章の最後に書かれた批評を指している。

なお、『方望渓文抄』の目次中の番号は、筆者が整理のために付けたものである。王韜の批評文の句読は「一字

明け」によって示しているが、筆者が行ったものである。陶

『方望溪文抄・乾』	『方苞集』中の所在
	巻三「論説十四首」

(1) 原人上

〔天〕此所謂人之將死　其言也善　蓋反乎本心　而以其天良自責也

〔文末〕孟子收其放心　即無失其良心也　王陽明致良知　即復乎其本心也　無失而能復斯　即人之道存焉矣　王韜

(2) 原人下　同右

〔文末〕人心愈漓　殺戮愈亟　此三代以下　所以治日少而亂日多也　降至今日人心蓋不可向　機巧變詐已趋其極　以故行陣戰鬪　至於火器而盡矣　此天之所以毒天下也　竊恐不數百年　此世界將壞　人類將滅矣　噫　可不痛哉　王韜

(3) 原過　同右

〔文末〕堯舜無過　顏子不貳過　君子之過也　人皆見之　及其更也　人皆仰之　則有過原不必自諱　文過斯為小人矣　至激而成過　以至於敗壞決裂而不可救斯　君子有時絕小人過　甚以至有此　君子不得不任其咎也　王韜

(4) 周公論　同右

〔文末〕舜能化象而周公至殺　管蔡所處之地不同也　大義滅親　遂開千古之變局　哀哉　王韜

(5) 漢高祖論　同右

〔天〕天何以使一亭長為帝　提三尺劍以馬上得之　而不使孔孟之徒乘時得位乎

〔文末〕由戰國至秦　人心天理幾乎息矣　祖龍之暴　世所未有　人方救死之不暇　高祖生自田間　賤為亭長　暮年起事　又以馬上得天下　所任如蕭何輩　又皆吏也　故其功業止是也　天實為之　又何言焉　王韜

（6）漢文帝論　同右

〔文末〕三代以下之君　漢文帝唐太宗為最盛　光武雖有志於圖治　局量稍淺　此言漢文治術　尚安於淺近　是為再上一層說法　王韜

（7）于忠肅論　同右

〔文末〕忠肅不爭易儲　議者紬然　此篇特為表明所以不諫之故　亦自有見　王韜

袁簡齋太史忠肅廟碑云　禹圖授啟　非夏后之德衰　宋禍傳殤　是公羊之論正　又云震作長男自按乾方而定位　星明少海　應隨帝座以移宮　倘必故劍之求　而舍吾君之子　是不諒人只反易天明也　據理而談　又創一解　文人之筆　固自無所不可

按天臺齋侍郎召南未遇時夢　于忠肅公曰　景帝易儲事　吾嘗具疏為諫　不從　後人不知　遂妄加疑議　今皇戾中　吾疏具在　公他日嘗檢出示人　以白吾心　侍郎修明史　綱目至皇史宬　遍覓不得後　餘姚邵進士晉涵預分纂任　至皇史宬　求忠肅疏亦未得　檢得明時通政司進本檔冊　載景泰某年月日于某一本為太子事　而此即忠肅具疏力諫之明證也　不知望溪見之　又將何說以處此

（8）読大誥

〔天〕用排偶句絕好　一時文開　中段二小比　講明以後之古文　多為時文所累　氣息遠弗逮　古矣

〔文末〕能直抉當時聖人心事　讀大誥者　自此其疑渙然氷釋　王韜

（9）読孟子　　　　　　　　　　　　　　　　　同　右

〔文末〕戰國之時　風俗大壞　故孟子急為下等人説法

（10）読管子　　　　　　　　　　　　　　巻二「読子史二十八首」

〔文頭〕尚可存　亦可刪

〔文末〕管子官山富海　所以治國強兵者　實開千古之緐局　今人能行管子一書　可以治天下而有餘　五霸桓公為盛

仲父輔齊　不能王　而乃至於霸者　以其時周雖衰　猶共主也　使生戰國時　其設施當自不同　王韜

（11）與孫以寧　　　　　　　　　　　　巻六「書三十二首」

〔天〕李元賓生平以二句括之

〔文末〕望溪文體簡潔　固足稱一代正宗　然究未免有太簡略處　學之者短簡寂寥　一味枯寂　以為名高則失之矣

王韜

（12）答某公　　　　　　　　　　　　　　　　同　右

〔文頭〕此篇似可刪

〔文末〕通篇皆作箴規　語上交不諂　於此見之　蓋於某公以信義相孚者久矣　王韜

（13）與常熟蒋相国論征澤望事宜書　　　　　　同　右

〔天〕望溪經濟設施　於此文略見一斑　坐而言者可以起而行　絕非儒生迂謬之談　蓋望溪平日往來北方　故於塞

外情形頗稔也

以上備陳漢代所以控馭北方之法　以明今昔之不同　遠近之有異

此皆異於漢代處

此即屯田養兵　步步為營之法

論塞外形勢　夷俗情形瞭如指掌　所陳制勝之道　實有所見　非同紙上空談　王韜

(14) 與一統志館諸翰林　同右

〔文頭〕似猶可存

〔天〕一語扼要

持此之語　即辯天下事亦不難

〔文末〕此可為總纂一書　合眾手而歸一致之法　王韜

卷四「序二十三首」

(15) 周官析疑序

〔文末〕周官之作　大抵姬公未成之書　不獨未及行於當時　恐亦不能行於後世　其設官分職有瑣細已甚處　此篇雖為析疑　而猶未能見及乎此　王韜

(16) 教忠祠祭田條目序　同右

〔文末〕沈摯哀惻語之從肺腑中流出　是謂至性之文　王韜

(17) 儲礼執文稿序　同右

此篇删

〔文末〕通篇皆縷述其兄前後學業顯晦之事　而至入題　則惟言其文似其兄　為能得其意而同其所見　此謂點睛破壁手段　王韜

講百川文處幾居十之八九　而及禮執處不過三四行　究非文章正軌

(18) 熊偕呂遺文序　同右

〔文末〕行身不苟　有濟實用是能君一生得力處　時藝其小焉者也　通篇極言其學行　而篇末又深致其惋惜　時藝之足以困人才　隱然見於言外　王韜

⒆ **楊黃在時文序**　同右

〔天〕集中為時文作序者　特三篇耳

〔天〕所遇之窮　即指上之事

〔文末〕楊君為循吏為純儒　雖不自時文出　而時文亦足以見其人　惟其所遇之窮　當不繫於時文　曰有命在　王韜

⒇ **送王篛林南帰序**　巻七「贈送序二十首」

〔文末〕情至之語　出自肝鬲、此非因人之泛　然作別者　王韜

㉑ **送劉函三序**　同右

〔文末〕通篇以中庸作主　而不以狥眾求同為中庸　而反以矯眾立異為中　蓋繩趨尺步疲緩闒茸囁嚅而不能出於口者非中庸也　必一鄉之人皆以為迂怪疎繆　乃始合乎中庸　函之疎放旬散人也　惟其言行不悖乎中庸　斯謂之真中庸矣　王韜

㉒ **贈魏方旬序**　同右

〔文頭〕此篇宜存不可刪

〔天〕日東人士沒每寫謔字　必誤作謔字　不知何解

〔文末〕從來千古傳人　必有至性　望川於友朋交際聚散離合間　纏綿往復如此　豈今之人所能耶　王韜

㉓ **送左未生南帰序**　同右

〔文末〕左生之交　以遇患難而獨摯　此尤感人之深也　望溪此文作於患難中　故亦不自知其言之沈痛乃尓也。　王韜

(24) **贈淳安方文輈序**　同右

〔文頭〕此文可存

〔文末〕時文害於學術　以其束書不觀也　而縱覽博涉　則又有害於時文　故古來得享盛名者　皆由少年科第　其久於場屋者　雖為古文　入之終不能深也　王韜

(25) **送李雨蒼序**　同右

〔天〕此最是學人通病

〔文末〕為文有害於吏治　以其妨時役誌志也　顧其業即經濟也　雖竝行而何害　特不可為章句記誦之末　而以文人自居耳　王韜

(26) **送鍾勵暇寧親宿遷序**　同右

〔文頭〕此等謂之市井俗字

〔天〕凡人學之不成　率以此故

〔文末〕通篇皆朂勵語　蓋交摯意誠　故告之盡言而無隱於此　知昔人敦於友道　猶有古風　王韜

(27) **送張又渠守揚州序**　同右

〔天〕明乎此　則於利害當前　自毋所搖惑

〔文末〕首提先君之德業及交誼始終　中及其在官有所建立　終則朂之以先德　無一贅詞　亦無諛詞　此文品之所以高也　王韜

(28) **重建陽明祠堂記**　巻十四「記二十二首」

〔天〕此二句正為士習所壞處　至今日而益不可問矣

別本無望溪二字

〔文末〕陽明為有明一代偉人　道學節行勲業文章　竝堪千古　即其及門弟子　皆能守其說而不變　文以孫徵君與陽明竝提　亦能即近以徵遠　俾此邦人士聞風興起耳　王韜

(29) **修復双峯院記**　同右

〔文頭〕此篇宜存　不必刪

〔天〕明祖之慘刻　永樂之陰鷙　殺人如屠犬　如此五代時所未有也　余觀史至此　輒為掩卷流涕

〔文末〕士君子雖窮　而在下亦足以主持風教維系人心　此由平日之所守所學　而亦由為上者　數百年來教澤之深也　望溪以有明一代養士之重　故遂得食士之報　；王韜

(30) **遊豊台記**　同右

〔文頭〕此篇極佳　斷不可刪

〔天〕豐臺素以芍藥著名　遊客之盛以此

見芍藥殊不足觀

(31) **題天姥寺壁**　同右

〔文頭〕此篇似未可刪

〔天〕不意雷部特為公道、道人以補官吏之所不及

〔文末〕太白之詩不及輿夫之言　因知天下事　非目擊者不可信也　後言本以需而全其生　猶人遇患難阨窮而始成其

業也　讀此文覚於言外有無限感慨　　王韜

(32) **遊雁蕩記**　　同右

〔天〕此山靈之幸也

〔文末〕極形容雁蕩之廣靜幽深嚴峭正肅　如端人毅士之不可少狎　而遊山者自不能復賛一詞　王韜

『方望渓文抄・坤』　『方苞集』中の所在

(1) **白雲先生傳**　巻八「伝十五首」

〔文末〕高節畸形不求人知　得震川文而乃傳　所著經學諸書未隔傳於世　則恐沈沒也久矣　如白雲先生者　真可入隱逸傳而無慚矣　王韜

(2) **二貞婦傳**　同右

〔天〕以任氏作陪　任氏猶是家庭之常　此則處其變矣

〔文末〕從來貞義節烈之著　皆遭事變而始有　則固婦之不幸也　此文尤能直揭貞婦心事　九幽之下當為感泣不置　王韜

(3) **高烈婦傳**　同右

〔文末〕有此節婦　斯有孝媳順孫　亦天之所以報施也

(4) **左忠毅公逸事**　巻九「紀事九首」

〔天〕此之謂真知已　嗚呼　天下滔滔　誰為我知己者而能用我乎

此字市井人所書　殊不可識　別本浮山作塗山

〔文末〕嗚呼　左公史公皆天人也　今不得復見其人矣　使世間尚有斯人　願執鞭箠以周施於左右　讀此覺胸中有一斗熱血　不能為國家一傾吐

庚辰十一月中澣天南遯叟嘔血書　是日長芸今節　飲酒霑醉書此

同右

（5）**高陽孫文正公逸事**

〔天〕別本多一堪字

公將以入賀萬壽節　面奏進兵　逆黨遂指公與晉陽之甲魏　璫悟亟全人止公

〔文末〕公之經濟尤在用兵時　遼事方棘　公從容坐鎮　壁壘一新　經營四年　闢地四百里　徙幕踰七百里　樓船鐵騎　東巡至廣寧　抵醫無閭　使朝廷始終任之　天下事豈有不可為哉　此文深惜公之不終於用厄於奸輔　覺千載之下猶有隱憾　按公於崇禎戊寅　狥高陽之難　奸輔薛國觀　怒公靳予贈恤　久之南都　追贈太傅　謚文忠　此云文正未知何據　王韜

（6）**李剛主墓誌銘**　巻十「墓誌銘三十首」

〔天〕上曰父某君　下曰歸孝慤　然則名孝慤者　非其父耶

〔文末〕敘剛主為學　始異終同處　曲折詳盡　而剛主之踐履篤實心性　樸願以此可見矣

王韜

（7）**礼部尚書贈太子太伝楊公墓誌銘**　同右

〔文末〕此望溪生平極力發揮之文　於楊公之勳業學行知遇　言之唯恐不詳　而氣韻音節　純乎入古　洵為絕大手筆

近世碑版文字當首推一席　王韜

(8) 李抑亭墓誌銘　同右

〔文末〕寫其學術人品處　委曲詳盡　無一愧辭　王韜

(9) 翰林院編修査君墓誌銘　同右

〔文頭〕此篇似可刪　然存之亦可　聊備一格

〔文末〕初白詩為　國初六大家之一　敬業堂集風行海內　此於初白詩學源流絕無一語及之　僅寫其立品謹恪　寥寥數言而已　豈一言其詩　即以詩人目之耶　此猶未免學究氣　王韜

(10) 中議大夫知広州府事張君墓誌銘　同右

〔文頭〕似可存

〔天〕然則究欲在藝文中尋生活

〔文末〕詳述其前後宦績　而學問品詣無不俱顯　所惜者不能盡其用耳　王韜

(11) 劉紫函墓誌銘　同右

〔文末〕紆徐取妍　氣韻入古　王韜

(12) 通議大夫江南布政使陳公墓誌銘　巻十一「墓誌銘二十首」

〔天〕此等日東減筆字、殊不可训（「摂」を攝と改めた））

〔文末〕吏才將略　歴歴如繪　而無一字支蔓　此望溪傑構也　王韜

(13) 杜蒼略先生墓誌銘　巻十「墓誌銘三十首」

〔天〕此人所難能也

〔文末〕此雖文中小品　而神情韻致皆有世外味　絕無一點俗氣攪其筆端　余最喜此種文字　王韜

(14)曾孺人楊氏墓表　　巻十三「墓表二十首」

〔文頭〕似可従刪

(15)徐詒孫哀辞　　巻十六「哀辞十二首」

〔文頭〕可存

〔文末〕述勗勉之詞　寫憶念之摯　讀之於友誼増重　嗚呼　近日友道凌遲久矣　毎念及之　輙為三嘆　　王韜

(16)宣左人哀辞　　同右

〔天〕餘波不盡

〔文末〕友朋最難相得於患難中　而惟患難中交最易感激　此篇反復情深　讀之覺有餘悲　　王韜

(17)武季子哀辞　　同右

〔文末〕拳拳念舊交　恤孤子　覺古人遺風去之未遠　　王韜

(18)和風翔哀辞　　同右

〔天〕雷轟薦福碑之　書生僅窮耳　尚不至有性命憂

〔文末〕和生蓋厄於天者也　其窮甚矣　而又促其壽　正未知天意何居也　　王韜

(19)僕王興哀辞　　同右

〔文頭〕似可刪

〔文末〕瑣屑微事　寫來亦復有致　　王韜

(20)題黄玉圃夢帰図　　巻五「書後題跋二十六首」

〔天〕別本作饑驅　當從之

〔文末〕低徊宛轉　一唱三嘆　此謂能情文相生者　　王韜

(21) 書孟子荀卿傳後　　巻二「読子史二十八首」

〔文末〕史記為千古奇書　其所見亦為千古特識　允推為文章之祖　　王韜

(22) 書蕭相国世家後　　同右

〔文頭〕似可存

〔文末〕於史遷命意所在　能抉其微　此謂善讀史記者　　王韜

(23) 書柳文後　　巻五「書後題跋二十六首」

〔文末〕望溪深於經術　集中多經義之作　故其辭如此　其實子厚小品文獨絶千古　非韓所及　安問其他　　王韜

(24) 書帰震川文集後　　同右

〔文末〕震川手挽狂瀾　力崇正體　雖當七子盛行　獨立漢幟　騷壇旗鼓莫敢與抗　此文於震川殊有不滿處　然根柢醇厚　法度謹嚴　不可不謂之古文正傳　　王韜

(25) 書涇陽王佥事家傳後　　同右

〔天〕此正千古痛心處

此亦論孫高陽　高陽官少師也

〔文末〕國之興亡系於天　實有非人力所能為者　小人在朝　君子在埜　此用舍之可見者也　日蝕星隕水旱饑饉　此天象之可見者也　盜賊迭興　灾害竝至　敵國外患乘之　此人事之可見者也　然一二在位之君子猶思從而挽回之　而卒為小人所牽制　甚至於捐軀絶脛　此所謂常有物以敗之者　蓋有天也　毎觀史冊　至此輒為掩卷流涕　　王韜

(26) **書潘允慎家傳後**　　同右

〔天　〕此皆著明有明亡國之由　讀之不禁為之痛哭

〔文末〕懷宗之剛愎忌刻　所任非人　其所謂忠者不忠　賢者不賢　而所殺戮者則又忠良社稷之臣也　如此安得不亡國

懷宗云　君非亡國之君　臣皆亡國之臣也　試問亡國之臣者誰與

(27) **書王氏三烈女傳後**　　同右

〔文末〕一波三折　悲感淋漓

(28) **書孝婦魏氏詩後**　　同右

〔天　〕此言孝敬之誠　雖未知其存於内　而禮節之顯　則不敢不盡乎外也

此等練句法　極近時文

〔文末〕朝廷旌獎絶特之行　所以風厲薄俗使歸於厚也　如魏氏者　世所罕觀　巾幗中宜奉為法矣　王韜

第六章　内藤湖南の章實斎顕彰に刺激された中国の学者
―胡適・姚名達および張爾田との交流について―

一九二〇年秋冬、京都帝国大学出身の東洋学者たちが創刊した同人誌『支那学』第一巻第三、第四号に内藤湖南（一八六六―一九三四　名は虎次郎　字は炳卿）の『章實斎先生年譜』（以下、「内藤譜」と略称）が連載された。この珍しい年譜は、早くも友人の青木正児より同誌の定期送付を受けていた北京大学教授の胡適（一八九一―一九六二）の目に留まった。一年余後の一九二二年春、胡適は自分の新作で分量的に内藤譜より何十倍も増えた『章實斎先生年譜』（以下、「胡適譜」と略称）の表紙に「敬贈　内藤先生　表示敬礼与謝意」と題辞して、これを京大教授の内藤に贈った。胡適はその序文において、内藤譜に刺激されたことを率直に認め、「私たちに最も恥をかかせたのは、初めて章實斎年譜を作ったのが一人の外国の学者であったことだ」という感想を打ち明けた。(1)

一九二八年一月十一日、清華学校国学院教授梁啓超の高弟、姚名達（一九〇五―一九四二）が胡適譜を補訂するために内藤の指導と資料提供を求め、内藤宛ての書簡において、私は「貴国の文字を学習することが遅すぎて、最近になって始めてご高著を読めるようになり」、「先生が私より先に史学史を作ったことを知り、敬服の至りである」、「今日の敵国において、先生ほど学問が精緻で専門も同一の先輩を得ようとして、どこへ探しても得ることが不可能である」と書いた。(2)

一九三〇年七月八日、己の寄稿「眞誥跋」が収録された『内藤博士頌壽記念史學論叢』を上海で落手した張爾田

（一八七四—一九四五　晩年燕京大学国学研究科長）が、感謝状で次のように内藤の学問を絶賛している。

田（自分を指す）、年二十余りにして、孫隘堪（孫徳謙）と同学し、章實斎の「六経皆史」の説を得て之れを好む。彼の時、国内の学者は頗る之に注意し及ぶ人あらず。而して豈に知らん、先生三十年前海外にあり已に此の学を提唱したるを。且つ竹汀（銭大昕）・東原（戴震）の諸家を博采兼収せざる無し、域外に覃き及び、諸れを実斎と較ぶれば更に精にして更に大となす。即い文芸を以て淵雅適逸を論じようとしても、亦た遠く北宋の上に在り。此れは田一人の私言に非ず、実に天下の公言なり[3]。

このように、内藤の章實斎顕彰は一九二〇年代の中国学界にいくつかの連鎖反応を引き起こした。では、なぜ内藤が中国の学者たちに先んじて章實斎の学問の真価を認識できたのだろうか。そして、内藤譜作成の史料的根拠となった鈔本『章氏遺書』はどんな性格を有する書物であるのか。内藤とこれらの一流学者とどのような思想交流をもったのだろうか。本章では、これらの諸問題について検討してみたいと思う。

（一）　漢学と英学の洗礼および清末の学者との交流

明治維新前夜の一八六六年に南部藩に生まれた内藤は、同時代の多くの人々と同じように、漢学の訓練だけでなく、英学の洗礼も受けた。父も母の里方も郷里の塾師であったため、少年内藤は家学に恵まれていた。晩年の内藤が次のように回顧している。

> 五歳の時、筆をもって手習ひすることを始めた。手本は父が書いてくれ、一二三とか、いろはとかを習った。（中略）又母がまだ死なぬ少し前のことである。そのころ本をも習ひ初め、先ず漢文の廿四孝を読まされたことがある。読み方は字指して読むのである。非常に鋭敏であったのでよく覚えたといふことである。父は詩をたくさん暗記して居った人で、よく夜分などは独りで詩を吟じて居った。その詩は山陽の紀事詩などで、短いものは勿論、長いものは古詩や白楽天の長恨歌の類などは皆暗じて吟じた。声が好かったので頗る得意とした。自分はそれを傍で聞いてよく覚えたものである。（中略）次いで四書の素読を父から教はった。[4]

また、「余童年読書、已粗誦四書五経。将及乙部、先君子先課以元曾氏十八史略」と、父の指導で、四書五経や十八史略などを通読したという青少年時代の経験に触れたことがある。[5] 読書のみならず、蔵書の嗜好にも「遺伝」的要因があったようだ。家に祖父の「楽善府君」が残した「遺書数千巻」があり、父が精力的に読書に勉め、しかも経世済民の志をもったという。[6]

一八九八（明治三十二）年夏、父が編集した祖父の遺稿の校正を手伝う内藤は、後記に次のような心境を打ち明けた。雑誌や新聞の記者としての自分が『近世文学史論』（大阪朝日新聞連載時のタイトルは『関西文運論』）などで「師友」に推称され世間に「微名」を博しているが、しかしそれはまだ健在の両親および祖父の「在天の霊」を慰めるほどのものではない、と。そのつづきで次のような誓いと悲願を述べている。

但三世文業、鉛槧不廃、兢兢業業、唯或墜先緒是懼。若比其入地、得保全首領、列一片石于先塋之次、題曰、楽善先生之孫、十湾先生之子某之墓、則虎之願酬矣。[7]

すなわち祖父と父はともに文名があるので、この伝統は決して自分の世代で絶えてはいけない、一所懸命の努力でもってそれを継いでいきたい、という強い意志の表示であった。

このように抜群の天才と人一倍の努力をもって、内藤の学業は順調に進んだ。小学校を経て、秋田師範学校の中等師範部への入学試験では一位で合格し、一八八五年七月同校の高等師範部を卒業した後、まもなく北秋田郡綴子村（現・北秋田市）の小学校へ首席訓導として招聘されるようになる。

一方の英学稽古について、小学校時代は「『輿地志略』には詳しい歴史が附いて居ったので、自分はそれを皆読んだ。（中略）万国史ではそのころ一番詳しい西洋近世史といふ二十冊本を全部読んだ[8]」。師範学校時代は、「師範の学科には英語が無かったが、師範の先生の中に川名庸謹といふ親切な人があり、変則な英語を少し知って居り、リーダー位教へられたので、岸田（吉蔵）と二人、自宅へ出掛けて稽古したこと」があり、傍ら当時中学校の教員をしていた東京帝大の落第生で、三宅雪嶺の友人である森可次のもとへ「英学稽古に参る」こともあった。二人の先生のなかで、川名先生の方が青年内藤により大きい影響を与えたようである。後日、川名の死を悼む内藤は次のように述べている。

余にとって喧れられぬ恩は、先生の教は実に余が為に学問思想の一新時期を開かれしことなり、僻地の事とて其の頃まで科学上の新しき理論聞くよしなかりしが、先生が懇に説き聞かされ、書をかして読まされしにて、

進化説の大体にも渉るやうになりき、英語も先生に就て始て学びしなり。(9)

その後の綴子小学教員時代は、内藤はさらにルソーの『民約論』に接し、そのサイン入りの同書の邦訳は綴子村の村長の家に保存されていたという。(10) 西洋の歴史や地理、そして英語、「進化説」と『民約論』。明治開化期の西洋学の大きい波は、このように僻地といわれた秋田にも押し寄せ、知識欲旺盛な青年内藤に洗礼の機会を与えたのである。一度近代西洋に目覚めた内藤は、その後の生涯においてずっと西洋の学問や理論、とくに西洋で次第に発達しているシノロジーの方法に対する目配りを怠らなかった。

さて、秋田師範を卒業した内藤はすぐ綴子小学校の教職を得たが、わずか二年後に辞職した。それ以降の二十年間は、内藤がジャーナリストとして健筆を揮い、『近世文学史論』などの名著と名文で世に知られるようになった。仏教系の『明教新誌』と『大同新報』、政教社系の『日本人』と『亜細亜』、そして『大阪朝日新聞』、『台湾日報』および『万朝報』の編集者や論説記者を歴任、最後には『大阪朝日新聞』に再入社。一九〇七年以降の二十年間は、京都帝大の東洋史講師・教授として数々の研究業績を挙げると同時に、『支那論』・『新支那論』など中国関係の政治論と文化論を発表し、一九二六年の定年退官にいたった。

記者時代と京大時代の合計四十年間における内藤の目的地別の海外渡航は、植民地下の台湾への二回と保護国下の韓国への二回を除けば、中国大陸へ九回、欧州へ一回となっている。そして、最晩年の一九三三年十月に日満文化協会設立のため満州国に渡った。(11)

ここではまず、内藤史学のスタンスの形成に重要な意味を持つ最初二回の大陸行の様子を見てみよう。

〈第一回〉一八九九年の春、内藤が長い間蒐集した「五、六千冊」の書籍などは、不幸にも東京小石川江戸川町の自宅の焼失とともに消えてしまった。同年秋の清国初訪問で第一級の学者たちに接したことが一つの転機となって、国学も好きだった彼の学問や蒐書の方向も完全に東洋史や唐本関係にシフトした。

一八九九年九月から十一月まで清国の北部と長江地方を歴遊し、厳復、文廷式、張元済、羅振玉などと面会し筆談した。たとえば、「羅叔韞（羅振玉）との談は、多く金石拓本を拔きて、此れ一句、彼れ一句、相応酬したれば、零砕にして録し難きこと多し。羅は其の著たる面城精舎雑文甲乙篇、読碑小箋、存拙斎札疏、眼学偶得を贈られ、吾は近世文学史論を以て之に報じ」、また貴重な金石の拓本や臨本の互贈互評など、切磋琢磨を通じて意気投合の親友になった模様である。[12]

一方、この旅で「支那人の篤学」について次のような感慨も残した。「支那人の篤学に至ては、邦人のかけても及び難き処あり。（中略）張菊生（張元済）が家に至れば、こは又エンサイクロペヂア・ブリタニカ裒然として卓上に載せられ、価廉ならざる種々科学の懸図、四壁を掩へり、専門家といふにもあらざるに、其の篤志感ずべきなり。（中略）されば古逸叢書が、楊守敬の計画にて黎純斎（黎庶昌）星使の手に影刻せられし大事業は姑らく置くも、経籍訪古志の若きも、同じく徐星使の時に印行せられ、日本金石年表の潘氏滂喜斎叢書中に刻せられしなど、古人が畢生の精力を注ぎし著述の、此邦にては其の名だに知る人少きに、支那人などにかく先ず印行せらるゝこと遺憾の至と謂ふべし。[13]」

この初めての大陸訪問を通して清代学問の趨向を把握した内藤は、日本における中国研究の現状と問題点について強く反省させられた。翌年三月に書かれた次の論説「支那調査の一方面―政治学術の調査―」において、内藤は、日本人学者が『乾隆会典』に詳しくないのみならず、最近の支那財政事情に対する把握も「西人の撰著」に頼るしかないという現実に鑑み、支那における政治調査の重点は「財政の整理」に置くべしと主張している。そして、「経子二部の学」に限られていた江戸期以降の漢学を革新するため、「史学に注意する」ことの重要性を強調し、支那における学術調査の重点は「清朝以来の掌故、実録の類」、「金石の類」、「塞外漢唐金元の諸碑」、「銅器金文」など「材料の蒐集」に置くべしと提唱している。その際に引き合いに出された論拠は、すなわち次のような近世中国、とくに晩清時代の学風の変遷に対する彼の把握と理解であった。

夫れ彼土に在て、義理の発明は宋明に尽き、考証の精緻は乾隆に窮まる、故に其の学者も亦已に此の二途の外に於て、更に緯書、仏書を以て経義に参するの風を拓き、又史学校勘の学等、別逕を求めて其の神智を発揮するに至り、金石（鉱物学の謂にあらず）、小学（小学、近思録の小学に非ず）の属に至りては、実に無前の精を極めたり[14]。

〈第二回〉一九〇二年秋、大阪朝日新聞社に派遣された内藤は、満州を視察後、北京で沈曾植、劉鉄雲、曹廷杰などと会い、杭州で文瀾閣の四庫全書などを見学した。このなかで沈曾植との会談は、内藤の学問的視野をいっそう広めたと考えられる。

沈曾植（一八五〇―一九二二）、浙江嘉興の人、字は子培、光緒六年（一八八〇）進士。中央や地方の官職を歴任し、清末の内政外交上の重大な政策決定に関与し、日露戦争前後の中国では士大夫の模範と見なされていた。王国維は沈氏の古稀祝賀のために作成した『七十寿序』に、「先生は少年にして固より已に尽く国初（清朝初期）及び乾嘉（乾隆・嘉慶年間）の諸家の説に通じ、中年にして遼・金・元史を治め、四裔の地理を治め、又た道咸（道光・咸豊年間）以降の諸家の学を為す。（中略）学者は其の片言を得て、其の一体を具すれば（その一つの示唆を具体化すれば、という意味）猶お一家を名づけ、一説を立てるに足りる」と述べているので、まさに清代の学問を一身に集約した大学者であった。主要著述には『漢律輯補』、『晋書刑法志補』、『元朝秘史箋証』、『蒙古源流箋証』、『海日楼詩文集』などがあり、民国初期に『浙江通志』を主編する際、王国維や張爾田などの後輩を分纂者として招聘した。ドイツやロシアの学界だけでなく、早くも一八八九年に那珂通世にモンゴル語の読音法を紹介したり、そして一九二〇年に西本白川に『尚書』を講じたり、日本の学界でも令名を馳せた[15]。内藤自身も一九二〇年代前半に『支那史学史』を講義する際、「日本に蒙文元朝秘史が入ったのは、文廷式より余の処に送って来て、それを那珂博士が研究されたのである。（中略）文廷式は生前より沈曾植は当時支那の史学の第一人者であると言っていた。」「沈曾植は自己の書として蒙古源流事証を書いて居り、余が明治三十二年以来、この書の写しでも送って欲しいと依頼して置いたが遂に送って来ず、まだ出版もせられない」と回顧しているので、一八九九年の初の大陸行で両者の交渉がすでに始まったことが分かる[16]。

内藤の『禹域鴻爪後記』という日記によると、一九〇二年の北京で、当時五三歳の沈氏と三七歳の内藤の間に次のようなやりとりがあった。

十一月十五日　午前十一時、再ビ沈子培ヲ訪フ（一回目の訪問時は沈氏の体調不良のため会えなかった）、史ヲ談ジテ晩景ニ至ル。偶々夏穂卿（夏曾佑）モ亦来ル。帰途、曹廷杰ヲ訪フ。

十一月十七日　使ヲ沈曾植氏ニ遣ハシテ、雀頭・延喜二筆ヲ贈ル。

十一月二十三日　（前略）在ラザル間、沈子培来訪シ、西夏感通塔碑ヲ贈ラル[17]。

深秋の北京は暮れやすいとはいえ、大雑把に計算すれば、両者はなんと昼前から晩まで約七時間以上にわたって歴史を縦横無尽に語ったのだった。内藤の弟子、敦煌学で有名な神田喜一郎は、当日の会談で両者が「非常に意気投合されて、（沈氏は）西北地理の学問どころの話じゃない、中国のあらゆる学問に通達して、識見のあるえらい人だ、ということが分った。（内藤は）それから、沈曾植やその一派の人をおすきになったのです」と述べたことがある。また、偶然でその会談に入り込んだ夏曾佑（一八六三―一九二四）は、同年の春に進士になったばかりの優れた学者であった。この人物について、神田と貝塚茂樹は「内藤先生は夏曾佑を非常に買うておられました」、「古代史は、夏曾佑の本をまず読め、とすすめられたものです」と記憶している。[18]

（二）「欧西と神理相似たる」東洋の学問方法論の発見を求めて

晩年の内藤に親炙し、内藤の伝記を作成した三田村泰助が、「明治以降、理論的なものの糧はすべて西欧に仰ぐのがわが国の学者・思想家のしきたりであるが、湖南の場合はさらに日本ないし中国にその糧を求めて大をなしたところにそのユニークな性格が見られる」と述べたことがある。[19]

確かに、内藤が大学者になれたのは様々な背景と経緯があるが、西学東漸がもたらした巨大なインパクトへの対応を迫られるなか、日中両国の伝統的な学問方法論を自覚的に発掘し最大限に生かしたその努力は、もっとも重要なファクターであったと言えるだろう。

内藤湖南全集十四巻の出版が進行中の一九七二年六月二三日に、京都のプリンスホテルで「先学を語る―内藤湖南先生」という東方学会の企画した座談会が開かれたが、神田喜一郎・内藤乾吉・貝塚茂樹・吉川幸次郎・宮崎市定および三田村泰助など参加者の間で内藤の「非凡な洞察力」の由来について議論が交わされたことがある。内藤の令息乾吉は王応麟『困学紀聞』に「一番多く書き入れしてある」、そして『四庫提要』も部分的に「点を打って読んだあとがあります」と証言しているのに対して、神田喜一郎は『朱子語類』にも書き入れがあり、若いときに父から読まされた「頼山陽の外史と政記」による影響もあったと指摘した。一方、銭大昕を「清代史学の第一人」として論じた内藤の「寶左盦文」の跋では、「暗に銭大昕をもって自ら任じていられるところがあるようです」という吉川幸次郎の指摘に対して、宮崎市定が「どうも先生はご自身では、銭大昕流かと思っておられたと思うのですが、外から見るとむしろ趙翼流じゃなかったでしょうか」という異見を述べた。このほか、章實斎や杜佑の年譜を作成した時の抜書きの存在に触れられ、「書・文章・文房趣味」に対する内藤の「天性的藝術的感覚」も語られていた。[20]

ここにいう日本の学者とは、頼山陽のほか、主として『出定後語』や「翁の文」などの著述で古典研究の「加上法」などを示した天才的大阪町人学者・富永仲基（一七一五―一七四六）を指すものだろうと思われるが、これについて筆者はかつて論じたことがある。[21] そして、中国の学者たちのなかでは、章實斎（一七二八―一八〇一、名は学誠）が銭大昕・趙翼と並んで清代史学の重鎮をなしている。章氏は浙江紹興の人、四十一歳で進士になったが、仕官せず、教育や著述に専念していた。考証学の全盛期において、それとは違う独特な人文学理論の構築に腐心し、『文史通義』と『校讎通義』などを著した。この二人の優れた学問方法論は、近世東アジアの双璧とも言えるし、両者への内藤の注目、追跡および顕彰は、奇しくもパラレルなコースを辿り、しかも二、三十年間の時間を要した。というのは、内藤はその人の全体像にかかわる経歴や主要著述を完全に把握するまで安易に執筆や発表をしないというスタンスを取っていたからである。さらに、この二人の発見は、内藤の次のような問題意識に深く関っている。すなわち一八九九年に初めての清国旅行を実現した直後の内藤は、「読書に関する邦人の弊習附漢学の門径」において次のように指摘している。

東西の学術、方さに我邦に集注す、之を薈萃して之を折衷し、之を融和し而して学術の生面を開き、世界文明の一大転機を形くるは、地位我邦より善きはなし。（中略）漢学の老宿なる者は、大抵徳川氏末世の学風に養成せられ、当時此方の学者、一二有識を除く外、まだ支那近世学風の趨響をも知らず、（中略）学術変遷の序次は、支那学風の固陋を免れざるも、亦欧西と神理相似たる者あり、故に欧西学術変遷の大体に通ずる者、更に漢学を講じて、門逕を誤らざれば、其の同異を対照して、且つ記憶に便に、且つ発明に資すること、決して少小に非ざらんとす。[22]

ここからも分かるように、内藤は近世東洋の学風変遷を観察する場合、つねに近世西洋の学風変遷を参照系として両者の異同を検討し、日中と西洋の間に「神理相似たる者」の発見に努め、その上で日本人による中国研究の新機軸を創出しようと心掛けていたのである。このような問題意識は、内藤は最晩年まで持ち続けたようである。例えば、一九三一年一月二六日の「御講書始の儀」において、内藤は「支那の史家中、司馬遷以後の第一人」と認めた唐代の杜佑を昭和天皇に紹介し、その代表作『通典』に記録されている祭祀時の尸の立て方や殉葬・同姓婚娶などの慣習の歴史的変遷について進講する際に、次のようなコメントを行った。

> 佑の卓見は独り文化の進歩を認めたる点に止まらずして、又実に其の研究法の卓抜なるに存せり、佑は支那にて古来尊重せる経書に出でたる礼俗を研究するに当り、之を四夷の土俗に比較し、即ち近時の土俗学的研究法を用ひたり、是れ現今仏国の東洋学者等が支那学研究に用ひたる最新方法と同一なる学術的用意を已に千二百年前に於て為したる者にして、其の頭脳の明敏なることは真に敬服するに足る者と謂ふべし、故に微臣は謹でここに佑自らも已に反復論弁して其の卓見なることを認めたりと思はれ、朱子・王応麟等も已に之に注意せる章節を挙げて天聴に達し奉ることとしたるなり。(23)

それまでの漢書進講の大半が儒教の経典に関するものであったことに対して、晩年の内藤はこの中国古代制度史の名著を取り上げ、それに現れている杜佑の実学精神、進歩史観および近代西洋の民俗学にも通ずるその先駆的研究手法を称えたのである。

もし古代中国の杜佑の民俗研究法が「欧西と神理相似たる」一面をもっていたとすれば、近世日中の富永仲基と章實斎の学問方法論者は、近代西欧の学問方法論と匹敵できるような独創性をもっていると、内藤は確信していた。

十八世紀に生きたこの両者に関する内藤の研究は次のようなパラレルなコースを辿った。

まず、富永への内藤の注目は、一八九〇年代初期に内藤恥叟という水戸学者のヒントを得た結果である。「先生因て語て曰く、近世著書汗牛充棟、然れども屋上屋を架し陳々相因る者概ね是れ、但だ富永仲基の出定後語、三浦梅園の三語、中井履軒が門人山片蟠桃の夢の代、發明の説多し、卓然として獨立す、三子者の若きは眞個に豪傑の士なり」と。(24) それ以降、富永の伝記と著述に関する資料の蒐集に心掛けて、とくに「翁の文」という幻の名著を追跡していたが、大きな進展はなかった。ほぼ三十年後の一九二四年になって、儒教・仏教・神道という三教および日本・中国・インドという三国の民俗に対する包括的な研究を行った「翁の文」がようやく亀田次郎によって発見された。一九二五年四月五日、大阪毎日新聞発行一万五千号を祝う記念講演会において、この発見に触れた内藤は「私共長い間この本を捜して居つたところ、偶然昨年の春まで大阪外國語學校の教授をして居つた亀田次郎といふ文學士が發見しました。それを私が到頭版にするやうになつたのであります」と語った[25]。発見当初の内藤がいかに大いなる喜びを感じ、ついに私財を投じて出版したかが分かる。この「大阪の町人学者富永仲基」と題する講演録は、いわば富永顕彰論の決定版で、その結論は次のようなものであった。

日本人は一體論理的な研究法の組立といふことに、至つて粗雑であります。學者の中で非常な新しい思ひ付きがあつて、さうして新しいことを何か研究して産み出す人は相當にありますが、併し自分で論理的研究法の基礎を形作つて、その基礎が極めて正確であつて、それによつてその研究の方式を立てるといふことは、至つて日本人は乏しいのであります。それは仁斎でも徂徠でも皆相當えらい人でありますが、日本人が學問を研究するに、論理的基礎の上に研究の方法を組立てるといふことをしたのは、富永仲基一人と言つても宜しい位であります。その點に我々非常に敬服するのであります[26]。

このように、内藤は富永を「論理的基礎の上に研究の方法を組立て」た唯一の人物と見て、荻生徂徠と伊藤仁斎よりも高い評価を与えたのであった。

一方、章實斎の場合、その『文史通義』との邂逅は一九〇二年で、『章實斎先生年譜』の作成は一九二〇年であり、その間に十八年の時間が費やされた。もし一九二八年十月六日大阪懐徳堂で行った「章学誠の史学」と題する講演を章氏顕彰論の決定版と見なせば、その間に二六年の時間がかかっている。同講演において、内藤はことの経緯を次のように回顧している。

自分はこの人の文史通義・校讎通義を読んだのは明治三十五年（一九〇二）が初めてで、その時に大変も面白かったので、本を二部杭州で買って、一部を当時支那留学中の狩野博士に贈った。その後とも、大学などでも頗るこの人の学問を鼓吹したが、その為にその著述も我邦では割に多く読まれるやうになった[27]。

これによって見れば、『文史通義』との出会いは二回目の中国旅行の賜物であった。内藤文庫所蔵の手沢本に、内藤の批点はほぼ全書にわたり、なかの「言公」篇にとくに多かったようである。しかし、富永仲基の場合と同様に、内藤は先哲の代表作をもってその人物を論評せず、必ず関連資料の全貌を把握し研究してから「熟成」した見解を披露することにしていた。このような謹厳な研究姿勢は、『章實斎先生年譜』の「序説」にはっきり表れていると言える。

余は章氏の書を愛讀するの餘、實齋の履歴を知らんと欲せしこと久しかりしも、文史通義その他の刊本によりて知り得べき所は極めて疏略なるを遺憾とせしが、去年鈔本章氏遺書十八册を得て之を檢するに、其の盡く文史通義以外に溢出する全集の大部分なるを知ることを得。固よりこの鈔本にも目ありて文なき者あり、又他の雜誌其他に已刊せる者にして、この鈔本に缺けたる者あるも、章氏遺著の百中の九十八九は、已にこゝに備はれり。今年四月間、偶々微恙に罹りし際、蓐中に在りて、粗ぼ全部を渉獵し、其中より剌取して、少しく他書を參考せば實齋の年譜を成し得べきことを覺え、機を得て之を試みんと思ひ立ちたり。これ支那學編者の索めに因りて竟にこの一篇を草する所以なり。但だ章氏の交友の詩文等を參考せば、更に得る所あるべきを思ふも、今の見し所は、一部の朱笥河文集に過ぎず、其の博採旁證の如きは將さに他日の增訂に待たんとするのみ。(28)

では、「博採旁證」をした内藤はどれだけの章氏関連資料を網羅できたのだろうか。関西大学図書館内藤文庫所蔵「鈔本章氏遺書十八册」の付属資料中に内藤自筆のリストとそのガリ版刷があり、単著、文集、雑誌、様々な収録形態の関連資料を手に入れようとした内藤の苦心ぶりがよく窺える。

一	章氏遺書	文史通義 校讎通義	大梁刻本	五冊
一	同		貴陽刻本	四冊
一	同		大梁本　未刊前抄本	六冊
一	同		舊鈔全集本	十八冊
一	同		浙江圖書館活字新印本 與舊抄本稍有出入	十二冊
一	章實齋先生遺書		宣統二年活字印本	四冊

湖北通志檢存稿

一　章實齋未刊稿　鈔本　其文皆全集本所有　二冊

一　文史通義輔編　雲鵜閣舊書本　一冊

一　章寶齋信摭　神州國光社活字印本　一冊

一　乙卯劄記　一冊

一　丙辰劄記　一冊

一　章實齋文鈔　菊飲軒活字印刷　一冊

以上三種皆全集本所有

一　中國學報　第六、七、九期中有史籍考殘稿　三冊

一　古學彙刊　中有章文　皆全集本所有　三冊

一　國粹學報　多收章文

一　兩浙輶軒錄　中有章實齋父驤衢詩

一　邵二雲南江文鈔　中有与章實齋書　一冊

一　朱竹君笥河文集　中有祭章母史孺人文等　三冊

又李威従遊記

一　洪亮吉卷施閣文詩　中有与章實齋書　二冊

一　王宗炎晚聞居士集　中有復章實齋書　一冊

一　王端履重論文齋筆錄　中有記實齋事條　一冊

一　譚獻復堂日記　中有論章學數條　三冊
一　蕭穆敬字類稿　中有該文史通義記
　　　　　　　　　章氏遺書二篇　二冊
一　徐仁鑄輶軒今語　中輶論章學條　一冊
一　楊鍾義雪橋詩話　中有記章實齋條　二冊
一　章實齋先生筆蹟　存于朱少白文稿鈔本中
一　章實齋先生年譜　出于支那學中

リストの中で、内藤の『章實斎先生年譜』作成の主な動機づけとなった「鈔本章氏遺書十八册」入手が特に貴重である。年譜作成の一九二〇年当時、刻本と活字による「章氏遺書」の刊行はまだなされておらず、この鈔本は一種の「章氏全集」であり、そこに「章氏遺著の百中の九十八九」が含まれていたからである。

では、関連資料をほぼ把握した内藤はどのように章氏を評価したのだろうか。内藤から見れば、章氏のもっとも重要な貢献は、人文学の学問方法論を古代制度史と文化発生学の視野から論理的に組み立てたことにある。

この人の考へとしては、あらゆる學問は哲學が根本ではなしに史學が根本である。あらゆる學問は史學そのものである。史學の背景のないものは學問にならぬといふ意味で、總ての著述を批判しようとしたのが特別な點である。これらの考へは文史通義を通讀して、精細にその組立ての仕方を考へると判るのであるが、粗雑に讀み去ったのでは、これだけの精密の組立ては判り難いのであるから、支那のこれを崇拝する學者達でも、なかなかこの人の眞意を得ることはむつかしいのであつて、漸く最近に至つて幾らか西洋の學問をした人達によつてその眞價が認められるやうになり來つたのである。[29]

内藤は、章氏を乾隆・嘉慶時代の考証学という「一代の風潮の間に独立して」いた学者と見てそのユニークな研究志向を評価したが、他方、彼の学術と近代西洋の学術との「神理相似たる者」を見抜いたのである。上記の京都座談会において、貝塚茂樹は「内藤先生が私に話されたのは、章学誠というのは、西洋でいえば社会学みたいなものじゃ、その社会学的なところがいいじゃと。まさにそのとおり、社会学的ですね、スペンサーとか何かああいう式のものですね」と回想している。[30] ここにいう社会学は、おそらく社会進化論のことであろうが、これこそが内藤の章氏理解の眼目である。例えば、『文史通義』「書教」篇において歴史記述法の変遷に関する次のような論述がある。

著述が段々変って行く所の道行きとしては、初めの尚書（事ある毎に篇名を作って始末が書かれたという形）は最も理想的な著述である。（中略）然るに後になってこの尚書の体裁が一変して左氏の春秋となった。尚書にはきまった体裁がないけれども、左伝にはきまった例、即ち編年体が出来て来た。左伝が一変して司馬遷の史記即ち紀伝体の歴史になった。（中略）その後、班固以来、紀伝体の断代的歴史が続いたが、宋の司馬光に至って、又左伝と同じやうな編年体の通鑑を作った。然るにその後になって、南宋の袁枢といふ人が通鑑紀事本末といふものを作った。（中略）歴史の発達の順序としては、かういふつまらない人（袁枢を指す）の著述でも、自然に古代の最上の著述の趣意に合するやうになり来ったのである。章学誠のかういふ見方はつまり言はば、最近の歴史の体裁と自然に合して居るのであって、今日西洋の有名な著述でも、すべてこの紀事本末の体で書くことになっているのであるが、歴史がさうなるべきものだといふことは、章学誠は百五十年前に於て既に考へて居ったのである。[31]

このなかで、決まった体裁を備えない『尚書』から編年体の『春秋左氏伝』、そして紀伝体の『史記』へ、それから『漢書』以降の断代的紀伝体史書、編年体の『資治通鑑』をへて、最後には紀事本末体による『通鑑紀事本末』に辿りつくという歴史記述体裁の変遷過程に関する描写は章氏の所論に対する要約であるが、紀事本末体は近代西洋の史学名著と体裁上合致するというのが内藤のコメントである。そして、内藤は、「書教」篇における『通鑑紀事本末』論を引きつつ、次のように章氏の論点を評価している。「文は紀伝より省き、事は編年より明らかである」、「事件の類別によって因果をつなぐ」という紀事本末体的記述法は「今日から見ても、最も進歩した歴史の書き方にかなったものであって、人の伝記・年歴に束縛されず、人間社会に起る事件を中心として書いたものである。章学誠の云ったことは正しく当っている」と。[32]

注意すべきは、章氏と内藤はこのように一種の発展論で歴史記述体裁の変遷過程を捉えてはいるにもかかわらず、そのなかで違った部分もある、という事実である。すなわち章氏においては『尚書』から『通鑑紀事本末』までの歴史記述体裁上の変化が最終的に『通鑑紀事本末』の『尚書』への回帰をもって完結したと捉えられているので、そこにはいささか「循環史観」ないし「復古史観」も影を落としていると言える。それは、彼の置かれている時代的・社会的環境による束縛で、たとえ不本意でも「経書尊重」という論理構成で自説を展開させねばならぬという事情があったと考えられよう。これに対して、明治日本で育てられた内藤ははっきりと近代西洋の歴史記述法を判断基準として、近世中国の紀事本末体的記述法はそれと合致するかどうか、章氏の所論に先見の明があったかどうかと論じたのである。その意味で章氏の描いた歴史記述体裁の進歩過程が円形的なものであるのに対して、内藤のそれは直線的なものであるように見える。

歴史記述の形態の変遷だけでなく、歴史記述でもって現すべき「道」の形成や顕在化の過程自体も同じく社会進化の結果であるというのが章氏の考え方のようだ。これについては、『文史通義』「原道」篇の関係論述に対する内藤の訳述を見てみよう。

この人（章氏を指す）はその道の発生して来る順序を考へて、道は天に生じ、天地が人を生ずれば、斯に道があるのであるが、それだけでは未だ形に現はれない。道の形に現はれるのは三人居室から始まる。三人室に居れば、そこ分任、今日の言葉で言へば分業といふものが生ずる。或は各々別に事を司る、或は更代の仕事をするといふことになるが、さうなって来ると均平・秩序といふことが出来る。平等と秩序とが紊れることがあるので、年長者をしてその平を持せしめる、即ち裁判をするといふことになる。それからして長幼尊卑の別も出来、それから什伍千百といふやうに数が殖えて、さうして各々組が分れるといふことになって来ると、各々その上に才のすぐれた組の頭が出来、さうして更に徳の盛んなものを推して之を統合するといふことになって、そこに君となり師となる者が出来て来る。(33)

内藤の受けた儒教の教育および「進化説」や『民約論』の影響から考えれば、彼にとって「道」をめぐるこの章氏の所論を受け入れることはそれほど困難なことではなかったはずである。事実もそうであった。このような社会の進化と文化の進歩の視点にたって、彼は、章氏の「言公」説を完全に支持し、次のように述べているのである。

> 最初の著述はその器を載せ道を明かにする為の著述であるから、自分一個の言を立てる為の著述ではないのである。一人の立言者があった時に、その道を伝へた後の人は、その立言者の著述の後に直ぐ又附け加へて書いても、前の立言を推し弘めるためであれば少しも差支ない。（中略）その立言者とその継続者との関係によって、その議論の発展を見るべきものである。（中略）これが大体に於て言公の論の主旨であるが、章学誠は六経その他の著述に就て、一々事実を指摘し、古代の著述の批判を示している。これは、古人の著述を批判する方法として、一つの新しい見方を出したものであって、経学史学の研究法に於て極めて重要な考へ方である。[34]

　このなかで言及された立言者とその継続者（最初の著述に次々と「附け加へて書」く人々）との関係は、すなわち客観的には共同で学説の創生と「加上」（富永仲基の用語）によって文化の進歩を成し遂げていく人々の間の関係である。このように見た場合、内藤の章實斎顕彰は実はその富永仲基顕彰と一種のパレラル的な関係になっていることがよく分かる。要するに、内藤は「木を見て森を見ず」というような視野の狭い歴史家ではなく、大所高所から歴史の進歩と因果関係を把握しようとする哲学的頭脳をもつ歴史家であった。彼は「天人の際を究め、古今の変に通じ、一家の言を成す」という司馬遷の理想に共鳴を覚え、論理的な古典研究法を立てようとした章實斎や富永仲基の創意に賛辞を惜しまなかった主な原因はここにあっただろう。

（三）　胡適・姚名達の羨望の的となった鈔本『章氏遺書』の希少価値

前節において、内藤が章氏年譜作成の一九二〇年当時に刻本と活版による「章氏遺書」の刊行はまだなされておらず、一九一九年入手の「鈔本章氏遺書十八冊」は一種の「章氏全集」になるため、貴重であったと述べた。しかし、それよりもっと重要なのは、この鈔本は信頼できる善本であったため、刻本と活版の「章氏遺書」が刊行されても、胡適の章氏年譜を補訂していた姚名達の羨望の的となり、それを閲覧するためにわざわざ内藤に書簡を送り、国際旅費を惜しまず日本を訪れたのであった。

そもそも、この鈔本の製作を委嘱したのは、光緒十五年（一八八九）の進士孫廷翰（一八六一―一九一八）であった。孫氏の字は問清、浙江諸曁の人、有名な書家、古書畫や古典籍の収蔵家であり、清末の立憲予備公会、浙江鉄道公司などに関わった政財界の有力者の一人でもあった。祖父も父も上海で沙船業を経営し、一族は極めて裕福であった。義和団事件で夥しい文物の紛失に心を痛めた孫氏は、私財を投入して『二十四史』を復刻し、北京大学の前身京師大学堂および各地の図書館に寄贈した[35]。調べた結果、内藤が入手した鈔本の底本は章氏の末裔章小雅（名善慶）が所蔵した『章実斎先生遺書』三十四冊の可能性が大きく、抄録作業が一八九六年に行われただろうと推測できる。

まず、底本に関する仮説は次のような史料からの推論である。

沈復粲曾購得同郷學者章學誠（一七三八―一八〇二）遺書抄本三十四冊、此為後人編印『章實齋先生遺書』奠定了文獻基礎、清蕭穆（一八三四―一九〇四）『敬孚類稿』巻九「記章氏遺書」云:「光緒十七年辛卯冬、晤章氏族裔章小雅處士善慶於上海寓所、小雅好古、藏書頗多。十二月朔日、同諸暨孫問清太史廷翰往訪小雅、觀所藏各古書善本。中有舊鈔『章實齋先生遺書』三十四冊、云為其郷人沈霞西家藏本。沈氏藏書數萬巻、約直四萬金、後其人亡家落、多散之揚州等處。此遺書乃留落紹興本城某書坊、以洋銀百元得之。」沈氏還曾從章學誠嗣子章杼思處借抄了章氏著作『信摭』、書末有跋語云、「此冊實齋先生五十七歳以後所記。起乾隆甲寅至乙卯冬竟。復棨於道光戊子夏從其嗣子杼思處借鈔。」(36)

すなわちこの三十四冊本は、章氏の郷里、紹興の大収蔵家沈復棨（一七七九―一八五〇）の所有物であった。沈氏はその蔵書の最盛期において数万冊を所蔵し、その価値は四万両に値した。沈氏の死後、三十四冊本は紹興城の書肆に出回り、小雅は銀百両で購入した。光緒十七年辛卯（一八九一）十二月、北京で翰林院検討、文淵閣校理（四庫全書の管理職）などを務めていた孫廷翰が小雅の上海寓所を訪ねた際に、同書を目撃した。

孫氏は一八九六年にこの鈔本の作成を故郷周辺の信頼できる秀才たちに依頼した。漢字が分かるが、儒学には疎い一般の抄録業者（いわゆる「手民」や「抄胥」）ではなく、秀才という官立地方学校の在籍者や経験者に頼むには高い報酬を払う必要があった。しかし、孫氏にとって鈔本の質の保障が最も重要であり、出費が多少増えることは問題ではなかった。

孫一族は廷翰の祖父以降代々上海在住で、晩年の孫氏は善本を含む数万冊の蔵書をもち、本屋や骨董屋などの業者がその邸宅によく出入りしていた。一九一八年二月になくなった後、その蔵書が市場に流出した。

内藤文庫中の「鈔本章氏遺書十八冊」付属資料中に、一九一九年春、同書とともに送られてきた上海楽善堂書薬房の岸田太郎の書簡があり、封筒の表に内藤の朱書「大正八年」という四文字が書かれてある。待望の書の即購入を決めた内藤は、これにもとづいて『章實斎先生年譜』を作成し、発表後は青木正児を介して伝えられた北京大学教授胡適の目次提供依頼に応じた。一九二二年春、この鈔本を自宅来訪中の上海の古董商金興祥（号頌清）に見せた時、二十五年前に筆写作業に参加した金氏は感慨を催して、その分担した第九冊の末尾に次の題辞を書いた。

丙申年秋季　諸曁孫問清太史廷翰　以章實
齋先生文稿囑鈔録一冊　今年春三月
內藤湖南先生出以見眎　始知此全書
歸於　先生鄴架　時隔二十五年　不勝滄桒
之感　特識　歳月壬戌三月　秀水金興祥

なお、内藤は欄外に、「孫問清為詁經精舍高材生　金頌清云」という金氏の教示を記録している。ちなみに、一八〇一年杭州の西湖に面する孤山に創設された詁經精舍の初代院長は阮元で、一八六六年より俞樾が三〇年間にわたって教鞭を取っていたという。とすれば、一八六一年生まれの孫問清は俞樾に師事したことになる。事実、内藤の嗜好を知っていた金興祥は一九二一年三月、自ら写した「章實斎文抄本」（すなわち上記のリスト中の一種、内藤が「章實齋未刊（栞）稿　鈔本　其文皆全集本所有」と記している二冊本）を用意した。そのほか、「鄒縣孟廟外兩槐甚古　嘉慶元季十一月圖之　錢塘黃易」という落款があり、軸に「湖南先生清賞　金興祥持贈」という題簽がある「小松司馬書畫合錦條幅」をも内藤に贈呈した。黄易（一七四四―一八〇二）は、浙江仁和（今の杭州）の人、字は大易、号は小松、山東運河同知を務めたため「司馬」と呼ばれるようになった。詩文、金石および碑版の鑑定考証に長じ、隷書を得意とし、篆刻は丁敬に師事しながらも師とともに有名になり、『小蓬莱閣金石文字』、「梅花図」扇と『墨竹図』軸など伝世の作品がある。同「書畫合錦條幅」の画の方は、一七九六年三月に山東省鄒県孟子廟の外の槐樹を書いた作品に違いなく、これも内藤の趣味に合った贈物になると金氏が判断したのだろう。[37]

金氏は浙江秀水（今の嘉興）の人、二年後の一九二四年に亡父金爾珍（一八四〇―一九一七、字は吉石、号は梅花草堂）のために『梅花草堂臨書』を出版した。金爾珍は清末において古典籍の「東京夢華録」など毛西河伝来の善本の高品質出版で知られていた。したがって、金氏は骨董商の道を選び、日中間の書画優品の売買仲介者になったのも、決して不思議ではなかった。山本竟山、山本二峯の両コレクションに「最も多く作品を納入していたのは、上海中国書店の主人である金頌清で、彼は三井の聴氷閣コレクションにも優品を納めている」、昭和一一年（一九三六）には東京の晩翠軒で展観を行うほどの豊富な商品を持ち合わせていたらしい」などの事実が近年、東京国立博物館の富田淳氏の研究で分かっているのである。[38]

したがって、内藤が入手した「鈔本章氏遺書十八冊」は、金氏の目に一種の骨董品で相当高価のものと映じていたため、その場で前記のような感無量な題辞を揮毫したのであろう。

内藤自身としても、「章氏年譜」作成の直後に中国で活版や刻本による「章氏遺書」が次々と出版されたにも拘わらず、この「鈔本章氏遺書」の価値に対する自信はますます高まったようである。一九二二年五月、同年一月刊行された「胡適譜」を贈られた内藤は、『支那学』第二巻第九号に「胡適之の新著章實齋年譜を讀む」という書評を発表し、中には次の一節がある。

胡君の自序にも見ゆる如く、余が年譜を作りし後、偶然にも浙江圖書館より章氏遺書二十四巻の活字本を出版し、余等も胡君の厚意によりて　之を購讀するを得たるが、其の内容は僅かに數篇の出入ある外は、粗ぼ余が藏せる鈔本と同じ。但だ余が藏本の目錄は實齋先生が晩年、其草稿の整理を依頼せし蕭山の王宗炎（穀塍）が作りしまゝのものと覺しく、已刻文史通義の各篇をも包括して、著述全體の要領を知るべき便ある者なるに、浙江刊本は單に其の新たに刊せる分の目錄だけを存して、已刻の文史通義等の中に在る各篇目は之を删去したれば、王氏原編の面目を知るによしなきに至れり、是れ一の遺憾なり。(39)

すなわち「鈔本章氏遺書」は、新刊の浙江圖書館活字本と同じように、重複を避けるために既刊の『文史通義』の収録文章各篇を省いたが、鈔本の目次は、晩年失明になった章氏が自分の著書の編纂を依頼した信頼の厚い友人王宗炎の編次を忠実に踏襲したのに対して、活字本の目次には『文史通義』関連の部分が削除されたため、章氏の学問の全体像が分からなくなった。

そして、一九二八年四月に出版予定の『研幾小録』（弘文堂）に同書評を収録する準備として、約半年前の一九二七年一〇月一五日に次のような「附記」を書いた。

近時呉興の劉翰怡京卿章氏遺書五十巻を刊し、余が従来見るを穫ざりし諸篇、皆之を閲することを得たり。但だ王穀塍に與ふる書は、遂に存せざるを遺憾とす。余が擧げたる與少白論文一首も、劉氏本に之なければ、以て其の缺漏を補ふに足るべし。此文は後に大谷禿庵上人、笥河少白父子文稿を文求堂より全購せられし時、特に割愛して私に贈られたり。又劉刻本に遺憾なるは鈔本に存せし戊午鈔存、庚辰間草等諸多の注目を删去せしことにて、此がために實齋の著作年代を知る便を失ひしことになり。汪龍荘全書も後に購閲を經たり。[40]

ここから分かるように、内藤は特に重要な研究対象と表彰対象については、その関連資料を網羅したり接近方法を調整したりして、つねに研究の完璧さを目指して追究している。そのために、劉氏が新刻した『章氏遺書』に、鈔本にあった戊午鈔存、庚辰間草などの関連注記が削除されたため、著作年代など書誌情報が不明になったというようなことについて、強い不満を感じたのであろう。

目次や注記の不完全さだけでなく、「手民」すなわち学識のない抄録者による写し間違いがテキストの精確性と信憑性を著しく損じたという問題もあった。「胡適譜」の補訂者で目録学の専門家でもあった姚名達は、序文の中で自分の補訂作業の根拠となった主な資料の長短優劣およびそれぞれの問題点を次のように指摘している。

1　會稽徐氏鈔本、卽浙江圖書館排印本。這本的好處是目錄下有注。
2　山陰何氏鈔本、卽楊見心先生藏本、卽馬夷初先生轉鈔本、卽杭州日報中國學報印本。這本的好處是編次最有條理。
3　劉翰怡先生刻本、據說是據王宗炎所編、沈會植所藏的鈔本、加上庚辛之間亡友列傳、和州志、永清志、湖北志稿、和幾種劄記。這本的好處是收羅得最豐富。
4　紀年經緯考。
5　此外散見於國粹學報、古學彙刊、禹域叢書、藝海珠塵及其他叢書或雜誌的遺文、也曾參考、不必詳舉了。[41]

始刻行文史通義一部分　嘉慶元　五十九
卒　嘉慶六　六十四
文史通義大部分刊行　道光一十二　（卒後三十一年）
生平學術始顯於世　民國一十一春　（卒後一百二十一）
章氏遺書劉刻行世　民國一十一秋　（卒後一百二十一）

劉刻雖博、亦不及廣徵別本。我隨便拿別本來校、除了抄胥手民因形似音近而致誤的文字以外、整段的多寡、整句的異同、兩皆可通的文字、就不知有多少、幾乎沒有一篇全同的。因此我又化了好些工夫、去校勘章氏遺書、不管是單性本、叢書本、雜誌本、只要在北京能找出的、我都找來校過了。北京雖是書籍集中的所在、但我所要找的章氏遺書鈔本一本也不曾看到。十七年六月中我做章實齋著述考、考到了文史通義、便不能不擱筆。八九月裏所以遠渡東海、浪遊兩浙、不恤金錢和時間、不畏危險和辛苦的緣故、只是要找幾個鈔本看。(42)

ここからも分かるように、姚氏が収録の豊富さという点で推賞していたのは、「劉刻」（劉翰怡先生刻本）、すなわち内藤のいう「劉翰怡京卿章氏遺書五十巻」であり、姚氏が訂補した胡適譜はその出版期「民國一十一秋」（一九二二年秋）で、章氏研究史上の「大事索引」の最後を飾っている。劉翰怡（一八八二―一九六三）は製糸業で有名な呉興（今の湖州）南潯鎮の人であり、名は承幹、字は貞　、晩年「嘉業老人」と自称した。祖父が生糸貿易で巨万の財産を作り、一族は裕福を極めた。劉氏は父譲りの学問文化偏愛で商売に興味をもたなかった。一九一一年より二十年にわたり善本典籍を蒐集し、最盛期は一八万冊に達し、嘉業蔵書楼の建設費を含めて総額八〇万以上の財産を費やした。ちなみに、一九一八年に亡くなった孫廷翰など多くの有名な蔵書家の所持本がその嘉業蔵書楼に帰した。一九二〇年に清史館名誉纂修を任じられたが、その一因は、清史編集のためにその蔵書の貸出に便宜を提供してもらいたかったためという。従って、「劉刻」刊行のために沈曾植の高弟張爾田と孫徳謙（一八七三―一九三五）が序文を書き、最晩年の沈曾植自身も喜んで推薦し、社会各界からも相次いで好評が寄せられた[43]。

しかし、諸本に対する徹底した校勘で信憑性の高いテキストをつくろうとした姚氏にとっての悩みの種は、「抄胥手民」という儒学の素養が低い抄録専門業者は、形が似ていることや発音が近いことなどによる写し間違いが目立っていたことである。「劉刻」を含めた諸本の間に、段落の数や文の長短といった不一致、およびどちらとも取れる曖昧な叙述など、問題が多々あった。特に早く全集に先んじて単行本が出版された『文史通義』については、問題を片づけることがほぼ不可能で、そのために、姚氏は北京から江南地方や日本に旅行し、時間と金銭を惜しまずに、内藤の所持本を含めて信頼できる鈔本の所在を捜し求めたのであった。

（四）章實斎の評価と「章氏年譜」をめぐる切磋琢磨

さて、章實斎の学問への内藤の着眼は具体的に誰の紹介によるものであったかについて、これまでは二、三の仮説があった。上述の東方学会の企画座談会「先学を語る―内藤湖南先生」で、神田喜一郎は「譚献ルート」という仮説を提示した後に[44]、内藤研究で有名なジョーシュア・フォーゲル教授は、内藤の章学誠を知る手がかりはおそらく沈曾植の門生張爾田と孫徳謙、あるいは一九〇二年にすでに会った沈曾植本人からヒントを得たのではないかと推測した[45]。この二つのルートはともに内藤の章氏重視と再評価にある程度寄与したと考えられる。

まず、上記の内藤所蔵リストに「一　譚獻復堂日記　中有論章學數條」と書かれてあるが、神田の仮説はおそらくそれに基づいただろうと思われる。譚献（一八三二―一九〇一）は、号は復堂、浙江仁和（杭州）の人。近代の詞人・学者で、博学多識と蔵書豊富で知られていた。近年出版された標点本『譚獻日記』（すなわち『復堂日記』）で、内藤のいう章氏の学問を論じた「数条」は以下のように確認できる。

於書客故紙中搜得章實齋先生『文史通義』、『校讎通義』殘本、狂喜、與得《晉略》同。章氏之識冠絕古今、予服膺最深。往在京師借葉潤臣丈藏本、在厦門借孫夢九家抄本、讀之不啻口沫手胝矣。不意中得之、良足快也[46]。

閲『文史通義・外篇』。表方誌方國史、深追『官禮』遺意、此實齋先生所獨得者。與「內篇」重規疊矩、讀者鮮不河漢其言、或浮慕焉、以為一家之學亦未盡耳。懸之國門、羽翼六藝、吾師乎、吾師乎！吾欲造「學論」、曰天下無私書、天下無私師。正以推闡緒言、敢云創獲哉[47]！

ここでは、譚献は長年探していた『文史通義』の残巻をついに入手した際の「狂喜」の心境や、「章氏の識、古今に冠絶す」と絶賛し「吾が師」と仰いでいる様子や、章氏の優れた方誌学に感心し、自らも「言公」編のように「天下に私書無く、天下に私師なし」を唱える「学論」を造ろうとした傾倒ぶりなどが窺われる。内藤「章學誠の史学」における章氏評価のポイントとも一部合致しているため、譚獻の内藤への影響が認められる。

もし、譚獻が内藤より一世代前の先輩だとすれば、内藤はその同輩と後輩の中国人学者との切磋琢磨にどのような代表的事例があったのだろうか。

先にも触れた「胡適之の新著章實齋年譜を讀む」という書評において、内藤は次のように語ったことがある。

十数年前に端なくもその全集の未刊本（「鈔本章氏遺書」を指す—筆者）を得て、之を通読した所から、この人の年譜を作って発表したのが本になって、支那の胡適といふ人が更に自分の作った年譜を増訂して世に公にしたので、支那の新らしい学者の間に注意されるやうになった。その前から支那の旧学を修める人でも、張爾田・孫徳謙などといふ人は、その学風を慕って特別に研鑽をして居ったが、最近になっては胡適の外にも、清華学堂を出た姚名達、並びに四川の学者で劉咸炘といふ人などが、最も章氏の学を発揮して、各々著述を公にしている。今日ではこの人の学問を特別に鼓吹する必要もない程になったけれども、以前はその学問が一種勝れた特色があることは一般に認められず、或は多少認められても、その真意を了解するものが少かったので、自分も之を鼓吹したのであった。(48)

同時代中国の学界に対する内藤の目配りはさすがに広い、胡適以外に、旧い学問を治める沈曾植の高弟である張爾田と孫徳謙、そして新しい学問を治める姚名達と劉咸炘、いずれの章氏研究の進展もその視野にあった。ここでは、主として旧派の張爾田と新派の胡適を中心に検討を進めてゆきたい。

①張爾田と内藤と

張爾田の代表作『史微』は、内藤の推薦を受けて一九一一年より京大など日本の「大学文史研究者の必読書」になっていたというが[49]、その『史微』内外篇が戊申（一九〇八年）三月完成された際、張氏は「凡例」において『文史通義』より受けた示唆によって史学史の流れと個々の史学名著を把握できたとして次のように述べている。

嗣得章實齋先生通義、服膺之、始於周秦學術之流別、稍有所窺見。久之、讀太史公書、讀班馬孟堅書、無不迎刃而解、豁然貫通。

内藤文庫現存の『史微内篇』兩種を見てみれば、四巻本と八巻本はそれぞれ「辛亥」（一九一一）年と「壬子」（一九一二）年に出版されたようである。四巻本は「多伽羅香館叢書第一種」であり、その目録の末尾に出版縁起に関する記載があり、「辛亥季春山陰平毅劼剛」となっており、劼剛は張爾田のことを「姨丈」と称している。同八巻本も「多伽羅香館叢書第一種」であり、目録末尾の「出版縁起」は「壬子先立夏三日東蓀」となっており、東蓀は張爾田のことを「兄」と称している。いずれも張爾田の縁戚であろう。

張氏と内藤の初対面は、おそらく一九一七年一二月下旬のことであろうが、もっと早い機会もあったかもしれない。それはともかく、当時北京の清史館を訪れた内藤は「總裁趙爾巽氏、同編輯官呉廷燮、鄧邦述、馬其昶、李經畬、張爾田、秦敦世諸氏」といった「當世の碩學の人」たちを拝顔し、また趙氏の好意により同館の書庫内部を見学できた[50]。一九二二年沈曾植がなくなった後、張氏は恩師の遺書が散逸し後世に伝わらないことを配慮し、その代表作『蒙古源流箋証』を詳細に補正して出版した。元朝の歴史に強い興味を持っている内藤は、沈曾植との初対面からその高著『蒙古源流箋証』の抄本を求めつづけていたため、刊行された『蒙古源流箋証』に接し、張氏への評価がより一層高められたはずである。ちなみに、張氏は、内藤の敬服している銭大昕の学術伝記、いわゆる「銭大昕学案」（『清儒学案』に収録）の執筆者でもあった。

吉川幸次郎は、内藤が張氏は己の「平生第一の知己」だと言ったことを記憶している。また神田喜一郎も、内藤が羽田亨と一緒に『内藤博士還曆祝賀支那學論叢』（弘文堂　一九二六年五月）を編集する時に張氏への寄稿要請を忘れたことを大変残念に思い、その後、張氏の『眞誥跋』を西田直二郎が編集した『内藤博士頌壽記念史學論叢』（弘文堂　一九三〇年六月）に収録したと回想した[51]。

本章冒頭でも紹介したように、同書を落手直後の内藤宛て書簡において、張氏は若き日の自分も孫徳謙も章實斎に私淑していたが、その「六経皆史」説への同調を公にすることについては慎重であった。その理由は、まさに内藤が看破した清代の保守的社会文化の環境にあった。「六経皆史」説は「支那の学者一般に非常に衝動を与えたものである」、「時としては経学者などの誤解を招いて、その反感を買ったことが少くない。經學者は、經といふものは總ての著述の上に一段高く立つて居るもので、之を史といふ風に見るのは、何か經を汚したことのやうに考へて、聖人の立言である經と後世の學者文人の書いた史と同じ位に置いたやうに誤解することがある。章學誠の六經皆史といふことはさういふ意味でないのであつて、六經は皆古來の前言往行を記録した所のもので、卽ちその聖人の道を載せる所の器を現はしたものであるといふ意味である[52]」。

②　胡適と内藤と

内藤は『章實齋先生年譜』を雑誌『支那学』に発表後の予想外の反響について次のように記し、胡適譜の出現と恵贈およびその作成段階での資料提供などといった連鎖反応が引起されたことに喜びを感じた。

未だ幾くならずして、北京大學胡適君は之を讀まれしと見え、青木正兒君に書を寄せて余が蔵せる未刊章氏遺書の目錄及び其の遺文の數篇を得んことを求められたれば、青木君は余が藏書に就て之を寫送したり。頃ろ胡君は其の新著章實齋先生年譜を郵寄せられたるが、其自序中には、其の章實齋年譜を作れる動機が、民國九年（一九二〇年）の冬、余が本誌に出せし年譜を讀みしより起りしことを言ひ、余が底本に感謝する旨を記されたり。余が粗雜なる涉筆が、實齋先生の本國なる新進學者の研究の動機となりしは、余の甚だ滿足する所にして、亦實齋先生にして靈あらば、同じく滿足せらるゝ所ならんと思ふなり。(53)

胡適譜は、分量として内藤譜の数十倍に達したが、内藤からみれば、その原因は次の三点にあった。「一は實齋の著作中、思想主張の變遷沿革を表示すべき者は、要を擇びて摘錄することに苦心し、二は實齋が同時の大師たる戴震、汪中、袁枚等を批評せる中には、公平なるもあり、錯誤あるもあれば、之をも摘要鈔出して、彼等の死年の條に繫け、實齋の個人の見地を考見するのみならずして、當時の思想史の材料と作さんとし、三には從來の年譜は本人の好處を記し、其の壞處を記さざるが常なるも、胡君の譜には長處短處を併せて摘出せり」(54)と。これはまるで年譜作成の新しい体裁を創出しているかのように見える。

ただし、内藤はこのような新体例に賛成しなかった。要するに、「年譜中に在りて、思想學說の變遷、他の大師に對する批評の可否にまで論及する如きは、創例として絕對に標準とすべき者なりや否やは、猶ほ審議を要すべし。清朝の學者が名人大師の事蹟を傳ふる方法として、多く其の別傳、若くは學案などの體裁を主としたる者には、其の學說を述ぶることゝし、年譜に於ては、簡明なる履歷、公私の生活を記するを主とする者の如し。余も年譜に取つて、一の要諦は簡明に在りと信ずる者にして、あまりに詳細繁重なるは然るべからず」と考えていたのである。[55]

さらに、内藤譜をできるだけ簡潔なものにした理由としては、次のように打ち明けている。「元來余が年譜の底稿も略ぼ胡君の年譜の如く一々出處を注し、他日其の原文のまゝに出版せんことを豫期し居りしなり。但だ其の學説をば始めより之を省きたりしが、支那學に載せたるは、更に其の要を摘して、我が國人に讀み易からしめんことにのみ注意し、胡君の若き本國の學者が之に注意せんことは豫想せざりしなり」と。[56]すなわち、内藤譜は日本人読者を対象として想定した普及版で、将来は内容も出典も詳細に記述する増補版をも計画しているのである。

ここにおいて、内藤が胡適譜に入れた朱筆の評点中最も注目すべき二か所を紹介しておきたいと思う。

〈例の一〉胡適譜に引用された汪中の「女子許嫁而壻死從死及守志議」への同調である。

汪中（一七四四―一七九四）は、江都（今の揚州）の人、字は容甫。章氏と同時代の大学者として、内藤も相当の注意を払った人物であり、内藤譜の序説で次のように論じられている。

章實齋は戴東原、汪容甫と同時代に並存せる學者にして、其の名著たる文史通義は、其の新たに建立せる一種の史論によりて、經、史、子、集、各部の綜括的批判を試みたる者なるが、其の淵源は漢の劉向・歆父子に在り、梁の劉勰の文心雕龍、唐の劉知幾の史通、宋の鄭樵の通志等に得る所ありと雖も、其の實は全く創闢の境を成せる者といふを妨げず。[57]

但し汪容甫の歴史的研究の經學さへも、後繼者なかりしことなれば、章實齋の史學に紹述者あらんことは、固より望むべからずして、其人の亡すると共に全く絶學となりしなり。近時に及び、康有爲一派の徒が、章氏遺書の尙ぶべきことを倡道せるより、其の方法によりて經子の源流を論ぜる著作を生ずるに至りしも、未だ其の深意を發揮し盡せりといふべからず。吾黨の學者が支那學術の近代に於ける發達を研究するに當りて、漢宋學派以外に、此の一派の絶學あることを見逭すべからざるなり[58]。

章氏の学問を論じる背景として言及されたとはいえ、戴震（号は東原）と同じ独創性に富んだ経学者・歴史家の汪中に対する内藤の高い評価がよく窺えるのである。その汪中は、一方では開明的社会思想家でもあったため、胡適譜において、その「女子許嫁而壻死從死及守志議」に対する章氏の次のような厳しい批難が引用され、章氏の思想中の保守的な一面が裏付けられるようになった。年譜や伝記の主人公の短所と「壊處」をも容赦なく記録する好個なる一例だと言える。

汪中的「女子許嫁而壻死從死及守志議」痛論未嫁女子守貞及從死的非禮、乃是一篇極重要的文字、其自跋云（省略）。此乃社會問題的討論、其用意與立言皆深可佩服。實齋乃作長文駁之、謂爲『有傷於名義』、謂爲『喪心』、謂爲『伯夷與盜跖無分』。此真『紹興師爺』之倫理見解！此等處又可見實齋對於當時負重名的人、頗多偏見、幾近於忌嫉、故他對於他們的批評往往有意吹毛求疵。甚至於故入人罪。例如此文謂汪中論女子未婚守志、『斥之爲愚、爲無恥、比之爲狂易』：又謂其論未婚殉夫、『指爲狂惑喪心』[59]。

要するに、「女子許嫁而壻死從死及守志議」において、汪中は婚約後、まだ結婚に至らないうちに死別された女子に、死んだ男子のために守志（貞節を保つこと）ないし殉死を求める周囲の人々の行為や、このような殉死を褒賞する政府の措置は人道に反し、儒教経典の真意にも反するものだと論じている。[60] 胡適は、この汪中の意見に大変感心し、また高く評価している。この一節を読んだ当時の内藤は、かつて読んだ三浦梅園（一七二三―一七八九）の関連論述を思い出し、コメントとして当該ページに書き込んだ。

三浦梅園敢語臣婦篇　以元明之治旌妻殉夫而死者為殺人之道　謂臣婦于人者勿失身於俠　至俠道之賊也　與汪氏之論並在世　待聖人而不疑者也[61]

江戸中期の思想家、哲学者としての三浦梅園（一七二三―一七八九）と清朝中期の思想家、経学者としての汪氏はともに一八世紀に生きて元明時代の婚礼関係の陋習を批判したが、比べてみれば、その陋習を「殺人の道」と定義し批判した三浦のスタンスが一段と厳正で痛烈なものであったように見える。

〈例の二〉章氏の三位一体の地方誌構成理論に対する内藤と胡適の違う評価が鋭く対立する形で胡適譜のなかに表面化していること。内藤の見解は次のようになっている。

殊にその中で史學の分派として最も大切なのは方志の學といふものである。卽ち地方志の學問である。地方志の學問には章學誠は古來にない一家の組織立つた考へを有つて居つて、之に就ては當時の有名な經學者戴震などと全く反對の位置に立つて、論難をした。地方志を書くに、紀傳體に志を書くこと、掌故といふもの卽ち律令典例などの如きものを書くこと、それから文藝に關することを書くこと、この三つの體裁を備へて、さうして地方志が一般史の材料になるやうに著述をして置くといふことの必要を主張した。當時の地方志を書いた多くの人が、單に地方志を沿革地理を主として書いたのとは違つて、過去のこと現在　のことの資料として書く意見であったので、それは沿革地理を書くといふ主義とは別個の考へであるが、隨分面白い考へである。[62]

しかし胡適は、姚名達の補訂した胡適譜に序文を寄せた優れた史学理論家何炳松が指摘したように、章氏の志、掌故と文徴という三本柱による地方誌構成の主張の含意と妙所を完全に理解しないうちに、これを笑うべき「笑話」や「夢話」として一蹴するという間違いを犯した。

適之先生以為章氏一面提倡掌故的重要、一面又嫌新唐書以下各史的志書太詳細了、所以說章氏終是一個『文史家』而非『史家』、章氏對於新唐書以下的批評是可笑的『夢話』。我以為此地適之先生自己有點弄錯了。章氏明明主張方志立三書、就是志、掌故和文徵、這三書都應該立為專書的。章氏並沒有單單說掌故是重要的、他實在說掌故應該列為專書的、所以他的主張和批評並沒有矛盾、並沒有鬧成笑話和夢話。[63]

内藤は当然ながら、胡適の批評に同調できず、朱筆で「此論甚不通　實齋未可笑也」（胡適の所論は甚だしく通じないものであり、章實斎は未だ笑うべきではない）という厳しい批点を下した。[64]

いうまでもなく、胡適と同じくアメリカ留学し、北京大学教授も務めたことのある何炳松は当時においてすでに『新史学』という名著で知られ、姚名達が補訂作業を行った一九二〇年代後半は、上海商務印書館の歴史地理部の主任、編訳所所長を務めていた関係上、姚氏の仕事をよく理解しまた応援しました。その序文は、一九二九年初版された補訂版胡適譜に書いたものであり、内藤文庫に現存する姚氏の贈呈本は、姚氏が章氏の故郷紹興に足を運び、章一族の祖廟に見つかった章氏夫婦の肖像を新たに扉に飾った一九三〇年増補版である。内藤は、何氏の素晴らしい序文を読んだかどうか知らないが、もし読んでいたら、この何氏こそが当時中国随一のすぐれた章氏理解者と評価者であることを分かるはずである。[65]

（五）おわりに

内藤湖南が一九三四年六月二六日逝去されたという訃報に接し、張爾田は次の追悼詩を内藤の遺族に寄せた。

頻年問訊到東鄰、縞紵西洲有幾人？　君贈詩有「一時縞紵遍西洲」句
耆舊凋零三島盡、黄農綿邈百家陳。
論文久失方聞友、易簀驚傳老病身。
莫怪襄翁雙泪眼、觀堂宿草墓門春。
静安殁已八年、君又繼之、東方文獻之寄無人矣、故末句及焉、非獨哭其私也。
敬挽　内藤湖南先生　　張爾田稿奉[66]

内藤の知友である張氏は、ここにおいて、内藤と約八年前の一九二七年六月二日に逝去された王国維を「東方文献学」の巨匠と讃え、今後はその学問の営為を継承できるものが現れてこないのではないかと深い憂慮を示している。確かに、『文史通義』や『章氏遺書』の研究と「章氏年譜」の作成を含む内藤の章實斎顕彰は、内藤の「東方文献学」の奥深さと精緻さを余すところなく示すものであり、また近代日中文化交渉史の重要な物語の一つとして長く人々の記憶に残るであろう。

注

(1) 胡適「自序」、内藤文庫所蔵胡適贈呈本『章實斎先生年譜』（商務印書館、一九二二年）。文末に付録している〈文献一〉を参照。
(2) 関西大学図書館内藤文庫所蔵書簡。文末に付録している〈文献二〉を参照。
(3) 陶徳民「關於張爾田的信函及「臨江仙」詞—内藤文庫所收未刊書信考證（二）」、関西大学『中国文学会紀要』第二八号、二〇〇七年三月。文末に付録している〈文献三〉を参照。
(4) 内藤湖南「我が少年時代の回顧」、『内藤湖南全集』（筑摩書房、以下、全集と略記）第二巻所収、七〇〇—七〇一頁。
(5) 内藤湖南「雨森精翁先生年譜跋」、全集第十四巻、一四一頁。句読点は筆者による。以下同様、一一触れないことにする。
(6) 内藤湖南「鹿角志跋」、全集第十四巻、一四〇頁。
(7) 内藤湖南「書天爵先生遺稿後」、全集第十四巻、一四〇頁。
(8) 同注（4）、七〇五頁。
(9) 三田村泰助『内藤湖南』（中央公論社、一九七二年）、八七—八九頁。
(10) 同注（9）、一〇一頁。
(11) 陶徳民・藤田高夫「内藤書簡研究の新しい展開可能性について—満洲建国後の石原莞爾・羅振玉との協働を例に—」関

西大学『東西学術研究所紀要』第四七輯、二〇一四年三月

(12) 『燕山楚水・禹域鴻爪記』、全集第二巻、一〇五頁。一二五―一二六頁。

(13) 同注（12）、一二五―一二六頁。

(14) 内藤湖南「支那調査の一方面―政治学術の調査―」『燕山楚水・禹域論纂』所収、全集第二巻、一六四頁。

(15) 中国社会科学院近代史資料編集部『民国人物碑伝集』（四川人民出版社、一九九七年）、三六七、三七六頁。

(16) 内藤湖南「清朝の史学：西北地理の学　二」、全集第十一巻『支那史学史』、四一二、四一四頁。

(17) 内藤湖南『禹域鴻爪後記』、全集第六巻、三五九―三六〇頁。それ以降も度重なる清国訪問の機会を利用して金石、書画および原典史料を求めつづけ、中国史学、モンゴル学、満洲学および敦煌学で本場の中国人学者と勝負しようとする意気込みをもつようになった。詳細は、銭婉約「『此生成就名山業　不厭重洋十往還』―内藤湖南中国訪書及其学術史意義論述」、高田時雄「内藤湖南の敦煌学」（関西大学『東アジア文化交渉研究』別冊三号所収）。

(18) 「先学を語る―内藤湖南博士」、東方学会編『東方学回想Ⅰ・先学を語る（1）』（刀水書房、二〇〇〇年）、九六、九四頁。

(19) 同注（9）、一二七頁。

(20) 同注（18）、八四―八六、一〇一―一〇四頁。

(21) 陶徳民「内藤湖南的仲基研究」（中国語）、同『日本漢学思想史論考―徂徠・仲基および近代―』（東西学術研究所研究叢刊十一、関西大学出版部　一九九九年三月）所収。

(22) 内藤湖南「読書に関する邦人の弊習附漢学の門径」、『燕山楚水・禹域論纂』所収、全集第一巻、一六八―一六九頁。

(23) 「昭和六年一月廿六日御講書始漢書進講案」、全集第七巻、二二八頁。

(24) 内藤湖南「富永仲基」、全集第一巻、三三〇頁。

(25) 内藤湖南「大阪の町人学者富永仲基」、全集第一巻、三九三頁。

(26) 同注（25）、三七五―三七六頁。

(27) 内藤湖南「章学誠の史学」、全集第一一巻（『支那史学史』付録所収）、四七二頁。

(28) 内藤湖南『章實斎先生年譜』、全集第七巻、六九頁。

(29) 同注(27)、四八二―四八三頁。
(30) 同注(18)。
(31) 同注(27)、四七八―四七九頁。
(32) 内藤湖南「宋代における史学の進展：通鑑の影響」、同注(16)、二一七―二一八頁。
(33) 同注(27)、四七三頁。
(34) 同注(27)、四七六頁。
(35) 一九八〇年代、浙江省諸暨市図書館長を務め『諸暨縣志』を編集した楊士安氏が二〇一二年に「孫廷翰簡介」という文章を著した。http : //blog.sina.com.cn/s/blog_a4731674010143j4.html 参照。
(36) 潘建國「沈復鳴野山房蔵書考略」、『文献季刊』二〇〇八年一〇月第四期、五一―五二頁より引用。沈知方『粋芬閣珍蔵善本書目』子部・雑家・信摭などを参照。〈蕭穆論章氏遺書〉、《章學誠遺書》（文物出版社、一九八五年）、六二四―六二五頁。この鈔本の経緯の詳細について、陶徳氏「関於鈔本『章氏遺書』来歴之考証」（関西大学大学院東アジア文化研究科紀要『東アジア文化交渉研究』第十集、二〇一七年三月）を参照されたい。なお、鈔本自体は幸いに台湾大学人文社会高等研究院によって四巻本（二〇一七年三月　非売品）の形で景印されている。
(37) 陶徳民『内藤湖南と清人書画―関西大学内藤文庫所蔵品集』（関西大学出版部、二〇〇九年）、九一頁。
(38) 富田淳「槐安居コレクションと聴氷閣コレクション―高島菊次郎氏と三井高堅氏―」、関西中国書畫コレクション研究会編『関西中國書畫コレクションの過去と未來』（二〇一二年三月）所収、七九頁。
(39) 内藤湖南『研幾小録』所収、全集第七巻、八〇頁。
(40) 同注(39)、九〇頁。
(41) 胡適著・姚名達訂補「姚序」、九頁。
(42) 胡適著・姚名達訂補「姚序」、四頁。
(43) 李性忠『嘉業蔵書楼』（西安地図出版社、二〇〇〇年）。張氏と孫氏の序文は『章学誠遺書』（文物出版社、一九八五年）参照。
(44) 同注(18)。

(45) Joshua Fogel, "On the "Rediscovery" of the Chinese Past : Cui Shu and Related Cases," in *The Cultural Dimension of Sino-Japanese Relations*, M. E. Sharpe, 1995, p.16. Originally in : *Perspectives on a Changing China* (Westview, 1979), 219-35.

(46) 范旭倉・牟暁朋整理『譚獻日記』（中華書局、二〇一三年）、一九頁。中国近代人物日記叢書の一つである同書のテキストは簡体字となっているが、ここで繁体字に変換している。

(47) 同注(46)、二一頁。なお、譚献の著述を多数蒐集した銭基博（一八八七―一九五七　銭鍾書の父）が、譚献と章氏の学問傾向の異同を次のように分析している。

類族辨物、究心於流別、承會稽章氏學誠之緒。惟『通義』征信、多取『周官』古文、而譚氏宗尚、獨在公羊今學。蹊術攸同、意趣各寄。近人錢唐張爾田孟劬著為『史微』一書、以公羊家言而宏宣章義、實與譚氏氣脈相通。

すなわち譚献は文献史学の面において章学誠を継承しているが、章氏は『周官』の古文を考信の根拠としているのに対して、譚献は公羊今学を尊んでいる。また、『史微』を著した張爾田が実際、譚献の学術傾向に通じている、と論じている。一家の言として傾聴すべきものといえる。

一方、王国維は一九一七年に張爾田『玉溪生年譜會箋』（玉溪生即李商隱）のため書いた序言のなかで、張氏のことを次のように論じている。

君嘗與余論浙東・西學派、謂浙東自梨洲、季野、謝山、以訖實齋、其學多長於史；浙西自亭林、定宇、以及分流之皖・魯諸派、其學多長於經。浙東博通、其失也疏；浙西專精、其失也固。君之學固自浙西入、漸漬於浙東者。君曩爲史微、以史法治經子二學、四通六闢、多發前人所未發。及爲此書、則又旁疏曲證、至纖至悉、而孰知其所用者、仍周漢治經之家法也。

すなわち張氏は浙東、浙西という二つの学派の学風を融合し自分なりの風格を形成している。『史微』は史学の方法を用いて経学・子学を治め、『玉溪生年譜會箋』は漢代の経学研究法を生かして書かれたものであると、王国維は称えているのである。

(48) 同注(27)、四七二頁。

(49) 鄧之誠「張君孟劬別傳」、中国社会科学院近代史資料編集部『民国人物碑傳集』（四川人民出版社、一九九七年）、四七〇―四七一頁。

(50) 内藤湖南「支那視察記」、全集第六巻、四六七、四七〇頁。
(51) 同注(18)。
(52) 同注(27)、四七六—四七七頁。「六経皆史」説について、倉修良『章学誠と文史通義』(中華書局、一九八四年)、山口久和『章学誠の知識論』(創文社、一九九八年)および井上進『明清学術変遷史』所収の「六経皆史説の系譜」などを参照されたい。
(53) 内藤湖南「胡適之の新著章實齋年譜を讀む」、全集第七巻、八〇頁。
(54) 同注(53)、八一頁。
(55) 同注(53)、八一頁。
(56) 同注(53)、八一—八二頁。
(57) 内藤譜「序」、『研幾小論』、全集第七巻、六八頁。
(58) 同注(57)、六九頁。
(59) 同注(1)、胡適譜、八六—八七頁。
(60) 近刊の参考文献として記しておく。「女子許嫁而婿死従死及守志議」、汪中著・田雲漢点校『新編汪中集』(廣陵書社、二〇〇五年)所収、三七五—三七七頁。
(61) 三浦梅園『敢語』「臣婦篇」(梅園会編『梅園全集』下巻、名著刊行会、一九七〇年、六八三頁)における関連論述は次の通りである。

観元明之制，從夫死者，旌表門閭，故其跡比比相接。

婦之事夫，吾聞以貞順，未聞以殉矣。子曰，過猶不及，匹夫稱之，猶可恨之，況治天下者，而旌表之，殺人之道也。

臣婦于人者，勿失身於俠，勿存身於苟免。(中略)為義至俠道之賊也。

(62) 同注(27)、四八一—四八二頁。
(63) 何炳松「序」、姚名達訂補胡適譜(商務印書館　何炳松主編《中國史學叢書》之一)。
(64) 同注(1)、胡適譜、五七頁。
(65) 同注(63)。「我個人對他、實在不能不五體投地崇拜到萬分。我近來再去翻看德國海爾達爾(Herder)的『觀念』説、海格爾（Hegel）的『民族精神』說、英國白克爾（Buckle）的『文化進步的定律』等等『歴史的哲學』、我總要發生一種感想、覺得他們的見解太是膚淺、太是沒有實質上的根據。就我個人研究世界各國史學名家所得到的知識而論、我以為單就這『天人之際』一個見解講、章氏已經當得起世界上史學界裡面一個『天才』的稱號。」

（66）錢婉約・陶德民編『内藤湖南漢詩酬唱墨迹輯釋—日本関西大学図書館内藤文庫藏品集』（北京：國家圖書館出版社，二〇一六年九月）、一二二—一二三頁。

〈付録文献一〉胡適『章實齋先生年譜』自序（抄）（胡適贈呈本、内藤文庫蔵）

我做章實齋年譜的動機、起於民國九年冬天讀日本內藤虎次郎編的章實齋先生年譜（支那學卷一、第三至第四號）。我那時正覺得、章實齋這一位專講史學的人、不應該死了一百二十年還沒有人給他做一篇詳實的傳。（後略）

最可使我們慚愧的、是第一次作章實齋年譜的乃是一位外國的學者。我讀了內藤先生作的年譜、知道他藏有一部鈔本章氏遺書十八册、又承我的朋友青木正兒先生替我把這部遺書的目錄全鈔了寄來。那時我本想設法借這部遺書、忽然聽說浙江圖書館已把一部鈔本的章氏遺書排印出來了。我把這部遺書讀完之後、知道內藤先生用的年譜材料大概都在這書裏面、我就隨時在內藤譜上注出每條的出處。有時偶然校出內藤譜的遺漏處、或錯誤處、我也隨手注在上面。我那時不過想做一部內藤譜的『疏證』。後來我又在別處找出一些材料、我也附記在一處。批注太多了、原書竟寫不下了、我不得不想一個法子、另作一本新年譜。這便是我作這部年譜的緣起。

（前略）若年譜單記事實、而不能敘思想的淵源沿革、那就沒有什麼大價值了。因此、我決計做一部詳細的章實齋年譜、不但要記載他的一生事蹟、還要寫出他的學問思想的歷史。這個決心就使我這部年譜比內藤譜加多几十倍了。

〈付録文献二〉姚名達の内藤宛て書簡（内藤文庫蔵）

拜啟　去年十二月二十四日郵上蕪箋　乞京都宏
文堂八坂淺次郎案下轉渡　不知已達
玉案下否　至今未得
復示　甚念念也　昨到文化事業總委員會　敬悉
先生將以三四月來北京　私心喜極　屆時當謁
教耳　名達學習　大邦文字過遲　近始能讀
大著　既感
先生治學之勤　益我之厚　又知
先我而作史學史也　佩仰之至　三年前立斯志　不
圖遙與海東　先輩暗合　擬俟
大著出板　當迻翻之　即祈
閱校　以餉弊國後學　其功效當較拙著尤大
耳　名達校讀章學誠先生之書於今三年　尚欲
敬求
寶藏章氏遺書抄本一校　並思得京都某店

朱少白自筆文稿一讀　不知
先生能慨助之乎　抑俟四月来莅　遂携示之乎　近来
大著有関於章先生者否　拙著章實齋之史學正
在起草　敬祈
多賜教言　俾免誤解　拙著之已成者甚願寄呈
請教　在今日弊國　欲得一學精路同之先輩如
先生者　上天下地不可得也　故孺慕心仰於
先生為特深焉　臨啟神馳　佇候明教
內藤湖南先生玉案下　後學姚名達拜啟
一九二八年一月十一日　北京清華學校研究院

〈付録文献三〉張爾田の內藤宛て書簡（內藤文庫蔵）

湖南先生有道　昨由弘文堂寄到承賜《史學論叢》《華甲壽言》各書、並書示　嘉章、祗领感
謝。區區不腆之文。荷
先生獎納、汗顏無地。惟益祝
先生神明湛固、永爲吾黨泰斗耳。田年二十餘與

孫隘堪同學、得章實齋六經皆史之説、好之。彼時
國内學者頗無有人注意及之者、而豈知
先生於三十年前在海外已提唱此學、且於竹汀、東
原諸家、無不博采兼收。覃及城外、較諸實齋
更精更大。即以文藝論淵雅遹逸、亦遠在北宋之
上。此非田一人之私言、實天下之公言也。田生平無他嗜
好、惟以學問爲生涯、以朋好爲性命。此後
先生耄學日勤、續有纂述、無吝郵賜、尤所盼也。寫
呈近作小詞一章、變雅之音、固與鼓吹承平六籍者不同。
先生讀之、倘亦哀其志乎。專此肅復。敬頌
起居康泰。不一。張爾田

附　録——関西大学と二松学舎大学における講演

〔講演録二〕 一九九六年十一月十九日 関西大学泊園記念会第三十六回泊園記念講座

明治の漢学者と中国

―薩州人重野安繹・西村時彦の場合―

ただいま大庭脩先生のご紹介にあずかりました陶でございます。

私の専門は日中比較思想史ですが、主として儒学・漢学関係のことをやっております。近世・近代大阪の書院に関して、これまで朱子学系の懐徳堂（一七二四―一八六九）について研究したことがありますが、その結果は『懐徳堂朱子学の研究』（大阪大学出版会、一九九四年）という本にまとめました。しかし、徂徠学系の泊園書院については、まだ何も勉強していませんので、今日は泊園講座でお話をするのは大変恐縮でございます。

ここではまず、私の研究の中で気づいた重野安繹および西村時彦と泊園との関係を示す資料を二つほどご紹介したいと思います。重野は明治初期の大阪において成達書院を開いたことがありまして、西村は大正期の懐徳堂復興運動の主役として活躍していましたので、代々泊園書院の院主を務めていた藤澤家と何らかの関係をもったのは極自然のことでありましょう。資料の一つは、明治後期、泊園二代院主の藤澤南岳が初代院主東畡の遺稿『校訂史記評林』を増補出版しようとする時、重野に書いてもらった序文であります。その序文の中で、重野はこれまで藤澤父子と対面したことがないことを残念に思っているが、その著述や書院維持のための絶えざる努力に対してずっと敬意を払っていると書いています。もう一つは、大正末期、西村が亡くなられた時、泊園四代院主の藤澤章次郎が書いた追悼の漢詩でありますが、時間の関係でその内容の解釈は省くことにいたします。

それでは、本題に入りたいと思います。

（一）重野安繹と西村時彦と

今日は、重野安繹と西村時彦という二人の薩摩出身者のケースを通して、明治漢学者の中国観や中国との関係の実態を考えるということですが、まず、この二人の略歴を簡単に紹介しておきましょう。

重野安繹の字は士徳、号は成斎で、西村時彦の字は子俊、号は天囚です。重野は一八二七（文政十）年に生まれ、一九一〇（明治四十三）年に亡くなられたので、いってみればその前半生の四十年は幕末期を、後半生の四十年は明治時代を経験した人物です。これに対して、西村は一八六五年つまり明治維新の前夜に生まれ、一九二四年つまり大正期がほぼ終った時点で亡くなられた方です。なぜこの両者をペアで取り上げたいかといいますと、彼らは深い関係を持っていただけではなく、経歴上も似たところがあるからであります。幕末維新期の薩摩はご存じのように、西郷隆盛・大久保利通・黒田清隆・松方正義・森有礼・西郷従道・川上操六・樺山資紀などの大物政治家や軍人が輩出した雄藩ですが、一方では、重野や西村のような有名な学者を生んだ故郷でもあったのです。

重野は明治政府の修史事業の主幹として、全国各地からの史料収集や『大日本編年史』の編纂に重要な役割を果たしました。また帝国大学史学会の会長として近代的考証史学を提唱し、史学界に大きな影響を及ぼしました。そのため、現在の学界では近代史学の草分けとして記憶されていますが、実際、立派な漢学者でもありました。その昌平黌の後輩で、修史館そして帝国大学史学科の同僚である久米邦武（一八三九―一九三一）が重野が亡くなられたのち、「余が見たる重野博士」という文章を書きましたが、その中で「漢学の大家たる重野博士」と「歴史の大家たる重野博士」という並列の二節を設け、漢学と史学に対する重野の深い造詣を紹介しています。これは大変重要な示唆だと思います。これによって見れば、重野は漢学者と史学者という二つの顔をもっていたことがよく分かります。

一方、西村も二つの顔をもっていました。大阪朝日新聞社に約三十年間にわたって勤務し、内藤湖南とともに同新聞紙の声価を世間に高めた言論人としてはもちろん有名です。それと同時に、彼は学殖の深い漢学者でもありました。その著述の一つに『日本宋学史』というのがありますが、これは、四書という、宋学つまり朱子学の基本経典が薩摩ルートより日本に入ってきた経緯を実証した定評のある研究書であります。

このように両者はともに二つの顔を持っていましたが、今日は特にこれまで見逃されがちのその漢学者の側面を取り上げてみたいと思います。まず、二人とも天才少年であって、漢詩文に長じることで有名でした。重野は十三歳で薩摩藩校の造士館に入り、わずか数年の間、先生の助手となりました。二十二歳の時、江戸昌平黌に入ったが、数年後、また詩文掛となり、先生のかわりに諸生の詩文を添削することになりました。そして、昌平黌での勉学を終えてから、造士館の訓導師、助教授などを務めました。

一方、西村は、十三歳で上手に漢詩を書いたことで、地元の役所から表彰を受けました。十五歳になると東京に出て、重野のもとでしばらく勉強してから、島田重礼の双桂精舎に入りました。後に帝国大学古典講習科漢書課の第一期官費生として入学しました。西村の父も重野に教わったことがありましたので、西村にとっては、重野は父の友人（父執）であると同時に恩師でもありました。したがって、重野が亡くなられた後に、西村は長文の重野行状資料をまとめて先生を記念したわけです。

このように二人はそれぞれの時代の最高学府で勉学しましたが、後にともにすぐれた学問業績で文学博士となりました。重野は明治期の学位制度が発足後の文学博士の第一号と言われていますが、西村は大正年間、京都大学から博士号を授与されました。西村は『楚辞』研究の専門家でもあり、百種以上関係注釈書を網羅したコレクションの持ち主であっただけでなく、京大の講師として『古文辞類纂』などに関する講義を担当しました。したがって、内藤湖南や狩野直喜など有名な学者に認められて学位を受けたわけです。

そして、二人とも当時の漢学学会の役員を務めました。重野は一八八〇年、斯文学会の初代学監・文学総代に選ばれました。この斯文学会は、大正年間に他の漢学関係諸学会と合併して斯文会となりましたが、西村天囚はその斯文会の評議員（当時は常議員という）でありました。そして、日本漢学の伝統をもっと重視せよという点でも二人は一致していました。例えば、重野は私塾の成達書院を明治時代に大阪と東京で二度開きました。一方、西村は一八九九年に、おそらく斯文学会のために、薩摩出身の文部大臣樺山資紀に昌平黌の復興を求める建白書を起草しました。それが実現されなかったこともあって、後に重野から懐徳堂記念活動に対する支援のことを頼まれた時、西村はそれに熱心に取り組みました。その上、さらに大阪財界の援助を獲得し、懐徳堂の復興事業に成功しました。

また、経世面においても両者ともにその活躍ぶりを見せました。幕末の薩英戦争の後、重野は藩から横浜に派遣され、イギリス側との交渉に当たりました。西村は日清戦争の間、弟の時輔と一緒に大阪朝日新聞社から朝鮮に派遣され、現地取材に努めました。そして、両者とも時の君主に事えました。皇室儀式の一つとして毎年の初に「御講書始の儀」がありますが、重野は晩年の一九〇五年、七年、八年と九年の四回にわたって明治天皇に詩経・書経・易経に関して進講しました。一方、西村は晩年、松方正義内大臣の推挙で宮内省御用掛となり、大正天皇のための詔勅作成に努めました。西村の起草したものの中で最も有名なのは、一九二三年関東大震災後の「国民精神振作の詔書」であります。その作成に全力をあげ精魂を注いだためでしょうか、西村は、翌年亡くなられました。（付言すれば、明治天皇の御用儒者である元田永字も、教育勅語の作成に精魂を注いだため、勅語が発布された二か月後に亡くなったそうです）。

このように、重野と西村は深い関係にあり、しかも共通した思想的基盤をもっていましたので、この両者のケースに対する検討によって、明治漢学者の中国観や中国との関係の実態をある程度解明することができるのではないかと考えます。

以下、日清戦争を境目にして、その以前は主に重野の言論を中心に、それ以後は主に西村の言動を中心に考察することにしたいと思います。

（二）「漢学の新世界」の開拓を目指す重野安繹

維新後の一八七一年、「日清修好条規」が締結されました。鎖国時代における漢学者の訪中機会の皆無や琉球人を仲介とする薩摩の漢学研究の不便を憶えていた重野は、日清国交の樹立を、漢学者が漢学本場の中国に赴き、従来の日本漢学を抜本的に改造し「漢学の新世界」を開拓する道を開いてくれる重大な転機と見ていました。その数年後、初代清国公使の何如璋が来日しました。のちに、黎庶昌・王韜など有名な外交官や知識人も日本にやってきました。これらの中国の人々は日本の漢学者たちと非常に親しい関係を持っており、両者間の交流は、しばしば詩文による唱酬の形をとって行われました。実藤恵秀の『明治日支文化交渉』によりますと、清国公使館が主催の詩文会の出席者の中で、重野は最も積極的で出席の回数が多い人であったそうです。また、牧野謙次郎の『日本漢学史』に、文壇領袖の重野はすすんで黎庶昌から晩清中国の「桐城古文学派」の文章作法を学んだため、その影響で当時の日本漢文界の文風が一変されたという記述があります。そのほか、重野が来日中の香港『循環日報』社長王韜を自宅に一カ月ほど泊まらせ、親交を結んだことも、当時の美談となっていました。

一八七九年、東京学士会院という、欧米のアカデミーをモデルにした日本の学士院が発足しましたが、福沢諭吉・西周などの洋学者や中村正直のような漢・洋兼学者とならんで、重野もその初代会員になりました。（東京学士会院は一九〇六年に帝国学士院に改名され、また戦後の一九四七年に日本学士院に改名されました。）洋学一辺倒という当時世間の風潮や官費留学生が専ら欧米に派遣されている状況に鑑み、重野は東京学士会院において「漢学宜しく正則一科を設け少年秀才を選み清国に留学せしむべき論説」を行いました。その主旨は、少年留学生を中国に長期派遣することによって、彼らが中国の文人について習得した音読みの方法（いわゆる正則）で漢文の脈絡を理解し漢学考究の水準を向上させ、日本漢学のあり方を根本から改変しようというものです。すなわち従来の日本漢学界は訓読み（変則）の慣習に囚われてきましたが、江戸時代において大儒の荻生徂徠が音読みによる漢文理解の重要性を強く主張したにもかかわらず、訓読みは依然として漢学界の主流を占めていました。訓読みでは漢文の大意こそ理解できますが、しかし、漢文のリズム、文脈や意味あいに対する精確な掌握にはやはり支障を来すものです。したがって、このような状況は日清国交の成立という好条件を利用し、留学生の派遣によって変えなければならないと重野は提言したわけてす。しかし、彼の提言は結局当時の政府に採用されませんでした。

十年後の一八八九年、六十三才の重野はその公人生涯の項点に達し、元老院議官・修史局編集長・帝国大学文科大学教授・史学会会長などを務めていました。当時の内閣は薩閥主導のもので、総理大臣黒田清隆をはじめ、蔵相松方正義、文相森有礼、陸相大山巌、海相西郷従道および内閣書記官小牧昌業などはみな薩摩出身者でした。特に小牧はかつての薩摩藩儒でもあったので、先輩の重野に対してずっと弟子の礼を取っていました。このような好機を逸さずに、重野は二年前の黒田の中国漫遊経験と中国政策提言を受け継いだ形で、「支那視察員ニ充テラレン事ヲ請フノ状」という建白書を作成しました。それは、対中親和外交の必要性は隣交を聯ねることや富源を養う（中国との通商貿易で日本の国益を増進する）ことにあり、己は「少ヨリ漢学ニ従事シ、彼ノ教学歴史地理等ニ於テ渉猟スル所アリ、彼土人士ト時々往復締交シ、情意頗通洽セリ」という学識や経験上の強みをもっているので、視察団を率いて中国に赴くことを許されれば、その調査結果はきっと政府の対中外交に寄与できるだろう、という主旨のものでした。

重野の予定した調査は全部で七項目にわたっています。第一は国勢視察、第二は外交視察、第三は風土・民情の視察、第四は地理の視察、第五は民業の視察、第六は殖産視察、第七は通商視察、というものでした。そして、予定の行程に関して二つの案がありました。一案としては、一年十カ月をかけて江蘇省、浙江省から入って山東省、北京、河南省、西安、蘭州、成都、雲南の大理、貴陽、桂林、広東、長沙、武昌、九江、福州、厦門、台湾、上海へと巡視するというコースであり、いま一つの案としては、一年四カ月をかけて江蘇省、浙江省、漢口、河北、北京、西安、成都、貴陽、広西、広東、南昌、九江、上海、南州、厦門台湾へと廻るというコースでありました。いうまでもなく、このような大計画は主として国交・通商促進のために作られたものですが、その中には漢学の再興や漢学の新世界の開拓という重野の悲願も含まれていたに違いありません。しかし、この建言も結局実現されませんでした。

にもかかわらず、重野の漢学重視の姿勢は少しも変わりませんでした。。一九〇一年になって、義和団事件後の中国が著しく弱体化した時点でも、なお東京学士会院で「漢学と実学」という講演を行い、その中では「その書を見て、さうして本の支那に行って、地理から産物から、皆それを実験して考究していくが宜しい。さうすると漢学の新世界を開いていくと申す。それだけの私の老婆心であります」と堂々と述べました。そして、重野自身は晩年ついに中国訪問の宿願を実現できたのです。それは、彼の亡くなる三年前の一九〇七年のことでした。

では、なぜ重野はそこまで漢学にこだわり、愛着したのでしょうか。

それは、重野の歴史観、文明観と深くかかわっていると考えられます。重野は、日本と中国は古来文化的、・経済的な繋がりが多い隣国であり、同じ東洋文明圏に属しているという認識をもっています。「周孔の教」という文章において、「孔子の所説は、天理人道の当然を述べ、（中略）親切着実にして、且つ東洋に於ては、上下遵奉数千年の久しきに及び、国体風俗、其他一切の事物、皆斯教の範囲内に帰したり」といい、東洋各国に対する儒教の深遠な影響を説いています。また、上述の支那視察案において、製糸、製茶、製糖、製紙、製墨、製陶など「我国現今ノ殖産　民業ハ、過半支那ヨリ伝来セシナリ。故ニ彼ノ殖産ヲ審察セバ、我ニ移伝適用シ、我産ヲ改良増進スベキキモノ繁多ナルベシ」と、伝統産業に関する学習・交流の必要性を述べています。したがって、彼は当時に流行する「漢学無用論」に対して、「抑我国体は、他善を取り衆美を衆むるを以て成り立しものにて、国初已来漢学に資して教化政法を建、近年又洋学を採用して諸事業を更張せり」、しかし、「漢学の実用は、我邦に於て終に尽期なく、是より後に尤も着実の用具となる事必然なり」と反論を行っています。また、「若し儒教の本国たる支那、今日国勢振はずとて、其教を軽蔑するは、所謂皮相の見なり」と、中国の国勢不振をもって儒教や漢学を否定してしまうような浅薄な観点を批判しています。

このような認識を支えているのは、重野の多元的・相対主義的文明観だと思います。たとえば、彼は「送大久保参議赴欧米諸国」という漢詩を書いたことがありますが、それは一八七一年、岩倉使節団が出発の際に、その副使を務めていた薩藩政治家で「維新三傑」の一人である大久保利通にあげたものです。本来、使節団結団の当時は重野が随行書記に内定されていましたが、彼には事情があって行けなかったため、急遽久米邦武が取って代わりました。その時に書いたこの漢詩の中には次の四句が含まれています。

達観五州美。言旋建皇基。政俗無夷夏。時運有盛衰。

最初の二句は、世界各国の長所を遍く観察し、帰朝して祖国の建設に励むという意味ですが、『五ヶ条の御誓文』における「智識ヲ世界ニ求メ、大ニ皇基ヲ振起スヘシ」という文章の詩的表現と見ることもできます。後の二句は、各国の運命は時勢によって盛衰の区別がありますが、政治体制や社会風俗はそれぞれの国の歴史的風土の中で形成されたものであるため、決して野蛮と文明（夷と夏）という物差しで判断すべきではない、という意味のものです。

重野の昌平黌時代の恩師の一人に塩谷宕陰という人物がおりますが、アヘン戦争や幕末の外圧の衝撃を受けたため、「地気説」という文章を著しました。その中で、盛衰という現象は地気の流動によるものであり、今は西洋が非常に盛んであるが、いずれ時運はきっと我々東洋に回ってくるだろうという見解が述べられています。これは事実上、清代史学者の趙翼の史観に影響されたものだと思います。趙翼はかつて『廿二史箚記』という名著において、中国史上では王朝更迭につれて、都が西安であったり南京であったり、あるいは杭州であったり北京であったり、時々変わると指摘しています。これを読んだ塩谷は、また塩谷に学んだ重野も、時運に盛衰があるということを述べました。付言すれば、内藤湖南の文化中心移動説、例えば近世日本の文化中心は上方から江戸に移った、近代東洋の文化中心は中国から日本に移ったというような議論も、ある意味でこれらの所論の延長線上のものと見てよいでしょう。

重野の多元的・相対主義的文明観は、明治時代に絶大な影響を有する福沢諭吉の発展段階論的文明観とはかなり異っています。福沢は西洋文明を基準に世界の国々をいわゆる文明・半開・野蛮の三つに分類しました。欧米諸国は文明園、日本と中国は半開、すなわち半文明・半野蛮の国、そしてアフリカなどは野蛮国というのが彼の見解で、その見解に立って、いわゆる「脱亜入欧」論が唱えられたわけです。しかし、このような西洋中心的文明観と正反対の重野の文明観は、明治期において確かに存在していたのです。

重野の文明観はその「支那総説序」にも現れています。『支那総説』（明治十六年）は、金子東山という青年が三年間の中国遊学を通じてまとめた中国事情に開する詳細な案内書です。重野は序文の中で金子青年の努力を褒めると同時に、同書の「立国之体、施政之方、教化風俗」に関する記載における中国非難の論調を批判しました。その理由として、

（中国、西洋）各有所宜。未可以彼而非此也。吾故以為。所観於支那。以観欧米。所観於欧米。以観支那。則美疵互発。而益乎我多失。

と述べています。すなわち中国と欧米はそれぞれ長所と短所があり、東洋・西洋を問わず、我が日本に有益なものであれば取り入れるというのがあるべき姿勢で、欧米を基準に中国の政俗を指弾するのは宜しくないと主張しているわけです。

（三）　清末教育改革の助言者としての西村時彦

歴史的に見れば、日清戦争（一八九四―一八九五）の結果はそれ以降の両国の進路に重大な影響を及ぼしました。戦勝国の日本は、ナショナリズムの高揚の中で近代化の諸事業に一段と拍車をかけましたが、国際的には、列強に対する条約改正（関税自主権の回復）の課題を抱えながら、列強に伍する植民帝国として第一歩を踏み出しました。一方、中国の改革派は、敗北の屈辱や近代化に遅れた現実によって大いに反省させられ、内憂外患の中で変法維新によって生き延びる道を模索しはじめました。この清末の改革に対して、諸外国の有識者がさまざまな立場から助言を行いましたが、その中でも無視できないのは、西村時彦のような日本漢学者の果たした役割だったと思います。

当時、中国の地方総督の中のリーダーとして、湖広総督の張之洞と両江総督の劉坤一という二人が挙げられます。漢学者の西村は、巧みな漢文で書いた建白書を張之洞と劉坤一に提出し、両総督の主導権による教育改革を促進しようとしました。

張之洞に出したのは『聯交私議』というもので、その建白は実際、川上操六参謀次長の張之洞工作の一環として行われたものです。すなわち一八九七年から翌年の夏にかけて、山東省でドイツ人宣教師が殺されたことを口実に、ドイツが出兵して膠州湾を占領し、ロシアも旅順・大連を占拠し、列強の間に租借地獲得の競り合いが猛烈に展開されました。列強による分割の危機に瀕していた中国の急務は、いうまでもなく、近代的軍隊創設による自衛力の増強ということにあります。これを機に、日本の当局は中国人陸軍留学生を受け入れ、中国の近代化事業を援助することによって、日清戦後の中国の反日感情を和らげ、ロシア勢力の南下を防ぐ日本・中国・英国の三国協力関係を形成しようとしました。

薩摩出身の川上は非常に頭のいい戦略家で、有名な学者でもある張之洞総督を説得するためには、彼の相手となるような漢学者の力に頼らねばならないと考えていました。そこで西村が選ばれ、参謀本部の宇都宮太郎大尉と一緒に湖広総督衙門所在の武昌に向かったわけです。西村と張之洞との初対面は一八九七年の大晦日であって、『聯交私議』を出すのは数日後、つまり翌年一月初旬のことでありました。これは、おそらく後に日本にも来たことのある有名な学者の辜鴻銘（西洋留学の経験者で、当時張之洞の外交秘書を務めていた人物）を通じて出されただろうと私は推測しています。

『聯交私議』が確かに張之洞の目に止まったことは、次のような三点から知ることができます。第一、西村の好意に対する答えとして、張之洞の揮毫による司馬光『迂書』の抄録が西村に送られました。第二、西村の見解に賛成した張之洞は、『聯交私議』の写しを管下の役人や書生に配り、読ませました。第三、数カ月後に出版され、清末中国の思想界に重要な影響を与えた張之洞の『勧学篇』には、西村の見解に同調する議論が展開されていました。たとえば、『聯交私議』は日清戦争を「兄弟鬩牆」（内輪喧嘩）と解釈したうえ、アジア諸国の大半が悉く植民地化された今、「同洲同種同文同教而同仇同舟」の関係にある日中両国はまさに共同で欧人の侵略に対抗すべきことを論じています。一方、『勧学篇』も「亜洲同種」、西洋列強の侵略に直面する黄色人種の自衛・「保種」の必要性を述べています。また、『聯交私議』は両国間は地理的にも言語的にも風土人情的にも近いからとして、西洋留学よりも日本留学による西洋学習は中国にとって洋学受容のための出費少ない近道だと説いています。この意見も、『勧学篇』に取り入れられたのです。ご承知のように、日本政府や参謀本部の説得工作を受けた張之洞は、後に積極的に留学生を日本に派遣し、日本語書籍の中国語訳を奨励し、中国における日本モデルの西洋文明受容の道を開きました。

三年後、西村はまた両江総督の劉坤一に対して教育改革に関する献策を行いましたが、その背景には次のような事情がありました。つまり西村は、朝日新聞の派遣留学で一九〇〇年一月から一九〇二年春までの二年間中国に滞在しましたが、その間に、ちょうど義和団事件という中国と諸外国との大衝突が起こりました。そのため、西太后が列国連合軍の進撃の直前に北京から脱出し西安に移りました。後に諸外国との関係修復のために、西太后はやむなく光緒帝の名義で変法の詔書を発布し、有力な大臣や総督に改革案を求めました。張之洞・劉坤一の両総督のために「変法平議」と題する改革の原案を用意したのは、南京の文正書院院長を務めていた張謇という高名な学者でした。この原案を読んだ西村は、両江総督衙門所在の南京で劉坤一を訪ね、西太后の真意や改革の前途について打診しました。その際に、人材養成について日本側の援助を求めた劉坤一の熱意に感動させられた西村は、翌日に「與劉硯帥論教育書」（硯は硯荘という劉氏の字の略、帥は総督に対する略称）という献策を提出しました。幸いに、私は大阪大学の懐徳堂文庫の中でこの「與劉硯帥論教育書」の草稿を見つけましたので、その内容の詳細を知ることができました。

張之洞の『勧学篇』を念頭において書かれたこの建白の柱は、近代国民教育の理念および教員養成・教科書編纂の二大急務に関する論述です。その中で特に興味のあるものとして、次のような二つのことが挙げられます。第一、西村は幕末期における薩摩藩主島津斉彬の西洋人教師招聘と長州藩世子毛利元徳の留学生海外派遣という雄藩による率先開化の手本をもって、両江総督の劉坤一が西安に避難している西太后の決定を待たずに、その支配下の「雄省」で科挙制度の廃止や近代的学校制度の導入を断行するように勧めました。第二、張謇が「変法平議」において明治教育の経験教訓を中国の新教育に生かしたいとの希望を示しているため、これに答えて、西村は明治初期の知育偏重の教育に由来する国民の道徳退廃と体力衰弱という状況が天皇の「教育勅語」の発布によって改善されたことを紹介し、徳育・知育・体育の並行という教育方針を堅持することの重要性を強調しました。

西村は建白の説得力を強めるために、論語・孟子・詩経・書経などの儒教経典を引用しながら中国の教育改革、人材養成の必要性を説き、また日本が咀嚼、消化した西洋文化を中国に勧めることを、「猶人子嘗薬而勧之於親」（親の病気を治すために買ってきた薬を息子がまずなめて、もし有益無害であれば、これを親に勧める）という譬喩を使って説きました。それは劉坤一の機嫌をとるための策略だと思いますが、要するに当時の中国役人がいわゆる中華思想を持っていましたので、彼はこのような策略で説得力を強めようとしたわけです。

西村の建白を受けた劉坤一は、「贈日本名士西村子俊」（子俊は西村の字）という詩を書きました。その中に、「呂虔刀解贈（子俊贈我佩刀鋒利無比）。賈誼策披陳（両次贈書勧設学堂以教育人才）」と、西村を古代中国における義士の呂虔と謀士の賈誼に譬え、西村は己に日本刀を贈ってくれたことや、学堂を設けて人材を育成することを勧めてくれたことを記しています。西村の建白が行われた翌月、劉坤一は確かに張之洞と組んで、いわゆる地方総督による「連銜上書」を行いました。つまり二人の最有力の総督は名前を連ねて、清政府に改革案を出し、それ以降の改革の全般を方向づけたわけです。

一方、二年間の派遣留学を終えて日本に帰ってきた西村は、中国の教育改革を支援するために、大阪朝日新聞に「教育家の渡清を望む」、「應聘渡清の教育家を送る」などの社説を発表しました。このように西村を含む日本側の官民双方の支援を背景に、清末の学制改革は完全に日本モデルに基づいて行われることになりました。

(四) 一九〇七年における重野・西村の中国訪問

一九〇七年における両者の中国訪問は、次のような経緯がありました。すなわちその前年、東京学士会院は帝国学士院に改名されて、重野はその幹事、言ってみれば副院長となりました。院長は理学博士の菊地大麓で、東大・京大の総長、文相などをへて、帝国学士院の初代院長になられた方です。ちょうど一九〇七年にオーストリアのウィーンで万国学士院連合会の第三回総会が開かれるので、菊地と重野は帝国学士院を代表してそれに出席しました。その帰り道で、重野は新しく開通したシベリア鉄道を利用して満洲に入りましたが、西村は奉天で重野を待っていました。それから、西村の案内で北京を経由して武昌に下り、中国の教育改革の指導者張之洞に会いました。宴会の席上で、重野は張之洞より十歳年長ということもあって、一つの助言を張之洞に与えました。それは、中国の翰林院はすなわち学士院なので、宜しく万国学士院連合会に加盟し、声息を通じて風気を開くべきだ、というアドバイスです。当時、中国の科挙制度がすでに廃止されていましたが、翰林院はまだ残っていました。重野の助言は、中国の伝統的学術が国際学界にも一定の位置を占めるべしという彼の見解や、国際学界との交流の中で中国の学術近代化を促進したいという彼の抱負を表明したものに違いありません。この場面を目撃した西村は、張之洞はこの重野の助言を承知したと書いています。ただし、それはついに実現されませんでした。二年後、張之洞は亡くなって、また四年後には清王朝は崩壊したという事情があったからです。

武昌で張之洞に会ってから、重野はさらに上海に行きました。三菱会社の岩崎弥之助の静嘉堂文庫のために上海周辺の有名な蔵書家陸心源の皕宋楼というコレクションを購入するためでありました。岩崎弥之助は、実は重野の大阪成達書院時代以来の愛弟子で、重野の勧めを聞き入れて　当時では大金の十二万圓をかけて陸心源の皕宋楼を一括購入することを決めました。皕宋楼という名前は、陸氏の蔵書の中に二百部前後の宋版書が含まれているということからきたのですが　当時の中国の四大個人コレクションの中で一番貴重なものと言われていたほどです。しかし、買う前にその蔵書に対する鑑定がやはり必要なので、重野はその機会を利用して上海に行って鑑定を行いました。

最後に、余談ですが、重野と西村の両者とある種の関係をもっていた薩閥政治家の松方正義の漢学観に触れておきたいと思います。重野は松方の古稀の時、祝賀の漢詩を贈りました。西村は松方に熱海の保養所に招かれて松方のために伝記を書いたことがあります。松方は複数の学者に伝記を書いてもらったのですが、公式の伝記は西村のそれではありませんでした。松方の蔵書目録を見れば、その中に漢学の書籍が沢山入っていますので、漢学好きの松方にとって重野や西村のような同郷の漢学者との付き合いは決して不思議ではありません。

一九二二年、重野はすでに亡くなっていましたが、一方の西村は松方の推挙で宮内省の御用掛を務めていました。この年の三月に松方は米寿を迎えたわけですが、その少し前、山県有朋・大隈重信などの元老が相次いで亡くなったこともあって、当時の財界の大物であった渋沢栄一・岩崎久弥・三井八郎右衛門などが発起人となって、松方侯爵米寿祝賀会の名義で奨学金事業を始めました。それで集めた大金を帝国学士院に寄贈することになったわけですが、その際、奨学金の使い道も具体的に決めなければなりませんでした。財界の集めたお金ですので、財政・経済の研究が主な助成対象となりましたが、しかし、松方の意思によって、さらに二つの項目が追加されました。一つは農学の研究で、もう一つは漢学の研究でした。漢学奨励の理由としては、松方の次のような言葉が引用されました。

俟常ニ人ニ語テ曰ク、我カ日本国民道徳ノ根底ハ多ク漢学ニ待チ、人倫ノ五常忠孝信義ノ道、皆之ヨリ出ツ。故ニ、我カ国民ノ精神修養ニ於テ、漢学ノ欠クヘカラサルハ敢テ多言ヲ要セス。然ルニ、近時世人ハ動モスレハ漢学不必要論ヲ唱ヘ、或ハ漢字全廃説ヲ叫フ者アリ、而シテ青年者流ハ専ラ泰西文明ノ皮想ニ駆ラレテ、古来我国固有ノ道徳ヲ顧ミス、多年馴致セラレタル良習美風ヲ放擲シ、彼カ短ヲ採リテ我カ長ヲ失フノ傾向ヲ来シ、日ニ月ニ世道人心ノ頽廃ヲ見ルニ至レルハ、即チ其心胆ヲ錬磨スルノ根源ヲ漢学ニ求ムルヲ知ラサルニ由ル、洵ニ歎スヘキノ至ナラスヤ。

余カ幼少ヨリ今日ニ至ル迄、幸ニシテ大過ナキヲ得タルモ、畢竟スルニ漢学ノ教ニ負フ所アルカ故ナリ。曩ニ余カ孫児ノ一人、英国剣橋（ケンブリッジ）大学ニ入学スルニ当リ、其入学試験ニ於テ羅典（ラテン）希臘（ギリシア）語を課セスシテ、日本人ナルカ故ニ漢学を課セラレタリ。即チ士風ノ教養ニ向テ、英国人カ如何ニ漢学ヲ重ンスルカヲ知ルヲ得ヘシ。我国民豈忸怩タラサルナキヲ得ンヤト。

このように、漢学も帝国学士院の奨学金で助成される研究分野の一つとなったのです。

私の報告は以上でございます。ご清聴どうもありがとうございました。

〔講演録二〕二〇一五年五月三〇日 二松学舎大学資料展示室講演会（企画展「三島中洲と近代 其三」）

三島中洲における漢洋折衷のバランス感覚

―松陰・安繹・栄一との比較―

この度、町泉寿郎先生のご厚意によりご報告の機会をいただき、誠にありがとうございます。

三島中洲（一八三一―一九一九）について、前から親しくしていただいていた戸川芳郎先生と故中村義先生[1]などの先行研究『三島中洲の学芸とその生涯』（雄山閣出版）や関連文献に触発されて、強い関心をもっています。たとえば、幕末の大儒塩谷宕陰の門人で、重野安繹、久米邦武と共に明治期の実証主義史学に大きく貢献した星野恒という東大教授がいました。一九〇〇年、彼は中洲の古稀を祝賀するために書いた「中洲三島君七十壽序」の中で、中洲はただ単に漢学や作詩作文に長じているだけでなく、経済・財政・法律などにも詳しい類まれな学者と称えました。そして、中洲のように漢学者も洋学を、また洋学者も漢学を勉強しなければならず、「漢洋竝進」（漢学・洋学並んで進む）を図るべしと説いていました。

本報告のテーマ中の「漢洋折衷」は、この星野の主張の趣意を違う言葉で表現したものですが、妥当かどうかいささか不安もありました。先ほど町先生に聞いてみたところ、明治時代以前の文献の中に「漢蘭折衷」、つまり漢学と蘭学の折衷という用例がすでにあったと教えていただいたので、安心しました。

今日は、これまで研究したことのある三人の人物、すなわち吉田松陰（一八三〇―一八五九）・重野安繹（一八二七―一九一〇）・渋沢栄一（一八四〇―一九三一）という三者との比較を通じて中洲の学問の特質を浮き彫りにしたいと思います。

一般的に言いますと、外来文明の摂取は、たいてい器物・制度・思想という三段階の受容過程を辿ります。最初は「器物」、とくに艦船や銃砲といった優れ物に凝縮している「技術」を習います。第二段階は「制度」、すなわち仕組みとその背景としての「学術」を学びます。たとえば、新しい法制度を形成させるためには当然、法学の知識が必要となります。第三段階は「思想」、つまり理念や考え方ですが、私はここで「心術」という心の持ち方を表現する言葉を使ってみたいと思います。倫理学でいう「心術」は、「行為が発したり動機が生じたりするもととなる意志の持続的な性向」というものです。

中洲の一生もある意味でこの三段階を経験しました。今日の報告は、中洲の経験した三段階について、同時代人の松陰、安繹、栄一を順次取り上げてお話しを進めてゆきたいと思います。

（一） 「黒船」探索に現れた実学精神—吉田松陰との比較—

ペリー来航が幕末の日本にもたらした衝撃はいかに大きいものであったか、当時の松陰と中洲の観測記録によっても分かります。一回目の来航は一八五三年であり、同年七月十一日（旧暦六月六日）、浦賀に駆けつけた松陰は、師の佐久間象山が現地で雇った飛脚便に頼んで、江戸にいる長州藩の砲術家道家龍助に一書を寄せ、次のように黒船の様子を報じました。「今朝高処に登り、賊船の様子を相窺ひ候処、四艘（二艘は蒸気船、砲二十門余、船長四十間許り、二艘はコルベット、砲二十六門、長さ二十四五間許り）、陸を離るること十町以内の処に繋泊し、船の間相距ること五町程なり。（中略）然るに此の方の台場筒数も甚だ寡く、徒らに切歯のみ。（中略）孰れ交兵に及ぶべきか。併し船も砲も敵せず、勝算甚だ少なく候」と。

ペリーの二回目の来航は一八五四年でありました。同年三月一日（旧暦二月三日）の早朝、保土ヶ谷の宿から出発した中洲は、神奈川沖に駆けつけた。「茶屋に上り、望遠鏡を出して望むと、七艘が艪を北に向け、軸を南にして列になって碇泊していた。そのうちの三隻は大輪大軍艦で、一隻は大軍艦であり、三隻は将軍艦で、大きいものは四十尋前後であり、小さなものでも二十尋を下らず、横は長さの五分の一であり、水から出しているところは、二、三尋もあるであろう。水中にあるのは幾尋かわからぬ。檣は四本で、高さは六、七尋あり、立っているのが三本あり、高さ二、三尋である。また艪頭に傾いている一本あり、帆づながこれに纏っており、縦横蛛網である。両側には砲眼が点々と星のようにあり、数えることができる。船板はみな黒く塗ってあり、あるいは左右に一条の白、または朱線が引いてある」と記録しました。のちにこの日の日記を含む『探辺日録』が出版されました。

この二つの記録から、松陰も松陰より一歳年下の中洲もすぐれた探索者であり、黒船の形状やサイズを、できるだけ精確に把握しようとしていたことが分かります。松陰は書いていませんでしたが、おそらく中洲と同じように、目盛りのついている望遠鏡を使って観測していたでしょう。それはともかく、両者ともに入念に黒船の寸法をこの目で実測していたことに変わりがありません。

しかし、忘れてはいけないのは、当時の日本と欧米は、まったく違う物差しを使い、別箇の度量衡制を取っていた、ということです。実は三か月前に、アメリカ諸大学へのレクチャー・ツアのついでにラトガース大学グリフィス文庫を訪ねました。それは、阪大留学時代以来の恩師の一人で今年九四歳の梅渓昇先生のお勧めで行ったのですが、そこで、同文庫の貴重さを実感できました。(2)

ウィリアム・エリオット・グリフィス（一八四三―一九二八）は、最初は福井県、のちに東大前身の大学南校に務めたお雇い教師で、その蔵書の一冊として開成学校が出版した『日本・英・仏　度量比較表』があり、そこに、日本の尺・間・町・里とフランスのメートル、英米のヤードなどとの換算数値表が詳しく載っています。そのほか、明治五年、開成学校で働いていたお雇い外国人に対する明治天皇の励ましの詔書や、大臣が署名した雇傭契約書などもあります。このような実物を見たことで、幕末明治初期の人々が西洋文明を取り入れるためにどれほどの労力や苦心を費やしたかよく分かります。

度量衡制だけでなく、時間の制度も完全に違っていました。たとえば、松陰は下田密航の時、米艦側の人々と時間の認識も異なっていて約束が取れないため、自分が火を燃やすから、それを見たらすぐに迎えに来てくれ、という依頼文書も用意し、結局、仕方がなく、弁天島付近の伝馬船を無断借用して黒船に向かったのです。その『回顧録』に、ペリーの旗艦ポーハタン号の艦上で尋問を受けた時は、「七ツ時」だったと書かれていますが、西洋の時間でいったい何時何分に当たるか分かりません。

二〇〇九年春、アメリカ諸大学へのレクチャー・ツアのついでに首都ワシントンにあるアメリカ国立公文書館を訪ねました。驚くことにポーハタン号の航海日誌に「二人の日本人」の艦上滞在時間が詳細に記録されているのです。午前二時四五分に上船、四五分後に降ろされたといいます。この史料発見は、密航日から数えてちょうど一五〇年後の同日にあたる二〇〇九年四月二五日の『毎日新聞』に報じられました。今年の大河ドラマ「華燃ゆ」が一月四日に始まりましたが、その前日の深夜にＮＨＫの新春スペシャル「世界へＧＯ　まるわかり幕末長州」という導入番組が放送され、その中にこの発見も取材者の現地調査の形で再現されました。

町先生が編纂した三冊の図録『三島中洲と近代』に、中洲の対外認識を反映するいくつかの筆記や論説を紹介されています。たとえば、中洲は松陰のように箕作省吾著の世界地理書『坤輿図識』（一八四七年刊）に強い関心をもち、二十歳前後の松山修学時代に書中の人物略伝を抜粋抄出していること、また先に触れた一八五四年春の黒船探索で横浜周辺において下田密航前の松陰と相識していること、一八六〇年昌平坂学問所再遊の時に、商売従事の邦人が官有物の新造「巨艦」を賃貸して航海貿易を展開すべしと主張する「交易策」を書いて同学問所の教授中村敬宇に訂正を求めたことなどです。このような開国進取の思想をもっていたからこそ、藩校有終館の学頭を務めたことに「孔孟ノ道義ニ本ツキ、西洋ノ学術ヲ兼採ス」という学制改革の方針を掲げ、また明治維新直前の一八六七年には藩の洋学総裁に任命されたのでしょう。

（二）漢学を素地とした洋学受容―重野安繹との比較―

中洲が松山藩の洋学総裁に任命された一八六七年、今日取り上げる人物のなかで、安政の大獄で亡くなった松陰を除いては、みな大活躍していました。中洲より三歳年上の重野安繹は『万国公法』の和訳に着手し、明治三年薩摩藩の資金で出版しました。薩英戦争後平和交渉に参加しましたことで西洋の国際法を知らねばならぬと痛感したためでしょう。渋沢栄一は最後の将軍徳川慶喜の弟昭武を団長とするパリ万博派遣使節団の会計係として、ヨーロッパの銀行や会社など近代の経済制度を見習っていました。もちろん、パリ万博には幕府だけでなく、薩摩藩も代表団を出していました。団の名義をめぐる交渉の結果、幕府が派遣したのは大君政府の代表団を、薩摩藩が派遣したのは薩摩太守の代表団を名乗ることになりました。

それから、先ほど触れた中村敬宇は一八六七年に、ロンドンで一三人の少年留学生を引率・監督していました。確か阪大留学中のことだったと思いますが、ロンドン滞在中の敬宇は、朝四時に起きて四書を読んでいたことに言及したある研究書に接した時、私は非常にショックを受けました。西洋の首都ともいえるロンドンにいた幕末の日本人が論語・孟子・大学・中庸などの中国儒教の右典を読む！という光景に、私にとって想像を絶する面白さがあったと言いますか、感動しました。またイギリスでキリスト教の影響を受けたため、帰国後の敬宇は明治初期において、天皇が率先して受洗された方が望ましい、なぜならば、西洋文明の物質面のみを受容し精神面の受容がなければ、人は目の回らない人形になってしまうからと説いた匿名文章を新聞に寄稿しました。これはまた、私に衝撃を与えました。しかし、まさにこの敬宇が、漢学は洋学受容の不可欠な基礎教養だと、自らの経験や引率した少年留学生の成長経歴などを例に繰り返し「漢学不可廃論」を強調したのです。その理由の一つとして、中国の古典に極めて豊富な語彙が有るので、難しい西洋のタームや概念を翻訳するのに便利だということが挙げられています。

のちに敬宇は、中洲や安繹とともに、漢学の衰退を食い止めるために設けられた東京大学古典講習科漢書課の教授となりました。それまで、中洲は明治政府から司法省七等出仕の徴命を受け、新治地方や東京の裁判官、大審院の判事などを務め、お雇い外国人ボアソナードなどの講義を受けてフランス民法を学びました。その聴講ノートに、人権・物権・動産・不動産・所有権・物件所在地・裁判所・契約など、今でも生きている日本的に新造・改造された漢語が並んでいます。中国では、これらの民法概念が一九〇八年の『大清民律草案』や一九二九年の『中華民国民法』が日本経由で取り入れられたのですが、一九四九年革命後の中華人民共和国では「ブルジョア的法権」観念と批判され、排除されました。共産主義イデオロギーでは、私有財産は「万悪の根源」で、宗教は「人民を毒害する阿片」だとされていたからです。一九七九年に始まった改革開放の後、一九九九年になって「契約法」（中国語では「合同法」）がようやくでき、二〇〇七年になって「物権法」がかろうじて成立しました。後者は、もし『大清民律草案』ができた一九〇八年から数えるならば、ほぼ百年かかっての復活となります。

中洲はフランス民法の導入に一役を買ったのに対し、安繹はドイツのランケ史学の導入に重要な役割を果たしました。すなわち東大史学科教授の安繹は、同じ学科のお雇い外国人教師でランケの弟子であるリースの助言を聞き入れて、史学会を作ると同時に会誌の『史学雑誌』を発行し、実証主義史学を提唱しました。これは相当有名な話となっていますが、しかし、その英仏法学導入に関する建白はあまり知られていないようです。今年の春、『重野安繹における外交・漢文・国史―大阪大学懐徳堂文庫西村天囚旧蔵写本三種』を出しましたが、写本の第一種は『横濱應接記』という、生麦事件に起因する薩英戦争の終結後に行われた和平交渉の実録です。おそらくその時に得た教訓でしょうが、安繹は『和訳万国公法』を出版したのち、「文部中業生英仏に派遣し法律を修めしむるべき旨意見書」を起草しました。その理由として、「律ノ学ハ深奥高尚所ナノデ能尽ス所ニ非ズ、請フ速ニ文部中業生専門科入ル可キ者十許名ヲ選ミ、英仏等ノ国ニ赴キ有名ナ法師ニ多年従学シ、必ズ免許状ヲ得ルヲ期シ、帰朝ノ後立法行政ノ官員ニ補セラレハ、国律一定動ズ、万国交道其宜ヲ得、大小並立ノ実効相顕可申奉存候事」と述べていました。

一方、安繹は漢学と洋学のバランスをよくとっています。一八七九年に東京学士会院で「漢学宜しく正則一科を設け少年秀才を選み清国に留学せしむべき論説」を発表し、それまでの漢学と異なる、口頭で中国の読書人や外交官と交流・論弁することも出来る新しい人材を育成し新しい漢学を樹立して欲しいと訴えたのです。そして、公文書の解読を重視した実証的ランケ史学を取り入れながら、それは五十年前の西洋に始まった新しい学問の伝統であり、それに類似した日本の考証学は百年前に、中国の考証学は二百年前にすでに存在していたのだ、と指摘しています。しかも、世界中の学問が遂に「帰納法」の一徹に帰したのは、「空論憶測では人が承知もせず、又それでは実用にも遠くなるから、事々物々、悉く証拠を取って考え合はすれば、縦令間違ったことがあっても直に分かる」と大所高所から近世世界の学問趨勢を観察していました。

以上のような安繹および敬宇の見解は、二松学舎を創設する際の中洲の趣旨とよく通じていると思います。一八七八年、中洲が東京府庁に「私立漢学設立願」を提出し、「方今洋学盛行すと雖も、漢文以て其意を達するに非れば、経国の用に供する能わず、而して漢文に法あり、之を講習するに非ざれば又其意を達する能わず、是弊舎の設立する所以なり」と訴えていたのです。しかも、作成された漢詩に「千秋不易是彝倫　文物典章追世新　吾要公平折衷学　斟古酌古適経綸」という一首があり、その漢学・洋学を折衷しようとした立場をよく表しています。

（三）義利合一を趣旨とした人生哲学――渋沢栄一との比較――

中洲は十歳年下の渋沢栄一とも多くの接点をもっていました。たとえば、一八八〇年代前半、二人は東京大学での同僚関係をもったこと、中洲が栄一の前室、すなわち亡き夫人（戒名宝光院・俗名千代）のために碑文を撰したこと、栄一が一九一〇年から「財団法人二松義会」の顧問、そして中洲逝去直後の一九一九年六月から「財団法人二松学舎」の舎長に就任したことなどが挙げられます。しかし、二人の協力で生み出し、しかも後世に広く影響を及ぼしているものは、何と言っても「論語と算盤」という「道徳経済合一」論を象徴する重要なメタファーです。

中洲は早くも一八八六年東京学士会院で「義利合一論」を発表し、宋学の影響で利を説くことを潔しとしない世の中の因習的傾向に異を唱え、古代の中国では義利合一の説があったので、宋以降の利の扱い方は冤罪であると主張しました。この中洲の所論の重要さについて、阪大で懐徳堂の朱子学に関する博論を書いた私にとってよく理解できます。天下の台所といわれる近世大坂に置かれ、町人学校の性格も有する懐徳堂の学者たちが直面する一つの重要課題はほかでもなく、いかに日常の商売による利得を正当化することでありました。五井蘭洲や中井竹山などは、結局、易經における「義者、利之和」という論理を持ち出した。言い換えれば、彼らは、中洲と同じように古代儒教にすでにあった義利合一の説に立ち戻り、それを正当化しようとしました。

栄一も少年時代から『論語』や『孟子』などを読んでいましたし、しかも自らの経営活動の体験からこの義利の問題について中洲と意気投合して、認識の一致を見たのです。にもかかわらず、「論語と算盤」説の最終的形成は、一九〇九年栄一の古希記念という契機を待たなければなりません。同年、小山正太郎という画家が揮毫された古希祝賀の色紙には、四つの物が描かれています。積んでいる四冊の本は『論語』で、そのすぐ隣に算盤があり、パリ万博の時に被った紳士帽があり、武士の身分を象徴する刀もあります。栄一はもともと農家の生まれですが、幕末に最後の将軍慶喜から財政の手腕を買われて、武士の身分を与えられました。色紙に、「論語を礎として商事を営み、算盤を執て士道を説く。非常の人、非常の事、非常の功」とも書かれていますので、この絵は、後の「論語と算盤」というメタファーの原型と言えるかもしれません。この絵に感興を覚えた中洲は、「題論語算盤図賀澁澤男古希」の一文を書き、「道徳経済合一」論を象徴する「論語算盤」説がこれで確定されたと考えられます。いまや、栄一の『論語と算盤』は現代日本語訳・現代中国語訳をはじめ多くのバージョンが世界中に広がり、ビジネスマンと一般の人々に愛読されています。

しかし私は、中洲の「義理合一論」と栄一の「論語と算盤」説を単なる儒教由来の古典的テーマの革新版と狭く扱いたくはない、むしろ、人間の営みにおける物心両面のバランス問題として扱ったほうがよいと考えます。人間は、誰でも物質の利益を追求する欲望もあれば、人生の意義を追求する願望もある、そういうバランス感覚を多かれ少なかれ持っているはずです。ですから、ただ経済人・実業家に限らず、個々の人、全ての人が、次元の違いこそあれ、利と義のどちらを優先させるかという問題に出会う場合、選択を迫られるのです。この問題について、中洲は自撰の碑銘に次のような注目すべき回答を出しています。「毅（中洲の本名）、人ト為リ、野朴ニシテ修飾ヲ喜バズ、孔学ヲ奉シ、古今諸家ヲ折衷シ、最モ姚江（王陽明を指す）ヲ好ム、徒ニ授クルニハ、常ニ義利合一説ヲ唱へ、義ニ臨ンデ一歩ヲ進メ、利ニ臨ンデ一歩ヲ退ケバ、始テ能ク合一ス」と。バランスのよく取れた姿勢と言えましょう。

実は、「論語算盤」説が形成された明治末期に、帰一協会という思想宗教間の対話団体も栄一などの尽力で出来ました。メンバーは成瀬仁蔵・井上哲次郎・姉崎正治などの日本人だけでなく、同志社のアメリカ人教師なども加わっていました。彼らがどんな問題を解決しようとしていたのかと言いますと、「帰一協会意見書」を見ればよく分かります。人類の学術や文明は大きな進歩を遂げていますが、諸宗教や思想の共通点をどうやって見出すか、いまだに未解決の課題です。ただ「人類の文明は、今後或る点に於て帰一の針路を執るに至るべし」というような展望と想定が示されています。

これはある意味で、現在にも通じる問題だと思います。倫理問題を無視して過度な経済発展と技術進歩を追及することは危険であり、現に地球環境を破壊し、人類自身の存立地盤を脅かしているからです。経済発展の利益と環境保護の義理のどちらを優先させるべきかという問題は、もはや避けて通れない課題となったことは、最近パリで開催された国連の気候変動枠組条約締約国会議で形成された初歩的コンセンサスによっても分かるのです。

時間が長くなりましたが、これをもちまして私の報告を終らせていただきます。ご静聴ありがとうございます。

注

（1）中村義先生は藤井昇三先生とともに、二〇〇六年六月関西大学アジア文化交流研究センターが主催する国際シンポジウムにご参加いただき、『近代日中人物史研究の新しい地平』（陶徳民・藤田高夫編、雄松堂出版）という研究成果に大きく貢献されました。その後、私の提案をお聞き入れ下さり（というより、拙考が先生ご自身の年来の構想に合致したため）、『近代日中関係史人名辞典』（東京堂出版、二〇一〇年）の編集を企画され、藤井先生、久保田文次先生、町泉寿郎先生、川邉雄大君と私を含めた六人の編集陣を組まれ、同出版社の松林孝至氏のご支持と多くの執筆者のご協力を得ていに編集作業を成し遂げましたが、先生は作業進行中の二〇〇八年四月十九日急逝されました。謹んで哀悼の意を表します。

（2）梅渓先生は『お雇い外国人—明治日本の脇役たち』（日経新書、一九六五年）をはじめ多くの著書を出版されましたが、最新作の『お雇い外国人調査記録—グリフィス・アンケートへの回答』（青史出版、二〇一四年）は、一九〇一年グリフィスが一八五八年—一九〇〇年の間に日本で働いていたお雇い外国人およびその家族に対するアンケート調査の結果をまとめたものです。残念ながら、梅渓先生は二〇一六年二月十八日に亡くなられました。謹んで哀悼の意を表します。

あとがき

振り返ってみれば、これまでの私の研究テーマと問題意識は次のようないくつかの変化を経ている。一九八〇年代前半、復旦大学で幕末の日英関係に関する修士論文を執筆する時、明治維新の国際環境と幕末日本人の対外意識について関心を持っていた。そのために、斯波義信先生のご紹介および大庭脩先生のお世話により、大学院交流研究生として関西大学で半年間の資料収集を行い、アーネスト・サトウ『英国策論』や斎藤竹堂『阿片始末』などを入手した。一九八〇年代後半、大阪大学で脇田修先生および子安宣邦先生のご指導で懐徳堂の朱子学に関する博士論文を書いた時は、五井蘭洲、中井竹山・履軒兄弟、富永仲基および山片蟠桃などによって代表される近世の儒教、仏教と町人社会の合理思想がいかに日本の近代化のために精神面の素地と土台を準備したかについて実証しようとしていた。そのような探究は、幸いに『懐徳堂朱子学の研究』（一九九四年）に結実することができた。一九九〇年渡米後、プリンストン大学のM・ジャンセン先生、ハーバード大学の入江昭先生、カリフォルニア大学のJ・フォーゲル先生などとの交流が深まるにつれて、近代の日中関係について、特に重野安繹・西村天囚・内藤湖南など懐徳堂の顕彰と再興に関わった漢学者・支那学者が明治大正期の政治外交に果たした役割に関して興味を持つようになった。一九九四年夏、立教大学法学部奨励研究員として書いた論文は、明治二十二年黒田清隆内閣に提出した重野『支那視察案』に関するものであった。その時、受入ご担当の野村浩一先生が紹介して下さった日本近代思想史研究の大家松本三之介先生、「漢学シナ学の沿革とその問題点：近代アカデミズムの成立と中国研究の系譜」に関連する人物年表を下さった戸川芳郎先生などとの歓談の様子はいまでも印象に残っている。

一九九六年春、マサチューセッツ州立ブリッジウォーター大学から関西大学に移籍したが、その背景の一つとして、一九九一年春、プリンストン大学に在外研究中の河田悌一先生および余英時先生との再会とお二人の励ましがあった。中国近現代思想の研究者であり近年私学事業団理事長を務めている河田先生はずっと中国の思想動向を見つめ、定点観測している。一方、余先生は絶えず、中国人は従来日本を軽視しがちで、日本に関する本格的な研究が少なく、日本人の中国研究水準に遥かに及ばない、もっと日本の歴史と文化の研究に人材を投入し、力を入れなければならないと強調している。関大に着任してから、内藤文庫、泊園文庫、増田文庫および隣接の大阪大学懐徳堂文庫を利用する便利さもあり、文学部の同僚や所属学会の仲間による刺激と励ましもあって、研究分野をさらに広げ、『日本漢学思想史論考―徂徠・仲基および近代―』（一九九九年）、と『明治の漢学者と中国―安繹・天囚・湖南の外交論策』（二〇〇七年）を上梓することができた。一方、台湾大学黄俊傑先生が推進してきた「東アジア儒学」関係の研究プロジェクトや渋沢栄一記念財団の国際儒教研究プロジェクト、杜維明、卞崇道、鄭培凱、周振鶴、葛兆光、黄進興、王宝平、張伯偉、呉偉明、劉岳兵諸先生方が主催する東アジア思想文化、漢籍と漢学関連の国際シンポジウム、小島毅先生が代表を務める特定領域研究「東アジアの海域交流と日本伝統文化の形成―寧波を焦点とする学際的創生―」（所属の「王権理論班」のメンバーだけでなく、中村春作、田尻祐一郎・前田勉など一九八七年懐徳堂研究国際シンポジウムや一九八九年日本思想史学会一行の韓国旅行で知り合った旧友との交流再開も有益。そのお蔭で昨年の日本思想史学会年度大会は前田会長の委嘱により、責任者として創立一三〇周年を迎える関西大学で開催することができた）、吾妻重二先生が代表を務める科研費基盤研究「東アジアにおける伝統教養の形成と展開に関する学際的研究：書院・私塾教育を中心に」、および井上克人先生が代表を務める科研費基盤研究「内藤湖南のアジア観の形成と近代日中学術交流」などへの参加により、近代日本漢学界の儒教論、歴史論、文章論および漢文直読論などに関する論文執筆の機会が与えられた。これらの論文を一冊に纏めたのが、本書である。そして、書中における重野・西村・内藤に関連する内容の比重から見れば、これは上記の『明治の漢学者と中国』の姉妹編と言えるかもしれない。

本書を完成する過程で、関西大学の東西学術研究所、アジア文化研究センター（CSAC）、文化交渉学教育研究拠点（ICIS）、大学院東アジア文化研究科および泊園記念会、東アジア文化交渉学会の研究活動により体得した文化交渉学の研究方法を生かすことができた。これについて、日ごろ様々な形でご教示くださった松浦章、藤田髙夫、中谷伸生、内田慶市、沈国威、野間晴雄、大谷渡、西本昌弘、原田正俊、二階堂善弘、奥村佳代子、長谷部剛、篠原啓方諸先生方にも感謝しなければならない。

なお、関西大学研究成果出版補助金による本書の出版は、内田慶市・藪田貫両先生のご推薦および申請当時の出版委員会委員であった井上泰山先生のご配慮をいただいた。原稿の修正は印藤和寛先生の貴重なアドバイスを、データ入力や索引作成など一部の作業は大学院の教え子たちのお手伝いをいただいた。図版や画像の利用は関西大学図書館、大阪大学附属図書館、懐徳堂記念会、武田科学振興財団杏雨書屋、京都大学人文科学研究所、二松学舎大学附属図書館、東京都立図書館特別文庫室、東京大学史料編纂所、ハーバード燕京図書館、松江市立鹿島町歴史民俗資料館、高松市塩江美術館、下田市了仙寺、内山書店、二玄社、汲古書院、株式会社KADOKAWAなどをはじめ多くの所蔵機関と所蔵者の方々のご快諾を得た。最後の仕上げは出版部の門脇卓也様および協和印刷株式会社の大田直人様のお世話になった。記して厚く御礼申し上げたい。

二〇一七年三月一日

陶　徳民

追伸　本書をもって長い間親切にご鞭撻いただいた水田紀久先生に感謝したいと思いますが、残念ながら、先生は昨年十二月二十一日にご逝去になりました。謹んで哀悼の意を表します。

口絵集　図版・画像出典一覧

	図版・画像名	収蔵・提供者
1	出島蘭館と並び立つ唐館の姿	大庭脩編著『長崎唐館図集成』（関西大学東西学術研究所資料集刊九―六）
2	長崎経由の輸入漢籍の全貌	大庭脩著『江戸時代における唐船持渡書の研究』（関西大学東西学術研究所研究叢刊一）
3	徂徠像　平長孺題辞（一八二〇年）	関西大学図書館内藤文庫蔵
4	日米和親条約調印後の宴会　ペリーの旗艦ポーハタン号にて	下田市了仙寺蔵
5	銭泳像	百度図片
6	銭泳編『海外新書』	京都大学人文科学研究所蔵
7	東畡肖像　東畡題辞	高松市塩江美術館蔵
8	藤澤南岳輯『東畡先生文集』	関西大学図書館泊園文庫蔵
9	東畡の銭泳あて書簡（一八四〇年）	同　右
10	将軍綱吉が建てた聖堂（孔子廟）の地に創設された昌平坂学問所（一七九〇年）	澁川泰彦『原色再現江戸名所図会―よみがえる八百八町』（新人物往来社）株式会社 KADOKAWA
11	沈曾植の写真	中国・嘉興博物館蔵
12	余英時（右）、戸川芳郎（中）両先生と一緒に湯島聖堂を訪問　二〇〇七年	個人蔵
13	清国駐日公使館の人々	呉振清・呉裕賢編『何如璋集』　中国・天津人民出版社

14	初代公使何如璋などの名刺	二松学舎大学附属図書館蔵
15-1	宮島誠一郎『養浩堂詩集』	関西大学図書館中村幸彦文庫蔵
15-2	楊守敬（字惺吾）の題名	同　右
16	黎庶昌肖像	中国・黎庶昌故居陳列館
17	劉聲木『桐城文学淵源考・撰述考』	中国・黄山書社（安徽古籍叢書）
18	内閣修史局による史料蒐集の結晶	個人蔵
19	星野恒肖像	ウィキペディア・フリー百科事典
20	王韜（右）とJ．レッグの一家	Norman J. Girardot 著、段懐清・周俐玲訳『朝覲東方：理雅各評伝』中国・広西師範大学出版社
21	王韜「明清八大家文集序」	東京都立図書館特別文庫室所蔵
22	方望渓「與孫以寧」に対する評点	同　右
23	方望渓「書柳文後」に対する評点	同　右
24	方望渓「書帰震川文集後」に対する評点	同　右
25-1	鈔本『章氏遺書』十八冊	関西大学図書館内藤文庫蔵
25-2	鈔本の目次における内藤の書入れ	同　右
26-1	内藤手澤本『文史通義』	同　右
26-2	「言公篇」における内藤の書入れ	同　右
27	三浦梅園『敢語』臣婦篇	同　右
28	内藤に贈呈された胡適『章實斎先生年譜』	同　右
29	胡適『章實斎先生年譜』への内藤の書入れ	同　右
30	雑誌『新青年』	百度図片
31	雑誌『支那學』	弘文堂（個人蔵）

32-1 姚名達補訂・胡適『章實斎年譜』における章實斎夫婦遺像　関西大学図書館内藤文庫蔵

32-2 内藤に贈呈された上記年譜における姚氏の説明　同　右

33 増田渉『魯迅傳』初稿　関西大学図書館増田文庫蔵

34 張爾田の内藤湖南あて書簡　関西大学図書館内藤文庫蔵

35 内藤の還暦を祝う傅増湘の書画（名称「傅沅叔摹錢竹汀宮詹小像」）　同　右

36 説文解字木部残巻における中日文人の筆蹟（上）曾国藩題辞（中）巻首第一紙（下）巻末鑑賞記の一部　武田科学振興財団杏雨書屋蔵

37 澁澤榮一の古稀を祝う小山正太郎の画　渋沢史料館蔵

38 澁澤榮一（号青淵）卒寿時の書　同　右

39 斯文會譯『論語』（龍門社出版）　同　右

40 榮一自筆による『論語』抄本　同　右

41 頼山陽『日本楽府』を讃える銭泳自筆の詩と頼復の記　国立国会図書館蔵、国立国会図書館ウェブサイトより

42-1 江阪彊近『謝選拾遺講義』　個人蔵

42-2 頼潔の序文　同　右

43 野口小蘋「紅葉館話別図」（『紅葉館話別図題詞』より）　陳捷『明治前期日中学術交流の研究：清国駐日公使館の文化活動』汲古書院

44 岡千仭（号鹿門）と黄遵憲との筆談録　同　右

45 上海・楽善堂書薬房　同　右

46 東京大学古典講習科の人々　重野紹一郎旧蔵

47 和刻本『壮悔堂文集』　個人蔵

48 『史徵墨寶考證』における重野安繹の跋　同　右

49	姚姫傳肖像	百度図片
50	和刻本『古文辞類纂』	大阪大学附属図書館懐徳堂文庫蔵
51	重野安繹「漢学振興策」	東京大学史料編纂所蔵
52	藤野海南肖像	大阪大学附属図書館懐徳堂文庫蔵
53	藤野海南「初学文範序」	同　右
54	黎庶昌「海南遺文叙」	同　右
55	村瀬藍水「芝山話別図」（『登高集』より）	陳捷『明治前期日中学術交流の研究：清国駐日公使館の文化活動』汲古書院
56-1	『省軒文稿』	ハーバード燕京図書館蔵
56-2	亀谷省軒肖像	同　右
56-3	亀谷「舊雨文傳序」	同　右
57-1	『省軒詩稿』	同　右
57-2	黄遵憲（字公度）題辞	同　右
58	星野恒「麗澤文社記」（『豊城存稿』より）	大阪大学附属図書館懐徳堂文庫蔵
59	曾国藩肖像	魚住和晃『宮島詠士：人と芸術』二玄社
60	留学中の大八が描いた蓮池書院	同　右
61	留学を間近に控えた宮島大八	同　右
62	張裕釗肖像	同　右
63	張濬肖像	同　右
64	「創設善隣書院啓」副本における呉汝綸の跋	同　右
65	大八の作文に対する張裕釗の評語	同　右
66	大八の作詩に対する張裕釗の評語	同　右

67	書斎における晩年の宮島大八	同　右
68	W．A．P．マーティンとその中国人学生	*The Lore of Cathay* F. H. Revell Company
69	呉汝綸と三島中洲・二松学舎諸氏との記念写真（一九〇二年七月六日）	二松学舎大学附属図書館蔵
70	万国学士院連合会第三回総会に出席する帝国学士院代表一行と現地日本人会諸氏との記念写真（ウィーンにて、一九〇七年六月三日）	重野紹一郎旧蔵
71	ライプツィヒ大学留学時、蔡元培の自筆による身分登録	個人蔵
72	張之洞肖像	劉剛編『清兩江總督與總督署』中国・広東人民出版社
73	張之洞『勧学篇』（一八九八年）	百度図片
74	張之洞書幅「録司馬公迂書」（西村天囚に贈った張之洞の書）	『和漢法書展覧會記念帖』（大橋成行蔵）
75	大阪自宅の書斎「讀騒廬」における西村碩園	後醍院良正編『西村天囚伝』より
76	溥儀の漢文師匠・陳寶琛が内藤に贈った送別詩幅（一九一七年十二月）（名称「陳弢菴所贈七律」）	関西大学図書館内藤文庫蔵
77	内藤湖南双幅「似鈴木豹軒」立軸	杉村邦彦蔵
78	恭仁山荘の書斎における内藤湖南	『内藤湖南全集』第十一巻　筑摩書房
79	京都寄寓時代の羅振玉と王国維（左）	二玄社蔵
80	羅振玉帰国送別記念写真（京都円山公園、一九一九年六月二十一日）	関西大学図書館内藤文庫蔵
81	明治末期の京都帝国大学文科大学の人々	同　右
82	胡適	『胡適全集』第一巻　中国・安徽教育出版社
83	陳独秀	劉剛編『清兩江總督與總督署』中国・広東人民出版社

84　魯迅　　魯迅博物館編『魯迅文献図伝』中国・大象出版社

85　呉虞　　趙清・鄭城編『呉虞集』中国・四川人民出版社

86　青木正児　　『青木正児全集』第八巻　春秋社

87　倉石武四郎　　東方学会編『東方学回想』第六巻　刀水書房

88　上海虹口・内山書店（魯迅が逝去した一九三六年十月十九日の朝、前列左より三人目は内山完造）　　内山書店蔵、松江市立鹿島町歴史民俗資料館提供

89　大阪泊園書院（一八二五―一九四八）は関西大学のルーツの一つである　　関西大学東西学術研究所蔵

90　清華大学国文系の劉文典教授一行が大阪懐徳堂に来訪（一九三六年）　　懐徳堂記念会蔵

関連論考一覧

序説関連

「保存在日本文化中的中国文化的特徴」（大庭脩論文 “Chinese Cultural Features Preserved in Japanese Culture” の中国語訳）『中国伝統文化的再評価』所収　上海人民出版社　一九八七年五月

「和刻本『聖諭広訓』に関する再考」『懐徳』第五十七号　一九八八年十二月

“Traditional Chinese Social Ethics in Japan, 1721-1943,” *The Gest Library Journal*（Princeton University）4 : 2 1991.（呂万和による同論文の中国語訳「明清『聖諭』対日本的影響」、北京大学日本研究センター『日本学』第五輯　一九九五年六月）

“Shigeno Yasutsugu as an Advocate of Practical Sinology in Meiji Japan,” in *New Directions in the Study of Meiji Japan.* Leiden : E. J. Brill Publishers 一九九七年五月

「明治漢学者の多元主義的文明観―中村敬宇・重野安繹の場合―」、藤田正勝・卞崇道・高坂史朗編『東アジアと哲学』所収　ナカニシヤ出版　二〇〇三年三月

「国粋主義と中華崇拝を超えて―五井蘭洲『百王一姓論』の再評価―」、『東アジア文化交渉研究』創刊号　関西大学文化交渉学教育研究拠点　二〇〇八年三月

第一章関連

「试论桐城派文论在明治汉学界的影响」、張伯偉編『風起雲揚―首届南京大学域外漢籍研究国際学術研討会』所収　二〇〇九年十月

第二章関連

「五四文学革命に対する日本知識人の共鳴―吉野作造・青木正児の中国観と日本事情―」、関西大学文学部中国語中国文学科編『文化事象としての中国』所収　関西大学出版部　二〇〇二年三月

「吉野作造の民本主義における儒教的言説―人間論と政治論を中心に―」、『東アジア文化交渉研究』第三号　二〇一〇年三月

第三章関連

「近代における『漢文直読』論の由緒と行方―重野・青木・倉石をめぐる思想状況」、中村春作・市来津由彦・田尻祐一郎・前田勉編『「訓読」論―東アジア漢文世界と日本語』所収　勉成出版　二〇〇八年十月

「大正後期日本學界有關漢文直讀的論爭」、呉偉明編『在日本尋找中國：現代性及身份認同的中日互動』所収　香港中文大学出版社　二〇一二年

第四章関連

「「清板二弁」を祝う泊園の賀宴―幕末における徂徠学の動向―」、関西大学『東西学術研究所創立五十周年記念論文集』　二〇〇一年十月

「『時流に乗らない』という泊園精神―幕末・明治における徂徠学者の動向」、『東アジア文化交渉研究』別冊二　関西大学文化交渉学教育研究拠点　二〇〇八年六月

第五章関連

「明治漢文界における清代文章学の受容―星野恒編・王韜評『明清八大家文』について―」、浙江大学日本文化研究所編『江戸・明治期の日中文化交流』所収　農山漁村文化協会　二〇〇〇年十月

第六章関連

「内藤湖南における進歩史観の形成―章学誠『文史通義』への共鳴―」、『アジア遊学』第九十三号　二〇〇六年十一月

「關於張爾田的信函及「臨江仙」詞―内藤文庫所收未刊書信考證（二）―」、関西大学『中国文学会紀要』第二十八号　二〇〇七年三月

「關於内藤文庫所藏鈔本《章氏遺書》來歷之考證」、関西大学大学院東アジア文化研究科紀要『東アジア文化交渉研究』第十号　二〇一七年三月

講演録一

「明治の漢学者と中国―薩州人重野安繹・西村時彦の場合―」、『泊園』第三十六号　一九九七年九月

講演録二

「三島中洲における漢洋折衷のバランス感覚―松陰・安繹・榮一との比較―」、二松学舎大学『日本漢文学研究』第十一号　二〇一六年三月

【著者紹介】

陶　徳民（とう・とくみん）

1951年上海生まれ。復旦大学歴史学修士、大阪大学文学博士、ハーバード大学ライシャワー日本研究所PD。1992－1996年マサチューセッツ州立ブリッジウォーター大学歴史学部助教授。1996年関西大学文学部に移籍、1999年より同大学教授。2004－2006年、渋沢栄一記念財団渋沢フェロー。2007－2012年、文部科学省グローバルCOEプログラム・関西大学文化交渉学教育研究拠点（ICIS）リーダー。東アジア文化交渉学会初代会長。日本漢学思想史・近代東アジア文化交渉史専攻。

著書に、『懐徳堂朱子学の研究』（大阪大学出版会、1994年）、『日本漢学思想史論考－徂徠・仲基および近代－』（関西大学東西学術研究所研究叢刊十一、1999年）および『明治の漢学者と中国－安繹・天囚・湖南の外交論策－』（関西大学出版部、2007年）、共編著には『近代日中関係史人名辞典』（東京堂出版、2010年）、*Cultural Interaction Studies in East Asia: New Methods and Perspectives*（ICIS, 2012）などがある。

日本における近代中国学の始まり
－漢学の革新と同時代文化交渉－

2017年3月31日　発行

著　者　陶　徳民

発行所　関西大学出版部
〒564-8680 大阪府吹田市山手町3-3-35
電話 06-6368-1121　FAX 06-6389-5162

印刷所　協和印刷株式会社
〒615-0052 京都市右京区西院清水町13

ISBN 978-4-87354-650-6　C3091

人 名 索 引

ア 行

カ 行

サ　行

タ　行

ナ　行

ハ　行

マ　行

ヤ　行

ラ　行

ワ　行

事 項 索 引

ア 行

カ 行

サ　行

タ　行

ナ　行

ハ　行

マ　行

ヤ　行

ラ　行

ワ　行